Ein Abenteuer in den Highlands

Liebesroman

Karin Lindberg

Lektorat: Katrin Engstfeld
Korrektorat: Sandra Nyklasz
Umschlaggestaltung: Vivien Stennulat

Alle Rechte vorbehalten.
Jede Verwertung oder Vervielfältigung dieses Buches – auch auszugsweise – sowie die Übersetzung dieses Werkes ist nur mit schriftlicher Genehmigung der Autorin gestattet.
Handlungen und Personen im Roman sind frei erfunden. Ähnlichkeiten mit lebenden oder verstorbenen Personen sind rein zufällig und nicht beabsichtigt.

Copyright © Karin Lindberg
www.karinlindberg.info

ISBN: 978-3-7396-5974-9

www.bookrix.de

Ein Abenteuer in den Highlands

Prolog

New York

„Ian, mein Freund, wie geht es Ihnen?"

Ians Kiefer spannte sich an. Er kannte die heisere Stimme mit dem harten russischen Akzent und wusste, wenn Sokolow ihn persönlich anrief, bedeutete dies selten etwas Gutes.

„Darius, was kann ich für Sie tun?", antwortete er kühl.

„Im Moment gar nichts, vielen Dank. Ich wollte Ihnen nur persönlich für die Idee mit dem Gebäudekomplex an der West Side danken. Ich habe heute Morgen mit dem Bürgermeister die Verträge unterzeichnet."

Ians Herz setzte einen Schlag aus. Unmöglich! Es war doch alles unter Dach und Fach, er hatte den geplanten Notartermin für morgen im Kalender stehen! Ian griff nach der Schreibtischkante, dabei traten seine Knöchel weiß hervor. Seine Stimme zitterte vor Wut, als er entgegnete: „Sie Bastard, das letzte Wort ist hier sicherlich noch nicht gesprochen!"

Die Antwort ließ nicht lange auf sich warten – Sokolow lachte. Ian verabscheute den Mann abgrundtief. Der russische Oligarch verkörperte alles, was er hasste: Hinterlist, Rücksichtslosigkeit und Geldgier.

„Ich fürchte, es ist zu spät, MacLachlan. Eben in diesem Moment beginnen die Abrissarbeiten. Tut mir leid für Sie, beim nächsten Mal haben Sie vielleicht mehr Glück. Auf Wiedersehen, Ian. Ich wünsche Ihnen noch einen schönen Tag." Damit legte Sokolow auf und Ian blieb wie versteinert auf seinem Stuhl sitzen.

Das war einfach undenkbar! Wie war Sokolow ihm zuvorgekommen? Da ging es nicht mit rechten Dingen zu. Wütend schlug er mit der Faust auf seinen Schreibtisch ein. Der Bildschirm zitterte bedenklich und das Bild flackerte, bevor es sich wieder beruhigte.

„Verfluchte Scheiße!", schrie er und sprang auf. Nach einigen Sekunden öffnete sich die Tür zu seinem Büro und seine Sekretärin Mae steckte ihren Kopf vorsichtig herein.

„Mr. MacLachlan, ist alles in Ordnung?"

„Gar nichts ist in Ordnung!", donnerte Ian. „Das Schwein Sokolow lässt gerade die Gebäude an der West Side abreißen!"

Maes Gesicht wurde blass und sie riss ihre Augen weit auf.

„Wie ist das möglich? Sie haben doch morgen einen Termin beim Notar. Es sollte doch alles unter Dach und Fach sein!"

„Der Teufel weiß, wie Sokolow das gedreht hat. Ich verstehe es nicht, aber ich werde es herausfinden. Das Schwein geht über Leichen, das wissen wir beide, und einige Kameraden hier in New York sind leider so korrupt wie indische Polizisten. Er hat gute Kontakte zu den Behörden und seine Männer sitzen überall. Geld spielt für ihn keine Rolle. Für ihn zählt nur der Triumph über mich. Verdammt, ich fasse es nicht!"

Ian lief aufgebracht durch sein Büro, sein Atem ging flach und Wut schnürte ihm den Hals zu.

„Kann ich etwas tun?", fragte Mae unschlüssig. Sie hatte die Hände vor der Brust verschränkt und wäre jetzt ganz offensichtlich lieber woanders gewesen. Ian blieb stehen und überlegte.

„Ja. Finden Sie heraus, was passiert ist, und melden Sie sich bei mir. Ich bin jederzeit telefonisch erreichbar."

Ian griff nach seinem Handy, dem Notebook und der braunen Aktentasche.

„Ich denke nicht, dass ich heute noch einmal reinkomme. Ich höre von Ihnen, Mae!"

„Natürlich, Sir."

Ian stürmte aus dem Büro. So einfach würde er sich nicht geschlagen geben. Als erstes würde er sich den Mitarbeiter der Stadt New York vorknöpfen, der ihm hoch und heilig versichert hatte, dass alles glattgehen würde. Vielleicht wusste er ja, wo die undichte Stelle war. Im Gehen rief er die Zentrale der Baubehörde an. Der besagte Stadtmitarbeiter war für ihn nicht zu sprechen und an höherer Stelle hielt man sich mit Informationen bedeckt. Keiner wollte etwas wissen. Was hatte er anderes erwartet? Wutentbrannt legte Ian auf, als er in der Tiefgarage ankam. Ihm waren anscheinend tatsächlich die Hände gebunden. Das wurmte ihn, aber er würde alle Register ziehen, um Sokolows Machenschaften aufzudecken. Sein Chauffeur war von Mae benachrichtigt worden und wartete bereits.

Es war Rushhour und die Fahrt zur Wohnung zog sich unendlich in die Länge, was Ians Laune nicht gerade verbesserte.

„Soll ich einen anderen Weg nehmen, Sir?", frage sein Fahrer Jim und riss ihn aus dem Traum, wie er Sokolow den Hals umdrehte, wenn er ihm das nächste Mal begegnete.

„Nein, ist schon gut. Wir kommen zu dieser Zeit sicherlich nirgendwo schneller voran."

„In Ordnung, Sir. Wie war Ihr Tag, Sir?"

Ian seufzte leise, bevor er antwortete. Jim war ihm in den letzten drei Jahren ans Herz gewachsen und kannte ihn mittlerweile so gut, dass er sofort merkte, wenn etwas in der Luft lag. „Ach, Jim, es ist zum Kotzen. Sokolow – du erinnerst dich an den russischen Oligarchen, der alles abreißt, was er finden kann, um moderne Ultrawolkenkratzer aufzuziehen?"

„Natürlich erinnere ich mich. Sein Name ist ja ständig in der Presse."

„Er ist in genau diesem Moment dabei, die Gebäude an der West Side abzureißen, die ich renovieren lassen wollte. Ich habe sechs Monate an diesem Deal gearbeitet. Es sollte ein Business- und Familiencenter entstehen, ein Treffpunkt für Geschäftsleute, aber auch ein Freizeitcenter für Familien und Kinder. Der Russe sieht nur den Profit; historische Gebäude und Werte sind diesem Kriminellen völlig egal." Ian spürte die Wut abermals auflodern. Sein Magen verkrampfte sich.

„Verstehe, das ist ärgerlich", meinte Jim.

„Das ist nicht nur ärgerlich. Hier geht der Stadt New York ein großartiges Stück Geschichte verloren. Sowas dürfte man nicht zulassen. Ich bin mir sicher, dass Sokolow an verschiedenen Stellen nachgeholfen hat, und das nicht nur mit freundlichen Worten. Ich war fast durch damit! Es ist nicht das erste Mal, dass er sowas macht." Man hörte am Klang seiner Stimme, wie gereizt Ian war. Um sich zu beruhigen, atmete er ein paarmal tief durch und schloss für einen Moment die Augen.

„Das tut mir leid, Sir. Ich verstehe, dass Sie aufgebracht sind. Können Sie das noch rückgängig machen?"

„Wie soll das gehen? Die Gebäude sind mittlerweile sicher komplett zerstört. Die Abrissfirma stand bereits vor Ort und hat direkt nach der Beglaubigung losgelegt. Sokolow ist nicht dumm. Er wusste, dass ich etwas anderes vorhatte."

Ian hatte noch nicht aufgegeben, aber nachdem er von den Behörden ebenso aalglatt abgewiesen worden war, ging er davon aus, dass er ziemlich schlechte Karten hatte.

„Sie kennen ihn schon länger?", fragte Jim, seinen Kopf ein wenig nach hinten neigend.

„O ja. Für ihn hat es sich zu einem Wettbewerb entwickelt. Es ist mittlerweile fast etwas Persönliches daraus geworden." Ian fügte im Stillen hinzu, dass es für Sokolow ziemlich genau vor drei Jahren persönlich geworden war, als ihn seine damalige Geliebte für Ian verlassen hatte. Seither war Ian mit Jamila Alimah, einem amerikanischen Topmodel mit afghanischen Wurzeln, zusammen. Allerdings war sich Ian damals nicht darüber im Klaren gewesen, dass sie Sokolows Geliebte gewesen war – bis Sokolow damit anfing, seine Geschäfte zu sabotieren. Dann erst war Jamila mit der Sprache rausgerückt, aber Ian war es egal gewesen, denn er liebte Jamila und trennte grundsätzlich Privates von Geschäftlichem. Immerhin hatte er es geschafft, den Wert des Familienunternehmens in den letzten fünf Jahren, seit dem Tod seines Vaters, zu verdoppeln.

Ian hatte den ursprünglich schottischen Konzern ausgebaut, globale Märkte erschlossen und ihn schließlich an die Börse gebracht.

„So etwas ist nie gut und die Russen kämpfen selten fair. Als die italienische Mafia hier noch das Sagen hatte, war das alles viel einfacher. Aber die Russen, na ja, die sind komplizierter", riss Jim ihn aus seinen Überlegungen. Ian lachte kurz auf; der erste Anflug von Humor, seit er Sokolows Anruf entgegengenommen hatte.

„Ich weiß nicht, italienische Mafia oder russische ... Am Ende kannst du bei beiden mit Betonklötzen an den Füßen im Hafen versenkt werden. Mir sind ehrliche Geschäftspartner immer noch am liebsten."

Der Verkehr bewegte sich nach wie vor im Schneckentempo, aber wenigstens ging es überhaupt voran. Hupen und Straßenlärm bedeuteten Alltag in dieser Stadt, die niemals schlief. Auch nach der langen Zeit, die er nun schon in New York lebte, sehnte sich Ian gelegentlich nach der Ruhe der Highlands, aber Jamila mochte Schottland nicht. Sie war einmal mit ihm dort gewesen und hatte von der ersten Minute an gequengelt, wann sie endlich wieder nach London abreisen würden. Es war ihr zu kalt, zu nass und vor allem zu einsam gewesen. Deswegen hatte er seinen Wohnsitz vollständig nach New York verlegt. Er fühlte sich hier wohl. Nur manchmal, da wünschte er sich zurück in die Abgeschiedenheit der schottischen Highlands, seiner Heimat.

So wie jetzt.

Der afroamerikanische Concierge nickte Ian zu und rief den Lift. „Bitte sehr, Sir. Ich hoffe, Sie hatten einen angenehmen Tag?"

„Danke, Adam. Bis jetzt war er eher mittelmäßig, aber nun bin ich ja zuhause und werde was Schönes mit Jamila unternehmen."

„Hab' sie heute noch gar nicht gesehen, aber meine Schicht hat ja eben erst angefangen. Wenn Sie noch etwas benötigen, Mr. MacLachlan, dann rufen Sie kurz an."

„Natürlich, Adam. Vielen Dank. Wie geht es den Kindern?" Ian blieb in der Aufzugtür stehen und drehte sich noch einmal um.

Adams Lachen wurde breiter. „Oh, sehr gut, Sir. Die Zwillinge halten meine Frau ganz schön auf Trab und Michael ist ein sehr guter Schwimmer. Er will mal zu den Olympischen Spielen, wenn er groß ist."

„Das klingt toll! Dann grüßen Sie Ihre Frau und bringen Sie ihr mal wieder Blumen mit." Ian steckte Adam zwanzig Dollar zu, bevor er im Lift verschwand. Der Concierge war zuverlässig und kümmerte sich immer bereitwillig um jedes Anliegen, das er oder Jamila hatten.

„Vielen Dank, Sir. Ich wünsche Ihnen einen schönen Nachmittag."

„Danke, Adam." Die Aufzugtür schloss sich, in Gedanken war Ian schon bei Jamila. Hoffentlich war sie überhaupt zuhause. Sie arbeitete oft sehr lange, das brachte ihr Job als Model mit sich. Wahrscheinlich führten sie deswegen auch eine außerordentlich harmonische Beziehung. Sie hatte ihm noch nie Vorhaltungen gemacht, wenn er selbst länger arbeiten musste. Jamila konnte ihm zwar in der Angelegenheit mit Sokolow nicht helfen, aber sie würde ihm auf eine andere Art und Weise Freude bereiten und ihn für ein paar Stunden von seiner geschäftlichen Misere ablenken.

Als er die Tür zum Penthaus öffnete, war Ian enttäuscht. Sie war nicht zuhause. Er schlüpfte aus den Schuhen, lockerte die Krawatte und zog sie sich schließlich vom Hals, während er Richtung Schlafzimmer ging, um den Anzug gegen Jeans und Shirt zu tauschen.

Die Krawatte fiel ihm aus der Hand, als er die angelehnte Schlafzimmertür aufstieß und sah, was dort vor sich ging.

Jamila war auf allen Vieren und hinter ihr kniete ein dunkelhäutiger Kerl mit Glatze und einem ziemlich muskulösen Hintern. Die riesigen Hände des nackten Typen klammerten sich an ihrer Hüfte fest, offenbar, um noch kraftvoller zustoßen zu können. *A tergo* war eine von Jamilas Lieblingspositionen. Bisher hatte Ian allerdings gedacht, dass er der Einzige wäre, mit dem sie dieses Vergnügen auslebte. Anscheinend hatte er sich da getäuscht. Die Erkenntnis legte sich wie eine Schlinge um seinen Hals und das Atmen fiel ihm schwer.

„Was ist denn hier los, verdammt!", brüllte er und das Paar fuhr erschrocken auseinander. Jamila rollte auf den Rücken und zog sich das Laken über die Brust, die dunklen Augen weit aufgerissen. Ihr Sexpartner fiel ruckartig vom Bett und jaulte erstaunt auf: „Fuck! Fuck! Fuck!"

Ian hatte das Gefühl, jeden Moment zu explodieren, und zwischen zusammengebissenen Zähnen presste er gefährlich leise hervor: „Du da, raus. Nimm deinen Scheiß und hau ab. Jamila, das Gleiche gilt für dich." Jamilas Liebhaber hastete mit einer unglaublichen Geschwindigkeit durch Ians Schlafzimmer und sammelte seine verstreuten Klamotten ein. Innerhalb weniger Sekunden war er aus dem Raum verschwunden und kurz darauf knallte die Haustür zu. Ians Blick war unverwandt auf Jamila geheftet, die sich nicht gerührt hatte – sie schaute ihn an und schien in Schockstarre verfallen zu sein. Schließlich senkte sie die Augen und stammelte: „Aber Ian, es ist nicht, wie du denkst ..."

Ian war einen Moment sprachlos, dass Jamila angesichts der Tatsache, dass er sie eben in flagranti mitten im Geschlechtsakt erwischt hatte, tatsächlich die Kaltblütigkeit besaß, mit einer derart abgedroschenen Phrase zu kommen.

Und dann lachte er. Er lachte aus vollem Halse, aber es war kein fröhliches Lachen, es war bitter. Abrupt hörte er wieder auf und seine Stimme klang kalt, als er antwortete: „Spar dir den Atem, Jamila. Nichts, was du noch sagen könntest, würde etwas an dem ändern, was ich eben gesehen habe. Ich gehe jetzt und wenn ich nachher zurückkomme, bist du mit deinem Scheiß verschwunden. Ich will dich hier nie wiedersehen. Deinen Schlüssel kannst du auf den Esstisch legen." Jamila hatte sich mittlerweile aufgesetzt und hielt das seidene Laken schützend vor ihre vollen Brüste. Sie sah aus, als suchte sie nach den richtigen Worten. Aber die gab es nicht. Ian hörte noch, wie sie endlich zu einer Antwort ansetzte und seinen Namen rief, aber er war bereits auf dem Weg nach draußen. Noch wenige Minuten zuvor hatte er gedacht, dass sein Tag nicht mehr schlimmer werden könnte ... Wie man sich doch täuschen konnte.

Kapitel 1

Schottland

Eva war müde, hatte Hunger und wollte nur noch schlafen. Vor Aufregung hatte sie in der letzten Nacht kein Auge zugetan und der lange Reisetag forderte nun seinen Tribut. Der mürrische Taxifahrer hatte ihre Fragen zur Umgebung nur einsilbig oder gar nicht beantwortet und lieber telefoniert; ununterbrochen hatte sein Bluetooth-Set in einem grellen blauen Licht geblinkt. Eva hatte Mühe gehabt, bei seinem starken schottischen Akzent etwas zu verstehen, aber das würde sich in den nächsten Tagen sicherlich geben. Außerdem interessierten sie die Privatgespräche des Fahrers ohnehin nicht. Stattdessen saugte sie die Eindrücke, die an ihrem Fenster vorbeiflogen in sich auf und genoss es in vollen Zügen, endlich in Schottland angekommen zu sein. Die Landschaft der Highlands war in Realität noch viel beeindruckender, als sie es sich jemals hätte vorstellen können. Das Grün war viel satter, als sie es von zuhause kannte, und das Blau des Himmels weitaus kräftiger, als sie es in Frankfurt jemals gesehen hatte.

„Sind Sie sicher, dass Sie zu Glennmore Castle wollen? Wir sind fast da", fragte der Fahrer in diesem Moment. Eva hatte keine Kraft, sich über seine Frage zu ärgern. Sie nahm an, dass sie nach der langen Reise und der schlaflosen Nacht aussah, als würde sie üblicherweise unter einer Brücke schlafen, was jedoch kein Grund für den alten Kerl sein sollte, ihre Angabe in Zweifel zu ziehen. Aber sie hatte keine Lust auf eine Diskussion, daher antwortete sie nur knapp: „Ja genau. Da möchte ich hin."

„Aye, wie Sie wollen, Miss. Im Dorf ist eine hübsche kleine Pension, sauber und günstig, vielleicht wäre das ja etwas für Sie?"

Das war doch nicht zu fassen! Der grauhaarige Schotte nahm sich ganz schön was raus. Eva schnaubte und blaffte zurück: „Das ist ja nett von Ihnen, aber vielen Dank. Ich habe ein Zimmer auf Glennmore Castle." Der Blödmann musste ja nicht erfahren, dass sie dort für die nächsten drei Monate als Praktikantin logieren würde und nicht als Gast.

„Aye, verstanden. Aber sagen Sie hinterher nicht: ‚Das hätten Sie mir gleich sagen können'."

Sie sparte sich eine Antwort und presste die Lippen fest aufeinander. Das Taxi fuhr durch ein großes schmiedeeisernes Tor. Daneben stand ein kleines, altes Steinhäuschen, das wohl in früheren Tagen vom Pförtner bewohnt worden war. Ob immer noch jemand in dem alten Haus lebte? Sie würde es bald herausfinden. Die nächsten gefühlten fünf Kilometer fuhren sie auf einer kleinen geteerten Straße bergauf durch den Privatwald des Schlosses. Den Wegrand säumten kleine Laternen. Unwillkürlich fragte sich Eva, ob vor hundert Jahren Fackeln aufgestellt worden waren oder ob Reisende im Dunkeln hatte vorankommen müssen. In Evas Magen kribbelte es und ihre Hände waren feucht. Die Müdigkeit war verflogen und freudiger Erregung gewichen.

Endlich, ihr lang gehegter Traum würde in Erfüllung gehen! Sie hatte sich ihr ganzes Leben lang gewünscht, nach Schottland zu reisen, und jetzt, zum Ende ihrer Ausbildung an der Tourismusfachschule, wurde ihr Wunsch wahr – zumindest teilweise. Ob sie ihren Lebenstraum, nach Schottland auszuwandern und eine kleine Pension zu betreiben, tatsächlich verwirklichen können würde, musste sich noch zeigen.

Als das gelbe Taxi in die Auffahrt zum Schloss einbog, stockte Eva der Atem und sie unterdrückte einen Begeisterungsschrei. Ihr bot sich ein wahrhaft atemberaubender Blick auf Glennmore Castle. Das gewaltige Schloss hatte einen runden Turm, der die anderen Anbauten bei weitem überragte. Reihe um Reihe spiegelnder Fenster mit Simsen, Vorsprüngen und Verzierungen bildeten einen eindrucksvollen Kontrast zu dicken, vom Alter verwitterten Mauern. Das Dach war mit schwarzen Ziegeln gedeckt und Zinnen rundeten die Erscheinung einer ehrwürdigen Burg ab. Vor dem Eingang standen sogar zwei alte Kanonen, die natürlich nur zu Marketingzwecken dort aufgestellt worden waren, weil das Schloss mittlerweile als Hotel fungierte – aber sie waren trotzdem beeindruckend.

Im Inneren musste sich ein Burgfräulein wie im siebten Himmel fühlen, dachte Eva, die ein freudiges Jauchzen gerade noch zurückhalten konnte. Sie ließ ihre Augen wandern und entdeckte in der Mitte der Auffahrt einen Springbrunnen, der das Zentrum des Platzes bildete.

Der Taxifahrer stoppte im knirschenden Kies vor den großen, dunklen Eingangsportalen und bat sie zur Kasse. Eva musste kurz schlucken, denn die Fahrt kostete sie ihr ganzes verbliebenes Bargeld. Sie hatte in den sauren Apfel beißen und ein Taxi nehmen müssen, denn öffentliche Verkehrsmittel gab es hier in den Highlands nicht. Jedenfalls nicht bis Glennmore Castle. Egal, Kost und Logis waren beim Praktikum inklusive, Trinkgelder durfte sie behalten und sehr viel mehr würde sie hier auch nicht benötigen. Sie bat den Taxifahrer um einen Beleg, den er mürrisch ausstellte und ihr mit einem „Da haben Sie's!", nach hinten reichte. Er machte sich nicht die Mühe, ihr die Tür aufzuhalten – das wäre wohl zu viel verlangt gewesen. Wenigstens öffnete er den Kofferraum für sie, aus dem sie den alten Reisekoffer selbst herauswuchtete.

„Auf Wiedersehen, junge Dame. Einen schönen Aufenthalt." Der Kofferraumdeckel knallte zu und dann verschwand der grauhaarige Mann in seinem gelben Taxi und brauste davon. Hoffentlich waren die Schotten im Allgemeinen etwas freundlicher, dachte Eva, bevor sie am Eingangstor nach einer Klingel oder etwas Ähnlichem suchte. Die Suche war vergeblich, sie fand aber einen großen Türklopfer, den sie schwungvoll betätigte. Doch es tat sich nichts. Keine Menschenseele kam und die Pforte blieb verschlossen. Sie klopfte noch einmal, aber die Minuten verstrichen und nichts rührte sich. Merkwürdig. Eva sah sich um. Das hier war doch ein Hotel! Es musste doch ein Mitarbeiter im Haus sein.

Sie stellte ihren Koffer ab und ging ein paar Meter, als sie jemanden auf dem Kies kommen hörte. Na also! Sie atmete erleichtert auf.

In freudiger Erwartung setzte sie ein möglichst gutgelauntes Gesicht auf. Die Schritte kamen schnell näher, dann bog ein hochgewachsener Mann um die Ecke. Er hatte pechschwarzes Haar, das ihm wirr in die Stirn hing, und trug Reithosen und -stiefel, die von oben bis unten mit Matsch bespritzt waren. Als er sie sah, verfinsterte sich sein ohnehin schon nicht gerade freundlich dreinblickendes, markantes Gesicht noch mehr.

„Was wollen Sie hier?", brummte er barsch mit schottischem Akzent. Er gehörte also zum Schloss, schlussfolgerte sie aus seiner unfreundlichen Frage.

Eva konnte den Schotten nur anstarren, fasziniert vom Klang seiner dunklen Stimme und seiner Ausdrucksweise. Er rollte das ‚r' so typisch und zog das ‚e' in die Länge.

„Haben Sie die Sprache verloren?", herrschte er sie an. Mittlerweile stand er dicht vor ihr, sodass sie ihm direkt ins Gesicht schauen konnte und in ein paar herrlich grüne Augen starrte, die misstrauisch zusammengekniffen waren.

„Ähm", begann Eva zu stottern, „ich, äh, soll hier arbeiten. Ein dreimonatiges Praktikum, um genau zu sein."

Der athletische Mann hatte seine Arme vor der Brust verschränkt und stand breitbeinig vor ihr. Irgendwie schüchterte er sie ein; der breitschultrige Kerl strahlte etwas absolut Beeindruckendes, etwas Herrschaftliches aus. Er sah nur wenig älter aus als ihre Kommilitonen, hatte aber etwas Rohes und

Männliches an sich, das ihr Blut in Wallung brachte. Leider beeinträchtigte seine imposante Erscheinung ganz offensichtlich auch ihr Sprachzentrum; mehr als ein Stammeln kam ihr nicht über die Lippen.

„Sie arbeiten hier? Das kann ich mir nicht vorstellen", äußerte er trocken und neigte seinen Kopf leicht, um sie langsam von oben bis unten zu mustern. Sie fühlte sich unbehaglich unter seinem prüfenden Blick und ihr wurde in ihrem olivgrünen Parka unangenehm warm. Eva runzelte die Stirn und ihr Gehirn nahm langsam die Arbeit wieder auf.

Warum war der Mann so unfreundlich zu ihr? An diesem Tag schien sie kein Glück zu haben. Mit einem Mal kehrte die Müdigkeit zurück und alle Kraft verließ sie schlagartig. Sie wollte nur noch ins Bett. Aber was, wenn sie hier tatsächlich falsch war? Wie viele Glennmore Castles konnte es in den Highlands geben? Nein. Sie war sich sicher, dass dies die richtige Adresse war.

Leider bedeutete Müdigkeit bei Eva auch, dass ihre Ungeduld die Oberhand gewann, deswegen entschlüpfte ihr die etwas zickig klingende Bemerkung: „Ach, ja? Und woher wissen Sie das so genau? Wer sind Sie denn überhaupt, dass Sie so mit mir umgehen können? Ich möchte jetzt bitte mit dem Verwalter hier sprechen. Er weiß, dass ich komme, und hat sicher alles vorbereitet!"

Dazu baute sie sich ebenso breitbeinig vor ihm auf und verschränkte die Arme vor ihrer Brust. Eva stellte sich auf eine unerquickliche Diskussion mit dem schlechtgelaunten Mann ein, aber dann sah sie, wie seine Mundwinkel zuckten. Plötzlich lächelte er und raubte ihr damit zum zweiten Mal den Atem.

Sie musste zu ihm aufsehen, was ihr komisch vorkam, da sie nicht klein war. Er strahlte eine unbändige Kraft aus. Sofort hätte sie es ihm abgenommen, wenn er behauptet hätte, dass er in Wahrheit ein Clanführer aus der Vergangenheit wäre. Breite Wangenknochen, intensive, grüne Augen, hochgewachsen, breitschultrig, mit schmalen Hüften und kräftigen Oberschenkeln. Dazu war er unrasiert, was ihn noch verwegener erscheinen ließ. Eva musste schlucken, als sie bemerkte, dass sie ihn mit offenem Mund anstarrte und er sie nach wie vor amüsiert fixierte. Was hatte sie Komisches gesagt, das er so erheiternd fand? Der Mann machte sie schrecklich nervös und sie trat unruhig von einem Fuß auf den anderen.

„Aye, wenn das so ist ... Der Verwalter hat also bereits alles vorbereitet. Und wo ist der Verwalter jetzt?", meinte er mit spöttisch hochgezogener Augenbraue.

Der Kerl glaubte ihr kein Wort, das gab's doch nicht! In ihrem Bauch breitete sich ein leichtes Unbehagen aus, vermischt mit der Erschöpfung kein gutes Gefühl.

„Woher soll *ich* das denn wissen? Ich bin doch eben erst angereist. Wer sind Sie eigentlich, Mr. ...?"

Der Mann trat nun einen Schritt zurück und neigte den Kopf ein wenig, als müsste er überlegen. „Ich bin Ian, ähm, der Hausmeister."

„Der Hausmeister?", fragte sie leicht dümmlich, wie sie hinterher bemerkte.

„Aye, wieso? Hast du ein Problem damit? Lassen wir doch die Förmlichkeiten, wo du doch hier arbeitest. Sag einfach Ian."

Eva musterte ihn von oben bis unten und ihr wurde trotz Müdigkeit ganz heiß bei den anzüglichen Gedanken, die sein beeindruckender Anblick bei ihr hervorrief. Ihr Gesicht fühlte sich an, als wäre es puterrot – wie unangenehm. Verärgert über ihre mädchenhafte Reaktion wechselte sie das Thema: „Gut, das hätten wir dann ja geklärt. Aber wo ist Mr. Boyd?"

Ian machte große Augen und kramte einen Schlüssel aus seiner Reithose. „Die ganze Belegschaft ist eine Woche im Urlaub, du musst da irgendwas durcheinander gebracht haben. Wie heißt du überhaupt?"

„Ach, du liebe Zeit!", entfuhr es Eva. Ihr wurde schummerig. Sie musste sich setzen. Das durfte doch nicht wahr sein ... eine Woche zu früh? Das konnte unmöglich stimmen. Aber der Hausmeister sah nicht aus, als würde er scherzen.

„Hey, du bist ja mit einem Mal ganz blass! Wie heißt du denn nun?", fragte Ian und sah sie ein wenig freundlicher an. Sein Bild verschwamm vor ihren Augen und sie musste blinzeln. Dann sagte sie: „Eva. Entschuldigung. Ich bin einfach nur schon eine Weile unterwegs und mein Bargeld ist aufgebraucht und was soll ich jetzt machen? Ich komme hier nicht mehr weg. Wo sollte ich überhaupt hin? Wie man unschwer erkennen kann, bin ich nicht aus der Gegend."

Die Aufregung der letzten Tage tat ihr übriges und dicke Tränen kullerten über Evas Wangen, ohne dass sie etwas dagegen tun konnte. Sie hasste sich selbst dafür, dass sie vor dem Fremden weinte wie eine Heulsuse. Schlimm genug, dass sie zu blöd war, zur richtigen Zeit ihr Praktikum anzutreten. Schnell wischte sie die salzigen Spuren auf ihrem Gesicht mit einem Ärmel weg.

Ian seufzte, drehte sich um und steckte den Schlüssel ins Schloss.

„Auch das noch, plärrende Weiber! Na toll. Warum hat Boyd dir nicht Bescheid gegeben, als der, äh, Boss alle in den Urlaub beordert hat? Wegschicken kann ich dich jetzt wohl nicht, es wird bald dunkel. Eva", fügte er noch genervt hinzu, „kannst du nicht nach Hause gehen und in einer Woche wiederkommen?"

„Nein, das kann ich nicht!", schniefte sie. „Ich wohne in Deutschland und könnte mir höchstens einen Hin-, aber keinen Rückflug mehr leisten. Beim besten Willen nicht. Ich habe alleine für diesen Trip zwei Jahre gespart!" Sie ließ die Schultern hängen und konnte ein weiteres Schluchzen nur mit Mühe unterdrücken. Eva kramte in ihrem Rucksack nach einem Taschentuch und schnäuzte sich anschließend lautstark.

„Scheiße, dann komm rein. Für den Fehler des Verwalters kannst du ja nichts", teilte ihr Ian kurz angebunden, aber immerhin etwas netter mit. Eva tat, wie ihr geheißen worden war, schnappte sich ihren Koffer und folgte Ian ins Haus. Sie wollte einfach nur ein Dach über dem Kopf haben und ein paar Stunden schlafen. Unter normalen Umständen hätte sie ehrfürchtig jeden Stein im Schloss betrachtet, aber dazu war sie momentan nicht in der Lage. Ian setzte sich auf einen alten Schemel, der neben dem Eingang stand, zog seine verschmutzten Reitstiefel aus und kickte sie in die Ecke.

„Und jetzt hör endlich auf zu heulen, du kannst ja bleiben."

Eva wischte sich noch einmal verstohlen über die Augen, um eventuelle Mascaraspuren zu beseitigen, damit sie nicht zu allem Übel auch noch aussah wie ein Pandabär. Wenigstens hatte sie fürs Erste ein Dach über dem Kopf.

„Danke", sagte sie leise und traute sich kaum, dem schlechtgelaunten Schotten ins Gesicht zu schauen.

Sie erschrak, als er plötzlich dicht vor ihr stand und ihr eine Geruchsmischung aus Pferd, frischem Schweiß und herbem Aftershave entgegenschlug. Sie musste schlucken, denn so nah war ihr seit langem kein Mann mehr gekommen. Schon gar nicht so einer mit breiten Schultern, pechschwarzen Haaren und sinnlichen, grünen Augen. Ian hob sanft ihr Kinn an.

„Komm, kleine Eva, ich mach dir einen Tee. Danach sieht die Welt gleich viel besser aus. Lass den Koffer erstmal hier stehen, den klaut schon keiner."

„Danke", krächzte sie und folgte dem Hausmeister mit wackeligen Beinen weiter ins Schloss. Mittlerweile nahm sie auch wieder mehr von ihrer Umwelt wahr und bewunderte im Vorbeigehen die Großzügigkeit des Hauses. Der alte Holzboden war großflächig mit teuren Perserteppichen ausgelegt und überall gab es Sitzgelegenheiten und gemütliche Ecken, in denen es sich die Hausgäste gutgehen lassen konnten. Allerdings war das Schloss momentan, da anscheinend niemand außer dem Hausmeister vor Ort war, ziemlich kühl und es fröstelte sie. Ian führte sie auf einer kleinen Treppe nach unten.

„Die Küche liegt noch am ursprünglichen Ort im Haus, hier hat sich räumlich nicht so viel verändert. Das Hotel hat ja nur fünfzehn Zimmer, das kann man von hier aus gut wuppen", erklärte er ihr, als er ihr die Tür zur Küche aufhielt.

In der Küche war es gemütlich warm und gusseiserne Töpfe und Pfannen hingen mit ein, zwei Lücken dazwischen feinsäuberlich aufgereiht an Haken über dem Herd. In der Spüle stapelte sich allerdings das schmutzige Geschirr und die Edelstahloberfläche der Arbeitsplatte war übersäht mit Krümeln, schmutzigem Besteck und Essensresten. *Ach du liebe Zeit*, durchfuhr es Eva, *hier sieht es ja aus!*

Ian ging auf Strümpfen zum Waschbecken, wusch sich zuerst gründlich die Hände und ließ anschließend Wasser in einen Teekessel ein, den er dann auf dem Gasherd erhitzte.

„Es wird einen Moment dauern, daran muss man sich hier erstmal gewöhnen. In Schottland ticken die Uhren noch anders. Wo kommst du her, kleines Mädchen?"

Eva stand noch im Türrahmen, trat nun aber ein und schloss die Tür hinter sich. Als ‚kleines Mädchen' war sie das letzte Mal vor zehn Jahren bezeichnet worden, schließlich war sie eins zweiundsiebzig groß und mittlerweile fünfundzwanzig Jahre alt. Es irritierte sie ein wenig, so angesprochen zu werden.

„Ich besuche die Tourismusfachschule in Frankfurt und meine Familie lebt zum größten Teil in Rüsselsheim in Deutschland."

„Rüsselsheim sagt mir gar nichts. Außer in Berlin war ich noch nie in Deutschland."

Eva beobachtete, wie Ian mit fließenden Bewegungen Tassen, Zucker und ein paar Kekse aus einem kleinen Schrank neben dem Gewürzregal fischte.

„Es ist auch nicht sonderlich spannend dort, deswegen bin ich ja auch hier. Ich habe mein ganzes Leben davon geträumt, einmal nach Schottland zu reisen."

„Und wieso kommst du erst jetzt?"

„Ich habe lange für den Trip gespart. Meine Familie kann mich finanziell nicht unterstützen und ich muss mir die Wohnung und meine Fachausbildung selbst finanzieren."

Der Teekessel pfiff und Ian goss das heiße Wasser über die losen Blätter. „Das braucht jetzt ein paar Minuten. Setz dich hin. Was macht deine Familie?"

Eva war müde und hungrig und eigentlich hatte sie keine Lust auf ein Frage-und-Antwort-Spiel.

„Können wir ein andermal darüber reden? Ich bin echt fertig, tut mir leid. Ich habe vor Aufregung letzte Nacht nicht geschlafen und war heute Morgen zu spät dran und hab' den Flug fast verpasst und dann war ich beim Umsteigen in London am falschen Gate und ... Ach Mann, der ganze Trip war bis hierhin eine Katastrophe. Und *dann* erfahre ich, dass ich eine Woche zu früh bin. Ich bin einfach nicht so gut in puncto Pünktlichkeit und Vorausplanung – nicht so wie das Klischee der Deutschen. Bitte setzen, sechs, würde man in der Schule sagen."

Sie ließ die Schultern hängen und betrachtete ihre langen Finger, um seinem Blick auszuweichen. Dann hob sie den Kopf doch ein wenig und sah, dass Ian sie skeptisch musterte. Als nächstes öffnete er einen Schrank und holte eine Flasche mit einer goldbraunen Flüssigkeit raus.

„Dann bekommst du nicht einen einfachen Tee, sondern meine Spezialbrühung. Klingt nach einem harten Tag, den du hinter dir hast. Und ich glaube, dass der Verwalter vergessen hat, dich zu informieren. Es ist also gar nicht deine Schuld." Ians Stimme klang erstaunlich sanft. So viel Einfühlsamkeit hätte sie dem Klotz gar nicht zugetraut, nachdem er sie so unhöflich empfangen hatte.

„Danke." Es fühlte sich gut an, nach dem desaströsen Tag ein wenig umsorgt zu werden, auch wenn es nur was zu trinken war. Ian goss den Tee durch ein Sieb, füllte anschließend zwei Tassen auf und gab einen Schuss Whisky für jeden dazu.

„Ein guter Tropfen, der wärmt von innen. Und was machen wir jetzt mit dir?"

Eva zuckte mit den Schultern.

„Kann ich dir zur Hand gehen? Keine Ahnung ... ich könnte das Chaos hier beseitigen?"

Er seufzte leise und trank einen Schluck. „Ich weiß nicht. Eigentlich wollte ich hier meine Ruhe haben."

„Kann ein Hausmeister das so bestimmen?"

„Ähm." Ian rieb sich am unrasierten Kinn und sah aus, als ob er überlegen würde. „Das hat doch damit nichts zu tun", meinte er dann. „Mr. Boyd kommt erst in sechs Tagen wieder. Wie wäre es, wenn du so lange meine Wäsche machst, und kochst und hier für klar Schiff sorgst?"

„Wie bitte? Ich soll für all das dein Hausmädchen spielen?"

Ian grinste und gab den Blick auf eine Reihe weißer, gerader Zähne frei. „Ja, wieso nicht? Ist doch sonst niemand da, dann kannst du schon mal üben."

Eva nahm einen Schluck und verbrannte sich die Zunge.

„Autsch! Du hast sie ja wohl nicht mehr alle."

„Wofür bist du denn sonst eingestellt worden?"

„Ich soll hier ein Praktikum machen, alle Abteilungen durchlaufen und so weiter." Sie hielt ihre Teetasse umklammert und wärmte sich die eiskalten Finger.

„Ja und, was ist dann dein Problem? Wie man hier die Waschmaschine bedient und die Küche benutzt, musst du doch sowieso lernen."

„Pff – aber doch nicht für den Hausmeister! Also, ne." Eva schüttelte den Kopf. Sein Aussehen musste ihm zu Kopf gestiegen sein. Im nächsten Moment fiel ihr auf, dass sie für eine

Praktikantin ganz schön unverschämt auf seine Frage geantwortet hatte. Unbehagen beschlich sie, was wenn sie es sich jetzt mit ihm verscherzt hatte?

„Überleg's dir. Du kannst auch ins Dorf und dir da eine Bleibe suchen."

Eva runzelte die Stirn. Wie es aussah, hatte sie die schlechteren Karten. Er war zumindest momentan die Person im Schloss, die das Sagen hatte.

Wie viel Wäsche kann so ein Kerl produzieren?, überlegte sie. Sie war es immerhin gewohnt, ihrer Mutter im Haushalt ihrer Großfamilie zu helfen, so schlimm konnte es wohl nicht werden. Und Essen kochen war kein Problem, darin hatte sie genug Übung und es machte ihr sogar Spaß.

„Na gut. Aber in Zukunft räumst du dein dreckiges Geschirr gleich in die Spülmaschine, klar?!"

Plötzlich grinste er spitzbübisch, was ihn noch attraktiver wirken ließ, falls das überhaupt möglich war. „Gut, dann haben wir einen Deal. Du darfst bleiben."

„Sehr großzügig", gab Eva sarkastisch zurück und trank ihre Tasse aus. Der Whisky war stark und in ihrem Bauch breitete sich eine wohlige Wärme aus.

„Hier, nimm einen Keks, kleines Mädchen."

„Ich bin nicht klein."

„Für mich bist du klein. Du bist noch sehr jung, oder?"

„Was willst du denn? Ich bin fünfundzwanzig, und du?"

„Echt? Du siehst irgendwie jünger aus, so unschuldig. Neunundzwanzig."

„Ja, das erklärt einiges. Du bist ja steinalt. Und ich seh' ganz normal aus. Wo lebst du denn, dass du meinst, ich wäre ein Landei, oder was? Sieht hier auch ziemlich ländlich aus!" Sie streckte ihm die Zunge raus und er hob eine Augenbraue. „Und nenn' mich nicht *kleines Mädchen*, ich habe einen Namen. Eva", fügte sie noch hinzu und reckte ihr Kinn ein wenig nach vorne.

„Von mir aus ... Eva."

„Siehst du, geht doch." Sie lächelte und nickte sanft mit dem Kopf. Ian stand abrupt auf.

„So, ich geh' jetzt duschen. Ich zeig' dir, wo du schlafen kannst. Ob das dann auch dein Zimmer bleibt, weiß ich nicht, aber zumindest ist es momentan frei."

Ian trank aus und stellte seine Tasse scheppernd auf den Tisch.

„Okay."

„Dann komm. Aufräumen kannst du hier später."

„Wie bitte?" Sie schnappte nach Luft.

„Na, wir haben doch soeben ausgemacht, dass du dich hier soweit um alles kümmerst!"

Eva blieb die Spucke weg. „Echt?"

„Ich mache keine Witze."

Damit war Ian aus der Küche verschwunden und sie musste sich beeilen, um hinterherzukommen.

Es würde sicher eine Weile dauern, bis sie sich in dem verwinkelten Schloss auskannte, aber sie liebte es jetzt schon. Sicher gab es hier noch das ein oder andere Geheimnis zu entdecken und sie konnte es kaum erwarten, durch das alte Gemäuer zu streifen und jeden Winkel zu erforschen. Am Treppenaufgang schnappte sie sich ihren Koffer und hastete Ian hinterher. Ein Gentleman war er jedenfalls nicht, denn er machte keinerlei Anstalten, ihr das schwere Ding abzunehmen.

Ian führte sie in einen Nebentrakt, der anscheinend nur für das Personal zugänglich war.

„Hier." Er öffnete eine Tür. „Das Zimmer ist jetzt deins. Bad ist auf dem Flur. Ich hab' Hunger, also mach es dir nicht zu lange gemütlich, ich will nur eben duschen. Sagen wir in einer Stunde essen?"

Eva legte den Kopf schief und fragte sich, ob der Kerl das ernst meinte. Aber er sah nicht aus, als würde er scherzen, und sie war zu erschöpft, um zu streiten. Deswegen antwortete sie nur mit: „Ja, ja."

„Dann bis nachher."

Eva sog tief Luft ein, ging in ihr Zimmer und stellte den Koffer ab. Dann drückte sie die Tür hinter sich zu und lehnte sich einen Moment mit geschlossenen Augen dagegen. Wo war sie nur gelandet? Sie öffnete die Augen wieder und inspizierte ihr vorübergehendes Zuhause. Das Zimmer war spärlich, aber gemütlich eingerichtet und hatte alles, was sie brauchen würde.

Eva entschied sich, einen Moment auf dem Bett auszuruhen, bevor sie ihren auspackte. Wahrscheinlich waren sowieso alle ihre Sachen verknittert und eine halbe Stunde mehr oder weniger im Koffer würde daran auch nichts mehr ändern.

Sie war es nicht gewohnt, Hochprozentiges zu trinken, und der Whisky im Tee hatte sie schläfrig gemacht. Kaum lag Eva auf dem Bett, war sie auch schon eingeschlafen.

Ian genoss es, das heiße Wasser über seine verspannten Muskeln laufen zu lassen. Er war es nicht mehr gewohnt körperlich zu arbeiten, aber es tat ihm erstaunlich gut und half ihm abzuschalten.

Erst eine Woche zuvor hatte er Jamila aus seiner Wohnung und damit aus seinem Leben geworfen. Im Moment kam es ihm vor, als wäre es hundert Jahre her. Er war noch am gleichen Abend aus New York abgereist, um Abstand zu ihr und der Niederlage gegenüber Sokolow zu bekommen. An der Tatsache, dass der Russe ihn gelinkt hatte, war nichts mehr zu rütteln gewesen, und Ian wusste, wann er verloren hatte. Aber das war nur eine Schlacht in einem immerwährenden Krieg gewesen; so ein Fehler würde ihm nicht noch einmal unterlaufen. Fortan würde er dafür sorgen, dass die Ratte ihn nicht mehr übervorteilen konnte. Er war auch deswegen nach Schottland gekommen, weil er auf der Insel etwas wichtiges

Geschäftliches zu erledigen hatte – seinem Glück würde er ganz sicher nicht mehr vertrauen. Aber vorher brauchte er ein paar Tage, um seine Wunden zu lecken. Die Ruhe und Abgeschiedenheit seiner Heimat würde ihm dabei helfen runterzukommen. Dafür hätte er Alfi, den Stallmeister und Chauffeur des Schlosses, nicht mit allen anderen in den Urlaub schicken müssen, aber er hatte es so gewollt. Und nun musste sich Ian täglich um die Pferde in den Stallungen am Schloss kümmern: ausmisten, füttern und natürlich reiten. Das wiederum machte ihm Spaß und gab ihm ein Gefühl der Freiheit. Es erinnerte ihn an seine Jugend und seinen verstorbenen Vater, mit dem er oft ausgeritten war.

Ian verteilte Duschgel in seinen Handflächen und seifte sich ausgiebig ein, während er sich fragte, warum er Eva nicht einfach wieder fortgeschickt hatte. Vielleicht hatte es an ihren Tränen, ihrem schönen, traurigen Gesicht oder an der Tatsache gelegen, dass sie irgendetwas in ihm auslöste, das er sich nicht erklären konnte. Wahrscheinlich lag es aber einfach nur daran, dass er ein Idiot war, der sich nicht nur von seiner Freundin betrügen ließ, sondern nicht mal eine wildfremde Person von seinem Besitz schicken konnte, nur weil sie ihn mit ihren großen, unschuldigen Augen angesehen hatte. Und weil sie nichts dafür konnte, dass Boyd vergessen hatte, ihr Bescheid zu geben. Er versuchte sich die Sache schönzureden, indem er sich sagte, dass er sie ohnehin nicht viel sehen würde, von daher konnte es ihm auch egal sein, ob noch jemand hier war oder nicht. Er würde einfach die praktischen Vorteile genießen, wie nicht selbst kochen zu müssen, was er auch nicht wirklich beherrschte. Und nicht zuletzt, dass ihm jemand seine Wäsche wusch – ein deutliches Plus, denn er hatte in den letzten drei Tagen bereits zwei seiner liebsten Kaschmirpullover ruiniert. Zum Glück hatte die junge Frau keine Ahnung, wer er war, und er würde es ihr auch ganz gewiss nicht mitteilen. Er war glücklich, ein paar Tage nicht der reiche Unternehmer Ian MacLachlan zu sein, und so sollte es auch bleiben. Ohnehin würde er viel zu schnell wieder nach New York reisen und seinen Geschäften nachgehen müssen. Schottland war zwar seine Heimat, aber sein berufliches Leben fand, zumindest bis auf Weiteres, in New York statt. Ian stellte das Wasser ab und griff sich ein Handtuch. Hoffentlich hatte sie wenigstens was Ordentliches gekocht, denn ihm hing der Magen bis zu den Knien – ein Nebeneffekt der Stallarbeit.

Auf dem Weg zur Küche stellte Ian fest, dass das Schloss im Finstern lag. Eva würde doch nicht im Dunkeln umherschleichen? Er knipste das Licht in den Fluren zur Küche an und seine Stimmung verschlechterte sich, als er auch dort niemanden vorfand. Genervt stöhnte Ian auf. Vielleicht sollte er sie doch rauswerfen. Er stapfte in Richtung Dienstbotentrakt und riss die Tür zu ihrem Zimmer auf, ohne anzuklopfen.

„Wo steckst du denn? Bist du zum Arbeiten oder Faulenzen hier?" Dann machte er das Licht an und sah, dass Eva zusammengerollt auf dem Bett lag und offensichtlich geschlafen hatte.

Sie regte sich und ihre Augenlider flatterten, bevor sie murmelte: „Was? Was ist los? Hab' ich verschlafen?"

Mit einem Satz war sie aus dem Bett und schaute sich verwirrt um. Sie wusste offensichtlich nicht, wo sie sich befand. Ians Ärger verflog, als sie so verschlafen und mit wehenden Haaren vor ihm stand. Ihre blauen Augen sahen ihn verschleiert an, bis sie die Situation erfasste. Dann schnaubte sie laut: „Was fällt dir eigentlich ein, mich so zu erschrecken? Geht's noch?!"

Ian verzog die Mundwinkel. „Ich dachte, ich hätte mich vorhin deutlich ausgedrückt, als ich sagte, dass ich hungrig bin?"

Eva fuhr sich durch die Haare und band sich die blonde Mähne zu einem Knoten zusammen, bevor sie antwortete: „Ja, ja, schon gut. Man könnte meinen, du bist hier der Haus*herr* und nicht er Haus*meister*. Meine Güte, Entschuldigung!"

Ian fühlte sich ertappt, sagte aber nichts, denn es ging sie schließlich gar nichts an, wer er tatsächlich war.

„Gut, also in zwanzig Minuten bin ich in der Küche. Es wäre gut, wenn du mit dem Kochen bis dahin in die Pötte gekommen wärst."

„O Mann, ja, ich bin dabei. Vielen Dank, ich komme sicher alleine zurecht", gab sie bissig zurück. Ian drehte sich auf dem Absatz um und machte sich auf den Weg in die Bibliothek. Dort hatte er vorhin ein Feuer angezündet und wollte ein paar E-Mails abarbeiten und beantworten. So ganz konnte er sich als Konzerninhaber seinen Pflichten nicht entziehen.

Das würde sicher eine tolle Woche werden, dachte Eva verärgert, als sie den Koffer nach ihrer Zahnbürste durchwühlte. Nach dem kurzen Nickerchen fühlte sie sich wie durch den Wolf gedreht und hatte einen Pelz auf den Zähnen, den sie loswerden wollte, bevor sie sich daran machte, etwas für den Hausmeister zu kochen. *‚Hausdrachen' wäre eine treffendere Bezeichnung für den Kerl*, überlegte sie. Während sie in kleinen Kreisen ihre Zähne putzte, fragte sie sich, was sie ihm getan hatte, dass er so unfreundlich zu ihr war. Aber vielleicht war er ja von Natur aus so miesepetrig.

Eva begutachtete das Badezimmer und ihr Blick fiel auf die Badewanne und den Duschvorhang. Vielleicht würde eine kurze Dusche nicht schaden. Sie fühlte sich eklig nach zwei Flügen und zwölf Stunden Reise. Sie spuckte die Zahnpastareste aus und schälte sich blitzschnell aus ihren Klamotten, dann stieg sie in die Dusche und ließ das angenehm warme Wasser über ihre Schultern laufen. Herrlich!

Es hatte ein wenig länger gedauert, sich frisch zu machen, aber das mit den zwanzig Minuten konnte der Sklaventreiber ohnehin nicht ernst gemeint haben. Sie kannte sich weder im Haus noch in der Küche aus.

Eva war schon froh, dass sie den Weg zur Küche überhaupt ohne Kompass wiederfand, das würde sie ihm aber ganz sicher nicht erzählen. Sie hatte keine Lust, wieder einen seiner spöttischen Kommentare abzubekommen, von wegen kleines Mädchen und so, denn das war sie ganz und gar nicht mehr. Sie war eine selbstständige junge Frau, die auch ohne Lageplan in einem Schloss zurechtkam. Sie drehte den altmodischen Lichtschalter in der Küche an und es wurde hell.

Gut, das hätten wir also schon mal, dachte sie, bevor sie begann, die Küche nach Vorräten zu durchsuchen.

Es dauerte nicht lange, bis sie herausgefunden hatte, dass sich im Kühlraum neben der Küche noch einiges an Lebensmitteln befand, womit sie ein anständiges Abendessen zubereiten konnte. Sie entschied sich für einen einfachen Eintopf mit Bohnen, Kartoffeln und Speck. Zuhause hatte es oft derartige Gerichte gegeben, denn die kosteten nicht viel und machten satt, was immer ein Hauptargument für den Speiseplan gewesen war.

Auf dem Fensterbrett erspähte sie ein altes Radio. Eva schaltete es an und sogleich fühlte sie sich wohler in der Hotelküche, die ihr so allein, leer und ungemütlich vorgekommen war. Stille und Einsamkeit waren zwei Dinge, die Eva nur schlecht ertragen konnte. Sie hatte es lieber, wenn ihre Familie lautstark um sie herumtobte. Umso trauriger war sie, dass ihre Eltern ihre Träume nicht unterstützten und sie im Streit aus Deutschland abgereist war. Aber das würde sich sicherlich auch wieder einrenken, so wie immer. Sie wollte jetzt nicht weiter daran denken. Heimweh war etwas, das sie im Moment ganz und gar nicht brauchen konnte.

Im Radio lief ein bekannter Song von Lady Gaga. Eva wiegte ihre Hüften zum Takt und summte leise vor sich hin, während sie die Zwiebeln und den Speck im Topf anbriet.

Neben dem Herd standen vier weitere Schälchen mit den vorbereiteten Bohnen, den akkurat gewürfelten Kartoffeln, Möhren und Sellerie.

„Das nennst du zwanzig Minuten? Das ist ja wohl ein Witz. Ich würde sagen, das sind eher zwei Stunden."

Eva ließ den Kochlöffel fallen und schrie auf. Ian stand mit einem Glas, in dem er vermutlich Whisky schwenkte, in der Tür und blickte sie grimmig an. Er trug ein sauberes Hemd und eine dunkle Jeans. Rasieren hielt er anscheinend nicht für nötig. Es konnte ihr auch egal sein, dass er aussah wie ein verwegener Pirat mit seinen pechschwarzen Haaren und dem Dreitagebart.

„Verdammte Scheiße, musst du mich so erschrecken?", blaffte sie wütend zurück.

„Hatte ich mich vorhin nicht klar ausgedrückt?", gab er nicht weniger unfreundlich zurück.

Eva presste die Lippen aufeinander und schluckte eine weitere Antwort herunter. Sie wollte wirklich keinen Streit, deswegen kippte sie wortlos die Kartoffeln in den Topf, nahm sich einen frischen Kochlöffel und rührte um.

„Es dauert noch dreißig Minuten. Tut mir leid."

Ian rümpfte die Nase und setzte sich an den großen Küchentisch, an dem für mindestens zehn Personen Platz war. Es sah so aus, als ob die Angestellten hier essen würden, aber nachfragen wollte Eva nicht, so mies wie der Hausmeister drauf war.

„Willst du auch einen?", fragte er sie unvermittelt.

Whisky? Eva blickte vom Kochtopf auf und legte den Kopf ein wenig schief.

„Ich weiß nicht. Ich vertrage so starkes Zeug nicht gut. Dürfen wir hier überhaupt Alkohol trinken?"

Ian starrte sie an, als würde er selbst überlegen, was natürlich Quatsch war. Der Hausmeister kannte seine Rechte und Pflichten sicherlich genauestens.

Schließlich antwortete er: „Das ist mein privater Whisky. Willst du jetzt oder nicht?"

„Na gut", sagte sie, denn sie wollte ihn nicht noch mehr vergrätzen, „dann nehme ich einen. Aber nur wenig, bitte."

„Geht doch", murmelte Ian, als er aufstand, um ein Glas aus dem Schrank zu holen. Dabei stieß er sich mit der Hüfte an einer Kante der Arbeitsfläche und schrie auf: „Fuck!"

War er etwa betrunken? Seine Bewegungen wirkten jedenfalls nicht mehr ganz so geschmeidig. Eva begutachtete die Flasche etwas genauer. Sie war nur noch halb gefüllt, aber sie wusste natürlich nicht, ob er alles am heutigen Tag geleert oder sich nur einen Drink genehmigt hatte, wie er ihn ihr nun anbot. Ian stellte ihr ein Glas vor die Nase und goss ein, dabei schwappte ein wenig über. Sie ließ es unkommentiert, stieß mit ihm an und nahm einen kräftigen Schluck des starken Gebräus. Der Whisky brannte in ihrem Mund und anschließend in ihrem Hals. Eva musste husten und schlug sich mit der Hand auf die Brust, um wieder Luft zu bekommen. Ian beobachtete sie mit seinen undurchdringlich grünen Augen, zeigte dabei aber keine Regung. Lediglich ein Mundwinkel zuckte leicht.

Der Eintopf köchelte vor sich hin und mittlerweile war sie sich sicher, dass Ian mehr als nur einen kleinen Schwips hatte. Er sagte nicht viel, trank dafür aber in regelmäßigen Abständen und füllte sich auch gleich wieder auf.

„Soll ich dir ein Glas Wasser geben, Ian?", fragte Eva vorsichtig.

„Nein, ich bin doch keine Kuh." Dann brach er in Gelächter aus. Eva drehte sich um und verdrehte die Augen. Auch das noch! Ein betrunkener Schotte, den sie nicht kannte und der sie ganz offensichtlich nicht leiden konnte, sich selbst aber unglaublich witzig fand. Zum Glück war der Eintopf bald fertig, vielleicht brauchte er einfach eine vernünftige Mahlzeit im Bauch.

Als sie das Gericht schließlich servierte, langte Ian kräftig zu und hörte erst nach der dritten Portion auf zu essen.

„Wow, wo hast du denn Kochen gelernt? Schmeckt echt gut", sagte er und schenkte sich noch ein Glas ein.

„Danke. Ich habe eine große Familie und helfe oft in der Küche."

Ian saß ihr gegenüber und sie war sich allzu bewusst, dass er sie mit seinem etwas verhangenen Blick fixierte. Er machte sie nervös, was nicht nur am Whisky lag. Der Mann hatte eine gefährliche Ausstrahlung, der sie sich baldmöglichst entziehen wollte, aber wohl oder übel würde sie die Küche zuerst aufräumen und säubern müssen, sonst machte der dunkelhaarige Schotte wieder Ärger, und das wollte sie in seinem Zustand unter allen Umständen vermeiden. Eva räumte gerade den Geschirrspüler ein, als sie seine tiefe Stimme mit dem kehligen schottischen Akzent viel zu nah an ihrem Ohr vernahm.

„Gute Nacht, kleines Mädchen."

Ihr ganzer Körper überzog sich mit einer Gänsehaut. Als sie sich aufrichtete, war er beinahe schon aus der Küche verschwunden und ließ sie verwirrt zurück. Sie sah Ian gerade noch um die Ecke biegen und erhaschte einen Blick auf seine Kehrseite. Man sah ihm an, dass er durchtrainiert war, dabei wirkte er nicht bullig. Ein echter Mann eben. Eva seufzte und widmete sich wieder dem schmutzigen Geschirr.

Nachdem sie die Spuren des Abendessens beseitigt hatte, machte sie sich noch eine Tasse Tee und machte sich auf den Weg in ihr Zimmer. Sie sah Licht in der Bibliothek, war sich aber sicher, dass Ian nicht mehr gestört werden wollte. Wenn Männer sich dem Alkohol hingaben, hatten sie meist keine Lust auf weibliche Gesellschaft, und Eva wollte keine weitere Schimpftirade des Hausmeisters riskieren, auch wenn sie sich ziemlich alleine fühlte. Ihre Familie fehlte ihr bereits jetzt schon. Sie hatte gesehen, dass es WLAN im Schloss gab, sich aber noch nicht getraut, Ian nach einem Passwort zu fragen.

Ein Skype-Gespräch mit ihrer Schwester würde also bis morgen warten müssen.

Ian saß mit einem Glas Whisky vor dem Kamin und fragte sich zum wiederholten Mal, warum er Eva nicht gleich fortgeschickt hatte. Er konnte es sich nicht erklären. Eigentlich war er nach Schottland gekommen, um sich in der völligen Abgeschiedenheit der Highlands selbst zu finden und das Gefühlschaos zu sortieren. Er hatte die Ruhe im Schloss gesucht; eine Flucht aus dem lärmenden New Yorker Alltag und seinem Leben, das vor einer guten Woche komplett aus den Fugen geraten war. Bis zu der Schlafzimmerszene hatte er gedacht, dass die schöne Jamila seine Frau fürs Leben wäre. So konnte man sich täuschen, denn anscheinend hatte sie das etwas anders gesehen und mittlerweile war Ian klar, dass er niemals den Rest seines Lebens mit dem schönen Model verbracht hätte. Dennoch war sein Ego angekratzt und der Vertrauensbruch saß tief. Ian nahm einen kräftigen Schluck, im vollen Bewusstsein, dass er morgen wahrscheinlich üble Kopfschmerzen haben würde, aber es interessierte ihn im Moment nicht. Es tat gut, die Kontrolle abzugeben, sich einfach treiben zu lassen und ins Feuer zu starren. Er goss sich einen letzten Drink ein, danach würde er schlafen gehen.

Kapitel 2

Als Eva aufwachte, war es noch nicht ganz hell. Sie hatte schlecht geschlafen und war mindestens viermal in der Nacht aufgewacht, weil sie geglaubt hatte, seltsame Geräusche zu hören. Sie hatte in die Stille gelauscht, aber außer dem Ruf einer Eule hatte sie nichts ausmachen können. Ein Blick auf das Handy verriet ihr, dass es gerade mal sieben Uhr war, aber sie konnte nicht mehr schlafen. Sie schwang ihre langen Beine aus dem Bett, setzte die nackten Füße auf den flauschigen Teppich und streckte sich ausgiebig. In welchem Zimmer Ian wohl schlief? Eva schüttelte den Gedanken gleich wieder ab, nahm sich ein paar Klamotten und tapste in Richtung Badezimmer. Eine heiße Dusche würde den Rest der Müdigkeit vertreiben und dann wollte sie sich um ein leckeres Frühstück kümmern. Wäschewaschen und aufräumen konnte sie später noch und das Kochen würde ihr Spaß machen. Bei ihren Eltern oder in ihrer WG war die Küche nicht annähernd so funktionell eingerichtet wie die Hotelküche des Schlosses.

Eva drehte die Dusche auf und wartete auf heißes Wasser, während sie ihren Pyjama auszog und ihn ordentlich zusammenfaltete. Bevor sie in die Dusche stieg, schnappte sie sich die Zahnbürste, dann schob sie den geblümten Plastikvorhang zur Seite und streckte vorsichtig einen Fuß unter den Wasserstrahl. Wunderbar, das Wasser rauschte warm aus der Leitung. Nach einer ausgiebigen Dusche sortierte sie noch ihre Habseligkeiten in die Schrankmöbel ihres Zimmers ein.

Es war vollkommen ruhig im Schloss und draußen noch halbdunkel, sodass sie in der Küche das Licht andrehte. Als nächstes schaltete sie das Radio ein, um die Stille zu vertreiben. Im Kühlraum entdeckte sie Champignons, Speck, Eier und Zwiebeln. In einem der riesigen Gefrierschränke hatte sie zuvor Brot erspäht, das sie nun in der Mikrowelle auftaute. Sie war gerade damit beschäftigt Champignons zu schneiden, als die Sprecherin im Radio die Acht-Uhr-Nachrichten verkündete. Eva musste grinsen. An den schottischen Akzent hatte sie sich noch nicht gewöhnt und sie brauchte volle Konzentration, um alles zu verstehen. Eigentlich sprach und verstand sie Englisch fließend – schließlich hatte sie sich seit Jahren darauf vorbereitet, ihren Traum leben zu können – aber das schottische Englisch hatte sie noch nicht ganz verinnerlicht. Im Anschluss an die Nachrichten brachten sie einen Ohrwurm und Eva summte leise mit, während sie die Zwiebeln mit den Speckstreifen und den Champignons in einer gusseisernen Pfanne anschwitzte. Eine widerspenstige Strähne fiel ihr ins Gesicht, die sie zum wiederholten Mal hinters Ohr schob. Sie hätte sie besser mit einer Klammer befestigen sollen, aber für den Moment musste es so gehen.

Das Frühstück war in ein paar Minuten fertig, aber von Ian hatte sie noch nichts gehört. Sie überlegte kurz, ob sie die Pfanne vom Feuer nehmen sollte, entschied sich dann aber dagegen. Während das Omelett langsam garte, begann sie, die Spülmaschine auszuräumen und sich ein wenig mit dem Inhalt der Küchenschränke vertraut zu machen. Schließlich würde sie während des Praktikums auch einige Zeit in der Küche mitarbeiten, da konnte es nicht schaden, wenn sie schon eine Ahnung hatte, was wo zu finden war.

Eva wollte gerade den Wasserkessel auf den Gasherd stellen, als sie Ian im Türrahmen entdeckte. Er lehnte sich lässig gegen die dunkle Holzzarge und beobachtete sie. Stand er etwa schon länger da?

Er sagte nichts, sondern musterte sie wortlos. Ihre Blicke trafen sich und Evas Herz klopfte schneller, während sie sich in Ians intensiven, grünen Augen verlor. Plötzlich hellte sich sein Gesichtsausdruck auf, aber Eva hielt seinem Blick nicht länger stand und widmete sich dem Omelett in der Pfanne.

„Guten Morgen, Eva. Wie ich sehe, bist du schon fleißig."

„Ähm, ja, das bin ich wohl. Guten Morgen. Ich wusste ja nicht, wie dein Tagesplan aussieht, aber du kommst gerade zur rechten Zeit."

Ian kam auf sie zu, ging dann aber an ihr vorbei und holte sich ein Glas aus dem Schrank. Er sah nicht so aus, als hätte er einen großen Kater. Wahrscheinlich waren es die Schotten gewohnt, Whisky in rauen Mengen zu trinken.

Ian schenkte sich ein Glas Orangensaft ein und nahm am Esstisch Platz. Eva hatte bereits den Tisch gedeckt, also brauchte er nichts weiter zu tun als zu warten, dass sie ihm sein Frühstück servierte. Der Gedanke gefiel ihm seltsamerweise. Sonst bestand sein Frühstück für gewöhnlich aus einem grünen Smoothie, den er in seiner Limousine auf dem Weg zum Büro zu sich nahm. Jamila hatte immer darauf bestanden, dass er sich gesund ernährte, um in Form zu bleiben, aber das war jetzt Geschichte. Jamila war Geschichte, und bei dem verführerischen Duft, der sich in der Schlossküche ausbreitete, lief ihm das Wasser im Mund zusammen. Glücklicherweise war er gestern Nacht noch so geistesgegenwärtig gewesen, eine Aspirin zu schlucken, ansonsten hätte er mit Sicherheit einen dicken Brummschädel. Ihm war zwar trotzdem ein wenig flau im Magen, aber das war nichts, was sich nicht mit einem deftigen Frühstück beheben lassen würde. Es hatte ihm gefallen, Eva in der Küche zu beobachten. Ihre Bewegungen waren anmutig und gleichermaßen geschickt. Sie machte das ganz offensichtlich nicht zum ersten Mal, auch wenn man ihr die Küchenfee bei der schlanken Figur, die an diesem Morgen durch eine enganliegende Jeans und eine geblümte Bluse vorteilhaft betont wurde, nicht ansah.

„Hier", riss Eva ihn aus seinen Gedanken. „Ich nehme an, du hast Hunger? Ich habe eine ordentliche Portion zubereitet."

Sie schob ihm das halbe Omelett aus der Pfanne auf den Teller und nahm sich selbst ein Viertel.

„Hmmm, danke. Das sieht lecker aus." Ian schnappte sich eine Gabel und steckte sich einen Bissen in den Mund. „Au! Heiß!", rief er drei Sekunden später aus und spülte mit einem Schluck O-Saft nach.

„Nicht so gierig, es ist genug da", lachte sie.

„Dann ist ja gut", kaute Ian mit vollem Mund. „Also eins muss man dir lassen: Kochen kannst du, Mädchen."

„Danke für die Blumen."

Eva lächelte ihn an und Ian wurde warm ums Herz. Sie sah so unschuldig und natürlich aus. Ihre Haut war nicht mit Unmengen von Make-up zugekleistert, wie er es von den New Yorkerinnen kannte.

„Gerne." Ian räusperte sich und widmete sich seinem Frühstück. Wenn er eines *nicht* machen wollte, dann sich von einer Frau auf die nächste zu stürzen. Außerdem war das Mädchen hier ganz und gar nicht das, was er brauchte. Und, fügte er noch im Stillen hinzu, er war ihr Boss und hatte es ihr verschwiegen. Mit einer Angestellten etwas anzufangen, kam sowieso nicht infrage, niemals – eine seiner Grundregeln.

„Möchtest du lieber Kaffee als Tee?", unterbrach sie seine Grübeleien.

„Nein, das passt schon. Danke."

„Was haben wir heute vor?"

Ian verschluckte sich an seinem Omelett. Er hatte gar nichts mit ihr vor. Wie kam sie auf die dumme Idee?

„Wir?", hakte er deshalb leicht irritiert nach.

„Na ja, ich dachte ... ich kann dir zur Hand gehen, wo ich schon mal da bin. Ich kann nicht untätig herumsitzen. Ich komme aus einer Großfamilie, da gibt es immer etwas zu tun."

Ian hob eine Augenbraue und nahm einen Schluck vom abgekühlten Tee. Er überlegte, ob er ihr einfach sagen sollte, wer er war. Früher oder später würde sie es ohnehin herausfinden, aber dann war er sicher schon wieder auf dem Weg nach New York; er wollte nur ein paar Tage bleiben.

„Ich weiß nicht, ich muss mal überlegen. Was heißt Großfamilie?", brummte er mit vollem Mund.

„Ich habe noch drei Geschwister. Bei uns ist immer was los, immer was zu tun: Wäschewaschen, aufräumen, allerhand zu organisieren und so weiter."

„Wohnst du noch zuhause?" Am Ende war sie noch Jungfrau. Ian riss die Augen auf und starrte Eva an. Dabei fiel sein Blick auf ihr Dekolleté. Nein, das war kaum vorstellbar. Eine Frau mit diesen Reizen konnte unmöglich mit Mitte zwanzig noch keinen Sex gehabt haben. Nicht in der heutigen Zeit. Was dachte er da überhaupt? *Jungfräulich.* So ein Schwachsinn. Ian kratzte sich am Hals und versuchte diese idiotischen Überlegungen abzuschütteln.

„Nein, ich habe seit einiger Zeit ein Zimmer in einer WG in Frankfurt, wo ich die Tourismusschule besuche. Aber ich bin trotzdem am Wochenende oft zuhause und helfe, wenn ich nicht arbeiten muss."

„Das klingt anstrengend. Wo arbeitest du? Ich dachte, du besuchst eine Schule?"

„Ja, beides. Die Ausbildung finanziert sich nicht von alleine. Ich arbeite am Wochenende noch in einer Bar und während der Woche kellnere ich manchmal, je nachdem, wie viel los ist."

Ian gefiel der Gedanke gar nicht, dass sich die blonde Deutsche nachts in einer Bar herumtrieb, obwohl ihn das gar nichts anging. Er schüttelte den Kopf.

„Du hast also viele Talente, hm?"

Sie zog die Schultern leicht hoch, bevor sie antwortete. „Das klingt irgendwie merkwürdig, wie du es sagst."

„Ist ja auch egal."

Es breitete sich ein unangenehmes Schweigen in der Küche aus, in das der Wetterbericht unnatürlich laut verkündet wurde. Ian entschied sich dafür, seine Identität weiterhin für sich zu behalten. Wenn das Mädchen aus bescheidenen Verhältnissen kam, würde das den Umgang nur erschweren, und er wollte endlich einmal nur er selbst sein. Er wollte nicht, dass Eva wegen seines Geldes freundlich zu ihm war. Nach den Ereignissen in New York hatte er das Bedürfnis, ein einziges Mal nur wegen seiner eigenen Persönlichkeit, wenn schon nicht gemocht, dann wenigstens wahrgenommen und respektiert zu werden. Einmal nur Ian und nicht ein reicher Junggeselle mit einem börsennotierten Unternehmen zu sein. Als ihm auffiel, was er da gerade überlegte und dass er sich definitiv zu viel damit befasste, was sie von ihm dachte oder denken könnte, gab er sich innerlich einen Ruck. Er war emotional mitgenommener, als er bis jetzt angenommen hatte.

„Mehr Omelett?", fragte Eva zaghaft. Ian atmete tief ein und nickte. Konnte ja nicht schaden, er hatte in der letzten Woche nicht wirklich viel zu sich genommen und seine Jeans saßen bereits lockerer als noch in New York.

„Ja, von mir aus", beantwortete er ihre Frage. „Was machen deine Eltern?"

Nun war es an Eva, tief Luft zu holen. Sie legte ihre Gabel beiseite und schenkte sich und Ian noch ein wenig Tee nach, bevor sie auf seine Frage einging. „Mein Vater arbeitet bei einem großen deutschen Automobilhersteller, meine Mutter ist Hausfrau. Die Lage in der Firma, in der mein Vater arbeitet, ist angespannt und wir leben seit Jahren mit der Angst, dass er seinen Job verlieren könnte."

„Wäre das denn so schlimm?"

„Du stellst ja Fragen! Natürlich wäre das schlimm. Er hat nie etwas anderes gemacht und wir sind auf sein Einkommen angewiesen. Meine Mutter kann nicht arbeiten; sie hat keine Ausbildung und war auch mit allem anderen – außer Kinder zu bekommen – überfordert."

„Verstehe. Wie alt sind deine Geschwister?"

„Ich habe eine große Schwester, die achtundzwanzig ist und mittlerweile auch selbst drei Kinder hat. Sie wohnen bei meinen Eltern im Haus; meine Schwester ist alleinerziehend. Dann wäre da mein Bruder Peter. Er ist sechsundzwanzig und Schreiner. Und das Nesthäkchen Luisa. Sie ist siebzehn und geht noch zur Schule, aber sie macht ganz schön oft Dummheiten. Da fällt mir ein: Kann ich vielleicht den WLAN-Code bekommen? Ich würde schrecklich gerne mit ihr skypen. Irgendjemand muss sich darum kümmern, dass sie ihre Schularbeiten macht und nicht nur auf Partys geht."

Ian hob eine Augenbraue.

„Sollte das nicht deine Mutter tun? Klar, ich schau nachher im Büro, ob ich den Code finde."

„Danke. Meine Mutter sieht das nicht so. Sie denkt, es wäre okay, wenn Luisa die Schule schmeißen würde, weil sie das Leben genießen will. Schule ist nicht so wichtig in ihren Augen, aber ich sehe das anders. Luisa würde es bereuen."

„Hm. Ich sehe schon, es scheint wirklich ein aufregendes Familienleben zu sein."

„Ja, das kann man wohl sagen, zumal meine große Schwester ihr erstes Kind auch mit siebzehn bekommen hat. Drei Kinder von zwei Männern und keiner von denen kümmert sich um die Kleinen. Es ist schrecklich. Luisa soll nicht die gleichen Fehler machen wie Stephanie."

Eva seufzte und schaute aus dem Fenster.

„Scheint mir ein bisschen viel Verantwortung zu sein, die du als Schwester übernimmst", meinte Ian sanft.

„Ich will, dass Luisa es besser hat. Ich selbst will es besser haben. Deswegen arbeite ich und besuche die Tourismusfachschule. Meine Eltern sind damit nicht einverstanden, da sie meinen, es sei Zeitverschwendung. Ich soll mir einfach einen Job suchen und Geld verdienen und nicht bis Mitte Zwanzig zur Schule gehen."

„Ach, wirklich? Wo ist dein Vater bei der ganzen Sache?"

„Der hat oft Nachtschicht, damit ist er aus der *Sache* fein raus. Der hat keine Lust zu diskutieren. In seiner Freizeit will er seine Ruhe, Fernsehen und so ... Er sagt, er hat keine Energie übrig für unseren Frauenkram. Mein Bruder arbeitet als Tischler und das findet mein Vater toll. Mein alter Herr ist ja der Hauptverdiener und füttert meine Schwester und ihre Kinder auch noch mit durch. Es fehlt an allen Ecken und Enden. Deswegen bin ich auch früh ausgezogen, es gab viel zu wenig Platz im Haus. Er sagt, er schafft das Geld ran und mehr kann er nicht machen. So sieht es jedenfalls aus. Er ist kein großer Redner, der uns mit guten Ratschlägen aufs Leben vorbereitet oder so."

Ian kratzte sich am Kinn. Das waren Probleme, von denen er wusste, dass es sie gab, von denen er als reicher Erbe aber nie selbst betroffen gewesen war.

„Aber ich will echt nicht mein Leben hier ausbreiten. Tut mir leid. Das ist total uninteressant für dich, entschuldige."

„Nein, ich habe doch gefragt. Vielen Dank für das leckere Frühstück."

Ian stand auf und räumte das schmutzige Geschirr ab. Eva half ihm dabei, aber das Gespräch war versiegt. Das Radio trällerte *Starlight* von Slash, was die komische Stimmung irgendwie noch unterstrich.

„Ich schau mal, ob ich das WLAN-Passwort im Büro finde. Es kann ja nicht so schwierig sein, schließlich wollen die Hotelgäste auch Zugang zum Internet."

„Das ist sehr nett, danke." Eva folgte Ian zum Büro, das ebenso penibel sauber und aufgeräumt war wie der Rest des Hotels. „Wow!", entfuhr es ihr. „Die scheinen ja alle mächtig Angst vor ihrem Boss zu haben, hm?" Sie lachte. „Hier gibt es ja in keinem Zimmer auch nur ein Krümelchen oder eine Spinnwebe!"

Ian kniff die Augen zusammen. „Was soll das denn mit Angst zu tun haben? Kannst du dir nicht vorstellen, dass manche Leute ihre Arbeit gerne machen? Dann gehört es doch dazu, dass man eine gewisse Ordnung hält – und das hier ist schließlich ein First-Class-Hotel."

Eva stemmte die Arme in die Hüften. „Sag mal, was bist du denn für einer? Man könnte ja meinen, du und der Chef, ihr wärt so." Sie hakte die kleinen Finger ineinander und machte das gängige Zeichen für Kumpanentum. Ian drehte ihr den Rücken zu, um zu verbergen, wie nahe sie der Wahrheit kam, und ärgerte sich im Stillen über sich selbst.

„Hier ist der WLAN-Code." Er schmiss den Zettel auf den Schreibtisch vor ihr.

„Mein Gott, deine Launen sind ja echt abartig." Eva kräuselte die Nase und fotografierte den Zettel mit ihrem Handy ab.

„So, du Nervensäge, soll ich dir das Anwesen jetzt zeigen oder nicht?"

Evas Miene hellte sich auf. „Klar!" Sie streckte ihm ihre Hand entgegen und sagte: „Frieden?" Ian musste schmunzeln. Sie war wirklich süß, wenn sie so unschuldig mit ihren unglaublich blauen Augen zu ihm aufsah.

„Na gut." Er drehte sich abrupt um und rief ihr während des Weggehens zu: „In fünf Minuten in robuster Kleidung am Eingang, ja?"

Eva stand vor dem Kleiderschrank in ihrem kleinen Zimmer und fragte sich, was Ian mit ‚robuster Kleidung' gemeint haben könnte. Sie hatte keine große Auswahl, daher entschied sie sich für eine einfache Jeans – die mit dem kleinen Loch am Knie – und ein langärmeliges Sportshirt. Als sie sich umgezogen hatte, betrachtete sie sich im Spiegel und verzog den Mund. Besonders sexy waren die alten Klamotten nicht gerade, aber ihre schöne Bluse mit dem Blumenmuster vom Morgen würde definitiv nicht als ‚robust' durchgehen. Trotz der unruhigen Nacht sah sie einigermaßen frisch aus, also wenigstens etwas Positives.

Glücklicherweise hatte sie außer den Turnschuhen noch ein paar Winterstiefel dabei, obwohl es erst September war. Aber sie würde ja bis Ende des Jahres in Schottland bleiben und in den Highlands war spätestens im Dezember auf alle Fälle mit Schnee zu rechnen. Kurz bevor sie ihr Zimmer verlassen wollte, erinnerte sie sich an den WLAN-Code. Sie suchte den Zettel, um ganz kurz nachzusehen, ob Luisa sich gemeldet hatte. Eva loggte sich mit ihrem Smartphone ein und wartete auf Nachrichten. WhatsApp und Skype poppten auf dem Handybildschirm auf und zig Nachrichten ihrer kleinen Schwester erschienen nach und nach. Eva hatte sowas schon vermutet. Es dauerte meist nicht lange, bis Luisa in irgendeinem Schlamassel landete. Sie überflog die Nachrichten und stellte mit Erleichterung fest, dass es dieses Mal nur um Geld für ein gewisses Paar Turnschuhe ging, die „jedes Mädchen einfach haben musste". Eva seufzte laut auf und steckte das Handy in die Innentasche ihrer olivgrünen Winterjacke.

Als sie nach unten kam, war Ian noch nicht da, dabei hatte er doch von fünf Minuten gesprochen. Sie entschied sich, draußen zu warten, und zog am schweren Eingangstor. Die Luft war klar und frisch und die Herbstsonne blitzte durch die Äste der alten Eichen. Sie schloss die Augen für einen Moment und atmete tief ein – es war einfach wunderschön hier.

„*Da* bist du. Meine Güte, hatte ich nicht fünf Minuten gesagt, Mädchen?" Ians schroffer Tonfall riss sie aus ihren Träumen.

„Hier bin ich doch."

„Das war eine halbe Stunde her! Ich hasse es zu warten."

„Tut mir leid, ich habe die Zeit vergessen. Ich habe eine Nachricht von Luisa bekommen und die musste ich unbedingt lesen und …"

„Schon gut", unterbrach er sie unwirsch. „Dann beweg mal deinen Hintern und komm mit."

„Mit, wohin?"

„Zu den Stallungen."

„Oh, was machen wir denn da?"

„Du stellst ja komische Fragen. Was macht man da wohl? Wir holen uns Pferde und dann zeige ich dir das Anwesen."

Evas Herz rutschte in die Hose. Pferde?

„Ich kann nicht reiten."

„Dann wirst du es lernen." Seine Stimme klang fast ein wenig amüsiert – aber nur fast. Eva hob die Schultern und wollte etwas erwidern, ließ sie aber gleich wieder fallen, als sie um die Ecke bogen und sie sah, wie groß die Rösser waren, auf denen er ausreiten wollte. Himmel, das würde sie niemals überleben.

„Was ist, hast du noch nie einen Gaul gesehen?"

„Doch, schon", druckste sie herum. „Aber die hier sind ganz schön groß!"

„Es sind Clydesdales, falls dir das was sagt."

„Nein, sagt mir nichts."

Ian nahm zwei Bürsten aus einer Kiste und reichte Eva eine davon.

„Schau, wie ich es mache. Clydesdale ist eine alte schottische Zugpferdrasse, die nach dem Krieg in der Landwirtschaft durch Maschinen ersetzt wurde und beinahe völlig verschwunden ist. Ganz früher waren sie Schlachtrosse."

„Klingt nicht sehr vertrauenserweckend."

Ian grinste und begann, den Rücken des Pferdes mit der Bürste zu bearbeiten. „Ach was. Wir züchten diese Rasse hier auf dem Schloss, um einen Beitrag zu ihrem Erhalt zu leisten. Dein Pferd ist eine ganz liebe Stute, die mit einem Stockmaß von einem Meter siebzig noch eher klein geraten ist."

„Das sehe ich. Geradezu ein Pony." Eva trat zögernd an die Stute heran und streichelte sie vorsichtig am Kopf.

„Die Clydesdales sind mittlerweile als Showpferde sehr beliebt und wir können mit unseren Pferden auch ganz gut verdienen."

„Wie viele habt ihr denn?"

„Auf den Weiden rund um das Schloss an die hundert Stuten, Fohlen und Jährlinge plus drei Hengste etwas weiter weg, alles in allem. Hier im Schloss haben wir nur die Reitpferde der Gäste und des Eigentümers. Nicht so viele also, neun zurzeit."

„Ist das als Hausmeister dein Job?"

Er lachte.

„Nein, die Pferde hier versorgt normalerweise Alfi. Für die anderen haben wir mehrere Mitarbeiter und eigene Stallungen und so weiter. Das ist ein ganzer Geschäftszweig."

„Aha."

„Willst du nicht endlich anfangen mit dem Bürsten?"

Eva betrachtete die braune Stute mit den weißen, dick befellten Fesseln und kam zu dem Schluss, dass sie nicht bösartig war. Sie hatte bis jetzt nicht mit der Wimper gezuckt, außer um zu blinzeln. Eva stricht sanft mit der Bürste über den Rücken des Pferdes.

„Komm schon, Mädchen, Tenbee ist nicht aus Zucker." Ian war mittlerweile fertig mit dem Säubern und kratzte die Hufe seines Pferdes aus. *Das* würde sie ganz bestimmt nicht machen. Eva schwieg und widmete sich ausgiebig dem Pferderücken. Es war eine sehr entspannende Arbeit, das musste sie zugeben. Als Kind hatte sie immer von Reitstunden geträumt, was sie sich natürlich niemals hatten leisten können.

„So, geh mal zur Seite, ich mach dir Tenbees Hufe fertig." Es dauerte nicht lange. Ian hatte anscheinend wirklich Übung im Umgang mit Pferden. Eva beobachtete, wie er mit geübten Handgriffen Mist aus der Pferdesohle holte. Er trug eine frische Reithose, die sich eng an seine kräftigen Oberschenkel schmiegte. Anscheinend hatte er mehrere davon, denn sie hatte noch keine Wäsche gewaschen und die Reithose, die er gestern getragen hatte, war total verdreckt gewesen. Außerdem trug er ein kariertes Hemd und eine Steppweste. Sie hatte zwar keine Ahnung von Pferdekleidung, aber es sah alles noch recht neu und vor allem sehr edel aus.

„Hast du den Job hier noch nicht lange?", fragte sie daher.

Ian blickte auf und runzelte die Stirn. „Was?"

„Na, ich meine, deine Klamotten. Sie sehen aus, als würdest du sie heute zum ersten Mal tragen."

Ian legte den Hufkratzer zurück in die Kiste und stöhnte leise.

„Sie sind neu, zufrieden?"

„Was stellst du dich denn so an, Ian? Es war doch nur eine Frage!"

Jetzt rümpfte er auch noch die Nase.

„Von mir aus. Komm mit, du musst deinen Sattel selbst tragen."

Ian drehte sich auf dem Absatz um und sie folgte ihm wortlos. Sie war gerade damit beschäftigt, auf sein knackiges Hinterteil in den enganliegenden Reithosen zu starren, als er sich abrupt umdrehte. Hitze stieg ihr ins Gesicht. Er hatte sie auf frischer Tat dabei ertappt, wie sie seinen Arsch anglotzte.

Peinlich, peinlich!

Ians Mundwinkel verzogen sich zu einem süffisanten Grinsen, dazu verschränkte er die Arme vor der Brust. „Gefällt dir, was du siehst?"

„Ich weiß nicht, wovon du sprichst. Wo ist nun der Sattel?", versuchte sie sich rauszureden. Ein Loch wäre jetzt nicht schlecht gewesen, samt einem Stück Schrumpfpilz aus *Alice im Wunderland* – oder war Alice davon gewachsen?

„Ha, ha. Du kannst es also nicht erwarten, loszugaloppieren, hm?" Seine Stimme klang belustigt und Evas Gesicht brannte mehr denn je.

„Ach, hör doch auf, du eingebildeter Schotte!"

„Ich hab' mir ja schon viel anhören müssen, aber dass ich eingebildet sein soll, ist mir neu." Ian hob lachend einen Sattel vom Sattelbock und legte ihn ihr in die Arme. Der war verdammt schwer, aber sie sagte nur: „Mir doch egal. Ist eben meine Meinung."

Am liebsten hätte sie ihm eins übergebraten, damit dieses selbstgefällige Grinsen aus seinem Gesicht verschwand, aber sie war ja selbst schuld daran und nun ließ es sich nicht mehr ändern. Er schien sich bereits wieder eingekriegt zu haben und ging erfreulich schnell zur Tagesordnung über.

„Dann komm, Mädchen, ich will los. Ist schon eine Weile her, dass ich selbst über das gesamte Gelände Glennmores geritten bin." Er ging voraus und legte den Sattel auf sein Pferd. Gnädigerweise nahm er Eva den ihren anschließend ab und sattelte zuerst Tenbee. Er hatte wohl geahnt, dass sie Mühe haben würde, das schwere Ding auf den hohen Rücken der Stute zu bekommen. Er konnte also auch nett sein. Wenigstens etwas.

Es dauerte nicht lange, dann waren beide Pferde gesattelt und aufgetrenst. Evas Herzschlag hatte sich in den letzten Minuten enorm beschleunigt; sie war zunehmend aufgeregt und nervös. Nun sollte ein weiterer Kindheitstraum wahrwerden – nur dass sie mit fünfundzwanzig ein wenig zu alt war, um einem solchen Abenteuer gelassen entgegenzutreten.

Ian schien ihre Angst zu spüren, denn mit einem Mal war er ganz einfühlsam, als er sich neben sie an die Steigbügel stellte und ihr gentlemanlike in den Sattel helfen wollte.

„Keine Angst, Tenbee ist wirklich lieb und ich lasse dich nicht alleine reiten. Ich nehme dich als Handpferd mit. Tenbee geben wir hier sonst nur Kindern oder Anfängern, weil sie so ruhig ist."

Eva schluckte und blickte ihm in die Augen. Ein schwerer Fehler, denn ihr ohnehin schon rasender Herzschlag beschleunigte sich noch mehr. Schnell wandte sie sich wieder dem Sattel vor ihr zu. Ian hob sie mit einem Ruck nach oben und sie musste nicht mehr tun, als das rechte Bein über den Rücken des Pferdes zu schwingen.

„Hey!", rief sie erschrocken aus. Dabei war sie gleichermaßen überrascht über seine Kraft und den plötzlichen Verlust des Bodenkontakts.

„Setz dich in den Sattel und lass die Beine hängen, ich will die Steigbügel einstellen."

Eva war zu sehr damit beschäftigt, nicht hysterisch zu hyperventilieren, daher tat sie, was er sagte. Ian brauchte nicht lange, dann hatte er den rechten und linken Steigbügel eingestellt und ihre Füße richtig darin platziert. Die Haut an ihren Unterschenkeln prickelte an den Stellen, wo er sie berührt hatte.

„Fertig. Wie fühlst du dich?"

„Als ob ich gleich sterbe", entfuhr es ihr. Sie hörte selbst, dass ihre Stimme gepresst klang, aber Ian lachte nur rau und kehlig. Sein schwarzes Haar hing ihm wie üblich wirr in die Stirn. „Stadtmenschen! Einfach göttlich!" Wenige Sekunden später nahm er sein Pferd und schwang sich mit einem Satz in den Sattel. Er ruckelte sich zurecht und schnallte schließlich Tenbees Zügel an seine. Dann tätschelte er den Hals seines Pferdes und sagte: „So, Crannog, mein alter Freund. Dann wollen wir mal los."

Ian ritt im Schritt mit ihr und nach und nach fasste sie Vertrauen. Der Sattel war groß und bequem; sie saß beinahe wie auf einem gemütlichen Sofa. Von hier oben sah die Umgebung ein wenig anders aus als aus ihrer gewöhnlichen Perspektive und sie genoss es, mit einem sanften Schaukeln getragen zu werden. Ian führte die Pferde zunächst an etlichen alten Bauwerken vorbei, die ein wenig mitgenommen und baufällig aussahen.

„Was ist denn hier mit den Gewächshäusern?"

„Ja, das ist eine gute Frage. Es lohnt sich heute nicht mehr, das Gemüse fürs Schloss selbst anzubauen. Früher gab es hier auch eine Rosenzucht, aber seit mei... äh, also seit die Dame des Hauses nicht mehr hier lebt, ist das alles vernachlässigt worden."

„Was meinst du?"

„Als der alte MacLachlan starb, wollte seine Witwe nicht mehr hierbleiben. Sie meinte wohl, es würde sie zu viel an ihren verstorbenen Gatten erinnern. Sie lebt nun in London, wie man hört, liebt das Theater und engagiert sich dort für die Erhaltung einiger alter Gebäude und ist Kunstmäzenin. Außerdem wohnt sie in so einer Art WG für Rentner, dort hat sie Gesellschaft und es ist immer etwas los."

„Aha, von so was hab ich noch nie gehört. Aber trotzdem schade um die ganzen Gewächshäuser. Wäre es nicht sinnvoll, bei dem Konzept *Traditionelles Schloss mit eigener Hotelgastronomie* auch eigenes Gemüse und eigene Kräuter zu haben?"

Ian zuckte mit den Schultern.

„Das kann gut sein. Da müsste man mal überlegen. Sag's dem Chef." Ein merkwürdiges Lächeln huschte über seine Züge. Es war jedoch so rasch wieder verschwunden und Ians üblichem, leicht griesgrämigem Ausdruck gewichen, dass Eva dachte, sie hätte sich getäuscht.

„Aber wir beide werden hier wohl nicht viel verändern, hm? Die Praktikantin und der Hausmeister. Ich quatsche einfach zu viel."

Ian murmelte leise vor sich hin: „Nein, ganz und gar nicht."

Aus dem komischen Kauz sollte einer schlau werden, dachte Eva.

Das zum Haus gehörende Gelände rund um Glennmore Castle war sehr weitläufig. Nach ein paar Minuten erreichten sie die Mauern und ein großes Tor. Ian stieg ab und öffnete die alte Pforte, die zu Evas Überraschung mit einem elektronischen Schloss gesichert war, in das er nur einen PIN-Code eintippen musste.

„Das ist ja moderner hier, als ich dachte!"

„Ja, nicht alles ist alt und verstaubt."

Nachdem sie das Grundstück von Glennmore Castle verlassen hatten, eröffnete sich ihnen der Blick auf eine beeindruckende Umgebung in den schottischen Highlands. Überall Grün, unendliche Weiten und Berge ringsherum. Auf den meisten Ebenen und einigen Hängen sah sie abgeerntete Felder, auf anderen Grünflächen waren Pferde, die vermutlich zum Gestüt gehörten. Der Wind wehte um ihre Nasenspitze und trieb ihr immer wieder eine störrische Strähne ins Gesicht, aber das war wie ein Spiel, mit dem das Land sie neckte und willkommen hieß.

In genau diesem Moment verliebte sie sich hoffnungslos. Verliebte sich in die Ursprünglichkeit und Rauheit der schottischen Natur, den weiten, blassen Himmel über den Hügeln, Feldern und Bergen.

Ian schien ihre Gefühle zu spüren. Als wollte er die Ruhe und den Frieden, den sie auf den Rücken der Pferde fanden, nicht stören, unterbrach er das Schweigen, das ganz anders war als noch in der Küche, nur einmal, um sanft festzustellen: „All das ist Schottland. Wenn man es erst einmal in sein Herz lässt, will man nie wieder fort." Und wie recht er doch hatte. Eva fühlte sich, als wäre sie schon immer hier gewesen, als hätte ihr Herz sie hierhergeführt, weil sie nirgendwo sonst hingehörte.

Eine Weile ritten sie still nebeneinander her, bis Ian stoppte und absaß. Er umrundete sein Pferd und streckte ihr die Arme entgegen.

„Komm, ich fang dich auf. Ich will dir etwas zeigen."

Eva nahm beide Füße aus den Steigbügeln, lehnte sich ein wenig nach vorn und hob das rechte Bein über den Sattel. Sie zögerte einen Moment, sah in Ians Gesicht und beschloss, ihm zu vertrauen. Sie ließ sich in seine starken Arme sinken und von ihm vom Pferderücken heben. Sogleich stieg ihr sein maskulines Aftershave mit holziger Note und einem Hauch Bergamotte in die Nase. Sie schloss ihre Augen für eine Sekunde und trat einen Schritt zur Seite. Was sie nicht bedacht hatte, war, dass ihre Beine nach der Zeit im Sattel noch nicht wieder ganz standfest waren. Somit taumelte sie etwas, fing sich aber gleich wieder. Sie fing Ians Blick auf, der sie amüsiert betrachtete.

„Keine Sorge, nach dem zehnten Ausritt knickst du nicht mehr gleich weg."

„Du bist ein Idiot, Ian. Wenn du es gewusst hast, warum hast du mich nicht gewarnt?"

„Du bist doch eine Frau von Welt, die ihre eigenen Erfahrungen machen will, oder etwa nicht?"

„Ja, ja, schon gut. Was willst du mir denn nun zeigen?"

Ian band die Pferde an einen Zaun in der Nähe und nahm Eva an der Hand. „Komm, ich führe dich hin. Pass auf, das Moos hier ist etwas tückisch." Ihre zarte Hand fühlte sich weich und warm in seiner an. Er wusste selbst nicht, weshalb er sie hinter sich herzog. Er redete sich zumindest ein, dass er nur sichergehen wollte, dass sie nicht ausrutschte und hinfiel, denn der schmale Weg war steil und wenn man ihn nicht kannte, konnte man leicht abrutschen. Ian war als Kind so oft an dieser Stelle gewesen, dass er den Weg blind gefunden hätte. Nach kurzer Zeit hörte er das vertraute Rauschen und spürte eine überschwängliche Freude, nach so langer Zeit endlich wieder hier zu sein. Hinter sich hörte er ein erstauntes „Oh!" von Eva.

„Da sind wir", verkündete er stolz.

Sie standen auf einem kleinen Plateau und vor ihnen öffnete sich die Aussicht auf einen kleinen Wasserfall. Über ihnen flogen ein paar Krähen, die offenbar nach Nahrung suchten.

„Es ist wunderschön hier!", rief Eva und strahlte übers ganze Gesicht. „Vielen Dank, dass du mich hergebracht hast. Ich hätte nie gedacht, dass alles in Wirklichkeit noch viel schöner ist, als ich es in den ganzen Reportagen gesehen habe."

Ian wurde nachdenklich und mit einem bitteren Lächeln erinnerte er sich an seinen letzten Besuch am Wasserfall. Er hatte Jamila mitgenommen und war von ihrer Reaktion zutiefst enttäuscht gewesen. Alles, was ihr eingefallen war, war: „Ian, was soll ich hier? Meine Schuhe werden ganz schmutzig." Ihr Gesichtsausdruck hatte dabei zwischen ärgerlich und angewidert changiert. Den Rest des Tages war sie ebenso schlecht gelaunt gewesen wie in den zwei Tagen zuvor, die er mit ihr in seiner Heimat verbracht hatte. An diesem Morgen war er sich sicher gewesen, dass er ihr endlich ein Lächeln entlocken würde, denn der Wasserfall war einer seiner Lieblingsplätze in den Highlands. Er hatte extra einen Korb mit Essen, Champagner und feinstem Kaviar hierherbringen lassen, aber Jamila hatte nur aufgestöhnt und gemault, dass sie niemals zwischen Ameisen und Insekten Kaviar essen würde und dass er sie bitte sofort zurückbringen sollte, damit sie sich eine saubere Hose anziehen konnte. Dabei hatte er vorgehabt, sie im Augustlicht zu lieben und ihr anschließend ein ganz besonderes Geschenk zu machen. Die Ohrringe waren in der kleinen Geschenkbox geblieben, die im Korb ganz unten versteckt gewesen war.

„Ian? Hallo? Erde an Ian?"

Evas Stimme und ihr helles Lachen rissen ihn aus seinen Gedanken. Eva wäre über einen Korb mit Champagner höchstwahrscheinlich eher erstaunt gewesen und hätte ihn als „nicht nötig" abgetan. Ian musste schmunzeln. Natürlich hatte er nichts dergleichen vorbereitet; Eva war das glatte Gegenteil von Jamila und er hatte nicht vor, sie zu verführen. Er wollte ihr nur die Highlands zeigen.

Die Erinnerung an Jamila hatte seiner Stimmung jedenfalls einen merklichen Dämpfer versetzt und es dauerte einen Moment, bis er wieder in der Lage war, in einem normalen Tonfall mit Eva zu reden, obwohl sie nicht der Grund für seine miese Laune war.

„Ich war als Kind oft hier – jedes Mal, wenn mein Vater mich geschimpft hat, weil ich etwas verbockt habe. Und das kam ziemlich oft vor, kann ich dir sagen."

„Echt? Das klingt aber nicht so nett."

„Doch, oder zumindest war es meistens gerechtfertigt. Mein Vater war schon Anfang sechzig, als ich geboren wurde. Ich glaube, er war manchmal mit meiner Lebhaftigkeit überfordert."

„Wieso war er schon so alt?"

„Meine Eltern haben sich erst spät kennengelernt, daher bin ich auch Einzelkind."

„Ist das hier oben nicht ungewöhnlich?"

„Ja, kann sein. Wollen wir wieder los? Die Pferde warten." Erinnerungen stürmten auf ihn ein, außerdem wollte er Eva keine Gelegenheit geben, noch mehr Fragen zu stellen. Sie noch mehr anzulügen, wäre ihm unangenehm gewesen. Nachdem er Eva wieder in den Sattel gehoben hatte, ritten sie gemächlich Richtung Schloss zurück und er hing schweigend seinen Gedanken nach. Was würde sein Vater sagen? Wäre er zufrieden mit dem, was sein Sohn aus dem Traditionsunternehmen gemacht hatte? Er hatte expandiert, einen international agierenden Konzern daraus gemacht … Ja, Ian war erfolgreich, aber war Geld wirklich alles? Komische Fragen, die ihm heute durch den Kopf gingen.

„Ist wirklich alles okay, Ian?" Evas blaue Augen schauten ihn fragend an. Ein Hauch ihres blumigen Parfums wehte zu ihm rüber; sie hatte dicht zu ihm aufgeschlossen. Ihr Duft umhüllte ihn so zart wie eine Sommerbrise. Ian zuckte die Achseln und zog die Mundwinkel ein wenig nach oben. „Klar. Wie du vorhin richtig bemerkt hast, bin ich ein grummeliger Schotte."

„So hab' ich das garantiert nicht formuliert."

„Egal." Ian zügelte sein Pferd und als Eva ganz dicht neben ihm war, beugte er sich zur Seite und nahm wieder ihre Hand, die ihn seltsamerweise beruhigte. Überhaupt wirkte sich Evas offene und ehrliche Art ziemlich seltsam auf sein Gemütsleben aus. Das wiederum erzeugte ein mulmiges Gefühl in ihm. Er war doch noch nicht mal über Jamila hinweg, wie konnte er sich schon wieder für eine andere Frau interessieren?

Der Rückweg verlief angenehm ereignislos. Ian hatte anfangs die Befürchtung gehegt, dass sie womöglich auf Bekannte treffen könnten, die ihn enttarnen würden, aber glücklicherweise hatte ihnen nur der alte Duncan über eine Weide hinweg zugewunken. Weit genug entfernt, um nicht persönlich mit ihm sprechen zu müssen.

Die Pferde trotteten in einem gemächlichen Tempo vor sich hin, Eva wirkte zufrieden und entspannt, und das, obwohl es ihr erster Ausritt war. Ian ging davon aus, dass ihr der Hintern nachher ordentlich wehtun würde. Er selbst spürte seinen auch ein wenig; es war schon eine Weile her, dass er so lange im Sattel gesessen hatte. In den letzten Tagen hatte er nur kürzere, dafür temporeiche Ausritte gemacht. Dennoch hatte er heute jede einzelne Minute genossen, nicht zuletzt deshalb, weil Eva ebenso gut schweigen wie reden konnte. Er war froh, in Ruhe nachdenken zu können. Die Pferde kannten den Weg und Eva schien auch nicht sonderlich an einem Gespräch interessiert zu sein.

Zurück im Schloss sattelte er die Pferde ab, gab ihnen eine extra Schaufel Hafer und sagte Eva, dass sie doch schon reingehen solle. Er werde den Rest alleine erledigen. Sie schaute zwar ein wenig verdattert, verschwand aber ohne weiteren Kommentar. Ian war überrascht, als er auf der Stalluhr sah, dass es bereits nach eins war. Er hatte sein Handy in der Turmwohnung gelassen und es auch nicht vermisst. Die Geschäfte mussten ein paar Tage weitgehend ohne ihn laufen, aber er würde seine E-Mails nachher lesen und einige beantworten. Immer noch wurmte ihn der geplatzte Deal und er hoffte, dass mit dem Abstand auch die Lust auf neue Projekte wieder wachsen würde. Die körperliche Arbeit beruhigte ihn und er ließ sich Zeit. Er mistete jede einzelne Box gründlich aus und verteilte anschließend frisches Stroh darin. Bald lief ihm der Schweiß über die Stirn und er krempelte seine Hemdsärmel hoch. Je mehr er sich anstrengte, desto befreiter fühlte er sich.

Als er endlich fertig war, gab er jedem Tier noch frisches Heu in die Raufe. Er hätte nicht wenig Lust gehabt, noch ein Weilchen draußen zu bleiben, aber sein Magen knurrte schon bedenklich laut und er war schweißgebadet. Wenn er sich keine fette Erkältung holen wollte, musste er zurück ins Schloss und heiß duschen. Der Wind hatte aufgefrischt und es würde sicher gleich regnen. Das Wetter in den Highlands war nicht so beständig wie andernorts, aber auch das liebte er sehr an seiner Heimat: den häufigen Wechsel zwischen Sturm und Stille, Regen und Sonnenschein.

In einem der Badezimmer des Dienstbotentrakts zog er seine verschmutzten Kleider aus. Er hatte ein viel komfortableres Badezimmer in der Turmwohnung, aber Ian wollte den Pferdedreck nicht mit nach oben nehmen. Eine Angewohnheit, die er aus Kindheitstagen beibehalten hatte. Er drehte das Wasser auf und schlüpfte am Duschvorhang vorbei ins heiße Nass. Ian schloss die Augen, genoss das Rauschen des Wassers, ließ sich viel Zeit und versuchte, seine Gedanken nicht, wie so oft in den letzten Tagen, um Jamila und die Niederlage gegen Sokolow kreisen zu lassen. Aber es gelang ihm nicht.

Vor seinem inneren Auge tauchte immer wieder Jamila auf, die willig vor ihrem Liebhaber auf allen vieren kniete und dessen harte Stöße erwartete. Ian nahm sich vom Duschgel und feuerte die Packung anschließend gegen die Wand – als ob das etwas daran ändern konnte, dass seine Ex-Freundin ihn betrogen hatte, und wahrscheinlich nicht nur einmal.

Als er das Wasser schließlich abdrehte und aus der Dusche stieg, war das Bad voller Dampf, die Spiegel waren beschlagen und auf dem Boden hatte sich eine kleine Pfütze gebildet, weil er den Duschvorhang nicht vollständig zurückgezogen hatte. Egal, das würde schon wieder trocknen. Ian griff sich ein Handtuch und schlang es sich um die Hüften, dann strich er sich das wirre Haar aus dem Gesicht und erinnerte sich daran, dass er es endlich schneiden lassen musste. Es war viel zu lang für seinen Geschmack, aber er hatte in New York vor dem Abflug einfach keine Zeit gehabt. Jetzt würde es auch noch ein paar Tage länger auf einen Schnitt warten können. Hier im Schloss war er nur Ian, von ihm aus auch Ian mit den zerzausten, zu langen Haaren.

Nachdem er sich in seinem Zimmer eine alte, dunkelblaue Jogginghose und ein weißes Shirt übergezogen hatte, checkte er sein Mobiltelefon auf Nachrichten. Er hatte fast zwanzig unbeantwortete Anrufe, aber nur ein Anrufer würde heute von ihm hören. Ian drückte den Rückrufbutton und wartete darauf, dass Simon Dexter, sein Anwalt in London, abnahm.

Dexter ging ran und begrüßte Ian, hatte aber keine guten Nachrichten für ihn. Irgendwo tief im Inneren hatte Ian gehofft, dass man an Sokolows letzten Schandtaten noch etwas drehen konnte, aber leider war es zu spät, wie der Anwalt ihm mitteilte. Ian war geschlagen, zumindest für dieses Mal. Die Wut darüber ließ er an dem Mann am anderen Ende der Leitung aus.

„Dexter, ich warne Sie! Wenn Sie mir den Deal hier oben nicht rechtzeitig unter Dach und Fach bringen, dann ist Wayne Partners die längste Zeit die Kanzlei gewesen, mit der MacLachlan zusammengearbeitet hat. Haben wir uns da verstanden?", brüllte er ins Telefon.

„Natürlich, Sir. Wir werden alles tun …"

„Verschonen Sie mich mit Ihren Beteuerungen und melden Sie sich erst, wenn Sie einen Termin haben! Ist das klar?"

„Ja, Sir."

„Ich will Blanrych Castle und die dazugehörigen Ländereien – koste es, was es wolle! Wenn mir Sokolow schon wieder zuvorkommt, rollen Köpfe, da können Sie Gift drauf nehmen."

Damit legte Ian auf und schmiss sein Handy auf den Tisch. Er stützte sich mit beiden Händen auf die Tischplatte und atmete schwer. „Verfluchte Scheiße!", donnerte er durch das stille Zimmer. Dann schlug er mit der Faust an eine Stuhllehne, um seinem Ärger Luft zu machen. Das einzige, was er damit erreichte, war allerdings, dass seine Hand höllisch schmerzte.

„Fuck!" Er fuhr sich durch die Haare und beschloss, sein Handy vorerst auf lautlos zu stellen. Er regte sich einfach zu sehr auf und brauchte Abstand zu all dem Müll!

Die frische Luft und die Bewegung hatten sie völlig erschöpft. Normalerweise war Eva niemand, der sich jeden Tag zu einem Nickerchen hinlegte. Anscheinend brach sie mit ihren eigenen Regeln, denn als sie aufwachte, war es bereits dunkel und ihr Magen knurrte. Nach dem Ausritt hatte sie ein paar Kekse gegessen und einen Tee getrunken, aber das war, nach einem Blick auf die Handyuhr zu urteilen, schon Stunden her. Im Zimmer war es dunkel und sie tastete nach dem Schalter der kleinen Nachttischlampe mit dem grünen Schirm. Als sie das Licht angeknipst hatte, musste sie kurz blinzeln, gewöhnte sich aber schnell an die schwache Beleuchtung. Ein Wunder, dass der Miesepeter nicht schon längst mit der Frage, wo denn sein Abendessen blieb, an ihre Tür gehämmert hatte. Der Gedanke daran erheiterte sie so sehr, dass sie ein Kichern unterdrücken musste. Eva stand auf und schlüpfte in ihre Turnschuhe, bevor sie das Zimmer verließ. Der Flur lag ebenfalls im Dunkeln, also schaltete sie das Licht an und machte sich auf den Weg in die Küche. Wenn Ian schon nichts wollte, würde auf jeden Fall sie etwas essen. Sie kam am Badezimmer vorbei und warf einen Blick hinein, da die Tür offenstand.

„Ach du Scheiße", entfuhr es ihr. „Wie sieht's denn hier aus?"

Eva machte das Licht an und sah mit Entsetzen das volle Ausmaß von Ians *Wellness-Party*. Über den ganzen Boden lagen seine Kleidungsstücke verstreut, damit aber nicht genug. Da die Klamotten total verdreckt waren, flogen Erde, Stroh und Tierhaare im ganzen Bad umher. Vor der Dusche hatte sich eine große Pfütze gebildet, die sich mit der Erde zu einem braunen Matschfilm vermischt hatte. Wenn er dachte, dass sie das für ihn aufputzen würde, hatte er sich geschnitten! „Der hat sie doch nicht mehr alle! So ein Ferkel!" Eva hob die Kleidungsstücke trotzdem auf, bevor sie in der Dampfsauna hier ein Eigenleben entwickelten. Ihr Blick blieb am Versace-Label seiner Boxershorts hängen und sie wunderte sich einmal mehr, wie ein Hausmeister sich so etwas leisten konnte. Aber vielleicht machte er ja auch öfter Urlaub in der Türkei und kaufte sich dort die ganzen Fake-Teile ein. Eigentlich machte Ian gar nicht den Eindruck auf sie, dass er auf dergleichen Wert legte, aber sie kannte ihn ja so gut wie gar nicht. War auch nicht ihre Sache. Jetzt musste sie erstmal rausfinden, wo sich die Waschküche befand. Gleichzeitig meldete sich der Hunger zurück und sie entschied, zuerst etwas zu essen, und ließ die Kleidungsstücke an Ort und Stelle wieder fallen. Die Wäsche lief garantiert nicht davon.

Vielleicht war Ian ja ausgegangen? Sie konnte nirgendwo Licht entdecken und alles war still. Da sie annahm, dass er an diesem Abend nicht mehr auftauchen würde, kochte sie lediglich ein paar Kartoffeln. Dazu gab es Quark, in den sie Kräuter aus dem Kühlraum einrührte. Einfach, aber lecker und genug, um satt zu werden. Das Radio lief und sie wartete auf den

Rückruf von Luisa über Skype. Sie wollte hören, wie es bei ihrer Schwester in der Schule lief, und hoffte, dass aus der Turnschuhaffäre keine Staatskrise geworden war.

Kapitel 3

Der Regen prasselte an die Sprossenfenster in ihrem Zimmer, als Eva die Augen aufschlug. Sie hatte in der letzten Nacht lange wachgelegen und in einem Buch gelesen, das sie in der Schlossbibliothek gefunden hatte – ein historischer Roman über die Tudor-Zeit. Eva streckte sich und drehte sich noch einmal auf die andere Seite. Sie hatte keine Ahnung, was sie heute mit dem Tag anfangen sollte. Anscheinend hatte Ian keine Lust, sich mit ihr abzugeben. Wahrscheinlich hatte er selbst genug zu tun. Sie war dennoch dankbar, dass er sich für den Ausritt gestern Zeit genommen hatte, auch wenn er danach ohne ein Wort verschwunden, geradezu wie vom Erdboden verschluckt gewesen war.

Nach ein paar Minuten stieg sie aus dem Bett und schlurfte müde Richtung Badezimmer. Ihr Hintern tat weh und die Innenseiten ihrer Oberschenkel schmerzten höllisch von ihrem Muskelkater. In den nächsten Tagen würde sie garantiert auf kein Pferd mehr steigen, so viel war sicher. Die heiße Dusche tat gut, verringerte die Schmerzen aber kein bisschen. Sie benutzte das zweite Bad auf dem Flur, denn im anderen lagen immer noch Ians schmutzige Klamotten. Gleich nach dem Frühstück würde sie sich darum kümmern.

Als sie in die Küche kam, sah sie, dass der Miesepeter gestern anscheinend spät dran gewesen war, denn auf dem Herd stand eine benutzte Pfanne und in der Spüle lag schmutziges Geschirr. Typisch Mann, als ob er sich einen abbrechen müsste, um seinen Teller in die Spülmaschine einzuräumen. Ihr Bruder war genauso, aber ihre Mutter hatte es bei ihm immer toleriert, schließlich war er ein Junge. Eva schimpfte leise vor sich hin und beseitigte die Spuren der letzten Nacht, bevor sie im Kühlraum nach passenden Zutaten für ein Frühstück Ausschau hielt. Sie hatte keine Lust auf eine große Kochnummer, deswegen nahm sie nur einen Liter Milch. Sie erinnerte sich daran, dass im Trockenschrank Haferflocken waren, und machte sich daran, Porridge zu kochen. Das ging schnell, war gesund und sättigte lange. Mit Haferschleim war sie groß geworden, denn Hafer kostete so gut wie nichts und war in der Zubereitung unkompliziert. Als sie klein gewesen war, hatte sie ihre Mutter immer angebettelt, dass diese die bunten Cornflakes-Packungen mit Schokoflakes oder Honigbällchen kaufen sollte, aber dafür war nie Geld da gewesen. Jetzt, fünfzehn Jahre später, empfand sie Porridge als etwas Tröstliches, denn sie musste sich eingestehen, dass sie sich einsam fühlte und das Heimweh an ihr nagte. Eva war es einfach nicht gewohnt, alleine zu sein, und das große Schloss – so schön es auch war – war ihr noch nicht vertraut genug, um sich heimisch fühlen zu können. Das Radio hatte sie wieder als erstes eingeschaltet und der Sprecher des Lokalsenders verkündete gerade mit starkem schottischem Akzent, dass man heute den ganzen Tag mit stürmischem Herbstwetter und viel Regen rechnen musste.

Eva klatschte sich eine große Portion Porridge in eine Schüssel, streute ein wenig Zucker und Zimt darüber und schüttete noch ein wenig Milch über die dampfende, zähe Masse, bevor sie sich mit einem starken Kaffee an den, für sie allein viel zu großen Esstisch setzte. Die Turnschuhaffäre hatte sich gestern glücklicherweise gelöst, denn ihr Schwesterchen hatte einen guten Deal über Ebay gemacht. Eva scrollte nebenbei durch ihr Smartphone und beantwortete Nachrichten von Luisa und einigen Tourismuskommilitonen, die fragten, wie ihr Schottland gefiele. Auf dem Fensterbrett lag eine Zeitung, die sie sich noch vornahm, auch wenn sie bereits von vorgestern war, aber das störte sie nicht.

Eine gute halbe Stunde später war der Kaffee leer, die Küche blitzte vor Sauberkeit und neben der Spüle stand ein Schälchen erkalteter Porridge mit Klarsichtfolie überzogen für Ian, falls er nicht schon gefrühstückt hatte. Eva hatte keine Ahnung. Sie langweilte sich, erinnerte sich aber, dass sie sich nun endlich um seine Schmutzwäsche kümmern musste. Da sie ohnehin nichts zu tun hatte, wollte sie auch die Sauerei im Bad beseitigen. Schließlich würde es nachher auf sie zurückfallen, wenn die anderen Mitarbeiter nach dem Urlaub ins Schloss zurückkamen und es aussah, als hätte eine Bombe eingeschlagen – oder schlimmer noch, als ob eines der Rösser durchgegangen wäre und im Bad sein Unwesen getrieben hätte. Eva trottete also mit den vor Dreck stehenden Klamotten los und suchte die Waschküche des Schlosses. Sie war sich sicher, dass dort in der Nähe auch Putzlappen und Eimer zu finden sein würden. Wahrscheinlich lagen diese Räumlichkeiten irgendwo im Keller der alten Mauern. Sie suchte zuerst die Notausgänge ab und fand schließlich eine schmale Dienstbotentreppe, die sie beinahe übersehen hätte, da die Tür mit derselben grün gemusterten Tapete überzogen war wie die Wände des Flurs. Der alte Holzboden unter ihren Füßen, der mit einem dunkelroten Teppich ausgelegt war, knarrte unter jedem Schritt. Anschleichen war in diesem Haus schlicht und ergreifend nicht möglich, dachte sie schmunzelnd.

Die Stufen der engen Wendeltreppe waren unterschiedlich hoch und mit den vollen Armen musste sie sich konzentrieren, damit sie nicht stolperte und sich den Hals brach. Glücklicherweise waren die Türen alle offen; hier hatte anscheinend niemand Angst vor unliebsamen Gästen. Das beruhigte Eva ein wenig, denn irgendwie war das alles doch ein wenig unheimlich. Die Stille und Einsamkeit im Haus machten sie nervös. Am Ende der Treppe lag ein kleiner Korridor, in dem drei Türen zu sehen waren. Sie waren beschriftet mit *Waschküche*, *Mangelei* und *Housekeeping*. Wenigstens etwas, dachte Eva. Sie drückte die Tür zur Waschküche mit ihrem Ellenbogen nach unten und schob sie mit ihrer Schulter auf. Zu ihrem Erstaunen war der Raum mit einem Bewegungsmelder ausgestattet, sodass das Licht automatisch anging, sobald sie die Tür geöffnet hatte. Da hatte jemand mitgedacht, sehr gut. Im

Raum befanden sich zwei große Industriewaschmaschinen und zwei Trockner. Sie hatte keine Ahnung, wie die Dinger bedient werden mussten, aber das würde sie herausfinden. Vor der Waschmaschine lag ein riesiger Wäscheberg. Sie blickte kurz gen Decke – das konnte ja nur von Ian sein. An der Wand standen zwei Wäschewagen, die aber leer waren. Die anderen Mitarbeiter des Schlosses hatten ihre Arbeit offenbar erledigt, bevor sie in den Urlaub abgereist waren. Evas Augenmerk fiel auf zwei kleine Pullover, die auf dem Trockner lagen. Gab es hier auch Kinder? Sie hob die beiden Kleidungsstücke auf und sofort wurde ihr klar, dass die steifen Wolldinger einmal für einen Erwachsenen bestimmt gewesen waren. Da hatte jemand ganz schön Bockmist gebaut. Ein Blick auf die Etiketten zeigte ihr, dass der Fehler jemanden teuer zu stehen kommen würde, denn die Luxuslabel kannte Eva nur aus Zeitschriften. Sie hatte die vage Vorstellung, dass ein Stück davon mehr kostete, als sie in einem Monat mit Kellnern verdiente.

„Puh!", entfuhr es ihr, und sie legte die Miniaturausgaben schnell wieder zurück. Das sollte ihr nicht passieren, deswegen sortierte sie die Wäsche sorgfältig, bevor sie irgendwas in die Wäschetrommel steckte. Zum Glück war nichts Problematisches dabei, aber sie checkte vorsichtshalber die Etiketten jedes einzelnen Teils.

„Was schnüffelst du hier herum?"

Eva schrie vor Schreck auf – sie hatte niemanden kommen gehört – dann drehte sie sich wutentbrannt um.

„Spinnst du? Ich wasche deine stinkigen Sachen, aber wenn du das selbst machen möchtest, bitteschön!"

Sie knallte ihm eine matschbespritzte Hose vor den Latz und stemmte ihre Hände in die Hüften. Ian schaute von der Hose zu ihr und überlegte.

„Okay, dann mach das."

Er warf ihr die Hose wieder zu, die vor Evas Füße klatschte, weil sie keine Anstalten machte, sie aufzufangen.

„Sag mal, wer bist du eigentlich, dass du dich hier so aufführen kannst?!"

Ian hob die Augenbrauen und schaute zweifelnd.

„Hm, gut. Also nicht geschnüffelt. Ich hab's verstanden."

Evas Wut legte sich nicht sofort. Beiläufig registrierte sie jedoch, als sie ihn genauer betrachtete, dass Ian ziemlich verwegen aussah, wie er da breitbeinig in der Tür stand. Er trug eine dunkelblaue Jeans und ein einfaches graues Shirt mit V-Ausschnitt, das seine breiten Schultern betonte. Sein Haar war noch feucht und hing ihm wirr in die Stirn.

„Mach deinen Scheiß doch selbst. Ich denke, eine Entschuldigung ist fällig, mein Herr."

Plötzlich wechselte sein Gesichtsausdruck. Er verschränkte die Arme vor der Brust und seine grünen Augen blitzten gefährlich. „Ich soll mich bei dir entschuldigen?"

„Ja, ich denke, das wäre angebracht", bestätigte sie mit gerunzelter Stirn, die Lippen zusammengepresst.

Ian seufzte leise, grinste aber plötzlich. „Gut, Entschuldigung, dass ich dich angemotzt habe. Okay?"

„Und weiter?" Sie tippte jetzt mit ihrer Fußspitze auf den grauen Linoleumboden.

„Weiter? Hm ..." Ian kratzte sich am unrasierten Kinn. „Ähm, danke, dass du meine Wäsche machst?"

Evas Stimmung hellte sich auf und sie nahm die Hände von den Hüften. „Geht doch!" Dann drehte sie sich um, befüllte die Waschmaschine mit Ians schmutzigen Kleidungsstücken, kippte Waschpulver in die Vorrichtung und suchte nach einem Programm, das nach Feinwäsche, dreißig Grad, aussah. Sie spürte seinen Blick im Rücken, sagte aber nichts mehr. Sollte er doch wieder verschwinden oder es bleiben lassen. Dann drückte sie energisch auf den Startknopf und rieb die Hände aneinander, um mögliche Fussel und Schmutz loszuwerden. Als sie sich umdrehte, sah sie, dass er sich nicht vom Fleck bewegt hatte.

„Was ist noch?", fragte sie leicht genervt und ging in Richtung Tür.

„Ich weiß nicht. Was machst du jetzt?" Ian trat einen Schritt zur Seite und sie konnte sein Aftershave riechen, als sie an ihm vorbeiging. Hmmm – Bergamotte!

„Jetzt suche ich Putzmittel und beseitige das Chaos, das du gestern im Bad hinterlassen hast. Du bist echt ein Ferkel."

Plötzlich lachte Ian.

„Was ist so komisch?"

„Meine Mutter hat mich auch immer so genannt."

„Siehst du. Vielleicht solltest du dann mal überdenken, wie du dich benimmst."

Es sah so aus, als wollte er etwas sagen, überlegte es sich anscheinend aber wieder anders.

„Gut, Eva, danke. Die Putzmittel sind in dem Raum mit dem Schild *Housekeeping*. Ich habe zu tun, also ... Wir sehen uns."

„Ja, ist klar. Bloß selbst keinen Finger krummmachen, der Herr."

Ian schlenderte davon, die Hände in den Taschen. Er hatte es anscheinend nicht so eilig. Hatten Hausmeister heutzutage so ein idyllisches Leben? Vielleicht gab es da irgendwelche geheimnisvollen verwandtschaftlichen Beziehungen und Ian war der uneheliche Sohn des alten Schlossbesitzers oder so, wie im Roman ... Eva lachte kurz auf, schüttelte den Kopf und schnappte sich Feudel, Eimer und Putzmittel. Außerdem schleppte sie den Staubsauger mit sich, entschied sich aber nach ein paar Metern, lieber zweimal zu gehen, sonst würde sie sich auf der engen Treppe am Ende noch einen Haxen brechen. Das wollte sie doch vermeiden.

Es regnete noch immer, dabei war es schon früher Nachmittag. Ian störte das nicht weiter; er genoss es, im Turm zu sitzen und nach draußen zu sehen. Aus der Stereoanlage kam leise

Pianomusik und er hatte ein Glas Whisky in der Hand. Zum Lunch hatte er sich die Reste vom Eintopf warmgemacht, da er Eva nicht auch noch zum Kochen antreiben wollte, wo sie schon so nett war und für ihn die Wäsche machte und putzte. Er hatte tatsächlich ein schlechtes Gewissen, dass er sie in der Waschküche so angepflaumt hatte. Aber als er sie dort gesehen hatte, wie sie Etiketten las und die Taschen seiner Kleidung durchwühlte, hatte er gedacht, sie würde ihn ausspionieren und dass sie herausgefunden hätte, wer er in Wahrheit war. Ja, für einen Moment hatte er geglaubt, sich in Eva genauso getäuscht zu haben wie in Jamila, aber Evas Reaktion auf seine harsche Frage hatte ihn sofort beruhigt. Er war darüber sogar erleichtert gewesen, denn er mochte sie. Deutlich mehr, als ihm lieb war. Auch das bereitete ihm Kopfzerbrechen, denn er spürte eine körperliche Anziehungskraft zwischen ihnen, die ihn irritierte. Ian nahm einen großen Schluck und ließ ihn langsam über seine Zunge rollen, bevor er den edlen Whisky runterschluckte. So saß er eine Weile in seinem Turm. Es brannte kein Licht im Zimmer und er hatte lediglich ein paar Kerzen angezündet, sodass er ungehindert aus dem Fenster schauen konnte. Von hier oben hatte er einen guten Überblick über das Grundstück rund ums Schloss, über die Gärten und den Park. Plötzlich hörte er leise Schritte und als er den Kopf drehte, sah er Eva. Sie stand mit fragenden blauen Augen mitten im Raum. Aus ihrem Zopf hatte sich eine Strähne gelöst und ihre Wangen waren gerötet. Sie trug wieder die geblümte Bluse und die Jeans, die ihre schlanken Beine noch länger wirken ließ. Sein Körper reagierte und gegen seinen Willen schlug sein Herz bei ihrem Anblick höher.

„Was ist, Eva? Was machst du hier?"

Es klang schroffer als beabsichtigt. Was war nur los mit ihm? Er hatte sonst wenig übrig für die Unschuld vom Lande.

„Ich könnte dich auch fragen, was *du* denn hier machst. Ich kann mir kaum vorstellen, dass der Hausmeister in so einer tollen Wohnung lebt und den Whisky vom Chef auf Vertrag säuft."

Ian fiel der Kiefer kurz nach unten, dann musste er lachen. Sie hatte den Nagel natürlich auf den Kopf getroffen. Sie war nicht dumm, aber das hatte er schon vorher gewusst. Jetzt war er in Verlegenheit und musste kurz überlegen – dann entschied er sich für eine halbe Wahrheit.

„Ich gebe es zu: Ich bin nicht nur der Hausmeister, ich bin auch ein alter Freund der Familie."

Eva schien abzuwägen, ob sie ihm Glauben schenken sollte. „Hm, das würde kaum erklären, warum du Versace-Unterhosen trägst. Dann kannst du ja nicht nur ein simpler Hausmeister sein. Oder sind das gar nicht deine?"

Ian sah, wie sie errötete, als sie über ihre Aussage nachdachte, und ihm wurde ganz warm ums Herz. Gleichzeitig brachte ihn dieses Gefühlschaos durcheinander.

„Schön, dass dir meine Unterhosen gefallen. Komm her, Mädchen, trink ein Glas mit mir."

Ian zeigte auf den Stuhl vor sich und öffnete die Karaffe, um ihr ebenfalls einen Drink einzugießen.

„Ich weiß nicht ... Es ist ja schön und gut, dass du dich hier an allem bedienen kannst, aber ich will keinen Ärger bekommen. Ich habe nämlich vor, das Praktikum hier zu machen. Ich habe so viele Jahre darauf hingearbeitet, lange für den Trip gespart ... Ich möchte dich nicht langweilen, also kurzgefasst: Ich träume schon mein ganzes Leben von Schottland und diesem Aufenthalt hier."

Ihre blauen Augen sprühten vor Leben und Leidenschaft für sein Land. Es gefiel ihm.

„Aye, einen Drink? Ich schwöre, das ist kein Problem. Vertrau mir."

Zögernd ging sie zum zweiten Stuhl und setzte sich.

„Wahnsinn, die Aussicht hier ist ja der Hammer. So schön!", rief sie begeistert.

Ihre Zweifel waren anscheinend ausgeräumt.

„Ja, es ist ein Traum hier. Bei jedem Wetter."

„Und die Einrichtung erst ... eine Wahnsinnsmischung aus Antiquitäten und Modernem. Der Eigentümer hat ja wirklich Geschmack."

Ian freute sich, dass es ihr gefiel. Jamila hatte nur die Nase gerümpft und sich Sorgen gemacht, dass eine Spinne aus der dunklen Holzvertäfelung kriechen könnte, während sie auf dem Sofa saß.

„Ich werde ausrichten, dass es dir gefällt."

Evas Augen wurden groß. „Bloß nicht! Sag lieber nicht, dass ich hier oben war, um Whisky mit dir zu trinken, sonst gibt es doch noch Ärger. Apropos, ich weiß nicht, ob ich jetzt schon trinken will, es ist noch nicht mal Abend."

„Ach was, schau doch mal raus, es ist beinahe dunkel."

„Hm, na gut. Aber nur einen Drink."

„Stell dich nicht so an, Mädchen. Slàinte mhath!", fügte er noch hinzu.

„Was bedeutet das?"

„Das ist Gälisch und heißt *Cheers*."

„Oh, klasse! Sprichst du Gälisch?"

„Etwas, klar."

„Wahnsinn!" Dann nahm sie einen Schluck und hustete los. „Ich könnte mich. Nie. An. Das. Zeug. Gewöhnen."

Ian lachte und trank. „Schmeckt abscheulich und brennt wie Feuer?"

Eva lachte nun ebenfalls. „Ja, so ungefähr." Ian bemerkte, dass Eva sich ihre Arme von Zeit zu Zeit rieb.

„Ist dir kalt?"

„Nein, kein Problem."

„Komm, ich seh' doch, dass du frierst. Du bist halt ein zartes Pflänzchen und das raue schottische Klima nicht gewöhnt. Ich muss auch zugeben, die Fenster sind nicht die neusten, es ist recht zugig. Nicht weglaufen, ja?"

Ian stand auf und machte sich daran, ein Feuer im Kamin anzuzünden.

Eva beobachtete Ian und hielt dabei das Whiskyglas in den Händen. So viel Einfühlungsvermögen hätte sie ihm gar nicht zugetraut – ihr war wirklich kalt. Während sie sich noch ein wenig in dem Turmzimmer umsah, blieb ihr Blick an einem alten Ölgemälde hängen. Die junge Frau war wunderhübsch, aber natürlich gab es keine Informationen dazu, wer sie war oder in welcher Zeit sie gelebt hatte. Sie war schließlich nicht in einem Museum. Vielleicht ein Mitglied der Familie oder eine Vorfahrin der Eigentümer? Sie würde Ian bei Gelegenheit fragen. Eva nahm einen weiteren Schluck, der wieder höllisch brannte, aber mit jedem Tropfen legte sich das Nervenflattern, das sich immer in Ians Nähe zeigte, ein wenig mehr. Der Mann verwirrte sie. Sie konnte ihn nicht durchschauen und war froh, dass der Alkohol sie ein wenig runterbrachte. Mit der Entspannung kam leider auch die Einsicht, dass sein schottischer Akzent und seine dunkle Stimme ihr regelmäßig eine wohlige Gänsehaut bescherten, besonders gerade eben, als er kurz Gälisch gesprochen hatte. Der Mann zog sie an; vielleicht lag es aber nur daran, dass er Schotte war. Wahrscheinlich wäre sie von jedem x-beliebigen anderen dunkelhaarigen, breitschultrigen Schotten ebenso angetan gewesen wie von Ian. Das Feuer brannte mittlerweile hoch und sorgte eine wohlige Wärme in den Raum.

„Wer ist die Frau auf dem Bild?", fragte sie Ian, als er sich wieder zu ihr gesetzt hatte.

Er hielt einen Moment in seiner Bewegung inne, hob das Glas schließlich doch an seinen Mund und nahm einen tiefen Schluck, bevor er erwiderte: „Das ist die Mutter vom Boss. Entschuldige mich einen Moment, ich hole noch kurz etwas."

Ian sprang förmlich auf und war nach wenigen Sekunden aus dem Raum verschwunden. Anscheinend hatte er keine

Lust, über seine Arbeitgeber zu reden. Auch okay, dachte Eva und sah sich das Gemälde noch einmal an: klare, feine Gesichtszüge und hübsche grüne Augen. Kein Wunder, dass der alte Schlossherr sich in sie verliebt hatte. Ian war immer noch nicht zurück und Eva studierte unterdessen die übrigen altmodischen Ölgemälde, die ausschließlich die Highlands zeigten. Sie hingen Seite an Seite mit einigen modernen Kunstwerken, die abstrakte Formen aufwiesen, und die Kombination gab dem Wohnzimmer eine unvergleichliche Atmosphäre.

Es waren einige Minuten vergangen, als Ian wieder auftauchte. Er hielt eine Flasche Wasser, eine Tüte Chips und Erdnüsse in den Händen.

„Da bin ich wieder. Hat etwas gedauert, sorry."

Er legte alles auf einem kleinen Beistelltischchen ab. Ian setzte sich und goss beiden neuen Whisky ein, dann stand er noch einmal auf und wählte an der modernen Stereoanlage andere Musik aus. Die Lautsprecher waren auf den ersten Blick nicht zu sehen, aber bei genauerem Hinsehen entdeckte Eva sie versteckt in der Wandvertäfelung in allen vier Ecken des Raumes.

„Ich hoffe, du magst Ed Sheeran?", fragte er sie gutgelaunt und nahm wieder neben ihr im Erker Platz.

„Ja, klar!"

„Gut. Wenn nicht, es gibt hier 'ne große Auswahl an Musik."

„Du kennst dich ja gut aus."

Er räusperte sich und knackte eine Erdnuss, die er sich in den Mund warf, bevor er ihre Frage beantwortete: „Ja, schließlich habe ich das alles hier organisiert."

„Achso, eine deiner Aufgaben als Hausmeister?"

„Ja", sagte er und knackte noch eine Nuss. „Willst du gar nichts?"

„Doch, danke." Eva nahm sich eine Nuss. „Ich überlege nur, wer die Sauerei mit den Schalen nachher hier aufräumt."

Ian verdrehte die Augen. „Jesus, okay, ich staubsauge. Zufrieden?"

„Echt?"

„Von mir aus."

Eva lächelte und schaute wieder aus dem Fenster. Mittlerweile war es dunkel geworden und sie sah die beleuchteten Wege in den Gärten und der Parkanlage.

„Warum Schottland?", fragte Ian plötzlich.

Eva lehnte sich zurück und roch am torfigen Whisky.

„Ich weiß selbst nicht mehr, wie es dazu kam. Ich weiß nur eines: Seit ich ein kleines Mädchen war, habe ich davon geträumt. Wenn ich den Whisky rieche – die rauchige, würzige Note … Genau so habe ich mir Schottland immer vorgestellt. Vielleicht bin ich auch nur eine alte Romantikerin, kann sein. Jedenfalls kenne ich fast jede Reportage, jede Serie und jeden Film aus und über Schottland."

Ians Mundwinkel zuckten und ihr Blick blieb einen Moment zu lange an seinen sinnlichen Lippen hängen. „*Outlander*, *Highlander* und all der Kram?"

Eva spürte, wie die Hitze an ihrem Hals nach oben kroch. Zum Glück beleuchteten nur einige Kerzen den Raum, sodass sie die Hoffnung hatte, dass Ian nicht mitbekam, wie sie rot wurde.

„Ja, klar. Die kenne ich auch", versuchte sie so beiläufig wie möglich zu sagen.

„Aye. Es kann nur einen geben!" Dann trank Ian sein Glas aus und prustete los.

Eva warf eine Erdnuss nach ihm. „Du bist ein Idiot."

„Ha, ha. Ja, vielleicht. Autsch. Die ging ins Auge."

„Hast du verdient." Sie knackte eine weitere Nuss und steckte sie sich in den Mund.

„Hm, also stehst du auf Christopher Lambert, Adrian Paul, Sean Connery und Sam Heughan?" Es klang nicht wie eine Frage, eher wie eine sehr abfällige Feststellung.

Eva stöhnte laut auf und strich sich die Strähne aus dem Gesicht, die sie ständig kitzelte.

„Was geht dich das denn an? Ich bin doch kein Teenager mehr, der sich Poster ins Zimmer hängt!"

Ian kaute und brachte mit vollem Mund hervor: „Nein, das vielleicht nicht, aber dass du darüber sprichst, sagt mir, dass du die Poster vor gar nicht allzu langer Zeit erst abgehängt hast, Mädchen."

Natürlich hatte der Kerl recht, aber das hätte sie nur unter Todesandrohung zugegeben.

„Du scheinst die ja alle auch ganz gut zu kennen. Bist du etwa schwul, oder wie?"

Ian hielt mitten in der Bewegung inne. „Das ist ja mal eine merkwürdige Schlussfolgerung! Ich bin garantiert nicht schwul."

Sie musste kichern. Der Alkohol zeigte Wirkung und sie fand das plötzlich furchtbar lustig. „Das würde auch die Versace-Unterhosen erklären. Die sind auch ein wenig *schwul*."

Ian runzelte die Stirn und schnaubte. „Dir werde ich gleich schwul geben." Dann warf er mit einer Nuss und traf Eva am Kopf.

„Hey, aua!"

Sie rieb sich übertrieben die Stelle, die er getroffen hatte. Eine weitere Nuss folgte und noch eine und noch eine, bis sie vom Stuhl aufsprang, hinter das Sofa, das mitten im Wohnzimmer stand, lief und dort in Deckung ging. Ian war bereits aufgesprungen und verfolgte sie. Er schien sich prächtig zu amüsieren und genoss es offensichtlich, sie mit Erdnüssen zu bombardieren, denen sie wie Geschützen ausweichen musste.

„Das ist unfair, ich hab nichts zur Verteidigung!"

„Selbst schuld. Nimm zurück, dass ich schwul sein soll, dann höre ich auf."

Gar nichts würde sie zurücknehmen. Ian hatte es verdient, auch mal geärgert zu werden. „Nö. Mach' ich nicht."

Ian schrie auf. „Ha! Dann nimm das!" Damit feuerte er noch mehr Erdnüsse auf sie ab und kam langsam immer dichter an sie ran. Eva suchte nach einer Fluchtmöglichkeit und schätzte den Weg vom Sofa zur Tür ab, aber dann war es zu spät. Ian hatte ihre Schutzbarriere bereits umrundet und hielt sie nun fest und kitzelte sie. Die Erdnusstüte kullerte auf den Boden und sie zertraten die Erdnussschalen, während sie miteinander rangen.

„Ahh! Nein! Hör auf! Das musst du nachher alles wieder saubermachen!" Eva krümmte sich und versuchte, ihm zu entkommen, aber Ian war zu stark.

„Mir scheißegal. Gar nichts werde ich! Nimm es zurück!"

„Nein. Schwul. Schwul. Schwul!", rief sie völlig außer Atem zwischen Lachen und Luftholen aus.

Endlich hatte sie es geschafft, sich ein wenig von ihm zu lösen, da packte Ian sie plötzlich und drehte sie zu sich herum. Er hielt sie immer noch fest, aber sein Griff hatte sich ein wenig gelockert. Die Stimmung war umgeschlagen und mit einem Mal knisterte die Luft zwischen ihnen. Sie waren beide noch atemlos vom Kampf und nur wenige Zentimeter trennten sie voneinander.

Eva verlor sich im Grün seiner Augen, die von Nahem noch intensiver leuchteten als ohnehin schon. Ihr Blick heftete sich auf seine sinnlichen Lippen, die nur wenige Zentimeter von ihren entfernt waren. Sie konnte seinen warmen Atem spüren. Er roch leicht nach Whisky, wie sie selbst wahrscheinlich auch. Gleich würde er seine Lippen auf ihre senken; sie hatte keinerlei Zweifel, es fühlte sich richtig an. Sie bereitete sich auf die Berührung vor und ihr Herz klopfte bis zum Hals. Endlich schloss sie die Augen und dann spürte sie nur noch Ian, lehnte sich in seine Arme und genoss die intime Berührung. Seine Zunge strich über ihre Lippen und Eva ließ sich bereitwillig darauf ein. Seine starken Arme umschlossen sie und streichelten ihren Rücken. Dann ließ er sie unvermittelt los und fuhr sich durch die Haare.

„Entschuldige, ich wollte dir nur klarmachen, dass ich nicht schwul bin."

Er klang ebenso atemlos, wie sie sich fühlte. Was sollte dieser Rückzieher? Es hatte sich verdammt echt angefühlt. Konnte er so gut schauspielern?

„Hm", stimmte sie zu. „Klar."

„Eine schöne Sauerei hast du hier gemacht, Mädchen." Ian presste die Kiefer aufeinander und strich sich durch seine zerzauste Mähne.

„Ich, ja – sicher." Eva war immer noch leicht benommen von diesem Kuss. Ian war plötzlich sehr damit beschäftigt, die Erdnüsse einzusammeln. „Soll ich dir helfen?", fragte sie ihn.

Ian sah nicht auf, als er antwortete. „Nein, lass mal. Ich hab' doch gesagt, ich mache das."

„Okay. Soll ich Abendessen machen?"

„Danke, Eva, aber ich glaube, ich habe gar keinen Hunger." Er würdigte sie tatsächlich keines Blickes mehr und sie fühlte sich deplatziert und war irritiert.

„Gut, dann, ähm. Ich denke, ich geh mal wieder nach unten. Die Wäsche muss ja noch in den Trockner und so."

„Klar. Mach das." Er hielt einen Moment in seinen Bewegungen inne und sah zu ihr auf.

„Ciao, Ian." Sie musste schlucken, denn in seinem Blick sah sie, dass der Kuss auch ihn nicht kaltgelassen hatte.

„Slàn leat! Gute Nacht, Eva." Es war beinahe ein Flüstern, aber es genügte, um ihr kleine Schauer über den Rücken zu jagen.

„Was?"

„Das heißt ‚tschüss' auf Gälisch." Ein verräterisches Blitzen erschien in seinen Augen, aber sie war zu aufgewühlt, um sich noch weiter mit ihm zu befassen. Ohne ein weiteres Wort verließ sie den Turm.

Eva ging die Szene mit dem Kuss selbstverständlich in ihrem Kopf durch, als sie in der Waschküche Ians Kleidung in den Trockner steckte und teilweise auf dem Wäscheständer aufhängte. Es war ganz und gar unwahrscheinlich, dass er ihr nur hatte beweisen wollen, dass er nicht schwul war. Aber warum hatte er dann einfach aufgehört? Es hatte sich nämlich eindeutig so angefühlt, als ob es ihm auch gefallen hätte.

Vermutlich hat er sich einfach daran erinnert, dass man mit Kollegen nicht rummacht, ermahnte sie sich selbst.

Und damit war er um einiges vernünftiger als sie. Eva ärgerte sich, dass sie sich so bereitwillig von ihm hatte küssen lassen, und hoffte, dass das in Zukunft nicht zwischen ihnen stehen würde.

Außerdem fühlte sie sich nach dem Whisky und dem Kuss ein wenig wackelig auf den Beinen.

Als sie mit der Wäsche fertig war, entschied sie sich für einen kurzen Spaziergang durch den Park. Angst vor der Dunkelheit draußen hatte sie nicht, der Weg war ja gut ausgeleuchtet. Es hatte aufgehört zu regnen und die Luft war angenehm frisch und klar. Sie sog sie tief in ihre Lungen ein und atmete ein paarmal durch, um endlich wieder einen klaren Kopf zu bekommen. Eva schlenderte erst ein Stück über den Hauptweg und drehte anschließend noch eine Runde um die Stallungen. In der Ferne sah sie die Schemen der verfallenen Gewächshäuser, traurige Ruinen in der Nacht – wirklich ein Jammer.

Als sie sich wieder auf den Rückweg zum Schloss machte, waren ihre Hände eiskalt und sie fror, aber wenigstens konnte sie wieder klar denken. Leider hatte sich das Kribbeln von Ians Lippen auf ihren eigenen kein bisschen gelegt und die Erinnerung an den Kuss ließ sich auch nicht aus ihrem Kopf vertreiben, so sehr sie das auch bedauerte.

Als sie nach einer ganzen Weile ins Schloss zurückkehrte, hatte Eva Hunger und überlegte, was sie essen könnte. Die Vorräte in der Kühlkammer schrumpften und sie würden bald einkaufen müssen, wenn sie nicht vom Tiefkühlangebot leben wollten. Für heute briet sie sich ein paar Spiegeleier, die sie auf Toast mit Schinken legte. Ian ließ sich nicht blicken, was ihr mehr als recht war.

Kapitel 4

Ian wachte früh auf und beschloss, noch vor dem Frühstück auszumisten und die Pferde zu versorgen. Er hoffte, damit Eva aus seinen Gedanken zu vertreiben, was ihm leider nur bedingt gelang. Er ärgerte sich, dass er sich gestern nicht besser im Griff gehabt hatte. Er hätte sie niemals küssen dürfen. Vielleicht machte sich das Mädchen jetzt Hoffnungen, wo es nichts zu hoffen gab.

Die Sache mit Jamila war weit entfernt davon, emotional verdaut zu sein, und außerdem gab es eine ganz wesentliche Regel in seinem Leben: *Geh niemals mit Angestellten ins Bett*. Er hatte nicht vor, seine Grundsätze zu vergessen. Außerdem hatte Eva keine Ahnung, wer er war, und in ein paar Tagen würde er ohnehin wieder nach New York zurückgehen. Keine fairen Voraussetzungen für ein Techtelmechtel. *Das im Übrigen niemals stattfinden wird*, erinnerte er sich noch einmal selbst.

Ian füllte die Tröge mit Heu, damit war er mit der Stallarbeit für den Morgen durch. Da sein Tagesplan einen Termin in London vorsah, musste er sich sputen, um seinen Flieger zu erwischen. Er beeilte sich daher, zurück ins Schloss zu kommen. Im Flur warf er seine verschmutzten Reitstiefel von sich und stöhnte auf, als sich sein Rücken meldete. Er war die körperliche Anstrengung definitiv nicht mehr gewohnt und alle seine Muskeln schmerzten nach der zweistündigen Arbeit im Stall. Eine heiße Dusche würde dem hoffentlich Abhilfe schaffen.

Er war in Gedanken schon auf dem Weg zum Flughafen, als er die Badzimmertür aufstieß und anfing seine Hose aufzuknöpfen. Viel zu spät bemerkte er, dass er nicht alleine war. Vor ihm öffnete sich der Duschvorhang und eine splitternackte Eva starrte ihn mit weit aufgerissenen, blauen Augen an. Ians Blick heftete sich auf ihren makellosen Körper.

„Was zur Hölle!", rief sie, als sie als erste aus der Starre erwachte. Endlich schaffte es auch Ian, sich von dem Anblick zu lösen. Er murmelte eine hastige Entschuldigung und knallte die Tür von außen zu.

„Verdammte Scheiße!", entfuhr es ihm, als er aus dem Dienstbotentrakt hinauf in die Turmwohnung lief. Er hätte gleich raufgehen sollen – zum Teufel mit seinem Tick, keinen Dreck nach oben zu schleppen. Ian nahm gleich zwei Stufen auf einmal, aber sein Herz hämmerte nicht deswegen so heftig gegen seine Brust. Als wäre es nicht schlimm genug, dass er sie gestern Abend geküsst hatte, durfte er sich jetzt auch noch mit Bildern einer nackten Eva rumschlagen. Für den Rest des Tages würde er den Anblick, der sich ihm eben im Badezimmer geboten hatte, nicht mehr loswerden. Sie hatte kleine, feste, perfekt geformte Brüste und ihre Taille war so schmal, dass er sie mit seinen Händen umfassen könnte. Er schloss die Augen für einen Moment. Und ihre Hüften erst! Als wären sie dafür geschaffen worden, von einem Mann liebkost zu werden ...

„Fuck, fuck, fuck!", fluchte er erneut und feuerte sein Shirt in die Ecke, als er die Turmwohnung betrat. Er musste schnellstens weg von hier! Warum konnte er seine mit ihm durchgehende Fantasie nicht zügeln? Er hatte doch schon öfter nackte Frauenkörper gesehen und weitaus fülligere mit größeren Brüsten ... Dennoch entsprach Eva – welche Ironie, dass sie ausgerechnet diesen Namen trug – für ihn dem Sinnbild paradiesischer Verlockung. Verdammt.

Ian drehte das Wasser auf und sprang unter die eiskalte Dusche. „Ahhhhh!", schrie er und wartete schweratmend einige Sekunden, bevor er das Wasser langsam wärmer stellte. Was musste sie nur von ihm denken? Dabei hatte er doch einfach nur duschen wollen! Er legte seine Stirn an die kühlen Fliesen der Wand und ließ den Wasserstrahl auf sich niederprasseln, aber auch das half ihm nicht. Er hatte die Kontrolle über sein Leben verloren und jetzt schaffte er es nicht mal mehr, einem Mädchen aus dem Weg zu gehen, das für ihn arbeitete! Der Trip nach London würde ihm gut tun und ihn hoffentlich wieder in die Spur bringen.

Er fühlte sich tatsächlich ein wenig besser nach der Dusche, zog sich schnell Jeans und Hemd über und stopfte die verdreckten Klamotten in eine Tüte. Auf dem Weg nach draußen brachte er die Dreckwäsche zur Waschmaschine. Das hätte er mal gleich tun sollen, dann wäre ihm die Nacktszene erspart geblieben.

Ian kam gerade die Kellertreppe hoch, als ihm Eva schon wieder beinahe in die Arme lief.

„Hmpf", machte er nur und ging weiter.

Eva sah verletzt aus und er bekam sofort Schuldgefühle, weil er so ruppig mit ihr umging. „Es tut mir leid, Ian, dass dich mein Anblick so verstört hat. Beim nächsten Mal werde ich abschließen." Ihre Stimme klang kühl und beherrscht.

Ian sah sie an, dann seufzte er leise.

„Eva, es tut mir leid, so war das nicht gemeint. Ich habe einen Termin, ich komme erst spät wieder. Dein Anblick hat mich ganz und gar nicht verstört, eher … Ach, ist doch auch egal. Also ich muss los", stammelte er und ärgerte sich über seinen Mangel an Beherrschung.

„Oh. Ja, natürlich. Ähm, hast du eine Idee, wo ich Lebensmittel herbekomme? Es ist nicht mehr viel Frisches da, ehrlich gesagt."

Ian kratzte sich am Kinn, dann holte er sein Handy aus der Hosentasche und lief ins Büro. Er kam nach zwei Minuten mit einem Zettel zurück, den er Eva in die Hand drückte.

„Hier, ruf da an und sag, was du haben willst. Es gibt einen Supermarkt im Dorf, der uns häufiger beliefert."

Er streckte Eva den Zettel entgegen, wobei er sich bemühte, sie nicht zu berühren.

„Danke."

„Warte nicht auf mich."

Eva zuckte mit den Schultern und antwortete leicht schnippisch: „Natürlich nicht, keine Sorge. Einen schönen Tag dann!" Damit machte sie auf dem Absatz kehrt und ging hocherhobenen Hauptes davon. Er konnte es ihr nicht einmal verübeln, dass sie sauer auf ihn war. Er benahm sich auch wirklich wie ein Vollidiot. Das Vibrieren seines Handys riss ihn aus seinen Gedanken und erinnerte Ian daran, dass er jetzt wirklich losmusste, wenn er seinen Flug nicht verpassen wollte.

Der Kies spritzte unter den Reifen weg, als Ian das Gaspedal des schwarzen Range Rovers durchdrückte. Es war ungewohnt, wieder links zu fahren, aber nach ein paar hundert Metern kam das alte Fahrgefühl zurück. Er hatte genau fünfzig Minuten Zeit, um den Flughafen in Inverness rechtzeitig zu erreichen.

Nachdem Ian das Schloss verlassen hatte, setzte sich Eva ins Büro und schrieb eine Einkaufsliste. In drei Tagen würden die anderen Angestellten aus dem Urlaub zurückkehren, sie würde also nicht allzu viel brauchen. Ihr Blick fiel auf ein Bild der Belegschaft, das über dem Türrahmen hing. Es war eine buntgemischte Truppe, aber sie sahen alle ganz nett aus. Nur ein älterer, hagerer Herr hatte einen ziemlich miesepetrigen Gesichtsausdruck – vielleicht war er ja ein Verwandter von Ian. Sie kicherte leise und widmete sich dann wieder ihrer Liste.

Eva notierte mit gut leserlicher Handschrift Eier, Milch, Brot, Käse sowie frisches Obst und Gemüse. Nach kurzem Überlegen fügte sie Lammfleisch, Würstchen und Speck hinzu. Daraus würde sie reichhaltige Mahlzeiten kochen können, denn auch wenn Ian sich nicht mehr blicken ließ, hatte sie nicht vor, hier Trübsal zu blasen. Sie lebte ihren Traum und würde sich nicht von dem Typen mit dem pechschwarzen Haar ihren Schottlandaufenthalt verderben lassen. Es war schlimm genug, dass sie die halbe Nacht wachgelegen und an den Kuss gedacht hatte, der ihm vielleicht wirklich nichts bedeutet hatte. Sie hingegen war hinterher völlig verwirrt gewesen und war es immer noch. Eva schob den Gedanken an Ian, so gut es ging, beiseite und checkte ihr Telefon auf neue Nachrichten. Zuhause schien alles okay zu sein. Luisa hatte ihr schon morgens ein Foto von ihrer letzten Matheklausur geschickt – sie hatte eine Zwei bekommen.

Als sie sich wieder ihrer eigentlichen Aufgabe zuwandte, stellte Eva fest, dass sie mal wieder eine halbe Stunde mit dem Smartphone verplempert hatte. Großartig! Am Ende der Liste fügte sie noch Eis und Schokolade hinzu. Sie brauchte etwas Nervennahrung, wenn sie es noch drei Tage mit Ian alleine auf dem Schloss aushalten sollte.

Eva rieb sich die Hände an ihrer Jeans ab und nahm den Hörer zur Hand, um den Supermarkt anzurufen. Nach dem fünften Klingeln hob jemand ab, der noch schwerer zu verstehen war als der Taxifahrer bei ihrer Ankunft. Eva schaffte es trotzdem, ihre Bestellung durchzugeben, und ihr wurde mitgeteilt, dass sie die Lieferung am frühen Nachmittag erwarten könne. Zufrieden mit sich selbst, machte sie sich auf eine Erkundungstour durchs Schloss. Sie hatte sich ein paar der Zimmerschlüssel vom Brett genommen und wollte endlich die Suiten und Doppelzimmer sehen. Zum Glück war Ian nicht da, dann konnte er sie auch nicht anpflaumen, weil sie angeblich schnüffelte. Sie stieß einen Pfiff aus und stand auf.

Es war herrlich, durch das alte Schloss zu spazieren und in jede Ecke und jeden Winkel zu spähen. Sie fand die Dienstbotengänge, die sich in merkwürdigen Windungen neben den Fluren durch das ganze Schloss zogen; fast immer lagen sie hinter Tapetentüren versteckt. Die Gänge sahen ganz so aus, als ob sie, zumindest teilweise, auch heute noch benutzt wurden. Eva freute sich darauf, mit den anderen Angestellten hier im Haus sprechen zu können. Sie würden ihr ganz bestimmt genauer erklären können, wie so ein Haus in früheren Tagen geführt worden war. Ihre eigenen Kenntnisse beschränkten sich auf das, was sie bei *Downton Abbey* mitbekommen hatte. Ob diese Serie als Quelle ernst zu nehmen war, konnte sie allerdings nicht sagen. Sie hatte in Glennmore Castle jedenfalls noch keine Leitungen mit Glöckchen gesichtet, die in der Küche zusammenliefen – das konnte aber auch an der Modernisierung liegen.

Die Suiten waren zwar alle unterschiedlich vom Schnitt und Dekor, aber grundsätzlich ähnlich eingerichtet. Keines der Hotelzimmer war jedoch mit der Wohnung im Turm vergleichbar – hier fehlte diese persönliche Note; es gab keine modernen Kunstgegenstände, keine alltäglichen Dinge. Natürlich nicht, die Gäste wechselten ja ständig. Dennoch fand sie alles sehr geschmackvoll. Jeder Raum war gleichermaßen heimelig und hübsch eingerichtet. Dicke Teppiche, bedruckte Tapeten, Kamine und ausladende Sitzmöbel bestimmten die Einrichtung der fünfzehn Gästezimmer und erzeugten eine wohnliche Atmosphäre. Im Speisesaal und Salon hingen Schwarzweiß-Fotos, die das Schloss und die Gärten zeigten. Nicht besonders aussagekräftig, denn ihr fehlten Erklärungen zu dem, was sie sah. Die Tapetentüren waren aber ihr Highlight und auch in den großen Suiten und an verschiedenen Stellen im Haus fand sie welche. Leider konnte man nicht alle öffnen, etliche führten sie aber auf ebenso engen wie schiefen Treppenstufen von oben nach unten. Klassische Dienstbotengänge. Im Keller hatte sie sich noch nicht genauer umgesehen, denn irgendwie traute sie sich nicht, alleine dort auf Forschungstour zu gehen. Auch wenn sie nicht erwartete, dass sie dort ein Meuchelmörder oder ein altes Schlossgespenst überraschen würde, waren ihr die alten Mauern da unten irgendwie unheimlich und sie würde die Erkundung dort fortsetzen, wenn die anderen Angestellten ihr mehr über die Geschichte von Glennmore Castle erzählt hatten.

Evas Handy brummte und das Display zeigte an, dass ihr Bruder versuchte, sie zu erreichen. Sie drückte den Anruf weg, um ihn später zurückzurufen. Zuerst wollte sie die Schlüssel zurückbringen und dann kam sicher auch gleich die Lieferung mit den Lebensmitteln.

„Mum, wie schön, dich zu sehen!" Ian umarmte seine Mutter und stellte voller Entsetzen fest, wie dünn sie geworden war. Sie drückte ihn an sich und strich ihm über den Rücken.

„Ian, mein Schatz!" Er ließ sie wieder los und sie nahm sein Gesicht zwischen die Hände. „Junge, du siehst ungepflegt aus! Gibt es keine Rasierer und Coiffeure in New York?"

Ian lächelte verlegen. „Doch, die gibt es. Ich war einfach, ähm, vielbeschäftigt in den letzten Tagen."

„Aye, natürlich. Du siehst auch müde aus. Komm, lass uns ein Stück in den Garten gehen."

Die Einrichtung für ältere Menschen, in der seine Mutter lebte, lag in der Nähe des Hyde Parks im Westlondoner Stadtteil Kensington, angrenzend an die Kensington Gardens. Sie hatte sich dieses Wohnmodell weit weg von Zuhause selbst ausgesucht; nach dem Tod seines Vaters wollte sie nicht länger in Schottland leben. Nicht allzu lange nach der Beerdigung hatte sie verkündet, dass sie nicht tagtäglich in einer Umgebung voller Erinnerungen leben könne, ohne selbst jeden Tag ein Stück weit zu sterben. Gleichzeitig hatte sie Ian gebeten, das alte Schloss nicht verkommen zu lassen, sondern etwas Zukunftweisendes daraus zu machen. So war Glennmore Castle fünf Jahre zuvor für die Öffentlichkeit zugänglich gemacht worden und stellte seitdem eine weitere Perle im MacLachlan-Imperium dar.

Ian nahm den Arm seiner Mutter und führte sie die Stufen hinunter. Das Wetter war mild und sie hatte lediglich ein wollenes Cape um ihre schmalen Schultern gelegt.

„Du bist dünn geworden, Mum. Geht es dir nicht gut?"

Seine Mutter lächelte und ihre Augen ruhten auf ihm.

„Ach, mein Junge, ich bin alt."

„Komm, du bist neunundsechzig! Das ist doch kein Alter!"

„Lass uns nicht streiten, ja?" Sie tätschelte seinen Arm und Ian spürte, dass er zu schnell für sie ging. Bereits nach wenigen Metern war sie außer Atem, obwohl sie versuchte, es zu verbergen.

„Natürlich nicht, das war nicht meine Absicht. Wollen wir uns einen Moment setzen? Das Wetter ist so schön heute. Ganz und gar kein typisches Londonwetter!"

Sie lachte; es war ein klares, helles Lachen. „Nein, da hast du recht."

Ian führte sie zu einer kleinen Laube und breitete sein Sakko auf der Bank aus, damit sie sich draufsetzen konnte. „Nicht, dass du dich beim Sitzen verkühlst."

„Danke, Ian. Los, und jetzt erzähl, wie geht es dir? Abgesehen von deinem desolaten Zustand, meine ich."

Ian holte tief Luft. „Es ist nicht leicht im Moment, aber das geht vorüber. Ich möchte dich nicht damit belasten, Mum."

„Quatsch, du belastest mich doch nicht. Hier ist so wenig los! Außer mich gelegentlich um Kunstprojekte zu kümmern, habe ich nichts zu tun. Vertreibe mir die Langeweile mit deinen Geschichten, Ian!"

„Letzte Woche ist ein wichtiger Deal für mich geplatzt. Es war wieder der Russe."

„Ah! Diese Russen, alles Kriminelle!"

„Ich fürchte, bei diesem Speziellen hast du sogar recht. Mein Anwalt hat mir eben erst berichtet, dass man munkelt, er sei in einige Fälle von verschwundenen Personen verwickelt. Man kann sich bei ihm gut vorstellen, dass er seine Handlanger benutzt, um aufzuräumen."

Seine Mutter blickte ihn scharf von der Seite an.

„Pass gut auf dich auf! Das klingt nach einem gefährlichen Mann!" Sie zog ihr Cape enger um die knochigen Schultern.

„Klar, ich bin vorsichtig. Außerdem mache ich mit ihm keine Geschäfte."

„Das ist gut. Geh ihm aus dem Weg, ja?"

„Werde ich."

„Aber dich bedrückt doch noch etwas, Darling."

„Mum, wie machst du das nur?"

„Ich bin deine Mutter, ich sehe doch, wenn es dir nicht gut geht."

Ian nahm ihre Hand und hielt sie in seiner. „Ich habe Jamila verlassen. Sie hat mich betrogen."

Seine Mutter rümpfte die Nase und schnaubte verächtlich. „Gott sei Dank!"

„Was?" Ian wollte seine Hand wegziehen, aber seine Mutter hielt sie fest und drückte sie bei ihren nachfolgenden Worten: „Ich meine, endlich ist das zu Ende. Ich mochte sie nie."

„Mum!", rief Ian und sein Mund stand offen.

„Entschuldige, aber es ist so. So ein hübsches Mädchen, aber innerlich, da war sie nicht schön. Wie sie sich aufgeführt hat bei ihrem Besuch in Schottland ... Weißt du noch?"

Wie hätte er das vergessen können. Aber er wollte jetzt nicht über Jamila reden. Ian schaute in die Ferne.

Der Garten der Wohnanlage war hübsch begrünt, überall waren Blumen, Sitzgelegenheiten und es gab sogar einen kleinen Teich. Die meisten Mitbewohner waren im Alter seiner Mutter und kamen allesamt aus vermögenden Verhältnissen. Jeder hatte seine eigene kleine Wohnung und diejenigen, die Hilfe benötigten, bekamen genau die auf sie zugeschneiderte Unterstützung. Als er bemerkte, wie seine Mutter sich die Stirn rieb, war er sofort alarmiert.

„Was ist los? Bist du müde?"

Sie schloss die Augen und schüttelte leicht den Kopf. Als sie ihre Augen wieder öffnete, sah sie traurig aus. Dann gab sie sich einen Ruck. „Ian, Darling, ich fürchte, ich muss dir etwas sagen."

Ians Herz setzte einen Schlag aus, als würde es ahnen, dass etwas Unerfreuliches kommen würde. „Bist du krank?"

Sie senkte den Blick und strich mit dem Daumen über Ians Handrücken, bevor sie antwortete.

„Ich weiß es nicht, Ian, aber etwas stimmt nicht. Meine Blutwerte sind nicht so gut und, na ja, ich habe abgenommen und fühle mich irgendwie kraftlos."

„Seit wann ist das so? Warum erfahre ich erst jetzt davon?" Ian sprang auf und stand nun vor ihr.

„Ich wollte dich nicht damit belasten."

„Mum!"

„Es tut mir leid, Darling. Ich werde schon wieder."

„Was ist es?" Ian fuhr sich durch die Haare. Sie war doch noch gar nicht so alt!

„Es wurden einige Routineuntersuchungen durchgeführt, aber das hat bisher noch nichts ergeben. Ich habe noch ein paar Untersuchungen vor mir und sobald die Ergebnisse da sind, sage ich es dir. Jetzt lass uns von etwas anderem sprechen, es ist sicher nichts."

„Wann? Was sagen die Ärzte?"

„Ach, Darling. Du hast doch genug Sorgen."

„Kann ich mit deinem Arzt sprechen?"

„Sicher, wenn es dich beruhigt."

„Kann ich dich zu den Terminen begleiten?"

„Ian, es ist nicht nötig und ich weiß doch, wie vielbeschäftigt du bist."

„Jetzt hör aber auf, Mum. Du bist mir wichtiger. Alles, was ich zu tun habe, kann ich auch von England oder Schottland aus regeln."

„Diese Woche ist mein Arzt auf einem Kongress, hat er gesagt. Nächste Woche geht es los ... wenn du so lange bleiben willst. Aber es ist wirklich nicht notwendig", beteuerte sie mit einem kleinen Lächeln. Als sie sah, wie das Gesicht ihres

Sohnes sich verfinsterte, fügte sie rasch hinzu: „Aber natürlich freue ich mich über dein Angebot, vielen Dank."

„Ich komme mit, keine Diskussion." Dann zögerte er, er hätte Angst, die Frage zu stellen, die ihm auf der Zunge lag. Aber er musste es wissen. „Glaubst du, es ist Krebs?"

Sie seufzte leise. „Ich bin alt, Ian, vergiss das nicht. Wir gehen nicht davon aus, aber sie konnten mir nichts versprechen. Kein Arzt gibt dir eine Garantie, deswegen die Untersuchungen."

Ian setzte sich wieder neben seine Mutter und hielt ihre Hand. „Ist es ein guter Arzt? Der beste auf diesem Gebiet?"

„Selbstverständlich. Ian, ich bin ein wenig müde. Würdest du mich zurückbringen?"

Ian sprang sofort auf und half seiner Mutter auf die Beine. Sie sah wirklich schwach aus.

Er blieb den Nachmittag über bei ihr; sie aßen zusammen und unterhielten sich über ihre Kunstprojekte. Nachdem sie sich etwas ausgeruht hatte, wirkte sie wieder munterer, dennoch war Ian sehr besorgt, als er sich auf den Rückweg machte. Auch das Telefonat mit der Arztpraxis blieb unergiebig und er erhielt lediglich die Auskunft, dass weitere Untersuchungen ausstünden.

Es war spät, als er in Inverness ankam, und draußen war es bereits dunkel. Er war müde und fühlte sich zerschlagen von den Ereignissen der letzten Tage. Deswegen fuhr Ian nicht direkt zum Schloss, sondern stoppte am Beauly Firth, einem *Loch* nördlich von Inverness, und setzte sich ans Ufer, um nachzudenken. Der Wind zerzauste ihm die Haare und Ian genoss die frische Luft nach dem Tag im stickigen London. Er starrte aufs Wasser hinaus und ließ seine Gedanken kreisen. Wasser stand niemals still, es war immer in Bewegung, was ihn paradoxerweise beruhigte. Er blieb so lange, bis seine Finger vor Kälte steif wurden und er am ganzen Körper fror, jetzt spürte er endlich wieder, dass er lebte. Aber an seinem

Einsamkeitsgefühl änderte das nichts – in seinem Leben ging momentan einfach nur alles schief. Mit einem letzten Blick auf den See stand er auf und ging zum Auto zurück.

Es war weit nach Mitternacht, als er den Range Rover vor Glennmore Castle abstellte. In Evas Zimmer brannte zwar noch Licht, aber er verzichtete darauf, sich bei ihr zurückzumelden. Er spielte mit der Idee, dass er ihr morgen etwas mehr von der Gegend zeigen könnte. Der Tag heute hatte ihn daran erinnert, wie verdammt schnell das Leben zu Ende sein konnte, und er schämte sich ein wenig dafür, dass er so unfreundlich zu ihr gewesen war. Außerdem würde es ihm guttun, nicht nur seinen eigenen Gedanken nachzuhängen. Am Ende war es wieder nur eine eigennützige Sache, dabei mochte er Eva. Er mochte sie schon ein bisschen *zu sehr*. Ian seufzte und beschloss, dass er zu müde war, um seinem Gefühlswirrwarr zu dieser Stunde noch auf den Grund zu gehen. Eigentlich war er genau deshalb nach Schottland gekommen, aber die Beziehung zu Jamila erschien ihm seltsamerweise zunehmend blass, farblos und fast schon ein halbes Leben zurückzuliegen – dabei hatte er sich gerade mal vor einer Woche von ihr getrennt.

Als er sich hinlegte, fand Ian keinen Schlaf. Schließlich zappte er sich durch das nächtliche Fernsehprogramm und nickte irgendwann bei einer Reportage über schottische Hochlandrinder ein.

Kapitel 5

Eva rätselte, wo Ian gestern gewesen war. Sie war erleichtert gewesen, als sie nachts gehört hatte, wie das Auto über den Kies fuhr und anzeigte, dass er zum Schloss zurückgekehrt war. So ganz alleine in den alten Mauern hatte sie sich irgendwie unbehaglich gefühlt. Auch wenn sie wusste, dass es so etwas wie Schlossgeister nicht gab, hatte sie das Gefühl beschlichen, doch nicht alleine zu sein. Und dann hatte es auf einmal geknallt im Haus. Vermutlich nur eine Tür oder ein Knacken in der Vertäfelung, aber sie hatte sich mächtig erschreckt und ins Bett verkrochen. Das würde sie Ian allerdings nicht auf die Nase binden, sollte er sich überhaupt nach ihrem Befinden erkundigen.

Eva stieg die Treppen zur Küche hinunter, wo ihr der Geruch von Gebratenem und Kaffee in die Nase stieg. Was war denn da los? Waren die Mitarbeiter doch schon früher zurückgekommen?

Als sie in die Küche eintrat, sah sie zu ihrem Erstaunen, dass Ian am Herd stand, eine weiße Schürze um die Hüften geschlungen, und Speck und Pfannkuchen in zwei Pfannen brutzelte. Ihr Blick fiel auf den Tisch, an dem bereits für zwei Personen gedeckt war und schon ein Käseomelett bereitstand. Erwartete er jemanden? Frauenbesuch? Eva schüttelte den Gedanken ab und rief ihr „Guten Morgen" möglichst unbefangen in den Raum. Ian sah von seiner Pfanne auf und seine grünen Augen strahlten sie fröhlich an.

„Guten Morgen, gut geschlafen?"

Hatte er gestern eine Sitzung mit Aliens gehabt, die ihn einer Gehirnwäsche unterzogen hatten? Wohin war der mürrische Schotte verschwunden? Eva runzelte die Stirn, trat neben den Herd und beobachtet ihn verstohlen. Er trug ein kariertes Flanellhemd und eine alte Jeans. Heute sah er schon mehr nach Hausmeister aus als die Tage zuvor.

„Hey, Mädchen, warum so skeptisch? Lust, mit mir zu frühstücken?"

Nun war sie völlig perplex und stammelte, wofür sie sich prompt schämte: „Ähm, ja. Klar, ich habe Hunger. Danke."

Diese plötzliche Liebenswürdigkeit kam ihr ein bisschen spanisch vor, aber sie war trotzdem froh, dass er gut gelaunt war. Immerhin war er momentan ihr einziger realer sozialer Kontakt, bis die anderen Angestellten zurückkehrten. Vielleicht hatte er das ja auch eingesehen.

„Dann setz dich, es ist gleich fertig. Willst du Kaffee?"

„Ja, gern. Den kann ich mir selbst nehmen." Eva holte sich eine Tasse vom Tisch und goss sich Kaffee aus der Kanne ein.

„So, kann losgehen." Ian legte den letzten Pfannkuchen auf einen Stapel, nahm die Pfanne mit dem Speck vom Herd und trug beides zum Esstisch. Im Radio lief George Ezra und Eva fühlte sich immer noch, als wäre sie im falschen Film. Für ihn schien alles völlig normal zu sein – falls nicht, kaschierte er es gut. Ian setzte sich, füllte Evas Teller und häufte eine beachtliche Portion auf seinen eigenen.

„Hau rein. Es ist das einzige, was ich kann. Amerikanisches Frühstück. Ich hoffe, es schmeckt."

„Wow, sieht jedenfalls sehr gut aus." Der Pfannkuchen auf Evas Teller hatte schwarze Ränder, aber das ließ sie lieber unkommentiert. „Wo hast du das gelernt?"

„Ich hab' in den Staaten studiert."

„Oh, echt?"

„Ja, in Harvard. Hab' einen Master in Business Administration gemacht."

Eva schluckte. „Was? Das ist doch sehr teuer, oder nicht?"

Ian schien einen Moment zu überlegen, was Eva irgendwie irritierte. „Ja, das war es. Aber ein, äh, Stipendium hat mir geholfen."

„Ach so, du bist ein echter Glückspilz. Wieso bist du dann Hausmeister? Warst du im Knast?"

Ian zog eine Grimasse, legte seine Gabel beiseite und hob die Hände. „Erwischt! An dir ist ein Detektiv verlorengegangen, weißt du das?", bemerkte er trocken. Dann ließ er die Hände wieder sinken, nahm die Gabel wieder auf und aß weiter. Ohne sie anzusehen, sagte er Richtung Speck: „Aber nein, ich war nicht im Gefängnis."

„Ha, ha! Nein, aber sag doch mal!" Sie schob sich ein Stück Pfannkuchen in den Mund.

„Ich werde nicht mein Leben lang Hausmeister bleiben, zufrieden? Im Moment passt das für mich, zu mir, aber ich habe schon noch andere Pläne."

Eva runzelte die Stirn. Na ja, es ging sie ja nichts an, was er aus seinem Leben machte.

„Schmeckt wirklich gut", wechselte sie das Thema, um nicht zu aufdringlich zu wirken.

„Vielen Dank. Ich würde dir gerne ein wenig mehr von der Gegend zeigen, hast du Lust?"

Sie glaubte einen Moment, sich verhört zu haben. Aber nein, er hatte das wirklich gesagt.

„Na und ob, klar! Gibt es hier nichts mehr zu tun?" Vorfreude durchflutete ihren Körper. Mit einem derartigen Trip hatte sie heute nicht gerechnet.

„Ich bin früh aufgestanden und muss nur noch bei den Pferden reinschauen und etwas Heu nachlegen." Ian nahm sich noch ein Stück Bacon aus der Pfanne und biss genüsslich hinein. Eva zuckte mit den Schultern und lächelte. „Super, das ist echt sooo nett von dir. Wenn der Hotelbetrieb hier erstmal losgeht, habe ich bestimmt nicht mehr viel Zeit, mir Schottland anzusehen. Hach, das ist toll! Ich habe mein Leben lang von Schottland geträumt und gleich fahren wir durch die Gegend, Wahnsinn!"

Ian lächelte und lehnte sich im Stuhl zurück. „Schön, dann sammele ich endlich mal wieder ein paar Pluspunkte auf meinem Karma-Konto."

„Ja, die hast du nötig, oder?", kicherte sie übermütig.

„Sieht so aus." Ian wirkte in sich gekehrt. Was hatte sie nun wieder falsch gemacht? Hoffentlich lag es nicht an ihr! Sie wollte nicht bereits vor der Tour schlechte Stimmung verbreiten.

„Alles okay?", fragte sie deshalb vorsichtig. Ian blickte auf und in seinen grünen Augen lag etwas Verletzliches und unglaublich Trauriges, dann senkte er den Blick und stand auf.

„Ich pack' nur schnell ein paar Sachen ein. Viele Sehenswürdigkeiten haben wir hier ja nicht, aber wenn das Wetter hält, kenne ich ein paar schöne Stellen, an denen es sich lohnt, Pause zu machen."

Eva klatschte in die Hände. „Toll, ich bin dir wirklich dankbar, Ian."

„Quatsch, mir macht es auch Spaß. Ich habe selten Zeit für solche Ausflüge."

„Aber wenn man hier lebt, dann macht man das wahrscheinlich auch nicht so?"

„Aye, das stimmt", erklärte er ein wenig zu hastig, fand Eva. Was hatte der Kerl nur?

Sie pickte die letzten Krümel von ihrem Teller und brachte ihr Geschirr zur Spülmaschine. Ian war im Kühlraum verschwunden und sie beeilte sich, die schmutzigen Teller, Tassen und das Besteck in die Maschine einzuräumen. Anschließend spülte sie die Pfannen und schaltete die Kaffeemaschine aus.

Gerade als sie fertig war, erschien Ian wieder mit einem Korb, den er mit einem blaukarierten Tuch abgedeckt hatte. Nun nahm er eine Thermoskanne aus dem Schrank und füllte den restlichen Kaffee hinein. Er dachte wirklich an alles und es sah ganz danach aus, als würde er sowas nicht zum ersten Mal machen. Ob er wohl oft Frauen durch Schottland kutschierte? Eva fühlte einen kleinen Stich. Sie musste sich räuspern, um den Frosch im Hals zu vertreiben.

„Und jetzt?", fragte sie.

Ian nahm noch zwei Tassen aus dem Schrank und packte sie in den Korb.

„In zwanzig Minuten unten? Ich muss nochmal ganz kurz zu den Pferden, dann geht's los, okay?"

„Okay", bestätigte sie und zeigte mit dem Daumen nach oben.

„Super, dann bis gleich." Ian zwinkerte ihr zu, legte die Schürze ab, schnappte sich den Korb und verschwand mit langen Schritten aus der Küche.

Eva blickte ihm kurz hinterher, dann füllte sie Pulver in die Spülmaschine und schaltete sie ein.

Ian trommelte mit den Fingern auf das Dach des schwarzen Range Rovers. Wo blieb das Mädchen nur? Er hatte doch gesagt, zwanzig Minuten! Er selbst hatte sich etwas verspätet, weil er noch mit Dexter telefoniert hatte, aber Eva ließ auf sich warten. Seine Laune war ohnehin in den Keller gesackt, da der Advokat offensichtlich nicht begriffen hatte, wie wichtig ihm der Kauf von Blanrych Manor war, und Ian ziemlich deutlich werden musste. Hoffentlich hatte Dexter es endlich kapiert. Die nächsten Stunden, nahm Ian sich vor, würde er Geschäft Geschäft sein lassen. Absichtlich hatte er sein Telefon im Turm gelassen – auch um zu verhindern, dass er aufflog, weil ihn Anrufe erreichten, die er annehmen musste. Das wäre ziemlich blöd gewesen, wo sie jetzt gerade einigermaßen miteinander klarkamen. Scheiße, wo blieb sie nur? Ian stapfte genervt los, als sie gerade aus dem Eingangstor huschte.

„Sind das zwanzig Minuten bei dir?", rief er Eva verstimmt entgegen.

Ihre Wangen waren gerötet und sie sah aus, als wäre sie von ihrem Zimmer bis nach unten gerannt.

„Sorry, ich habe einen Anruf von Luisa bekommen. Sie hatte Streit mit unserer Mutter und das war dringend. Und dann war der Akku von meinem Handy leer und dann musste ich das Ladekabel suchen und …"

Ian stöhnte auf und strich sich das Haar aus der Stirn.

„Hör bloß auf. Steig endlich ein, bevor es Nacht wird."

„Na, komm. Es ist gerade mal halb elf."

Ian schnaubte noch einmal auf. Diese Frau musste absolut immer das letzte Wort haben.

„Willst du jetzt mit oder nicht?", gab er mit einem gequälten Gesichtsausdruck von sich.

„Ja, ja, schon gut." Sie öffnete die Tür des Geländewagens und stieg ein.

Ian kontrollierte noch einmal jeden einzelnen Reifen, bevor er selbst einstieg, und knallte seine Tür etwas energischer als notwendig zu.

„Hui", sagte Eva. „Darfst du den Wagen überhaupt nehmen? Der gehört doch wohl nicht dir …? Wow, sind das Ledersitze?"

Ian verdrehte die Augen, dann startete er das Auto.

„Er gehört dem Eigentümer von Glennmore Castle und der Boss kann froh sein, dass sein Wagen anspringt, wenn er mal vorbeikommt. Ich tue ihm quasi einen Gefallen, wenn wir das Fahrzeug mal ausfahren. Der vernachlässigt seinen Besitz. Ehrlich, er hätte nichts dagegen."

„Na, wenn du es sagst. Aber ich will am Ende nichts damit zu tun haben, wenn etwas passiert, klar?"

„Klar. Darf ich dann losfahren?"

Sie kicherte.

„Natürlich, James. Fahren Sie los."

„James?"

„Heißen so nicht alle Fahrer?"

„Butler. Es war der Butler und nicht der Fahrer." Ians Mundwinkel zuckten, als er das Zitat aus *Romeo und Julia* dergestalt zweckentfremdete. Der Witz schien an Eva jedoch vorbeizugehen. Sie meinte nur: „Wie auch immer."

Ian schaltete das Automatikgetriebe auf ‚D' und trat aufs Gaspedal, sodass beim Anfahren kleine Steinchen davongeschleudert wurden.

„Hey, pass doch auf!", rief Eva und schnallte sich an.

Sie verließen das Anwesen und fuhren um Loch Beauly Firth herum. Eva genoss die Aussicht sichtlich, sagte jedoch nicht viel.

Ian fühlte sich wohl in ihrer Gesellschaft und es war völlig in Ordnung für ihn, nicht ständig quatschen zu müssen. Er klärte sie gelegentlich über die Namen oder Eckdaten der Orte, die sie durchquerten, auf und freute sich, wenn sie sehr interessiert nachfragte und nicht genug von Schottland zu bekommen schien.

Sie fuhren eine ganze Weile, stoppten einmal kurz, um zu tanken, und dann ging es weiter nördlich an der Küste entlang. Nach zwei Stunden hielt Ian den Wagen an und verkündete: „Pause!"

„Sehr gut, ich freue mich, mir ein wenig die Füße vertreten zu können. Ich bin total gespannt, wie es ist, endlich selbst durch Schottland laufen zu können." Sie klatschte in die Hände, um ihre Freude zu unterstreichen. Ian unterdrückte ein Grinsen. Er fand es schön, wie ungekünstelt Eva sich ihm gegenüber gab.

„Zieh deine Jacke an, es ist windig heute, könnte noch Regen geben."

„Ja, Papa."

„Dann mach doch, was du willst, Mädchen." Ian schnappte sich seine Jacke und zog den Reißverschluss hoch, bevor er ausstieg. Sie hatte ihn wahrscheinlich nur necken wollen, aber er war ein wenig empfindlich im Moment. Er hörte, wie Eva die Autotür zuschlug und dann ächzte. „Was? Das ist doch nicht windig, das ist ein ausgewachsener Sturm!"

„Willkommen in Schottland, Baby!" Dann lachte er und drehte sich im Kreis. Er hatte seine Heimat vermisst – mehr, als er sich bis dahin eingestanden hatte. Eva trat zu ihm und er schnappte sich ihre Hand und zog sie mit sich zum Ufer. Wenn sie Glück hatten, würden sie ein paar Seehunde antreffen, und so, wie er Eva einschätzte, würde sie das in Entzücken versetzen. Tatsächlich behielt er mit seiner Intuition Recht. Als sie nach einem viertelstündigen Fußmarsch an einen Felsvorsprung kamen, zog er sie mit sich nach vorne.

„Was ist?", fragte sie und strich sich eine blonde Strähne aus dem Gesicht. Evas Nase war rot vor Kälte, aber sie beschwerte sich nicht.

„Schau mal, da vorne." Ian zeigte mit dem Finger auf einige Felsen im Wasser, auf denen sich eine ganze Menge der rundlichen Säugetiere tummelte.

„Oooooooh!", rief sie begeistert. „Wahnsinn, sind das Seehunde? Wirklich? Ich habe noch nie welche gesehen, außer einmal im Zoo, als ich zwölf war!" Eva hüpfte aufgeregt neben ihm auf und ab und streckte ihren Hals noch ein Stück weiter nach vorne, als ob sie dadurch dichter rankommen würde. Ian beobachtete sie und erfreute sich an ihrer kindlichen Freude. Plötzlich suchte sie in ihrer Jackentasche nach etwas.

„Was ist los?"

„Ich wollte ein Foto machen, aber ich hab' mein Handy auf Glennmore Castle gelassen, der Akku war ja leer. So ein Mist."

Ian zuckte mit den Achseln. Sein Smartphone lag im Turm, und da war es auch gut aufgehoben. Er war froh, dass er es nicht mitgenommen hatte. „Sorry, meins ist auch zuhause."

„Scheiße. Na ja, macht nichts. Hab' ich halt kein Foto. Eva, heute habe ich kein Foto für dich", alberte sie herum.

Sie beobachtete die Seehunde noch eine Weile ganz verzückt. Ian setzte sich auf einen Stein ein paar Meter weiter hinten und pflückte ein paar wilde Gräser. Irgendwann kam Eva zu ihm und setzte sich neben ihn auf einen Stein. Leichter

Nieselregen hatte eingesetzt, aber nicht so stark, dass er sich davon stören ließ.

„Vielen Dank, Ian. Ich weiß, dass du das nicht machen müsstest und dass du mich wahrscheinlich nicht mal magst. Aber mir bedeutet es viel, dass du mir dein Land zeigst."

Damit hatte er nicht gerechnet; Ian spürte einen Kloß im Hals. Dankbarkeit erwartete er gewiss nicht von ihr und war sie in dieser naiven Art auch nicht gewohnt. Wie weit sie mit ihrer Vermutung, dass er sie nicht leiden konnte, danebenlag, wurde ihm selbst erst nach und nach bewusst. Mit jeder Minute, die er mit ihr verbrachte, mochte er sie mehr.

„So ein Quatsch. Ich mach' das doch nicht für dich", erwiderte er barsch.

Eva lachte zur Antwort und klopfte ihm auf den Schenkel.

„Natürlich nicht. Der Miesepeter Ian macht doch nichts für andere!"

„Ich sollte dich vielleicht übers Knie legen, damit du nicht so frech bist, Mädchen."

„Du kannst es ja mal versuchen. Ich würde es dir allerdings nicht raten, ich hab' schon etliche Selbstverteidigungskurse hinter mir."

Sie streckte ihm doch tatsächlich die Zunge raus. Nicht zu fassen! Ians Mundwinkel zuckten. Eine Windböe lenkte ihn einen Moment ab. Der Nieselregen war stärker geworden und er warf einen Blick gen Himmel. Wahrscheinlich würde es gleich in Strömen regnen und sie hatten für den Hinweg vom Parkplatz fünfzehn Minuten gebraucht. *Mal sehen, wie schnell die schöne Blonde rennen kann,* dachte er. Unvermittelt grinste Ian und stand auf.

„Was ist, willst du mich jetzt verprügeln, oder was? Sag bloß, du stehst auf sowas?" In ihren blauen Augen blitzte es warnend.

„Nein", antwortete er langsam. „Aber wenn du nicht bis auf die Knochen nass werden willst, solltest du deinen schönen Hintern mal langsam in Bewegung setzen. Es wird gleich wie aus Eimern gießen."

„Oh!" Sofort sprang Eva auf und lief ihm hinterher.

Der Wind hatte aufgefrischt und Regen peitschte ihnen entgegen. Aus Ians Haar tropfte es bereits, als sie kaum die Hälfte der Strecke hinter sich gebracht hatten. Eva hatte ihre Kapuze tief ins Gesicht gezogen. Er hörte sie hinter sich schnaufen, daher verlangsamte Ian seine Schritte, damit sie mithalten konnte. „Was ist los, Mädchen? Keine Puste mehr?"

„Ach, sei doch still!", motzte sie atemlos, lachte dann aber.

Endlich hatten sie den Wagen erreicht und als sie drinsaßen, bibberten beide um die Wette. Ian schüttelte seine nassen Haare und strich sie sich dann aus dem Gesicht.

„Du hast nicht zufällig ein Handtuch dabei?", scherzte er. Eva runzelte die Stirn. „Äh, nein. Ausnahmsweise nicht. Sonst habe ich immer eins im Handgepäck." Dann lachte sie und zeigte ihr makelloses Gebiss. Ian zog seine Jacke aus und warf sie auf die Rückbank. Jamila hätte spätestens jetzt einen hysterischen Anfall bekommen: Ein ruiniertes Make-up und durchweichte Designerschuhe waren in ihrer Welt der Supergau. Ian schüttelte den Gedanken schnell ab und ließ den Wagen an. Warum verglich er die beiden überhaupt?

„Was ist?", fragte Eva mit einem Seitenblick auf ihn. Sie hatte ihre Jacke ebenfalls ausgezogen und saß nun schräg auf ihrem Sitz, ein Taschentuch in der Hand.

„Nichts."

„Ach ja? Nichts? Männer!", schnaubte sie, ehe sie sich lautstark die Nase putzte.

„Ich such' uns jetzt mal ein Café, wo wir uns trocknen und eine Kleinigkeit essen können. Ganz zufällig kenne ich ein Nahegelegenes." Er wollte nicht über Jamila reden, schon gar nicht mit Eva. Zwangsläufig hätte er sie dann über seine wahre Identität aufklären müssen und darauf hatte er nach wie vor keine Lust.

Sie fuhren ungefähr zwanzig Minuten, dann erreichten sie Barney's Corner. Dort tranken sie einen heißen Tee, aßen Sandwiches und knabberten Gingerbread. Ians Haare waren mittlerweile fast trocken, standen allerdings durch den Regen störrisch in alle Himmelsrichtungen ab. Er strich sie aus dem Gesicht und stopfte sich einen weiteren Keks in den Mund. Eva wirkte selig.

„Wahnsinn, es ist so toll hier! Die ganzen alten Balken und der Kamin und die Bilder und einfach alles! Wie für einen Film gebaut, und dabei ist alles *echt*! Oder?", wandte sie sich an ihn.

Ian war das alles so vertraut, er war schon so oft hier gewesen, dass er keine Notiz mehr davon nahm. „Du führst dich auf wie ein kleines Kind auf dem Jahrmarkt, Eva."

Sie zog eine Schnute und verschränkte die Arme vor der Brust. „Das hört wohl jede Frau gerne, du Miesepeter."

„Miesepeter?"

„Ja, genau."

Er lachte laut auf und warf den Kopf in den Nacken. „Du hast recht. Kann sein, dass ich in den letzten Tagen manchmal etwas schlecht drauf war."

„Manchmal?", stichelte sie weiter.

„Manchmal", bestätigte er noch einmal mit Nachdruck.

Sie prustete los und nahm die Tasse zwischen beide Hände.

„Ich sage jetzt mal lieber nichts mehr, sonst setzt du mich hier noch aus! Und hier komme ich bei dem Betrieb nie wieder weg. Ein Wunder, dass das Café überhaupt auf hat, wir sind ja die einzigen Gäste!"

„Ist heute kein Tourenwetter, schätze ich." Ian warf einen Blick aus dem Fenster. Es hatte sich eingeregnet, aber er wollte noch nicht zurückfahren. Er wollte mit ihr noch über ein paar Gebirgsstraßen fahren, damit sie einen besseren Eindruck von den Highlands bekam. In natura war es doch viel schöner, als jede Reportage es jemals zeigen könnte – selbst bei schlechtem Wetter.

Ian zahlte an der Theke und dann rannten sie wieder zum Wagen, bevor sie ihre Reise fortsetzten. Eva war eine überraschend angenehme Beifahrerin. Sie nörgelte nicht an seinem Fahrstil herum, wie Jamila so manches Mal, und sie quengelte auch nicht wegen jeder Kleinigkeit. Der Ausflug machte Ian viel Spaß und er fuhr noch ein wenig weiter nördlich, als er ursprünglich geplant hatte, weil er ihre Nähe genoss und ihr so viel wie möglich vom Norden zeigen wollte.

Es wurde bereits dunkel, als sie den Rückweg antraten. Ian entschied sich für eine Abkürzung durch die Berge. Er dachte dabei an die Pferde, die noch gefüttert werden mussten, und viel sehen konnte man nun sowieso nicht. Für das Abendessen in einem Restaurant auf dem Weg, zu dem er Eva ursprünglich hatte einladen wollen, würde es auf jeden Fall zu spät werden. Der Sturm hatte sich nicht gelegt und da er in der letzten Nacht nicht viel geschlafen hatte, wollte er auch nicht riskieren, aus Müdigkeit unkonzentriert zu fahren. Das behielt er allerdings lieber für sich.

Eva hatte es sich in ihrem Sitz gemütlich gemacht und genoss unverhohlen den Luxus der schwarzen Karosse. „Fantastisch! Jetzt werde ich nie wieder in einem Auto mitfahren können, ohne eine Sitzheizung zu vermissen!", hatte sie lachend ausgerufen, nachdem er ihr Feuer unter dem Po gemacht hatte. Für Ian, der mit jeglichem Komfort großgeworden war, war es unvorstellbar, dass jemand heutzutage solchen technischen Spielereien noch nirgendwo begegnet war.

Irgendwann schloss Eva die Augen. Die frische Luft und die lange Fahrt hatten sie anscheinend schläfrig gemacht. Er drehte das Radio ein wenig lauter, um sich wachzuhalten, außerdem lief einer seiner Lieblingssongs von James Bay. Der Regen trommelte auf den Wagen und über die Straße liefen Sturzbäche; an einzelnen Stellen hatte es bereits Steine und

Geröll auf die Fahrbahn geschwemmt. Ian sorgte sich zunehmend um das Durchkommen, aber an ein Umkehren war nicht zu denken – sie befanden sich mitten im Nirgendwo. Dann registrierte er ein rotes Blinklicht auf seinem Armaturenbrett und der Wagen verlangsamte sich.

Motorstörung! So eine Scheiße. Ian fluchte wie ein Droschkenkutscher. Der Range Rover kam schließlich endgültig zum Stehen und Eva bewegte sich langsam. Ihre Augenlider flatterten und sie öffnete schlaftrunken die Augen. „Was ist los, sind wir da?"

„Weit entfernt. Sieht so aus, als hätten wir eine Panne."

„Du machst Witze!" Sie richtete sich in ihrem Sitz auf.

„Leider nicht, ich wünschte, es wäre so."

„Und jetzt?"

„Ich habe keine Ahnung. Normalerweise würde ich den Pannenservice anrufen …"

Sie schlug die Hände vor den Mund und vervollständigte seinen Satz: „… aber wir haben kein Telefon dabei! Shit!"

Ian stöhnte und vergrößerte die Umgebungskarte auf dem Navi. „Bis zum nächsten Dorf sind es mindestens zehn Meilen. Bei dem Wetter keine gute Idee, hier ist ja nichts beleuchtet."

Es war dunkel im Wagen und nur die Scheinwerfer bildeten Tunnel durch die Nacht. Man sah nichts als Wasser: Regen, Pfützen und Bäche. Regentropfen prasselten auf die Frontscheibe des Geländewagens.

„Wir müssen warten, bis jemand vorbeikommt und uns hilft", stellte sie fest. Ian wusste, dass zu dieser Uhrzeit und bei diesem Wetter nicht mehr viele Leute unterwegs waren – in der letzten halben Stunde waren ihm gerade mal zwei Wagen begegnet – aber er wollte ihr keine Angst machen. Es bestand keine akute Gefahr; sie befanden sich schließlich nicht in einem Schneesturm bei minus zwanzig Grad. Er schaltete das Standlicht ein, um die Batterien zu schonen, und meinte zu

Eva: „Sieht so aus, als säßen wir hier fest. Ich schlage vor, wir machen ein kleines Picknick auf der Rückbank, bis jemand kommt."

Evas wandte ihr Gesicht in seine Richtung. „Meinst du das ernst?" Sie schien in leichte Panik zu verfallen.

„Kein Grund, sich aufzuregen. Wir hatten noch kein Abendessen und es ist schon nach neun, ich hab' Hunger. Sieh es doch mal so: Wir hatten Glück, dass wir vorhin im Café gestoppt und daher den Picknickkorb nicht schon früher geplündert haben."

„Männer!", rief sie aus.

Ian kletterte über die Mittelkonsole nach hinten, was bei seinen eins neunzig nicht ganz einfach war. Sein Anblick schien Eva aufzumuntern; sie kicherte und machte sich über ihn lustig: „Steckst du etwa fest?"

Als Ian es geschafft hatte, ließ er sich mit einem lauten Plumps auf der Rückbank nieder, dann warf er die nassen Jacken in den Kofferraum.

„Nein, ich hab's geschafft, war gar kein Problem." Er schnaufte einmal laut durch, dann drehte er sich noch einmal um und fischte nach dem Korb. „Also wenn du keinen Hunger hast, ich schon."

Eva wandte sich um und schien zu überlegen. Schließlich kapitulierte sie und kletterte ebenfalls nach hinten. Ian hatte die Innenbeleuchtung für den hinteren Bereich angeschaltet und fischte im Korb nach zwei Gläsern und den Snacks, die er eingepackt hatte. Eva fiel es wesentlich leichter, zwischen Fahrer- und Beifahrersitz nach hinten zu klettern, und nach einigen Sekunden saß sie neben ihm und begutachtete den Inhalt des Korbs.

„Nicht schlecht. Du hast ja an fast alles gedacht."

Ian lächelte, drehte den Verschluss der Rotweinflasche, die er eingepackt hatte, auf und goss etwas Wein in die Gläser. Die Tische an den beiden Sitzen hatte er bereits vorher nach unten geklappt, sodass sie nun Platz für ihr Pannenpicknick hatten.

„Das ist ja wie im Flugzeug hier. Tische an den Sitzen? Wow!" Evas unbekümmerte Art überraschte ihn immer wieder, er kommentierte es aber nicht.

„Cheers, auf die hoffentlich bald eintreffende Rettung!"

„Cheers!" Die beiden Gläser klirrten aneinander. Ian öffnete eine Packung Chips und Cracker, dann holte er noch einige Scheiben Käse aus dem Korb. Mehr hatte er allerdings nicht zu bieten, das musste vorerst ausreichen.

Das erste Glas war schnell geleert und Ian füllte beiden nach. Von einer halben Flasche Wein würde er sicher nicht betrunken werden, falls doch noch Hilfe kam und der Wagen wieder flottgemacht wurde.

Die Chipstüte war bald leer und er brachte unterdessen einiges über Evas Familie und ihr Leben in Deutschland in Erfahrung.

„So, du hast also keine Geschwister?", hörte er sie sagen. Anscheinend hatte sie genug davon, ausgefragt zu werden, aber er interessierte sich wirklich dafür, wo sie herkam und wer sie war. Ihm war noch nie jemand wie Eva begegnet; sie faszinierte ihn auf eine ganz eigentümliche Art und Weise.

„Leider nicht. Ich hab' mir immer welche gewünscht, aber meine Eltern waren schon älter, als ich geboren wurde. Ich war sozusagen die letzte Chance oder so ähnlich."

„Das ist genau das Gegenteil von meiner Familie."

„Ja, sieht so aus." Er sah, wie sich Eva tiefer in ihren Pullover einkuschelte. Ihr war kalt. Er hätte ihr ja seine Jacke angeboten, aber die war, wie ihr Parka, klatschnass. Damit würde sie sich nur eine Erkältung holen.

„Hier, trink noch was, dann wird dir wärmer!"

„Oh, die Flasche ist ja schon bald leer, ich vertrag' doch nichts!"

„Ich teile den Rest jetzt auf, mehr gibt's ohnehin nicht."

„Dann her damit."

„Na also, es geht doch."

„So langsam könnte ja auch mal jemand vorbeikommen, finde ich."

„Tja, ich fürchte, es sieht im Moment nicht danach aus."

„Es ist aber auch echt scheißkalt hier."

„Sorry, der Wagen hat keine Standheizung."

„Vielleicht dauert es ja nicht mehr lange. Beim Zelten hab ich schon oft gefroren, ist nicht neu für mich."

„Oho, die taffe Eva", spöttelte er und nahm sich eine Handvoll Cracker aus der Tüte.

„Du Idiot!" Sie boxte ihm an die Schulter. „Ich hab jetzt schon so viel von mir erzählt und über dich weiß ich praktisch gar nichts!"

„So kann man es doch auch nicht sagen", versuchte er auszuweichen. Eva hatte ihre Schuhe mittlerweile ausgezogen und saß im Schneidersitz neben ihm. Sie ließ nicht locker. „Komm schon, du hast also in Harvard studiert ... Was machst du nun damit? Wie stellst du dir dein Leben vor?"

Ian leerte sein Glas und stellte es zurück in den Korb.

Was sollte er ihr erzählen? Im Radio lief James Blunt und er wurde ziemlich melancholisch. Ob es nun an Evas Gegenwart, dem einzigartigen Blütenduft, der sie umgab, oder dem abfallenden Stress der letzten Wochen lag, wusste er nicht – aber er war traurig. Ian lehnte sich gegen die Tür, zog seine Beine an die Brust und antworte leise: „Ich weiß gar nichts mehr. Fast alles, von dem ich dachte, es wäre sicher, hat sich als Irrtum herausgestellt." Dann sah er auf und blickte in Evas Gesicht. Es war zwar dunkel, aber seine Augen hatten sich mittlerweile an die Nacht gewöhnt. Ihre klare, wunderschöne Stimme war ganz leise und einfühlsam. „Dir muss etwas Schlimmes widerfahren sein. Man sieht, dass du nicht glücklich bist, Ian. Das tut mir sehr leid."

„Lass uns über was anderes reden, ja?"

„Natürlich." Eva stellte ihr leeres Glas ebenfalls in den Korb zurück, dann sagte sie leise, fast flüsternd: „Ian?"

„Hm?"

„Mir ist kalt."

„Ich weiß. Komm her."

Ian strecke Eva seine Hand entgegen und zog sie an sich. Er ließ sie mit ihrem Rücken an seine Brust lehnen, sodass er sie mit seinem Körper wärmen konnte. Es fühlte sich gut an, viel zu gut, aber Ian wusste, dass es nicht richtig war. Und so saß er da, atmete ihren zarten Blütenduft ein und genoss einfach ihre Nähe. Sie brauchten nicht viele Worte. Evas und seine Hände waren ineinander verflochten und er spürte ihre zarte Haut, die sich langsam wieder erwärmte.

„Meinst du, es kommt noch jemand?", fragte sie schließlich, als auch das Radio sich abgeschaltet hatte – eine automatische Einrichtung des Wagens, um die Batterie zu schonen. Das Licht hatte er schon vor einer ganzen Weile gelöscht, es war ihm zu grell vorgekommen. Ian fühlte sich verletzlich und schwach und Eva spendete ihm ganz unbewusst Trost. „Nein, ich glaube, heute Nacht kommt niemand mehr." Der Regen prasselte immer noch auf den Wagen, der gelegentlich von einer Bö geschüttelt wurde. „Dachte ich mir."

„Hast du Angst?"

„Nein, mit dir habe ich keine Angst."

„Gut. Ist dir noch kalt?"

Sie schien einen Moment zu überlegen, dann sagte sie: „Ja, ein wenig. Halt mich fester."

Ian kam ihrer Aufforderung allzu gerne nach. Eva entspannte sich in seinen Armen und nach einer Weile hörte er ihre gleichmäßigen Atemzüge. Ihr Kopf war an seine Schulter angelehnt. Sie war eingeschlafen. Für Ian hingegen war nicht an Schlaf zu denken. Eva lag in seinen Armen, duftete verführerisch und ihr Körper schmiegte sich eng an seinen. Er wollte kein Verlangen spüren, aber es brannte in ihm. Wenn sie jetzt aufwachen würde, würde er sie küssen und – wenn sie nichts dagegen hatte – sie lieben. In diesem Moment war es ihm egal, dass sie seine Angestellte war. Er wollte sie, brauchte ihre Nähe und ihre ehrliche und ungekünstelte Art. Ian versuchte sich vorzustellen, ob sie beim Sex ebenso natürlich und intensiv reagieren würde wie bei jeder anderen Vergnügung, die sie miteinander am heutigen Tage erlebt hatten. Würde sie leise stöhnen, wenn er ihr zartes Fleisch liebkoste? Ian seufzte auf und schloss die Augen. Bilder von ihren runden, festen Brüsten zogen durch seinen Kopf. Wie sie erschrocken aufgeblickt hatte, als er sie in der Dusche überrascht hatte. Dieser Zwischenfall hatte das bereits versteckt glühende Begehren auflodern lassen.

Zum Glück schlief die schöne Blonde tief und fest, denn seine Jeans spannte sich schmerzhaft über seiner Erektion. Es wäre ihm mehr als unangenehm, wenn sie sich durch ihn belästigt fühlen würde, obwohl er sicher war, dass auch Eva nicht abgeneigt gewesen war, als er sie in seinem Wohnzimmer geküsst hatte. Wie himmlisch sich ihre Lippen auf seinen angefühlt hatten ... Noch lange nach dem Kuss hatte er das Prickeln gespürt. Und jetzt bekam er sie einfach nicht mehr aus dem Kopf, egal wie hartnäckig er es auch versuchte.

Es war aussichtslos. Sie hatten keine Zukunft, lebten in unterschiedlichen Welten und er glaubte nicht, dass Eva sich in seinen Kreisen, in denen alle verlogen und gekünstelt waren, jemals wohlfühlen würde. Die liebliche Blume würde verderben und am Ende verwelken. Er wollte ihr und sich das ersparen, egal wie sehr er sie begehrte. So viel Anstand würde er aufbringen, dazu war sie ihm selbst nach dieser kurzen Zeit viel zu teuer.

Er fasste den Entschluss, Eva in den kommenden Tagen aus dem Weg zu gehen und baldmöglichst abzureisen. Nur musste er warten, bis Alfi zurückkam, um die Pferde zu versorgen. Er wollte nicht alles durcheinanderbringen. Zwei Tage waren sicher noch auszuhalten, danach würden sie beide getrennte Wege gehen. Eva hatte jemanden verdient, der ihr mehr bieten konnte als eine flüchtige Affäre. Und mehr war momentan, selbst wenn er die Bedenken hinsichtlich seines Milieus beiseiteschob, nicht drin – aus ganz persönlichen Gründen. Die Trennung von Jamila war noch zu frisch und erfahrungsgemäß war die nächste Beziehung nichts als ein Intermezzo. Er war derzeit noch verwirrt und mit Sicherheit dadurch so empfänglich für ihre Reize. „Fuck!", entfuhr es ihm leise. Die Situation war einfach festgefahren. Wie lange konnte diese Nacht noch dauern, bis endlich Hilfe kam?

Kapitel 6

Evas stellte noch im Halbschlaf fest, dass ihr Nacken höllisch schmerzte. Dicht neben sich hörte sie Ians leises Schnarchen. Die Erinnerung brach unbarmherzig über sie herein. Sie waren auf einer einsamen Straße in den Highlands liegen geblieben, weil der Range Rover eine Motorstörung gehabt hatte.

In ihrem Mund hatte sich ein pelziges Gefühl breitgemacht. Sie brauchte dringend eine Zahnbürste. Langsam öffnete sie die Augen und fuhr zusammen, weil sie in ein verschwommenes Gesicht blickte, das von außen durch die beschlagenen Scheiben in den Fahrgastraum stierte. Jetzt nahm sie auch das Klopfen an der Scheibe wahr.

„Ian! Wach auf, Ian! Da ist jemand!" Erst jetzt realisierte sie, dass es bereits hell war. Wie spät war es? Sie hatte nicht die leiseste Ahnung. Ian bewegte sich langsam hinter ihr und stöhnte leise auf. „O Mann, mir tut alles weh."

Eva befreite sich aus seinen Armen und schlüpfte in ihre Stiefel. Es war rein gar nichts zwischen ihnen passiert in der letzten Nacht und trotzdem hatte sich etwas verändert. Sie war in Ians inniger Umarmung eingeschlafen und es hatte ihr mehr als gut gefallen, seinen athletischen Körper an ihrem zu spüren. Verlegen senkte sie die Augen. Ian sollte nicht mitbekommen, was sie dachte. „Guten Morgen, Eva. Sieht so aus, als wären wir gerettet." Es sollte wohl als Scherz gemeint sein, aber der erreichte seine Augen nicht. Ian öffnete die Tür und stieg langsam aus dem Wagen aus. „Mann, ich werde zu alt für sowas. Mir tut jeder Knochen weh. Guten Tag, Sir", sagte er zu dem Mann, der an die Scheibe des Range Rovers geklopft hatte.

„Hey, was ist los? Ich komme hier nicht mit meinem Traktor vorbei. Wieso steht ihr hier mitten auf der Straße?" Der schottische Bauer wirkte nicht gerade besorgt, sondern eher verärgert. Anscheinend hatte er noch nicht begriffen, dass sie *nicht* freiwillig in der Prärie kampierten. Eva fehlte Ians Körperwärme und sie zitterte leicht, jetzt, nachdem er aus dem Wagen ausgestiegen war.

„Wir haben eine Panne, können Sie uns helfen?"

„Panne? Habt ihr kein Telefon, Leute?"

„Nein, sonst hätten wir Hilfe gerufen. Bei dem Sturm letzte Nacht kam leider auch niemand mehr hier vorbei."

„Aye, das wundert mich nicht."

Eva konnte nur die dunkelblaue Latzhose des Bauern sehen. Sie blieb drinnen; in die Kälte würden sie keine zehn Pferde und auch kein Traktor bringen und ihre Jacke war leider immer noch nass.

„Können Sie uns vielleicht helfen?", fragte Ian höflich. Wo nahm er plötzlich die Geduld her? So kannte sie ihn ja gar nicht.

„Zuerst muss das Auto hier weg, ich hab ja nicht den ganzen Tag Zeit. Dann ruf ich jemanden an."

„Gut, ich lege den Leerlauf ein, dann können wir den Wagen zur Seite schieben."

Ian beugte sich vorne in den Wagen und zwinkerte Eva zu. „Bald sitzen wir im Warmen und haben ein Frühstück, keine Sorge."

Eva nickte und zog ihren Pullover enger. „Soll ich schieben helfen?"

Ians Augen wurden groß. „Nein, danke. Das ist Männersache." Darüber musste Eva lachen. „Wie der Herr wünscht … Macho."

Der Bauer war am Heck des Wagens und Ian rief: „Bei drei schieben wir los. Eins. Zwei. Drei." Eva hörte das Ächzen der Männer, als sie den Wagen ganz langsam in Bewegung setzten. Es handelte sich nur um ein paar Meter, dann kam der Range Rover auf dem Grün neben der kleinen Gebirgsstraße wieder zum Stehen. Eva hoffte inständig, dass der Bauer auch wirklich Hilfe schicken würde.

Der Mann tuckerte mit seinem grünen Trecker weiter und ließ die beiden zurück. Ian schlüpfte wieder in den Wagen, machte aber keine Anstalten, Eva erneut in die Arme zu nehmen, und sie wollte nicht darum betteln. Sie plauderten ein bisschen, aber das Gespräch wollte nicht so recht in Gang kommen.

Die Ankunft eines gelben Pannenwagens löste in Eva eine Welle der Erleichterung aus. Die Aussicht auf eine heiße Dusche, ein Frühstück und frische Klamotten stimmte sie fröhlich. Den Mitarbeiter des Pannendienstes schätzte sie auf Ende fünfzig. Ihm fehlten zwei Vorderzähne und auch sonst machte er keinen besonders gefälligen Eindruck. Ian öffnete die Motorhaube und erzählte von der Störung. Eva konnte nicht alles hören, schnappte aber den unfreundlichen Ausruf des bärtigen Mannes auf: „Elektronik, da kann ich nichts tun. Tut mir leid, ich kann Sie höchstens in die nächste Werkstatt bringen."
    Ians Versuch, mit dem Mann über eine direkte Fahrt nach Glennmore Castle zu verhandeln, scheiterte – der Pannendienstler blieb hart.
    „Ich bring Sie doch nicht nach Hause, wir sind ja kein Taxiunternehmen. Die nächste Werkstatt ist fünfzehn Meilen entfernt, da fahr ich Sie hin und nehme den Range Rover mit."
    Ian schnaubte und murmelte was von wegen „Servicewüste" und „wofür bezahlt man so einen horrenden Beitrag an den Autoclub", aber der bärtige Muffel blieb unbeeindruckt.
    So saßen sie zehn Minuten später zu dritt im Pannenwagen. Eva blickte durch die Heckscheibe nach draußen und sah den Range Rover aufgeladen auf dem Plateau. Ian grummelte leise vor sich hin: „Ich hab doch gesagt, der Boss kann froh sein, wenn die Karre anspringt. Ganz toll. Da muss sich in Zukunft wohl jemand etwas besser drum kümmern." Eva war nur froh, dass sie endlich in einem Wagen mit Heizung saß, und enthielt sich daher jeglichen Kommentars.

Das Ziffernblatt im Armaturenbrett zeigte gerade mal acht Uhr an. Sie fühlte sich nach der Nacht im Auto wie durch den Wolf gedreht und Ian musste es ähnlich gehen. Sein Dreitagebart war mittlerweile beinahe zu einem richtigen Vollbart ausgewachsen, das ungewaschene Haar hing ihm wirr in die Stirn und er rieb sich die Augen. Eva unterdrückte den Impuls, ihm die pechschwarzen Strähnen aus dem Gesicht zu streichen, und knetete stattdessen ihre Hände.

Zwanzig Minuten später erreichten sie das besagte Dorf und Ian konnte zumindest erwirken, dass sie an der ortsansässigen Pension rausgelassen wurden. „Hier bekommen wir ein ordentliches Frühstück und ich organisiere, dass wir zurück zum Schloss kommen. Die Pferde müssen dringend versorgt werden und ich glaube, wir brauchen beide eine Dusche." Er sah sie an und Eva verlor sich für einen Moment im Grün seiner Augen. Ian legte ihr einen Arm um die Schulter und führte sie in das kleine Hotel mit dem kitschigen Namen *The King's Arm*. Wie alle Häuser hier war auch dieses aus Stein gebaut und sah ziemlich antiquiert aus, auf eine schäbige Art. Die Farbe des Türrahmens blätterte ab und die Eingangsstufen waren abgetreten. „Hereinspaziert!" Ian hielt ihr die Tür auf und Eva trat ein. Im Inneren war der Boden mit einem gemusterten Teppich überzogen. Sie gingen geradewegs auf eine Theke zu, die die Rezeption des kleinen Hotels darstellen musste und nicht besetzt war. Eva zählte fünf Schlüssel, die allesamt an einer dunklen Holztafel hingen. „Niemand da?", fragte sie vorsichtig. Sie sah bereits ihre Hoffnung auf ein ordentliches Frühstück schwinden, als eine weißhaarige Frau mit Kittelschürze aus einer Tür kam.

„Guten Morgen, was führt Sie zu uns?"

Ian lächelte die alte Frau an.

„Wir haben Hunger, können Sie uns helfen?"

Die Alte lachte heiser und in ihrem furchigen Gesicht tauchte ein Lächeln auf. Sie hatte anscheinend einen besseren

Zahnarzt als der Pannendienstmitarbeiter, denn sie zeigte eine vollständige Zahnreihe im oberen Gebiss. Vielleicht *war* es sogar ein Gebiss, das konnte Eva auf die Schnelle nicht erkennen. „Nichts leichter als das. Dann kommt mal mit." Sie war etwa eins fünfzig groß; neben dem hochgewachsenen Ian wirkte sie wie ein Zwerg und das sah ziemlich komisch aus. Eva folgte den beiden.

Die Frau führte sie in einen Gastraum, der anscheinend sowohl als Frühstücksraum wie auch als Mittags- und Abendlokal genutzt wurde. Ian fragte, ob er mal kurz telefonieren könne, und die Alte erklärte ihm, dass er das Telefon an der Rezeption benutzen dürfe. Eva wartete unterdessen alleine und ließ das Ambiente auf sich wirken. Es gab vielleicht zehn kleine Tische, eine dunkle Holztheke, eine Menge Alkohol im Regal hinter der Theke, Gläser und einen Haufen Nippes, den man in keiner ordentlichen Bar in Deutschland finden würde. Die Vorhänge waren von einem undefinierbaren Orange-Beige und es roch dezent nach kaltem Rauch, verschüttetem Alkohol und säuerlichem Essen, aber die Gaststube war warm. Sie hörte Ian aus der Entfernung reden, kurz darauf war er auch schon zurück.

Ian rückte Eva einen Stuhl zurecht und setzte sich selbst hin. Sie konnte sich an dem Sammelsurium der kuriosesten Bilder, Schilder und Figuren, die in jeder Ecke und jedem Regal zu sehen waren, gar nicht sattsehen. In der hintersten Ecke des Schankraumes hing eine Dartscheibe und dort stand auch noch ein Kicker. Anscheinend war das Pub der Treffpunkt dieses Dorfes. Seltsamerweise fühlte Eva sich gar nicht unwohl, obwohl sie solch ein Lokal niemals alleine betreten hätte. Die alte Frau war bereits wieder verschwunden, um sich ums Essen zu kümmern. Eva vermutete, dass die Auswahl für das Frühstück begrenzt sein würde.

„Und wie gefällt es dir hier?", fragte Ian.

„Es ist ziemlich beeindruckend."

„Solche Pubs findest du hier überall. Hier gibt's keine *fancy Bars* und dergleichen."

„Ich mag *fancy Bars* nicht besonders. Ich selbst arbeite im Irish Pub bei uns zuhause. Woanders würde ich auch kaum reinpassen, oder?"

Ians grüne Augen blickten sie ernst an, dann sagte er trocken: „Hm, du in einem gläsernen Palast, teure Cocktails servierend, in einem Mini ..."

„Wie du das sagst, klingt das komisch."

Ian lächelte schief. „Cha toir a'bhòidhchead goil air a' phoit. Schönheit macht nicht satt, das ist ein altes gälisches Sprichwort. Ich kann schon verstehen, dass du einen Nebenjob hast, das war nicht so gemeint."

Eva fragte sich gerade, was sie darauf antworten sollte. Er fand sie schön? Sie versuchte, ihre Freude über seine beiläufige Bemerkung zu verbergen. In diesem Moment ging die Tür wieder auf und die Alte kam mit zwei Tellern, die sie auf den Armen balancierte, herein. Sie stellte die Teller vor ihnen ab und Eva staunte über die Fülle des Angebots. Die weißhaarige Frau verschwand noch einmal und kam mit zwei Kaffeepötten wieder, in die sie vorsorglich schon mal Milch gekippt hatte. Eva trank ihren Kaffee eigentlich schwarz, aber das behielt sie für sich. Sie würde einfach eine Ausnahme machen.

„Danke, sieht sehr gut aus!" Ian nickte der betagten Hotelbetreiberin zu und sie wünschte ihnen noch einen guten Appetit. „Aye, lasst es euch schmecken. Wenn was ist, da auf der Theke ist 'ne Klingel!" Dann verschwand sie lautlos und ließ die beiden alleine zurück. Eva rollte das Besteck aus der weißen Serviette und betrachtete die Haufen auf ihrem proppenvollen Teller.

„Soll ich dich aufklären, was wir da haben?"

„Ja, das wäre hilfreich." Sie grinste ihn an. Offenbar hatte er ihre Gedanken gelesen.

„Ich hole mal ein bisschen weiter aus, wenn's recht ist."

„Natürlich, sehr recht, der Herr", meinte sie, obwohl ihr das Wasser schon im Munde zusammenlief, denn das Essen duftete köstlich.

„Sehr gut. Ein großes schottisches Frühstück umfasst, wie wir hier unschwer erkennen können, gebratene Wurst ...", er deutete auf dieselbe, bevor er fortfuhr, „Schinkenspeck, Eier, Tattie Scone, ein traditionelles Kartoffelgebäck, gebratene Pilze, gegrillte Tomaten, gebackene Bohnen und Toast mit Butter ...", er machte eine langgezogene Pause. „Und dann natürlich noch das Highlight, auf das ich, ehrlich gesagt, kaum mehr warten kann: Haggis!"

„Haggis?" Sie begutachtete die dunkle Masse auf ihrem Teller argwöhnisch. Es sah aus wie eine Mischung aus verbrannter Leberwurst und gefärbtem Soja-Hack. Vermutlich gab es aber kein Soja in der traditionellen schottischen Küche – was zur Hölle war es dann? Ian zog eine Augenbraue spöttisch nach oben, bevor er sagte: „Ich denke, du weißt *alles* über Schottland. Hat dein *Highlander* nie Haggis gegessen, sondern nur Köpfe abgehackt?"

Eva rollte mit den Augen und schlug ihm leicht auf die Finger.

„Also bitte. Gut, ich geb's zu: Von Haggis hab ich noch nie gehört."

„Ich bin mir sicher, es wird ein epochemachendes Vergnügen. Ich liebe es. Bon Appetit, Mädchen."

„*Mädchen.* Hmpf."

Ians kehliges Lachen füllte den Raum. Seinen Mund hatte er sich bereits vollgestopft und genoss die lokalen Köstlichkeiten sichtlich. Eva musste nach ein paar Bissen zugeben, dass es ihr ganz vorzüglich schmeckte, was sie dem *King's Arm* von außen nicht zugetraut hätte. Aber die alte Frau konnte offenbar gut kochen. „Es ist echt lecker – bis auf den Haggis."

„Wie, du magst das nicht?"

„Öhm, na ja. Geht so."

„Dann trittst du es mir ab?"

„Hier, bitte." Sie zeigte mit ihrer Gabel auf den Teller. „Nur zu, hau rein."

Das ließ sich Ian nicht zweimal sagen und ehe Eva den Mund noch einmal aufmachen konnte, war ihr Haggis verschwunden.

„Wahnsinn, wie viel du essen kannst."

„Aye, ich hab' Hunger. Bin ein großer Mann." Dann schaufelte er sich eine Gabel voll Champignons in seinen schönen Mund.

„Was ist eigentlich *Haggis* genau?"

„Blutwurst."

Eva blieb ihr Pilz beinahe im Hals stecken und sie trank schnell einen Schluck Kaffee. Sie war beim besten Willen nicht zimperlich, aber Blutwurst fand sie widerlich.

„Dachte mir, dass du so reagieren würdest, Stadtmädchen."

„Pah, du wieder!", verteidigte sie sich und schnitt ein Stück Würstchen ab.

Eva musste nach der Hälfte ihrer Portion kapitulieren. Ian war drauf und dran, auch das letzte Stückchen Wurst zu verputzen, als er sich doch umentschied: „Nix geht mehr." Dann rieb er sich über seinen flachen Bauch.

Wie aus dem Nichts erschien die Frau und räumte die Teller ab. „Wenn ihr dann fertig seid, wartet draußen ein Auto auf euch. Steht schon 'ne Weile da ..." Eva schaute die Alte ungläubig an. „... aber ich wollte euch nicht beim Frühstück stören. Das ist die wichtigste Mahlzeit des Tages und ihr habt ausgesehen, als könntet ihr was Deftiges vertragen."

Ian lachte nur. „Hier ticken die Uhren anders. Ich dachte, du hättest das mittlerweile mitbekommen, Eva." Wieder dieser Blick, der ihr durch Mark und Bein ging. Wie machte er das nur, dass er mit seinen Augen ihre Beine in Gummi verwandelte?

„Dann wollen wir mal, hm? Also ich freue mich jedenfalls auf eine heiße Dusche." Er marschierte los und sagte ihr, sie solle schon einmal vorgehen, er wolle noch bezahlen. Sie wollte sich nicht aushalten lassen, aber Ian duldete keinen Widerspruch und schob sie sanft, aber bestimmt hinaus.

Eva setzte sich in den Wagen und wartete auf Ian, der nach ein paar Minuten einstieg. Der Fahrer war sehr wortkarg und sagte eigentlich gar nichts. Er hatte gerade einmal ein „Guten Morgen" herausgebracht, als sie sich zu ihm in den Wagen gesetzt hatte. Das Auto war sauber und roch nach Wunderbaum; so einem, wie ihr Vater ihn immer in ihrem alten Opel aufhängte und der nach chemischer Vanille roch. Ihre Füße standen auf den praktischen Gummifußmatten, die beim Sauwetter auch gerne mal vollgematscht werden konnten.

„Wird so zwei Stunden dauern, bis wir da sind, denke ich."
„Kein Problem. Wie hast du das so schnell hingekriegt?"
„Ich habe mit dem Automobilclub telefoniert, unser Transport ist quasi inklusive."
„Echt? Das ist ja toll. Dann hat sich der Beitrag am Ende doch gelohnt, hm?"
„Ja, scheint so."

Ian wirkte plötzlich seltsam wortkarg auf sie, aber sie schob es auf die Müdigkeit. Sie war auch erschöpft und nickte mehrere Male fast ein, aber weil sie die Aussicht genießen wollte, kämpfte sie dagegen an. Es regnete heute nicht. Zwar war der Himmel nicht strahlendblau, aber sie konnte doch genug sehen, um die Gegend und die Natur zu bewundern.

Ian schnarchte leise neben ihr und sein Mund stand ein wenig offen. Immer wieder wanderten Evas Augen vom Fenster weg zu ihm. Sie studierte seine markanten Gesichtszüge, die breiten Wangenknochen, seine gerade, aristokratische Nase und die langen Wimpern, unter denen seine intensiven grünen Augen, die sie so oft musterten, geschlossen waren.

Plötzlich schreckte er auf. Eva wandte den Kopf schnell ab und sah wieder aus dem Fenster. Sie spürte, wie Ian sich neben ihr aufrichtete, und nahm aus den Augenwinkeln wahr, wie er sich durch die Haare fuhr. Sie wollte ihn fragen, ob er schlecht geträumt hatte, aber irgendwie war die Stimmung zwischen ihnen umgeschlagen, seit sie auf dem Weg zum Schloss waren, sodass sie sich nicht traute.

Der Rest der Fahrt verlief weitgehend schweigsam. Ian starrte mit versteinerter Miene aus dem Fenster und Eva hatte auch kein Thema parat, mit dem sie das Schweigen brechen konnte. Ian sah so unnahbar und weit entfernt aus, dass sie es für besser hielt, einfach nur die Landschaft aus dem Auto heraus zu genießen.

Er spürte Evas fragenden Blick auf sich, als er das Eingangstor mit seinem Schlüssel öffnete, nachdem sie auf Glennmore Castle angekommen waren.

„Soll ich etwas kochen?", fragte sie, als er ihr die Tür aufhielt.

„Nein, danke, Eva. Sehr lieb, aber ich hab so viel gefrühstückt heute Morgen, ich glaube nicht, dass ich schon wieder etwas essen kann. Ich muss auch los, die Pferde ...". Er ließ sie stehen und ging die Treppen nach oben, um sich umzuziehen. Es war nicht mal gelogen – obwohl er vorhin vom Pub aus jemanden im Dorf angerufen und ihn gebeten hatte, nach den Pferden zu sehen und sie zu füttern. Der Hauptgrund für seine Flucht war, dass er ihrer Ausstrahlung entfliehen wollte. Die Nacht mit ihr im Auto hatte ihm gereicht. Er musste dringend Abstand von dem Mädchen gewinnen, wenn er nicht das Risiko eingehen wollte, seine eigenen Regeln zu brechen.

Ian schaufelte den Mist schwungvoll in die alte Schubkarre; er musste seine überschüssige Energie loswerden. Außerdem war er, nachdem er sein Telefon überprüft hatte, unendlich genervt. Jamila hatte ihn mit Kurznachrichten bombardiert, deren Tenor war, dass sie ihn zurückhaben wollte. Zudem hatte er sieben Anrufe in Abwesenheit auf seinem Handy gehabt. Ian hatte sich nicht die Mühe gemacht, seine Mailbox abzuhören, denn für ihn gab es kein Zurück mehr. Das, was er mit Jamila gehabt hatte, war Vergangenheit. Mittlerweile war ihm auch klar, dass er sie nie genügend geliebt hatte, um den Rest seines Lebens mit ihr zu verbringen. Es war eine Beziehung gewesen, die auf Äußerlichkeiten beruht hatte. Er hatte sich gerne mit ihr an seiner Seite in der Öffentlichkeit gezeigt und sie hatte in ihm den reichen Unternehmer geliebt, der Türen für sie öffnete, die sie als Topmodel sonst niemals von innen gesehen hätte. Der Sex mit ihr war wirklich befriedigend und heiß gewesen, aber Sex war eben nicht alles – schon gar nicht, wenn er nicht das Exklusivrecht hatte. Damit war das Arrangement für Ian beendet.

Die letzte Box war mit frischem Stroh ausgestreut, die Pferde hatten alle eine extragroße Portion Heu bekommen und Ian war schweißgebadet. Trotzdem war seine innere Unruhe nicht geringer geworden, deswegen ging er zurück zum Schloss und zog sich seine Sportklamotten über. Das Wetter war gut und ein kleiner Lauf würde ihm vielleicht beim Nachdenken helfen. Ian stöpselte die Kopfhörer seines iPods ein und dehnte sich, bevor er langsam lostrabte. In seinen Ohren dröhnte Iron Maiden; genau das, was er brauchte, um seine eigenen Gedanken in den Hintergrund zu drängen.

Bereits nach wenigen Minuten erhöhte er das Tempo. Er war immer ein guter Läufer gewesen und gut in Form. Er spürte, wie ihn die Energie durchflutete und er eins wurde mit seinem Körper und Geist.

Ian war erleichtert, dass Eva nicht in der Küche saß, als er nach einer Dusche nach unten kam, um sich ein Abendessen zuzubereiten. Da er außer einem amerikanischen Frühstück nicht viel mehr im Kochrepertoire hatte, nahm er kurzerhand ein paar Würste aus dem Kühlraum und warf sie zusammen mit zwei Eiern in eine Bratpfanne. Außerdem fand er einen Laib Brot, von dem er sich drei Scheiben abschnitt und dick mit Butter bestrich. Während die Würste und die Spiegeleier brutzelten, nahm er sich ein Ale aus dem Kühlschrank, das er in ein Glas umfüllte, bevor er einen großen Schluck trank. Er fühlte sich freier nach dem Lauf; die körperliche Erschöpfung hatte ein wenig Ruhe in sein Inneres gebracht.

Dank seiner übervollen E-Mail-Inbox, die er sich nach dem Sport vorgenommen hatte, war es spät geworden und er vermutete, dass Eva bereits zu Bett gegangen war. Dennoch wollte er nicht das Risiko eingehen, Eva über den Weg zu laufen, daher schnappte er sich den Teller mit den vier Würsten und drei Broten, nahm in die zweite Hand sein Bier und verschwand wieder in seine Wohnung. Er legte den neusten Teil der *Tribute von Panem* ein, bei dem ihm allerdings nach dem schweren Abendessen bei der Hälfte die Augen zufielen.

Der Fernseher lief im Hintergrund, aber Eva hatte ihn auf lautlos gestellt, während sie mit ihrer kleinen Schwester über Skype telefonierte. Sie hatte am Nachmittag noch einen langen Spaziergang unternommen und anschließend in der Bibliothek gelesen, bevor sie auf ihr Zimmer zurückgekehrt war.

„Luisa, Schatz, ich weiß, es ist gemein, wenn einen ein Junge nicht so mag wie man ihn, aber das Leben geht weiter", versuchte sie das heulende Etwas am anderen Ende der Leitung zu beruhigen. Schließlich ging es ihr ein wenig genauso. Ian hatte sich nach der Nacht im Geländewagen nicht mehr blicken lassen, dabei hatte sie ernsthaft gedacht, dass sie sich nähergekommen wären. Aber sie war natürlich nicht verliebt. Sie fand ihn nur äußerst anziehend, nicht mehr. Ihre Aufmerksamkeit wurde wieder auf Luisa gelenkt, die laut schluchzte: „Eeheheva, er liehieebt mich nicht mehr! Ich will einfach nur steheeerben!" Eva sah gen Decke, aber von oben würde sie in dem Fall keine Hilfe erwarten können. Dass Siebzehnjährige immer so einen Hang zur Dramatik hatten, fand sie manchmal echt anstrengend.

„Ach, Süße. Morgen ist wieder ein neuer Tag. Andere Mütter haben auch schöne Söhne."

„Neiheeeein, ich will nur ihhhhhhhn!" Dann kamen nur noch weitere Schluchzer. „Ich versteh' es nihiiicht. Gestern hat er mir noch gesagt, er liehieeeeebt mich ...!"

„Luisa, bitte, du musst dich ein wenig beruhigen", versuchte Eva, auf ihre Schwester einzureden. Ein klein wenig hatte sie Angst, dass ihre Luisa vor lauter Hyperventilieren bald keine Luft mehr bekommen würde. War niemand sonst zuhause?

„Luisa, hallo? Ist Mama nicht da? Wo ist Stephanie? Kannst du zu ihnen gehen?"

„Neeeheeeeeein. Ich will keinen se'eeeeen. Ich will nur noch steheeerben ..."

Sie konnte ihrer kleinen Schwester aus der Entfernung schlecht helfen, aber sie wollte sie auch nicht abwimmeln. Außerdem verstand sie gut, warum Luisa nicht mit ihrer Mutter oder Stephanie reden wollte. Sie zeigten meist wenig Verständnis für die Sorgen eines Teenagers und manchmal glaubte Eva, dass die beiden ihre eigene Jugend so tief verdrängt hatten, dass sie tatsächlich nicht nachvollziehen konnten, wie man sich als Pubertierende fühlte.

„Schatz, ich verspreche dir: Morgen wird alles besser aussehen. Wie wäre es, wenn du dir jetzt eine Tafel Schokolade holst und dich mit einem Buch ins Bett legst?"

„Ich werde niehiiiieee mehr was ess-e-ess-sen!", schluchzte Luisa zur Antwort.

Eva seufzte und lief im Zimmer auf und ab. So, wie sie Luisa kannte, würde sie die nächsten drei Stunden mit ihr skypen müssen, bis sie sich einigermaßen beruhigt hatte. Bei Liebeskummer war ihre kleine Schwester echt nicht mehr auf den

Teppich zu kriegen. Aber sie hatte ohnehin nichts anderes vor. Das lenkte sie wenigstens ein wenig von einem gewissen breitschultrigen Schotten ab.

Kapitel 7

Ihr Zimmer war aufgeräumt, der Eingangsbereich gesaugt, im Büro lag die Post fein säuberlich aufgestapelt, die Küche war blitzblank und vor ihr standen eine Tasse Tee und ein Stück warmer Apfelkuchen. Eva hatte sich mit allerhand Beschäftigungen über den Tag gerettet, bis ihr schließlich so langweilig geworden war, dass sie ihre Backkünste auf die Probe gestellt hatte. Sie hatte Ian den ganzen Tag lang nicht gesehen und nur einmal gehört, als er nach dem Ausmisten und Füttern von den Stallungen wiedergekommen war. Aber er hatte die Küche gemieden und war direkt nach oben gegangen. Eva fragte sich nicht mehr, warum er kein Zimmer im Dienstbotentrakt hatte. Offenbar war er ein so guter Freund der Familie, dass ihm ein Zimmer im Turm zugewiesen worden war. Der Dienstbotentrakt bot ohnehin nur vier Zimmer – unmöglich genug Platz für alle Angestellten, es sei denn, einige wohnten gar nicht hier. Das war natürlich auch möglich. Morgen würde sie es erfahren, denn dann war die Woche rum und der Hotelbetrieb musste vorbereitet werden, bevor die ersten Gäste anreisten.

Eva pickte ein Stück vom Apfelkuchen mit der kleinen Gabel auf und schob es sich in den Mund. Die Äpfel waren süßsäuerlich und sie hatte die richtige Mischung aus Zucker und Zimt hinbekommen. Wenn das hier mit Schulnoten bewertet worden wäre, hätte sie sich selbst eine Eins geben, aber davon konnte sie sich auch nichts kaufen. Wo sie gerade an die Schule dachte – Eva war froh, dass sie Luisa dazu hatte bewegen können, heute wieder in die Schule zu gehen. Das würde sie auf andere Gedanken bringen und ihre Freundinnen würden sie ganz sicher auffangen und trösten. Zum Glück war Freitag, da hatte Luisa sich wahrscheinlich schon deshalb beruhigt, weil sie mit ihren Freundinnen auschecken konnte, wo am Wochenende die heißeste Party stieg. Blieb nur zu hoffen, dass sie keine Dummheiten machen und sich dem

Nächstbesten an den Hals werfen würde, denn Liebeskummer war bei Evas kleiner Schwester immer eine gefährliche Sache. Spätestens Sonntag würde sie den Bericht erhalten.

Langsam gingen ihr die Ideen aus, was sie noch anstellen konnte, um die Zeit totzuschlagen. Beim Einräumen der Spülmaschine fiel ihr Blick auf ihre Fingernägel. Die hatten schon mal besser ausgesehen. Sie trottete in Richtung Zimmer und holte ihr kleines Maniküre-Set, ehe sie ins Bad ging. Schließlich feilte sie sich die Nägel und pinselte ein wenig Klarlack darauf. Das war schon besser. Da sie schon einmal hier war, tuschte sie ihre Wimpern und trug noch ein wenig Kajal auf. Das hatte sie am Morgen total vergessen. Aber auch diese kleine Wellnessaktion war nach ein paar Minuten erledigt und sie langweilte sich noch mehr. Die Nervosität stieg gleichermaßen. Was war, wenn ihre Kollegen nicht nett waren? Welche Aufgaben würde sie bekommen? Eva konnte nicht stillsitzen, hatte nichts zu tun und ihre Gedanken kreisten mal wieder um Ian.

Sie tigerte durchs Schloss und fand sich schließlich in der Waschküche wieder. Vielleicht konnte sie sich hier noch nützlich machen, bevor wieder Handtücher und Bettwäsche des Hotels gewaschen werden mussten. Und tatsächlich, vor der Waschmaschine lag schon wieder ein Berg Wäsche. Wie konnte ein einzelner Mann so viel Schmutzwäsche produzieren? Da merkte man mal wieder, dass er ein Einzelkind war. In einer Großfamilie überlegte man sich zweimal, ob das Teil wirklich schon in die Wäsche musste, denn manchmal dauerte es eine Weile, bis jeder seine Sachen wieder frischgewaschen im Schrank hatte. Eva sortierte die Wäsche nach Farben, was nicht schwer war, da Ian hauptsächlich dunkle Sachen trug. *Passend zu seinen pechschwarzen Haaren*, dachte Eva und stopfte die schwarzen Stücke in die Maschine. Sie war gerade dabei, die Tür der Waschtrommel zu schließen, als sie ihn kommen hörte. Sie drehte sich um und da stand er in der Tür.

In der Hand hielt er ein verschwitztes Sportshirt und trocknete sich das erhitzte Gesicht damit ab. Wahrscheinlich war er laufen gewesen, dachte sie und glotzte ihn stumm an. Ian stand wie angewurzelt da und sagte nichts. Eva hatte nur Augen für ihn. Ian war durchtrainierter, als sie gedacht hatte. Die definierte Brust war gar nichts im Vergleich zu seinem Sixpack, das sich momentan sehr schnell hob und senkte. Wahrscheinlich war er direkt von draußen in den Keller gerannt, um seine nassen Sachen loszuwerden. Aus Ians Haar tropfte Wasser, denn es regnete seit Stunden. Seine grünen Augen fixierten sie, während er langsam auf sie zukam. Sie konnte den Blick nicht abwenden. Ihr Körper war nicht mehr mit ihrem Gehirn verbunden und sie musste ihn einfach anstarren. Er strahlte etwas so Rohes und Männliches aus. Da stand er einfach so fast nackt vor ihr und die Luft im Waschkeller knisterte. Ihr Puls hatte sich bereits beschleunigt, ohne dass etwas passiert war. Er war so nah, dass sie seine spezielle Duftmischung aus Bergamotte und Hölzern wahrnehmen konnte. Ians Augen waren dunkler, seine Pupillen geweitet. Dann warf er sein Shirt auf den Boden und kam langsam auf sie zu. Direkt vor ihr blieb er stehen.

Eva wusste, was gleich passieren würde. Es war unausweichlich und ihr Körper spannte sich bereits in Vorfreude auf das Kommende an. In ihrem Bauch tanzten Schmetterlinge und sie musste den Mund öffnen, um einigermaßen ruhig atmen zu können. Sie konnte nicht mehr denken, nur noch reagieren. Ian hob seine kräftige Hand und strich ihr sanft eine wirre Strähne aus dem Gesicht, die nicht einmal mehr bemerkte. Seine Hand fühlte sich erstaunlich sanft und kühl auf ihrem erhitzten Gesicht an und sandte kleine Stromschläge durch ihre Haut. Beide hatten noch kein Wort gesprochen – sie brauchten nicht aussprechen, was in ihnen vorging.

Evas Blick war mit seinem verschmolzen und dann zog er sie langsam und sanft an seine breite Brust. Es war ihr egal, dass er komplett durchnässt und verschwitzt war; das heizte die Stimmung in ihrem Inneren eher noch mehr an. Sie hatte sich seit dem ersten Kuss nach diesen Berührungen gesehnt. Seine Hand vergrub sich in ihrem Haar und zog ihren Kopf leicht nach hinten. Sie spürte seinen heißen Atem an ihrem Hals, spürte seine Lippen an ihrer Kehle entlangstreifen und ein leiser Seufzer schlich sich aus ihrem Mund. Klang sie wirklich so heiser? Es war ihr egal.

„O Eva", hörte sie ihn leise flüstern, „du riechst so gut wie ein Meer aus Blumen …" Seine Arme pressten sie an seine breite Brust und dann, endlich, fanden seine Lippen ihre. Die Welt verschwamm vor ihren Augen und sie schloss ihre Lider. Das Prickeln in ihrem Körper weitete sich zu einem Orkan aus, der über ihren Körper hinwegfegte. Ians Zunge tanzte mit ihrer und löste damit ungeahnte Gefühle aus. Sie klammerte sich wie eine Ertrinkende an ihm fest und erwiderte seine heißen Küsse leidenschaftlich. Mit einem Ruck hob er sie in seine Arme, schlang ihre Schenkel um seine Hüfte und setzte sie auf die rotierende Waschmaschine. Ihre Hände strichen über seinen athletischen Rücken und er stöhnte leise, bevor er ihre Bluse nach oben schob, um ihre nackte Haut zu streicheln. Seine Hände waren überall und hinterließen heiße Spuren auf ihrer kühlen Haut. Sein Atem streifte ihr Ohr und er flüsterte heiser: „Ich kann nicht mehr, Eva. Wenn du willst, dass ich damit aufhöre, dann musst du es mir jetzt sagen, sonst ist es zu spät. Ich will dich …"

Ihre Augen waren geschlossen und sie wollte auf keinen Fall, dass er damit aufhörte. Im Gegenteil, es konnte ihr gar nicht schnell genug gehen. Deswegen schob sie eine Hand in sein nasses Haar und zog seinen Kopf zu ihrem Gesicht.

„Ich will dich auch, Ian."

Dann senkte sie ihre Lippen auf seine und schob ihre Zunge sanft in seinen Mund. Er zögerte nicht lange, hob sie mit einem Ruck in seine Arme und lief in einem atemberaubenden

Tempo mit ihr in die Turmwohnung. Dabei flüsterte er immer wieder in ihr Ohr, wie sehr er sie begehrte und wie verrückt er nach ihr war. Er trug sie ins Badezimmer und stellte sie sanft auf ihren Füßen ab. Dann drehte er das Wasser auf und war wieder ganz bei ihr. Er kniete sich vor sie hin und mit jedem Knopf, den er an ihrer hellblauen Bluse öffnete, verschaffte er ihr mit seiner Zunge ein herrliches Prickeln auf der Haut. Sie hatte kaum Geduld zu warten, aber er ließ sich Zeit und genoss offenbar jede Sekunde, bis sie schließlich im BH vor ihm stand. Dann öffnete er den Verschluss und warf ihn achtlos zur Seite.

„Du bist so schön!", sagte er, bevor er ihr auch noch die Jeans und den Slip über die schmalen Hüften zog. Schließlich schlüpfte er aus seinen Shorts und zog sie mit sich unter das heiße Wasser ...

Es dämmerte bereits, als sie erschöpft in Ians Armen lag. „Wenn der Eigentümer wüsste, dass du es in seinem Schlafzimmer treibst, was würde er wohl dazu sagen?"

Ian versteifte sich einen Moment, ehe er antwortete: „Ähm. Ja. Eva, also ich glaube, ich muss dir dazu etwas erzählen ..."

Eva drehte sich aus seiner Umarmung, um ihm ins Gesicht blicken zu können, dann legte sie ihm einen Finger an die Lippen. „Psst. Es ist okay, Ian. Wir werden morgen einfach das Bett neu beziehen und das kleine Geheimnis für uns behalten. Und jetzt, mein Lieber, habe ich eine viel bessere Idee als reden ..."

Ians Pupillen weiteten sich, als er verstand, worauf Eva hinauswollte. Sie grinste anzüglich und küsste jeden Zentimeter seines durchtrainierten Oberkörpers. Ian sog scharf die Luft ein, als sie sich betont langsam weiter in tiefere Gefilde vorarbeitete.

„O Gott, Eva, ich steh das nicht durch. Du ... ahhh ... machst mich verrückt!"

Ziemlich viel später knurrte Ians Magen laut.

„Grundgütiger, du bist ja am Verhungern. Sollen wir schnell noch etwas essen?"

Ian grinste und streichelte ihre nackte Schulter. „Aye, ich gebe es zu: Ich habe einen Bärenhunger und würde wirklich gerne etwas essen."

„Sehr gut, ich nämlich auch. Dann komm …". Eva nahm seine Hand und zog ihn aus dem warmen Bett. Sie ging ins Badezimmer, um ihre überall verstreuten Kleidungsstücke aufzusammeln, als Ian mit zwei Hotelbademänteln bei ihr erschien. Er warf ihr einen zu und erklärte: „Die können wir dann mit der Bettwäsche morgen waschen, hm?"

Eva hatte für einen kurzen Moment ein schlechtes Gewissen, aber nach ein paar Sekunden Bedenkzeit entschied sie sich dafür, den Bademantel überzuziehen. Das war sicher kein Kapitalverbrechen und es würde auch niemand etwas davon erfahren.

In einem Topf köchelten Lammfleisch, Bohnen, Kartoffeln und Tomaten langsam vor sich hin. Ian saß mit einem Glas Wein am Esstisch und blickte ziemlich zufrieden drein. Das Leben konnte so schön sein. Es sah so aus, als ob er seine Bedenken, mit einer Kollegin ins Bett zu gehen, beiseitegeschoben hätte. Sie hoffte, dass es auch so bleiben würde. Für den Moment wollte sie die Stimmung nicht mit Fragen versauen, sondern einfach nur seine Gegenwart genießen. Es fühlte sich beinahe so an, als wären sie die Hausherren auf Glennmore Castle, und es gefiel ihr. Dass das natürlich Quatsch war, war ihr bewusst, aber sie hatten heute ihren letzten gemeinsamen Tag alleine, bevor morgen die anderen Angestellten auf dem Schloss ankommen würden. Plötzlich stand Ian hinter ihr und umschlang ihren Körper mit seinen starken Armen.

„So nachdenklich, meine Schöne? Stimmt was nicht?"

Eva lehnte ihren Kopf an seine Schulter und genoss die Wärme, die er ausstrahlte. „Nein, es ist alles genau so, wie es sein soll."

Ians Atem streifte ihr Ohr und ihr Körper antwortete mit einer Gänsehaut darauf. „Dann ist es ja gut. Ich dachte schon, du hättest Zweifel daran, dass ich der beste Liebhaber der Welt bin."

Eva musste kichern. „Nein, wie könnte ich? Keine Sorge, diese *Zweifel* hast du heute in jeder Hinsicht ausgeräumt."

Ian zog sie noch fester in seine Arme und küsste sie auf den Scheitel. „Dann ist es ja gut."

So standen sie eine Weile und Eva rührte gelegentlich im Topf. Es fühlte sich schön an, so nah bei ihm zu sein, und sie war froh, dass ihr Gefühl in der Nacht im Range Rover sie nicht getäuscht hatte und er sich ebenso zu ihr hingezogen fühlte wie sie sich zu ihm.

Eva füllte Eintopf in beide Suppenteller und brachte sie zum Tisch, wo Ian gerade Rotwein nachgoss. Sie hatte bereits ein Glas auf leeren Magen getrunken und fühlte sich ein wenig beschwipst und wackelig auf den Beinen. Letzteres konnte natürlich auch von den Aktivitäten der letzten Stunden kommen. Ihr wurde heiß bei dem Gedanken, was sie und Ian alles miteinander angestellt hatten. Er schien genauso vernarrt in sie zu sein wie sie in ihn. Das war ein schönes Gefühl und sie genoss es in vollen Zügen. Während des Essens fragte Ian sie weiter über ihre Familie aus.

„Du hast gesagt, du hattest Streit mit deinen Eltern, bevor du hergekommen bist?"

„Ja, sie können meine Ambitionen nicht nachvollziehen. Sie meinen, eine bodenständige Berufsausbildung, zum Beispiel zur Bankkauffrau, würde mir eine bessere Zukunft bringen als die Tourismusfachschule und der Wunsch, eine eigene Pension in Schottland zu betreiben. Sie denken, das ist idiotisch."

Ian kratzte sich am Kinn. Mittlerweile konnte man den Dreitagebart als vollwertigen Bart bezeichnen, so dicht war das schwarze Haar bereits gewachsen.

„Hm, ja, das ist in gewisser Weise nachvollziehbar."

Eva schnaubte auf. Nicht er auch noch!

„Warte", er hob abwehrend die Hände, „ich war noch nicht fertig. Ich wollte sagen, ich kann gewisse Punkte nachvollziehen, aber am Ende sollte eines zählen und das ist, was man selbst möchte. Träume sind wichtig im Leben."

Eva wurde ganz warm ums Herz und sie drückte Ians Hand. „Danke, es bedeutet mir viel, dass du es verstehst."

„Außerdem wärst du sonst nicht hier", fügte er noch hinzu und zog sie zu sich auf den Schoß.

„Du, Wüstling. Ich glaube, wir müssen hier erstmal Spuren beseitigen. Das soll hier doch morgen nicht aussehen, als hätten wir eine Orgie gefeiert!"

Ians Lächeln erstarb. „Ja, klar. Machen wir mal."

Eva wusste nicht, was sie Falsches gesagt hatte, aber er sah auf einmal so abwesend aus, dass sie sich nicht traute zu fragen. Sie kletterte wortlos von seinem Schoß herunter und begann abzuräumen. Vielleicht hatte er doch Zweifel. Das musste es sein und die Wucht der Erkenntnis trieb ihr die Tränen in die Augen, aber sie blinzelte sie tapfer weg.

Sie räumten die Reste des Abendessens schweigend ab und Eva stellte den Geschirrspüler an. Als sie sich umdrehte, nahm Ian sie an der Hand und zog sie besitzergreifend in seine Arme. „Lass uns einfach den Abend genießen, ja? Der Ernst des Lebens beginnt früh genug wieder."

Eva war erleichtert. Vielleicht hatte Ian ja auch nur ein schlechtes Gewissen, weil er sich in den letzten Tagen diverse Freiheiten herausgenommen hatte, die ihm als Hausmeister nicht zustanden. Sie konnte sich unter keinen Umständen vorstellen, dass Ian sich hier wirklich blank an allem bedienen konnte – inklusive des Autos des Eigentümers. Wahrscheinlich bekam er morgen sogar eine Menge Ärger. Da sie eine Panne gehabt hatten, würde es der Verwalter hier garantiert mitbekommen, dass Ian eine Spritztour mit dem teuren Jeep gemacht hatte. „Meinst du, ich bekomme auch Probleme?"

Ian sah sie geistesabwesend an, während sie die Stufen zum Turm nach oben gingen. „Wieso solltest du *Probleme* bekommen?"

„Na, wegen des Geländewagens. Es wird doch sicher Konsequenzen haben, dass du den genommen hast."

„Nein, keine Sorge. Ich regele das schon."

„Puh, da bin ich aber erleichtert. Also ich hoffe, dass du mich nicht anlügst. Aber okay, lass uns nicht den Abend damit verderben. Warte bitte, ich würde gerne mein Handy holen, falls Luisa sich meldet. Die Arme hat so einen Liebeskummer, ich musste gestern Abend drei Stunden lang Therapeutin spielen. Ich sag dir, Teenager sind anstrengend!"

Ian lachte. „Ja, ich erinnere mich. Meine Mutter hat so manches Mal mit gerauften Haaren über meine Jugendsünden berichtet."

„Das kann ich mir vorstellen. Ärger kommt im Schottenrock oder so. Ha, ha! Ich komme gleich nach, okay?"

„Klar, den Weg kennst du ja", scherzte er und verpasste ihr einen liebevollen Klaps auf den Hintern, als sich ihre Wege für kurze Zeit trennten.

Ian löschte gerade die letzten Nachrichten von Jamila, als Eva im Wohnzimmer des Turms erschien. Er legte das Handy zur Seite und nahm sie in die Arme. „Ich habe schon angefangen, dich zu vermissen. Ist alles in Ordnung?"

„Ja, keine Nachrichten sind in dem Fall gute Nachrichten. Sie hatte mir heute Nachmittag kurz geschrieben, dass sie heute Abend mit zwei Freundinnen ausgeht, also findet sie vielleicht gleich den nächsten Traumprinzen und der Ex ist vergessen."

Eva kicherte und schmiegte sich an ihn.

„Teenager! Wahre Liebe hält da wenige Stunden."

„Du klingst wie meine eigene Oma, Ian."

„Ich bin ja auch nicht mehr der Jüngste."

„Ha, ha. Ja. Wann hast du eigentlich Geburtstag?"

„Im Mai."

„Im Wonnemonat Mai."

„Aye, wieso?"

„Ist es nicht erlaubt, ein paar Fragen zu stellen?" Sie hatte sich ein wenig von ihm gelöst und ihre blauen Augen waren leicht zusammengekniffen.

„Klar, aber wenn ich ehrlich bin, dann fällt mir gerade was viel Besseres ein …"

Ian zog am Gürtel ihres Bademantels, den er ihr anschließend sanft von den Schultern schob. Eva ließ sich bereitwillig von Ian zum Schweigen bringen.

Kapitel 8

Eva schlief tief und fest, aber ein Brummen, das sich in regelmäßigen Abständen wiederholte, brachte sie langsam ins Hier und Jetzt zurück. Sie riss die Augen auf. Hatte sie etwa verschlafen? Das konnte nur ihr Wecker sein. War ja mal wieder typisch. Aber sie bemerkte schnell, dass es noch dunkel war – es musste also noch früh sein. Eva nahm ihr Handy vom Nachttisch und sah auf dem Display, dass ihr Bruder anrief. Um diese Uhrzeit meldete er sich mit Sicherheit nicht ohne guten Grund. Ian atmete regelmäßig, hatte vom Klingeln also nicht mitbekommen. Da sie ihn nicht wecken wollte, schlich sie sich leise aus dem Schlafzimmer, bevor sie den Anruf annahm.

„Hey, Peter, was gibt's?", sagte sie leise.

„Eva, gut, dass du endlich rangehst! Ich versuche schon seit einer halben Stunde, dich zu erreichen!"

Das klang ziemlich dringend und Eva hatte sofort ein schlechtes Gefühl. Da stimmte definitiv etwas nicht.

„Es ist mitten in der Nacht!" Eva nahm das Handy vom Ohr und sah auf dem Display, dass es gerade mal zehn nach sechs war. In Deutschland also zehn nach sieben.

„Was ist denn los? Was ist passiert?" Ihr Herz pochte schnell und ihre Finger wurden feucht. Luisa!

„Okay, jetzt bitte nicht aufregen, keiner ist gestorben."

... Was Eva nicht wirklich beruhigte.

„Was ist los, verdammt! Was hat sie angestellt?! Ist sie ohne Führerschein Auto gefahren? Ich hab' ihr hundertmal gesagt, dass sie irgendwann erwischt wird und dann nie einen Führerschein bekommt! Sie ist doch erst siebzehn!"

Eva hörte, dass ihr Bruder am anderen Ende der Leitung seufzte. „Nein, jetzt lass mich doch mal ausreden. Ich bin im Krankenhaus, Luisa hat gestern auf der Party ein bisschen zu viel getrunken."

„Was? Im Krankenhaus?!" Eva rutschte das Herz in die Hose. Und sie konnte nicht zu ihr!

„Ja, sag' ich doch. Zum Ausnüchtern. Stell dir mal vor, die haben ihr sogar eine Windel angezogen wie bei einem Baby. Die haben gesagt, das machen sie aus erzieherischen Gründen! Aber Spaß beiseite: Die haben bei uns zuhause angerufen. Ich war zufällig gerade da, weil ich heute selbst 'nen Job habe und nur eben was frühstücken wollte, und dann hat also das Telefon geklingelt ..."

„Peter, komm zum Punkt!", unterbrach sie ihn unwirsch, während sie die Zimmertür leise hinter sich schloss. Wenn Peter samstagmorgens so früh wegen eines Jobs auf war, dann bedeutete das üblicherweise, dass er einen Auftrag angenommen hatte, für den er schwarz bezahlt wurde. Eva hatte das noch nie gutgeheißen, aber er ließ sich nicht beirren und sagte immer, als Schreiner verdiene er ja kaum etwas und er brauche ein Zusatzeinkommen, um über die Runden zu kommen.

„Ich habe Mama und Papa nichts gesagt – noch nicht. Deswegen rufe ich dich an. Die wollen, dass ein Erziehungsberechtigter Luisa abholt. Ich hab erstmal gesagt, die wären im Urlaub."

„Wieso denn das?"

„Du hast doch selbst mitbekommen, was Luisa für 'nen Aufstand gemacht hat wegen des Milchbubis, der sie abserviert hat."

„Ja, und?"

„Na, ich hab' gedacht, sie würde nach der Nummer sicher Hausarrest oder so kriegen und das würde ihre Launen und die Dummheiten nur noch verschlimmern."

„Hm, ich weiß nicht." Eva überlegte kurz. Es war ein schwieriges Thema. Luisa war und blieb einfach ihr kleines Sorgenkind, das Nesthäkchen.

Sie telefonierte noch eine ganze Weile über Skype mit Peter, der seinen Auftrag tatsächlich verschoben hatte, um für

Luisa da zu sein. Sie fand es süß von ihrem großen Bruder, dass er so für die kleine Schwester einstand, aber sie fragte sich auch, ob es richtig war, sie ohne Strafe davonkommen zu lassen und ihre Eltern nicht zu informieren.

Nachdem sie sich endlich entschieden hatten, es so zu machen, wie Peter vorgeschlagen hatte, sah Eva, dass ein Wagen auf dem Parkplatz stoppte. War es schon so spät, dass die ersten Mitarbeiter eintrafen? Hastig verabschiedete sie sich und legte auf. Sie hatte noch nicht mal geduscht und ihre Sachen lagen noch bei Ian.

„Shit!", rief sie und rannte ins Badezimmer. Sie wollte wenigstens frischgeduscht sein, bevor sie ihre neuen Kollegen kennenlernte. Dabei hatte sie sich eigentlich noch mit Ian beraten wollen, ob sie ihre Beziehung fürs Erste geheim halten wollten oder nicht. Das würden sie später entscheiden müssen – oder sie würde es nachher sicher an seiner Reaktion merken. Sie fühlte sich nicht wohl dabei, aber im Moment hatte sie keinen Einfluss mehr darauf. Sie huschte ins Badezimmer und duschte in Lichtgeschwindigkeit.

Evas Hände waren eiskalt und sie hoffte, dass sie einigermaßen frisch aussah, als sie sich auf den Weg zum Büro machte. Dort war niemand, also ging sie in Richtung Küche. Da brannte zwar Licht, aber es herrschte Totenstille.

Eva fragte sich gerade, ob sie sich alles nur eingebildet hatte, als die große Eingangspforte aufging und eine rundliche Frau und ein hagerer Mann mit zwei Kisten bepackt hereinkamen. Evas Herz klopfte bis zum Hals. Was sollte sie sagen? Wie sollte sie sich vorstellen? Dann bemerkten sie die beiden Ankömmlinge.

Die rundliche Frau schrie leise auf: „Jesus! Hab' ich mich erschreckt!", aber hatte sich ziemlich schnell wieder erholt und strahlte sie freundlich an. Der hagere Mann hingegen hatte seine Augen zusammengekniffen und eine steile Falte erschien zwischen seinen buschigen Brauen.

„Was machen Sie hier, wenn ich fragen darf?"

Er stellte seine Kiste vor dem Büro ab und kam vor Eva zum Stehen.

„Guten Tag, Sir. Mein Name ist Eva Nowak. Ich bin die neue Praktikantin."

Die rundliche Frau stand neben dem Mann und begutachtete sie mit ihren warmen braunen Augen. Ihre runden Pausbacken waren gerötet. Der Mann schien nicht so unvoreingenommen zu sein wie seine Begleitung. Seine Gesichtszüge wirkten nahezu grimmig und schüchterten Eva ein.

„Und wieso sind Sie schon hier? Ich hatte Sie morgen erwartet."

„Dann sind Sie Mr. Boyd?"

„Aye, wer denn sonst?"

Er war nicht sonderlich entgegenkommend und vor allem nicht gerade höflich, ihr neuer Chef. Eva gab sich Mühe, freundlich zu lächeln, dabei spürte sie, wie die Wärme langsam über ihren Hals nach oben kroch. Na wunderbar, sie lief rot an.

„Ja, da gab es wohl ein kleines Missverständnis, aber –".

„Ja, das gab es wohl." Sein barscher Ton kam einer eiskalten Dusche gleich und sie fühlte sich fünf Zentimeter kleiner. Dabei sollte sich doch eigentlich er bei ihr entschuldigen! Aber sie traute sich nicht, das zur Sprache zu bringen, sonst war sie ihren Job womöglich gleich los.

„Mason!", unterbrach die Frau den Mann. „Sei doch nicht so unhöflich zu dem Mädchen. Sie kriegt ja Angst! Ich bin Sophie, die Köchin auf Glennmore Castle."

Sophie streckte Eva ihre Hand hin. Sie rollte das ‚r' noch mehr als Ian. Eva mochte Sophie auf Anhieb, erwiderte ihren warmen Händedruck und sagte: „Danke, freut mich auch, Sie kennenzulernen, Mrs. ...?"

„Einfach Sophie, keiner sagt hier Mrs. zu mir!" Sie zwinkerte Eva zu und strich sich ihren Mantel glatt. Mason hatte die Stirn gerunzelt und seine Mundwinkel waren nach unten gesunken. Eva streckte ihm ebenfalls ihre Hand hin. „Freut mich, Sie kennenzulernen, Mr. Boyd."

„Ja, ja, schon gut."

Er erwiderte ihren Händedruck nach kurzem Zögern und Eva musste sich beherrschen, um nicht laut aufzuschreien, weil sie das Gefühl hatte, seine Hand würde ihre Finger zerquetschen. Woher nahm der hagere Mann diese Kraft? Mr. Boyds graue Haare waren mit Pomade frisiert und sahen aus, als ob sie sich selbst im stärksten Sturm keinen Millimeter bewegen würden. Sie unterdrückte den Impuls, ihre Hand auszuschütteln, nachdem er sie losgelassen hatte.

„Komm, Eva", richtete die Köchin erneut das Wort an sie, „wir verschaffen uns mal einen Überblick über die Vorräte und ich mach' uns einen Tee. Du musst Mason nicht so ernstnehmen. Harte Schale, weicher Kern, du verstehst?" Dann gluckste sie auf eine entzückende Weise und Mason schnaubte leise. Eva sagte nichts, warf aber einen verstohlenen Blick auf ihren neuen Chef, der nicht gerade glücklich über Sophies Aussage zu sein schien. Aber er widersprach ihr auch nicht.

„Ähm, sollte ich nicht mit Mr. ...?"

„So ein Quatsch", unterbrach Sophie Eva. „Mason muss erstmal seinen Kram hier ausräumen, nicht wahr? Ich kann sie in der Küche viel mehr gebrauchen", richtete sie sich resolut an den hochgewachsenen Verwalter. „Sie kann die Liste schreiben und ich schaue, was wir brauchen."

„Na, meinetwegen", grummelte Mr. Boyd, hievte seinen Korb hoch und verschwand im Büro. Dabei musste er seinen Kopf leicht einziehen; die Türzarge war nicht hoch genug.

„Na, komm schon, Eva, bevor der alte Griesgram es sich anders überlegt."

„Ja, natürlich. Bin schon auf dem Weg."

Eva folgte der rundlichen Köchin, die eine unbändige Energie versprühte, in die Küche. Selbst wenn der Verwalter einen etwas miesepetrigen Eindruck machte, war sie sicher, dass ihr das Praktikum einen Riesenspaß machen würde. Sie konnte es kaum erwarten, dass es endlich richtig losging.

Beim Gedanken an ihre Aktivitäten in der letzten Nacht schoss ihr allerdings das Blut in die Wangen. Glücklicherweise wusste niemand hier davon ... Sie hatte es beinahe nicht für möglich gehalten, dass sie zu einer derartigen Leidenschaft fähig war. Ihre bisherigen Freunde hatten nie diese unglaublichen Gefühle und Empfindungen in ihr ausgelöst, aber Ian war definitiv anders als alle Männer, die sie bisher kennengelernt hatte.

„Hast du schon gefrühstückt, junge Dame? Du bist ganz schön dünn!"

Evas Gedanken wurden von Sophies Frage unterbrochen. Schuldbewusst lächelte sie die Köchin an und gleichzeitig spürte sie Dankbarkeit. Sophies Herzlichkeit gab ihr ein Stück mehr das Gefühl, am richtigen Platz zu sein.

„Nein, äh, hab' ich noch nicht."

„Dann schau'n wir mal, was wir noch haben."

Sophie verschwand im Kühlraum und kam mit ein paar Eiern, Speck und Bohnen wieder.

„Wir wollen ja nicht, dass du hier vom Fleisch fällst, nicht? Ich bin mir sicher, der alte Stinkstiefel Mason hat auch noch nichts gegessen."

Eva kicherte. „Kann ich helfen?", fragte sie und begann damit, eine Pfanne auf den Herd zu stellen.

„Ich seh' schon, du kennst dich auch. Seit wann bist du denn hier?"

„Seit einer Woche."

Sie senkte schnell den Blick und beschäftigte sich ausgiebig mit nicht vorhandenen Fusseln auf ihrer Bluse.

„Ach, du meine Güte. Eine Woche? Was hast du hier die ganze Zeit gemacht? Hat Ian dich reingelassen? Na klar, wer denn sonst? War ja außer ihm niemand hier."

Eva wusste nicht, was sie dem noch hinzufügen sollte, aber aus irgendeinem Grund vertraute sie der rundlichen Köchin.

„Weißt du, Sophie, eigentlich hätte mir Mr. Boyd Bescheid geben sollen, dann wäre das nicht passiert. Aber, äh, hat er nicht. Und da war ich also, eine Woche zu früh."

Sophie holte eine Schüssel aus dem Schrank und begann, die Eier darin aufzuschlagen. „Aber klar, Mason hat dir nicht die Änderung durchgegeben. So, so. Ja, der Urlaub für uns kam recht, ähm, ungeplant."

„Ungeplant?", hakte Eva nach.

„Ach, nicht so wichtig", gab Sophie zurück. „Hat Ian dir nichts gesagt?"

„Nein, der hat nichts gesagt."

Sophie kratzte sich am Kopf und zuckte mit den Schultern.

„Na, das muss er ja auch nicht. Manchmal ist er in der Tat etwas wortkarg, der Gute."

„Kann man sagen." Eva kicherte. „Soll ich den Herd anstellen?"

„Klar doch. Warte mal ab! Wenn die anderen beiden Küchenmädchen da sind, werden die sich umgucken, wenn sie sehen, wie fleißig du bist. Denen muss ich sonst immer Feuer unterm Hintern machen."

Eva konnte sich nicht vorstellen, dass Sophie jemandem wirklich, wie sie sagte, „Feuer unter dem Hintern machen" konnte. Das würde bestimmt lustig werden. Sie stellte eine zweite Pfanne auf den Herd und drehte das Gas auf.

„Ich hab' zuhause eine große Familie, also kenne ich das, mit anzupacken."

„Das sehe ich. Sehr gut. Ich mag's, wenn Leute sich zu helfen wissen und keine Spuren hinterlassen. Hast du gut gemacht, Mädchen."

Eva freute sich über das Lob und so arbeiteten sie Hand in Hand, bis das Frühstück fertig zubereitet war. Normalerweise wäre sie nach oben gelaufen, um Ian zu holen, aber sie wollte nicht aus der Küche abhauen und so womöglich dazu gezwungen sein, über ihre Beziehung zu Ian mehr preiszugeben, als ihr zum jetzigen Zeitpunkt lieb war. Außerdem wusste er, wie der Hase hier lief, und würde sicher gleich zum Essen nach unten kommen.

„Wann reisen denn die anderen an?"

Sophie trocknete sich die Hände an ihrer Schürze. „Ich denke gegen Mittag. Spätestens. In zwei Tagen kommen die ersten Gäste und hier muss überall nochmal klar Schiff gemacht werden."

„Natürlich." Eva war gerade dabei, die Teekanne zum Esstisch zu bringen, als sie hörte, wie ein Auto auf dem Kies anfuhr. Sie erhaschte gerade noch einen Blick darauf, wie der dunkle Range Rover aus der Auffahrt verschwand. Wann war der denn wiedergebracht worden? Anscheinend bekam sie doch nicht alles mit, was in dem Schloss vor sich ging. Wo fuhr Ian hin? Eva kratzte sich am Kopf. Vielleicht hatte er ein paar Besorgungen zu machen.

„Komm, setz dich und fang an. Ich rufe noch eben Mason. Aber pass auf, der hat bestimmt wieder schlechte Laune. Die hat er eigentlich immer, der alte Brummbart. Aber er meint es wirklich nicht so."

„Sicher. Soll ich für euch Tee eingießen?"

Sophie stand schon an der Treppe. „Ja, mach!" Dann drehte sie sich in die andere Richtung und rief nach oben: „Mason, Frühstück! Beweg deinen mageren Hintern in die Küche!"

Danach konnte Eva sich doch vorstellen, wie sie die Küchenmädchen zur Arbeit antrieb. Sie senkte den Blick, weil sie nicht lachen wollte. Es kam ihr komisch vor, dass die kleine Köchin dem Verwalter Anweisungen nach oben rief.

„Kennen Sie Mr. Boyd schon lange?"

Sophie winkte ab und ließ sich auf einen Stuhl fallen. „Ach, du meine Güte. Wir kennen uns hundert Jahre. Wir kommen aus dem gleichen Dorf und arbeiten beide schon immer hier. War 'ne ganz schöne Umstellung, nachdem der alte Mr. MacLachlan gestorben ist. Seine Frau wollte, dass das Haus weiterlebt, und ein Hotelbetrieb sollte hier eingerichtet werden. Und siehe da, hier sind wir nun." Sie schaufelte Eva und sich Rührei, Speck und Bohnen auf den Teller und fuhr dann fort: „Ja, und seitdem haben wir hier eben ein Hotel und kein einfaches Schloss mehr. Fünfzehn Zimmer, nichts Besonderes. Also ich meine, nicht so glamourös wie die Nobelhotels in London aber irgendwie schon außergewöhnlich, denn die Preise sind ganz schön gesalzen, finde ich. Hab' anfangs nicht verstanden, wie das hier läuft, aber mittlerweile hab' ich spitzgekriegt, worauf viele reiche Leute abfahren, wenn sie ausspannen wollen. Der Erfolg resultiert aus dem ganz speziellen Flair, den wir hier haben, Tradition und Geschichte. Das Essen hier ist nicht so neumodisch wie in Edinburgh oder anderen Großstädten. Wir halten es hier gutbürgerlich, richten uns auf Regionales aus, saisonale Gerichte. Das ist der Unterschied auf Glennmore Castle: Wir alle lieben, was wir tun. Wir lieben das Schloss und das spüren die Gäste hier. Schau mal bei Gelegenheit ins Gästebuch, da stehen viele schöne Grüße von Besuchern drin."

Sophies Augen leuchteten und man konnte erkennen, wie sehr sie für das Schloss brannte. Mason stieß die Tür auf und die fröhliche Atmosphäre erhielt durch sein Eintreten einen Dämpfer. Er setzte sich zu ihnen und knallte eine Zeitung auf den Tisch. „Was redest du da wieder, Sophie? Unserer Praktikantin müssen ja schon die Ohren glühen."

Eva wollte widersprechen, traute sich aber nicht. Stumm aß sie ihr Frühstück, auch wenn sie keinen rechten Appetit hatte. Das war alles zu aufregend.

„Ach, Mason", seufzte Sophie nur und widmete sich dann den Bohnen auf ihrem Teller. Mr. Boyd schaufelte seine Portion wortlos in sich hinein und blätterte in der Tageszeitung. So wurde das Frühstück mehr oder weniger schweigend beendet, nur das leise gestellte Radio durchbrach die Stille. Schließlich stand Mr. Boyd auf und trug seinen Teller zur Spüle. „Dann mache ich mich mal wieder an die Arbeit. Wenn Sie hier fertig sind mit der, äh, Bestellliste, melden Sie sich bei mir, damit wir die Buchungen durchgehen können. Sie werden mir in den nächsten Tagen im Büro helfen."

„Natürlich, Sir", gab Eva höflich zurück, aber Mr. Boyd war schon halb aus der Tür und sie war sich nicht ganz sicher, ob er ihre Antwort überhaupt noch gehört hatte. Seltsamer Kauz.

„Scheint so, als ob keiner mehr kommt zum Frühstück, hm?", sagte Sophie und kratzte den Rest aus einer Pfanne. Eva zuckte mit den Schultern. „Nein, ich glaube nicht. Der Range Rover ist vorhin auch weggefahren."

„Na dann. Das kann dauern. Man weiß nie, wann er wiederkommt."

Ian hatte also doch irgendeine Sonderstellung hier auf dem Schloss und jeder schien das anscheinend so zu akzeptieren. Aber nachdem sie Mr. Boyd und Sophie kennengelernt hatte, die beide extreme Charaktere verkörperten, wunderte Eva sich nicht mehr so sehr. Sophie säuberte gerade die Pfannen, als noch jemand in die Küche kam. Es war ein schlanker Mann mit aufrechter Haltung und dunklen Haaren, durch die sich silberne Fäden zogen. Sophie ließ die Pfanne sinken und drehte sich um. Eva sah, dass sich ihre ohnehin schon roten Pausbäckchen noch röter verfärbten, als sie den Ankömmling begrüßte.

„Hallo, Alfi, da bist du ja. Hattest du ein paar schöne Tage? Wie geht's"

„Hallo, Sophie. Ja, danke, mir geht's gut. Und dir? Wen haben wir denn da?"

„Ich bin Eva, die neue Praktikantin", mischte sich Eva in die Begrüßungsszene ein.

„Willst du noch Frühstück? Wir haben Reste, setz dich."

Sophie nahm einen Teller aus dem Schrank und wollte gerade damit anfangen, Alfi ein Frühstück aufzutischen, als dieser abwehrend die Hände hob.

„Vielen Dank, ich habe schon gefrühstückt. Aber sehr nett von dir, wirklich. Guten Tag, Eva. Ich bin Alfi, kümmere mich hier um die Pferde und fahre Gäste, wenn was ansteht." Er drückte ihre Hand und sie spürte die Schwielen an seinen Händen. Der Mann war es gewohnt, hart zu arbeiten. Wahrscheinlich kam daher seine kraftvolle Ausstrahlung, denn besonders groß und muskulös war er nicht. Er konnte nur wenige Zentimeter größer sein als Eva, hatte aber stahlblaue Augen mit einem warmen Ausdruck und Lachfältchen in den Augenwinkeln. Er musste als junger Mann ein echter Frauenschwarm gewesen sein. Das fand anscheinend auch Sophie – und zwar auch heute noch – denn sie sah ein wenig enttäuscht aus, dass Alfi nichts essen wollte, straffte sich aber sofort und lächelte wieder. Vielleicht war sie so eine eingefleischte Köchin, dass sie es als persönliche Beleidigung auffasste, wenn jemand eine ihrer Mahlzeiten ausschlug. Aber so wirkte Sophie eigentlich nicht auf Eva. „Ja, natürlich. Hast sicher zu tun", erwiderte Sophie hastig und senkte den Blick. Da, sie wurde schon wieder rot! Eva begann zu begreifen und unterdrückte ein Schmunzeln.

„Allerdings! Diese jungen Leute … Die Pferdeboxen sehen aus! Da muss ich mich gleich mal drum kümmern. Aber was soll ich sagen, es ist ja nicht Ians Aufgabe! Wollte nur kurz Hallo hier in der Küche sagen. Also, bis nachher."

„Ja, bis zum Abendessen dann!", flötete Sophie. Alfi war schon losmarschiert und Eva beobachtete, wie Sophie ihm nachsah und die Pfanne sinken ließ. Wenn da mal nicht etwas in der Luft lag. Sie traute sich aber nicht zu fragen; so gut kannte sie die Köchin noch nicht. Irgendwie fand sie es süß. Vielleicht war er verheiratet – oder sie?

„Bist du verheiratet, Sophie?"

Sie schnaubte auf. „Ach, hör mir auf. Ich bin glücklich geschieden."

„Oh, tatsächlich? Hast du Familie?"

„Klar, ich habe zwei Kinder, aber denen war es hier nicht spannend genug. Meine Tochter Mary lebt in Glasgow und Angus in Aberdeen. Er arbeitet dort für einen großen Ölkonzern. Ich bin mächtig stolz auf ihn. Zum Glück haben die beiden mit meinem Nichtsnutz von Exmann wenig gemein."

„Das klingt nicht nach einem Happy End." Eva räumte die Teller in die Spülmaschine und genoss es, noch ein wenig mit Sophie zu plaudern. In den letzten Tagen war sie ja nur mit Ian zusammen gewesen und der konnte manchmal verdammt wortkarg sein.

„Ach, hör mir auf, Happy End ... das kann man sagen." Sie lachte bitter. „Der Kerl war zu faul zum Arbeiten und hat es auf ein Rückenleiden geschoben. In der Zeit, in der ich mir hier den Buckel krummgemacht habe – bitte nicht falsch verstehen, ich liebe es, hier auf dem Schloss zu arbeiten – hat er sich mit meiner besten Freundin in unserem Ehebett vergnügt. Die Frau ist natürlich die längste Zeit meine Freundin gewesen, das ist klar."

„Das klingt ja wirklich nicht schön, tut mir leid."

„Mir tut es nicht leid. Jetzt hat sie ihn an der Backe, denn arbeiten geht er natürlich bis heute noch nicht."

„Stelle ich mir trotzdem sehr unschön vor."

„Ach, es ist jetzt paar Jahre her. Nur dass wir alle im gleichen Dorf wohnen ... Man kann sich vorstellen, was das für ein Gerede gegeben hat. Meine Güte, ich schäme mich immer noch." Sie hielt sich die Hände an die Pausbacken, als ob sie damit ihr Gesicht kühlen wollte. „Meine Kinder waren mir eine große moralische Unterstützung und na ja, ich hab das Haus jetzt für mich alleine. Wenigstens etwas." Jetzt lachte sie wieder. „Also, pass auf, Mädchen, auf was für einen Kerl du dich einlässt. Drum prüfe, wer sich ewig bindet, ob sich nicht doch was Besseres findet. Da habt ihr es heutzutage natürlich einfacher als wir damals."

Eva dachte darüber nach, ob Ian der Richtige war. Aber dieser Gedanke führte ein wenig zu weit, ermahnte sie sich. Noch war alles ganz frisch und sie sorgte sich ein wenig, dass man eine Beziehung unter Angestellten vielleicht nicht so gerne sehen würde. Woran sie am Allerwenigsten denken wollte, war, dass ihr Praktikum nur auf eine bestimmte Zeit angesetzt war. Nach drei Monaten würde der Spaß zu Ende sein. Eva schüttelte alle Gedanken ab und beeilte sich, die Redepause nicht zu groß werden zu lassen. „Weißt du, Sophie, ich habe eine große Schwester. Sie hat drei Kinder von zwei Männern und lebt wieder bei meinen Eltern zuhause, weil keiner der Männer vernünftigen Unterhalt zahlt und sie selbst in der Schule nicht besonders gut aufgepasst hat. Heute ist es manchmal auch nicht leichter, muss man schon sagen, deswegen will ich eine vernünftige Ausbildung. Dann bin ich auf keinen Mann angewiesen."

„Richtig so, selbst ist die Frau! Meine Rede! So, und bevor wir uns hier festquatschen, was ich wirklich, wirklich gerne tun würde – aber dann haut uns Mason die Pfannen hier um die Ohren – schnapp dir Block und Stift. Wir müssen jetzt die Einkaufsliste fertigstellen. Morgen brauchen wir die Lebensmittellieferung, weil ich dann anfangen muss, Brot zu backen und alles für die Gäste vorzubereiten. Man kann glücklicherweise eine Menge schaffen, wenn man nur gut genug organisiert ist. Sonst bräuchte ich noch drei Personen mehr, die hier rumspringen, und so groß ist die Küche ja nicht, wie du siehst."

Eva war erleichtert, dass sie die Diskussion über Männer erstmal nicht weiterführten. Sie schnappte sich Block und Bleistift und folgte Sophie in den Kühlraum. Es war kalt und sie zitterte leicht, ließ sich aber nichts anmerken, weil sie kein Weichei sein wollte. Sophie hatte anscheinend alles im Griff und wusste genau, was fehlte und wie viel sie von allem benötigte, denn Eva kam kaum mit dem Aufschreiben hinterher. Sie musste sich konzentrieren, damit sie die schnell nacheinander aufgezählten Lebensmittel in der richtigen Menge notierte.

Sie waren gerade mit dem Faxen der Liste an den Lebensmittelladen fertig, als zwei junge Mädchen eintrafen. Sophie stemmte die Hände in die Hüften und warf einen demonstrativen Blick auf die Uhr.

„Na, ihr beiden, habt wohl schon zu lange Ferien gehabt, hm? Ist schon ganz schön spät!"

Eva sah selbst auf die Uhr – es war bereits nach drei. Sie hatte gar nicht gemerkt, wie schnell die Zeit vergangen war, während sie mit Sophie die Vorbereitungen für die Küche erledigt hatte. Nach der Bestandsaufnahme hatte sie Sophie noch geholfen, das Menu für die kommenden zwei Wochen festzulegen, und alle nötigen Zutaten mit auf die Bestellung zu setzen. Die beiden Mädchen blickten schuldbewusst nach unten.

„Entschuldigung. Wir können dafür länger bleiben."

„Na, das ist ja wohl das Mindeste. Dann husch, husch, umziehen, ihr jungen Dinger. Das hier ist Eva, unsere neue Praktikantin. Eva, das hier sind Freya und Isla, Schwestern aus Petershead. Mit den beiden Küken hier teilst du dir den Dienstbotentrakt."

„Hallo, freut mich, euch kennenzulernen." Eva lächelte die beiden Mädchen an. Man erkannte auf den ersten Blick nicht, dass es sich um Schwestern handelte, aber bei genauerem Hinsehen stellte Eva fest, dass beide die gleiche Stupsnase hatten. Allerdings hatte Isla rotes, lockiges Haar und viele Sommersprossen, während Freyas Haare einen kühlen Blondton aufwiesen. Als besonders schön konnte man beide nicht bezeichnen, aber sie waren auch nicht hässlich, eher eine Mischung aus grobem Körperbau, dabei nicht dick, und kantigen Gesichtern mit leuchtenden Augen. Beide schauten Eva an, als ob sie vom Mars wäre.

„Hi!", sagten sie wie aus einem Munde.

„So, und jetzt los, umziehen. Wir haben zu tun! Das Silber muss poliert werden und ich will meine Küche blitzblank haben, bevor es hier wieder losgeht."

„Ja, Mrs. Sophie." Dann beeilten sich die beiden Mädchen, mit ihren vollgestopften Sporttaschen in den Angestelltentrakt zu kommen.

„So, und bis die zwei Küken fertig sind, machen wir uns einen Kaffee und verputzen ein paar Kekse. Das haben wir uns verdient. Schnell, bevor Mason noch aus seinem Kabuff kommt und dich schnappt!"

Sophie zog sie mit sich und obwohl sie sich vielleicht bei Mr. Boyd hätte melden sollen, trottete sie doch der Köchin hinterher. Sie konnte wirklich einen Kaffee gebrauchen. Der Schlafmangel machte sich bemerkbar, aber letzte Nacht hatte sie einfach Besseres zu tun gehabt.

Der Kaffee war kräftig und aromatisch.

„Nein, danke, keine Milch." Eva hielt ihre Hand über die Tasse, als Sophie ihr welche eingießen wollte.

„Wirklich nicht?"

„Nein, vielen Dank."

„Wie du möchtest. Greif zu, solange noch Kekse da sind."

Sophie zwinkerte ihr zu und nahm sich selbst einen. Schließlich stolperten die Schwestern die Treppe hinunter und meldeten sich zum Dienst. Sophie gab den beiden die Aufgabe, die Öfen gründlich zu reinigen, und sie machten sich gleich ans Werk.

Eva trank ihren Kaffee aus und nahm sich noch einen letzten Keks, bevor sie sich bedankte und verabschiedete, um sich endlich bei Mr. Boyd zu melden.

„Soll ich ihm vielleicht einen Kaffee mitbringen?"

Sophies Augen blitzten. „Ja, mach das, Eva. Er ist gar nicht so übel und diese Geste wird ihm sicher gefallen." Dann flüsterte sie, so dass die Schwestern es nicht hören konnten: „Seine Frau ist nämlich ein ganz übler Drachen, die macht ihm das Leben zur Hölle. Aus Pflichtgefühl bleibt er bei ihr, aber ich sag' dir, die nehmen die alte Hexe nicht mal da unten an, wenn sie mal sterben sollte, wonach es nicht aussieht. Sie hat die Gesundheit einer Landziege."

Eva hob eine Augenbraue. „Er wohnt also auch im Dorf?"

Sophie nickte.

„Wie viele Einwohner gibt es da nochmal?"

„Fünfhundert."

„Das sind nicht viele."

„Nein, genau so viele, dass jeder jeden kennt. Du kannst nicht mal pupsen, ohne dass jeder Bescheid weiß." Sie kicherte. „Aber ich bin hier großgeworden, ich möchte an keinem anderen Ort leben."

Eva beneidete Sophie ein wenig darum. Sie besaß nicht dieses Heimatgefühl und vermisste Rüsselsheim kein bisschen. Ihre Familie, ja, aber nicht Deutschland und ihr Leben dort. Eva stand abrupt auf und brachte ihre Tasse zur Spüle, dann nahm sie eine frische aus dem Schrank und goss Kaffee für Mr. Boyd ein.

„Nimmt er Milch?"

„Ja, und viel Zucker. Ich glaube, drei Löffel."

„Wirklich?"

„Ja. Sieht man ihm nicht an, nicht wahr? Ich hingegen muss Sahne nur riechen und hab' drei Pfund mehr drauf." Damit steckte sie sich noch einen Keks in den Mund und stand ebenfalls auf.

Mr. Boyd war in die Post vertieft, als Eva ins Büro kam. Sie wollte ihn nicht erschrecken, also sagte sie leise: „Hier bin ich,

Mr. Boyd. Ich habe Ihnen einen Kaffee und ein paar Kekse mitgebracht."

Er sah nicht mal von dem Schreiben auf, das er soeben aus einem Umschlag gezogen hatte, sondern blaffte nur: „Dann stell das dort ab und verschütte nichts auf die Unterlagen."

„Ja, Sir. Natürlich."

Eva tat, wie geheißen, und blieb dann stehen. Sie wusste nicht, was sie noch sagen oder tun sollte. Nach einigen Minuten – der Kaffee musste bestimmt schon lauwarm sein – räusperte sie sich. Da sah er endlich von seiner Post auf.

„Was ist noch?"

„Ähm, Sie haben doch gesagt, ich soll mich melden, wenn ich in der Küche fertig bin."

Mason nahm seine Brille von der Nase und lehnte sich zurück. Dann nahm er den Kaffee und trank.

„Ach so, ja, natürlich. Also, ich denke, wir müssen dir als erstes vernünftige Kleidung verpassen. So kannst du hier nicht arbeiten."

Eva schaute an sich herunter. Sie hatte ihre beste Hose und eine blaue Bluse an.

„An was haben Sie gedacht?"

„Na ja, du bist hier Praktikantin. Du wirst in verschiedenen Bereichen eingesetzt. Sobald Gäste hier sind, möchte ich dich in weißer Bluse und schwarzer Hose oder schwarzem Rock sehen, mir egal. Keine Jeans und buntes Zeug, ist das klar?"

„Glasklar, Sir."

„Gut, dann hätten wir das geklärt. Wenn Elli morgen kommt, lässt du dir von ihr was geben, ja?"

„Elli?"

Mr. Boyd seufzte leise auf, als ob es ihm jetzt schon zu viel wäre, ihr alles erklären zu müssen. „Elli ist unser Mädchen für alles hier und sorgt dafür, dass die Zimmer in Ordnung sind. Außerdem kümmert sie sich um die Wäsche, Handtücher und die Bekleidung der Angestellten im Service."

„Natürlich", echote Eva und nickte.

„So, und jetzt mach dich nützlich. Du kannst hier die Rechnungen abheften und die Post fertig sortieren. Das muss dann in die Buchhaltung. Die ist ausgelagert, das machen wir hier nicht selbst."

Eva war erleichtert, dass er ihr überhaupt etwas zutraute. Bisher hatte sie den von Sophie vielgepriesenen weichen Kern bei Mr. Boyd noch nicht ausfindig machen können. Er wies ihr wortkarg wie sonst einen Platz an einem anderen Schreibtisch zu und sie machte sich daran, alles möglichst exakt so weiterzuführen, wie es im Ordner begonnen worden war. Es dauerte nicht lange. Schließlich machte er sie widerwillig mit dem Reservierungssystem vertraut. So alt und betagt das Schloss auch sein mochte, so hochmodern war das System, mit dem die Kunden ihre Buchungen online bei diversen Portalen tätigen konnten. Mr. Boyd klärte sie noch knapp darüber auf, dass sie zum MacLachlan-Konzern gehörten und dass sie hier nur eines von vielen Hotels weltweit waren, die die Familie MacLachlan betrieb. Damit waren seine Worte für den Rest des Nachmittags anscheinend aufgebraucht und die einzigen Mundbewegungen, die Eva noch bei ihm ausmachen konnte, waren die, die beim Kauen der Kekse entstanden.

Sophie erlöste Eva schließlich aus der Kammer des Schweigens und forderte sie und Mr. Boyd auf, zum Abendessen zu kommen.

Eva sah zu Mr. Boyd, der nur eine Hand hob und müde winkte. „Na, gehen Sie schon. Ich komme gleich nach."

Eva schob den Stuhl energisch nach hinten und etwas ruhiger wieder an seinen Platz zurück, bevor sie Sophie in die Küche folgte. Dort standen auf dem schweren Eichentisch einige dampfende Schüsseln.

„Setz dich, Eva. Es gibt heute Hackbraten, Kartoffeln, Gemüse und meine berühmte braune Soße. Das hat bisher noch jeder gemocht, sogar die Vegetarier."

Eva musste lachen, dann setzte sie sich.

Isla und Freya waren dabei, Gläser und Getränke zu verteilen, als Alfi und Mr. Boyd eintrafen. Alle nahmen ihre Plätze ein und Sophie gab den Startschuss zum Zugreifen. Alfi saß Eva gegenüber und ihr fiel auf, dass er Sophie beobachtete, wenn er glaubte, dass sie es nicht sehen konnte. *Sieh mal einer an*, dachte sie, *die haben beide ein Auge aufeinander geworfen.*

„Wir essen jeden Abend zusammen, bevor der Dinnerbetrieb beginnt und die Hotelgäste zum Essen kommen. Das ist hier Tradition. Allerdings gibt es nicht jeden Tag einen fetten Braten und meine braune Soße. Guten Appetit allesamt." Damit hob Sophie ihr Wasserglas und alle anderen ebenfalls.

Eva wollte sich gerade ein Stück Kartoffel in den Mund stecken, als Ian in die Küche kam. Was war mit ihm passiert? Hatte er einen Zwillingsbruder? Eva ließ die volle Gabel wieder sinken. Ian hatte den Tag anscheinend genutzt, um einen Friseur aufzusuchen. Der hatte ganze Arbeit geleistet – Ians Haare waren ein ganzes Stück kürzer. Anschließend hatte jemand seine neue Frisur mit Gel in Form gebracht, außerdem hatte sein Kinn samt Wangen eine gründliche Rasur genossen. Er sah ganz anders aus ohne seinen Bart und die zu langen, pechschwarzen Haare, die ihm immer wieder ins Gesicht gefallen waren.

„Guten Abend", grüßte er in die Runde. „Entschuldigt, ich bin etwas zu spät. Ich wollte doch alle willkommen heißen nach dem Urlaub."

Eva wusste nicht, wie sie sein Auftreten einordnen sollte. Vielleicht war sie sogar ein wenig enttäuscht, dass er sie nicht gesondert begrüßt hatte. Sie folgerte daraus, dass er sich dafür entschieden hatte, mit dem Öffentlich-Machen ihres Beziehungsstatus zu warten.

„Hier, Ian, setz dich." Sophie rückte ihm den Stuhl neben sich zurecht, den er mit einem an sie gerichteten Lächeln einnahm. Sie füllte ihm sogleich eine große Portion von allem auf den Teller, als ob er ihr Sohn wäre. Dann fiel Eva noch auf, dass Ian auch seltsam modern und edel gekleidet war. Er trug ein weißes Hemd, eine dunkelblaue Chino mit braunem Ledergürtel und farblich darauf abgestimmten, braunen Lederschuhen. Vielleicht hatte er ja einen offiziellen Termin gehabt? Er hatte ihr gegenüber nichts erwähnt und Eva wurde schlagartig klar, dass sie eigentlich kaum etwas über ihn wusste. Ihr fiel außerdem auf, dass die beiden Schwestern anscheinend genauso vom Hausmeister angetan waren wie sie selbst. Schnell senkte Eva den Blick und schob das Gemüse auf ihrem Teller hin und her.

„Wie läuft's?", fragte Ian dann. „Boyd, Sie haben hoffentlich alles im Griff?"

Aus dem Augenwinkel sah sie, dass Ian sich ein Stück Hackbraten in den Mund schob und dem Verwalter dann auf die Schulter klopfte.

„Natürlich, Sir. Wir haben alles im Griff", gab dieser ungewohnt zahm zurück. Was war denn hier los? *Sir*? Hatte Eva etwas verpasst?

„Das ist gut. Und was ist mit euch, Mädchen? Was gibt es Neues aus Petershead?"

Isla lief rot an und kicherte, während ihre ältere Schwester sich besser im Griff hatte. Sie strahlte Ian an und antwortete: „Mr. MacLachlan, bei uns ist nicht mehr viel los. Es gibt ja nur noch die großen Trawler und wenn die Quote abgefischt ist, ist keiner mehr am Kai."

Ian nickte. „Ja, ein Nachteil der heutigen Zeit."

Eva fiel fast die Gabel aus der Hand. *Mr. MacLachlan?*

Sie musste sich verhört haben.

Sie sah Ian an und er erwiderte ihren Blick. Sie sah Bedauern in seinen schönen grünen Augen.

Schnell sah sie weg. Nicht, dass jemand etwas davon mitbekam. Ihr Herz drohte aus ihrer Brust zu springen und bittere

Galle stieg in ihr auf. Sie brachte keinen Bissen mehr runter und stocherte nur noch in ihrem Essen herum. Am liebsten wäre sie aufgesprungen und fortgelaufen, aber dann hätte sie erklären müssen, was los war, und das wollte sie unter allen Umständen vermeiden.

Das Gespräch am Tisch lief weiter und die Diskussion drehte sich um die Veränderungen in Schottland, seit die großen Firmen von Übersee sich ausgebreitet hatten und die meisten lokalen Firmen nicht mehr mithalten konnten. Aber Eva hörte nicht mehr richtig hin. Das Essen verschwamm vor ihren Augen.

Ian hatte sie angelogen. Sie hatte mit ihrem Chef geschlafen, nein, schlimmer, sie hatte mit dem Eigentümer einer weltweit operierenden Hotelkette gevögelt. Er hatte sie benutzt und sie war zu seinem Lückenfüller geworden. Jetzt verstand sie auch, warum er bei ihrer Ankunft so unfreundlich zu ihr gewesen war. Er machte Urlaub auf seinem eigenen Schloss. Und dann war ihm Eva anscheinend doch gerade recht gekommen. Zuerst, um für ihn zu kochen und zu putzen, und anschließend hatte sie noch ganz andere Bedürfnisse befriedigt. Jetzt ergab alles einen Sinn: die Designerwäsche, der Range Rover und die Wohnung im Turm, die er so gut kannte. Sie war eine Idiotin, dass sie nicht früher eins und eins zusammengezählt hatte.

Es war wie ein harter Schlag in die Magengrube und auch eine tatsächliche Absage des Praktikums hätte sie kaum härter treffen können als das hier. Sie wünschte sich nur noch, dass das Abendessen endlich vorbei war und sie aus seiner Nähe verschwinden konnte. Ihr wurde übel, aber sie schaffte es, den Würgereiz zu unterdrücken, und trank einen Schluck Wasser. Sie musste sich zusammenreißen. Ian sollte nicht mitbekommen, wie verletzt sie war.

„Eva, was ist los? Schmeckt es nicht? Kindchen, du bist ja ganz blass!"

„Äh? Wie bitte?", stotterte Eva. Sie hatte nicht zugehört.

Sophie wiederholte ihre Frage: „Ich habe gefragt, ob dir der Braten nicht schmeckt?"

„Doch. Entschuldigung, ich muss vorhin zu viele Kekse gegessen haben. Tut mir leid."

„Ach, das macht doch nichts. Ich bin ja nur beruhigt, dass es nicht an meiner Kochkunst liegt." Sophie zwinkerte ihr zu, dann übernahm Mr. Boyd das Wort.

„Vielen Dank für das Dinner, Sophie. Wir haben morgen viel zu tun. So, wie es aussieht, sind wir für die nächsten Wochen stark gefragt. Ich hoffe, ihr habt euch im Urlaub gut erholt, denn ab jetzt wird nicht mehr gefaulenzt."

Ian lachte und lehnte sich zurück. „Das hätte von mir sein können, Boyd. Sehr gut. Ich bedanke mich auch für das Abendessen und möchte mich jetzt gerne entschuldigen, ich habe noch zu tun."

„Aber natürlich, Mr. MacLachlan."

„Boyd, wir kennen uns seit neunundzwanzig Jahren. Fang jetzt nicht an, mich Mr. MacLachlan zu nennen." Dann stand er auf und verschwand mit langen Schritten aus der Küche. Eva schluckte. Weg war er. Sie sah, dass die Schwestern Ian nachglotzten, als dieser die Küche verließ. Offenbar sah das auch Mr. Boyd.

„Und ihr zwei Naseweiße – schlagt euch den Boss aus dem Kopf. Ihr seid zum Arbeiten hier."

„Klar, Mr. Boyd", sagte Isla und Freya lächelte verlegen. Wenn Eva nicht so elend zumute gewesen wäre, hätte sie gelacht, aber momentan war sie zu nichts mehr fähig, als ihre Fassade aufrecht zu erhalten. Daher entschuldigte sie sich, nachdem sie ihren Teller abgeräumt hatte.

„Ist es in Ordnung, wenn ich mich zurückziehe?"

„Ja, hau schon ab. Und morgen will ich dich pünktlich um neun bei mir im Büro sehen!"

„Natürlich, Mr. Boyd. Gute Nacht, Sir."

Eva spürte Sophies fragenden Blick, aber sie war nicht in der Lage, darauf einzugehen. Die Luft in der Küche war bratengeschwängert und es war viel zu warm. Sie brauchte Luft, sonst würde sie ersticken.

Eva stolperte aus dem Schloss, hatte weder Jacke noch die passenden Schuhe an, aber es war ihr egal. Sie brauchte einen Moment draußen, für sich alleine. So schlich sie durch den Park des Anwesens und fragte sich immer wieder, warum er es ihr nicht gesagt hatte. Warum nur hatte er ihr in der Nacht nicht gestanden, dass er der Chef war, selbst wenn er vorher gute Gründe gehabt hatte, ihr seine Identität zu verschweigen? Darauf gab es, so sehr sie auch hin und herüberlegte, immer nur die eine Antwort: Weil er sie ausgenutzt hatte.

Sie war gekränkt, weil sie sich so sehr in Ian getäuscht hatte. Dass der Schmerz so groß sein würde, überraschte sie. Es war ja nicht so, dass sie seit Wochen mit ihm zusammen gewesen wäre. Eva versuchte sich davon zu überzeugen, dass Ian unwichtig war, ein Idiot, dass es nur darauf ankam, dass er sie jetzt nicht als Praktikantin irgendwie schlecht machte oder womöglich abservierte. Verzweifelt schüttelte sie den Kopf und schluckte die Tränen hinunter. Sie versuchte, sich auf die Umgebung zu konzentrieren. Die Luft war klar und sie konnte sogar die vielen Sterne am Himmel sehen. Nach einer Weile setzte sie sich auf die Bank unter der alten Eiche und ließ die Füße baumeln. Sie konnte wirklich nur hoffen, dass Ian sie nun nicht entlassen würde, nachdem sie ihre Dienste so bereitwillig angeboten hatte. Hätte sie nur gewusst, wen sie da vor sich gehabt hatte! Sie seufzte auf und schloss einen Moment die Augen. Es war still im Park. Sie hörte ein Wiehern aus dem Stall und ein wenig später leise Schritte auf dem Kies des Weges. Auch das noch. Sie wollte nicht gestört werden.

Zu ihrem Ärger erkannte sie die dunkle Silhouette sofort. Es war Ian. Er hatte ihr gerade noch gefehlt. Sie atmete hörbar aus, sagte aber nichts, als er vor ihr stehen blieb.

„Eva, es ist kalt hier draußen. Darf ich kurz mit dir reden?" Ian setzte sich neben sie auf die Bank und hielt ihr seine Jacke hin. Sie bewegte sich nicht und antwortete kühl: „Bitte, du bist der Boss." Sie sah aus dem Augenwinkel, dass er sich durch seinen neuen Haarschnitt fuhr und leise seufzte. „Eva, ich wollte mit dir reden, wollte es dir sagen, aber ... Ach, verdammt!"

Sie schluckte die Antworten, die ihr auf der Zunge lagen, hinunter. Es würde auch nichts mehr daran ändern. „Es ist kompliziert ... Es tut mir leid, Eva", redete er weiter.

„Mir tut es auch leid, das kannst du mir glauben. Ich habe noch nie etwas so bereut. Ist das jetzt ein Rausschmiss, oder wieso machst du dir die Mühe, mich im Park zu suchen?"

„Nein, natürlich ist das kein Rausschmiss." Er klang beinahe so, als ob er es ernst meinte und es ihm wirklich leidtat. „Ich entschuldige mich. Ich hätte dich nicht anlügen dürfen. Das Praktikum wird weitergehen, wie geplant, und ich werde ohnehin nicht mehr lange hier sein. Eigentlich wollte ich morgen abreisen. Eva, ich weiß nicht, was ich sagen soll ..."

Eva war sich nicht im Klaren, was sie von ihm erwartet hatte, aber dass Ian abreisen würde, damit hatte sie nicht gerechnet. Sie wusste nichts über ihn. Sie wusste nur, dass er sie angelogen hatte, wie er selbst zugab, und dass sie ausgenutzt worden war. Genau das, was sie niemals mit sich hatte machen lassen wollen, und dann war es doch passiert. Sie war eine Idiotin.

„Dann sag nichts, Ian. Wir sind uns also einig: Wir behandeln die Sache so, als wäre nichts zwischen uns passiert. Ich wäre dir dankbar, wenn du den Angestellten im Schloss nichts von unserer, ähm, kurzweiligen Liebelei erzählen würdest. Das würde mein Praktikum hier doch erschweren." Ihre Stimme klang monoton und schwach.

Ian blickte auf seine Schuhe. „Natürlich. Wir sind uns also einig." Er stand abrupt auf und wandte sich zum Gehen.

„Deine Jacke", sagte sie leise und hielt sie ihm hin.

„Danke." Dann ging er davon. Zum Glück war es dunkel und er hatte nicht sehen können, wie ihr die Tränen über die Wangen liefen. Sie war nicht nur verletzt, sie war verliebt. In einen für sie unerreichbaren Mann, der sie erst angelogen und dann benutzt hatte. Ganz große Klasse. Anscheinend war diese Art von Dummheit doch genetisch bedingt.

Eva wischte wütend die Tränen fort und lief noch eine Weile im Park umher, bis sie vor Kälte zitterte. Sie wollte sich jedoch keine Erkältung einfangen – Mr. Boyd hätte sicher kein Verständnis dafür, wenn sie sich die nächsten Tage mit Fieber ins Bett legen musste – deshalb ging sie zurück. Im Anschluss an ihren Spaziergang nahm sie eine ausgiebige heiße Dusche. Nicht nur, um einer Erkältung vorzubeugen – das Wasser sollte die Erinnerungen an Ian fortspülen. Sie wollte nicht mehr ständig daran denken, wie er sie berührt, wie er sie mit seinen Lippen zu den schönsten Empfindungen gebracht hatte, die sie jemals erlebt hatte. Eva wollte vergessen.

Kapitel 9

Ian hatte kaum ein Auge zugetan. Gegen fünf hatte er schließlich ganz aufgegeben und seine Trekkingschuhe und Outdoorkleidung angezogen. Ein wenig frische Luft würde ihm vielleicht Klarheit in den Kopf pusten. Wie hatte er es nur geschafft, sein Leben innerhalb kürzester Zeit noch komplizierter zu machen, als es ohnehin schon gewesen war? Jamila bombardierte ihn beinahe stündlich mit Nachrichten, die er natürlich nicht beantwortete. Er dachte sogar darüber nach, seine Nummer zu wechseln. Aber es war seine Geschäftsnummer und es würde einiges an Ärger und Arbeit bedeuten, selbst wenn seine Assistentin das erledigte, bis alle Partner und Bekannte die neue Nummer hatten. Hinzu kam die Sorge um seine Mutter. Um nach dem Besuch zu wissen, dass sie nicht gesund war, brauchte er kein Medizinstudium. Er hoffte aber inständig, dass der Termin mit dem Arzt in London heute eine Entwarnung bringen würde. Ihr Arzt war zurück in der Stadt und Ian war dort mit seiner Mutter verabredet, um die ersten Testergebnisse noch einmal durchzusprechen und was das alles bedeutete.

Ian seufzte, als er sich die Kopfhörerstöpsel in seine Ohren steckte. Und dann war da noch Eva. Was hatte er sich nur dabei gedacht, mit ihr ins Bett zu gehen und sie anzulügen? Und das nicht nur einmal! Er hatte gar nicht gedacht!

„Verfluchte Kacke", flüsterte er leise vor sich hin und marschierte los. Eine Wanderung zu dieser frühen Stunde würde ihn vielleicht ein wenig ablenken. Er schlug den Weg zum Wasserfall ein. Ohne Pferd unter dem Hintern würde er ein paar Stunden unterwegs sein. Leider schlichen sich immer wieder Gedanken an eine blonde Praktikantin in seinen Kopf. Das Schlimmste an der Sache mit Eva war, dass er sie immer noch begehrte – vielleicht sogar noch mehr als zu Beginn. Die gemeinsam verbrachten Stunden und geteilten intimen Momente hatten alles nur noch verschlimmert. Der Sex mit ihr war wie Heroin: Einmal genommen, wollte man immer mehr ... Trotzdem hatte er das Ganze stoppen müssen, bevor es noch komplizierter wurde. Er war ja noch nicht mal seine Ex-Freundin losgeworden, da schaffte er sich schon das nächste Problem. Und das zu einer Zeit, wo es geschäftlich alles andere als glattlief. Die ständigen Kämpfe mit Sokolow bereiteten Ian Kopfschmerzen.

Er beschleunigte das Tempo; er wollte sich jetzt nicht mit allem auf einmal befassen. Er konnte es nicht. Sein Kopf drohte zu platzen.

Eva würde ihn bald abgehakt haben, wenn er erst wieder weg war. Warum bereitete ihm dieser Gedanke dann ein schales Gefühl im Bauch?

„Jesus fucking Christ!", fluchte er aus vollem Herzen und rannte den Berg, so schnell er konnte, hinauf. Irgendwann konnte er nicht mehr und blieb stehen. Er atmete schwer und es flimmerte vor seinen Augen, dann wurde ihm schlecht und er stützte sich mit seinen Armen auf einen umgefallenen Baum. Kurz darauf erbrach er sich heftig. Anschließend sackte er kraftlos zusammen und vergrub sein Gesicht in den Händen. Ian war fertig mit den Nerven und körperlich am Ende seiner Kräfte.

Er musste sich einen Moment sammeln, bevor er zum Schloss zurückgehen konnte. Er holte eine Flasche Wasser aus dem kleinen Rucksack und spülte sich den Mund aus. Sobald er auf Glennmore Castle war, würde er sich zusammenreißen und wieder Ian MacLachlan, der reiche Unternehmer, sein, der alles im Griff hatte. Er würde keine Schwäche zulassen. Außerdem brauchte ihn seine Mutter, allein deswegen musste er sich endlich am Riemen reißen.

Es war noch nicht spät, als er in die Turmwohnung zurückkehrte. Dort stopfte er seine verschwitzten und verschmutzten Klamotten in eine Tüte, duschte und machte sich fertig. Eine halbe Stunde später war er bereits auf dem Weg zum Flughafen. Er wollte lieber dort auf seinen Flug warten, auch wenn er zu früh dran war.

Verdammt! Schon wieder war sie zu spät dran, dabei hatte Eva nur kurz mit Luisa sprechen wollen, die mittlerweile natürlich wieder ausgenüchtert und zuhause war. Ihre Eltern hatten nichts von der Eskapade mitbekommen. Luisa hatte ihnen erzählt, dass sie bei einer Freundin übernachtet hatte. Trotzdem wollte Eva ihr ins Gewissen reden und hoffte, dass ihre Schwester ihre Lektion aus der Nummer gelernt hatte. Luisa beteuerte an die hundert Mal, dass sie nie wieder zu viel trinken würde, aber Eva wusste, dass diese guten Vorsätze wahrscheinlich nicht lange halten würden. Aber wenigstens bestand Hoffnung, dass sie sich nicht mehr bis zur Besinnungslosigkeit besaufen würde und keine weiteren Krankenhausaufenthalte mehr vorkommen würden. Das nächste Mal würden ihre Eltern garantiert nicht mehr außen vor gehalten werden können. Bis sie das Luisa klargemacht hatte, war es bereits Viertel nach neun gewesen. Eva hastete die Stufen zum Büro hinunter. Fast hätte sie dabei eine Frau über den Haufen gerannt, die in die entgegengesetzte Richtung lief.

„Oh, Entschuldigung!", rief Eva atemlos.

„Hey, so stürmisch am frühen Morgen?" Die kurvige Frau mit den kurzen, dunkelbraunen Haaren zwinkerte ihr zu. Eva schätzte sie auf Mitte dreißig, sicher war sie sich aber nicht.

„Bin spät dran!", erklärte sie das Offensichtliche.

„Oh, ja, Mr. Boyd schaut schon ganz grimmig. Ich bin übrigens Elli." Elli und Eva tauschten einen Händedruck aus.

„Ich bin Eva."

„Schön, dich kennenzulernen. Sophie hat mir schon von dir erzählt. Mr. Boyd hasst Zuspätkommen. Ich denke, ich geh mal zu ihm und sage ihm, dass wir dir ein paar angemessene Klamotten suchen, hm?"

Eva atmete erleichtert aus. „Wirklich? Das wäre echt nett!"

„Klar doch." Elli zwinkerte ihr aufmunternd zu und ging die Stufen wieder hinunter. Eva rührte sich nicht vom Fleck, hoffte aber, dass sie keinen Ärger bekommen würde. Schlimm genug, dass sie in der letzten Nacht wegen der Sache mit Ian kaum ein Auge zugetan hatte. Sie wollte einfach keinen zusätzlichen Stress; das würden ihre Nerven nicht aushalten. Eva schüttelte den Kopf zum ungefähr tausendsten Mal und schloss dabei die Augen. Die Sache mit Ian war einfach unmöglich.

„Na? Alles okay?"

Eva riss die Augen wieder auf und sah in die braunen Augen des Hausmädchens, das sie mit gerunzelter Stirn ansah.

„Ähm. Ja, alles klar. Ich hab' nur gerade ... äh, nachgedacht."

Elli lachte und ging an Eva vorbei.

„Ja, das hab' ich gesehen. Ihr jungen Dinger habt dauernd was zum Denken, hm? Dann komm mal mit, mal schauen, ob wir etwas für dich finden."

Eva folgte der kurvigen Elli. Sie suchte ihr einige Kleidungsstücke heraus, die ihr passen sollten. Eva bekam zwei weiße Blusen, einen schwarzen Rock und eine schwarze Hose.

„Nicht besonders modisch, aber es erfüllt seinen Zweck. Das wirst du ab morgen tragen, in Ordnung?"

„Ja, klar."

„Hast du Strümpfe?"

Strümpfe?

„Nylons, meine ich."

Eva verzog den Mund. Sie war froh, dass sie ihre flachen schwarzen Ballerinas eingepackt hatte, aber Strumpfhosen? Nein. Sie besaß nicht mal einen Rock, den man im Winter tragen konnte. Eva war der absolute Hosentyp. Die einzigen Kleider, die sie ihr Eigen nannte, waren leichte Strandkleidchen und wären hier völlig unangebracht gewesen.

„Ich fürchte, nein", gab sie kleinlaut zu.

„Na gut, ich bring dir morgen eine mit. Um welche zu bestellen, ist es jetzt schon zu spät."

„Danke, das ist sehr nett."

„Ach, kein Ding, das ist ja mein Job. Aber jetzt husch zu Mr. Boyd, der bekommt sonst richtig schlechte Laune."

„Ja, sicher. Vielen Dank nochmal, Elli."

„Bis später, wir sehen uns dann beim Essen."

Eva beeilte sich, nach unten zu kommen. Frühstück würde ausfallen müssen, aber daran war sie selbst schuld. Davon abgesehen, hatte sie auch keinen besonders großen Hunger. Die Sache mit Ian lag ihr noch immer schwer im Magen.

Mr. Boyd war mürrisch, aber sie hatte auch nichts anderes erwartet. Anscheinend hatte er sehnsüchtig auf eine Sklavin wie Eva gewartet, denn nach zwanzig Minuten dämmerte ihr, dass er ganz offensichtlich vorhatte, das komplette Büro neu zu organisieren.

„Es ist schon seit langem Zeit, dass mal aufgeräumt wird, und jetzt, wo diese nichtsnutzige Penny weg ist, kann ich hier endlich Struktur reinbringen."

Das war nach den ersten zehn Minuten Einweisung so ziemlich der einzige Satz, den sie den ganzen Vormittag von Mr. Boyd zu hören bekam, ansonsten kommentierte er alles nur mit einem Brummen, Kopfnicken oder -schütteln. Besonders kommunikativ war er wirklich nicht.

Eva hatte alle Hände voll zu tun und die einzige Unterbrechung bestand darin, dass Isla, das blonde Küchenmädchen, am frühen Mittag mit Sandwiches und Kaffee, den Eva dringend nötig hatte, vorbeikam. Am liebsten hätte Eva das schottische Mädchen geküsst, hielt sich aber zurück und bedankte sich nur mit einem Lächeln bei ihm. Sophie konnte sie später sagen, dass der Snack mehr als willkommen gewesen war. Ein Gutes hatte die viele Arbeit jedoch: Eva kam kaum dazu, Ian nachzuweinen. War er endgültig fortgefahren, ohne sich zu verabschieden? Würde sie ihn jemals wiedersehen? Sie hatte keine Ahnung und verbot sich jeden weiteren Gedanken daran. Außerdem wollte sie ihn gar nicht wiedersehen. Dann stellte sie fest, dass sie ja doch schon wieder an ihn gedacht hatte, und zog eine Grimasse. Verdammt sollte er sein!

Mr. Boyd war zum Glück nicht mehr im Büro. Er hatte ihr allerdings nicht mitgeteilt, wohin er ging und wann er wiederkam, und Eva hatte sich auch nicht getraut zu fragen.

Sie hatte eben das Licht angeknipst, weil es im Büro langsam dunkel wurde, als Elli in der Tür auftauchte. Eva sah zuerst nur ihre breiten Hüften, weil sie gerade auf dem Boden kniete und einige Papiere in verschiedene Ordner einsortierte, die nicht alle auf dem Schreibtisch Platz gefunden hatten.

„So fleißig?" Elli lächelte sie über einen Stapel Handtücher hinweg, den sie in den Händen hielt, an.

„Ja, sieht so aus. Du auch?"

„Ach was, das bisschen Wäsche. Zuhause habe ich drei Kinder rumspringen, die machen mehr Dreck als alle Hotelgäste zusammen." Dann lachte sie und schrecklich schiefe Zähne kamen zum Vorschein.

„Drei Kinder? Ich habe drei Geschwister. Wer passt auf sie auf, wenn du tagsüber arbeitest?"

„Meine Mutter wohnt bei uns. Das ist sehr hilfreich. Kindergärten sind ja so entsetzlich teuer bei uns."

„O ja, das glaube ich. Und bei Oma ist es doch am schönsten."

„Ja, das auch. Na, aber ich muss weiter. Ich wollte nur mal reinsehen, ob der alte Boyd dich schon untergekriegt hat."

„Ha, ha, Nein, so einfach geht das nicht. Ich habe mir auch sagen lassen, er würde es nicht so meinen."

„Ja, das stimmt. Er ist kein schlechter Mensch, nur ein verdammt übelgelaunter! Ich kenne ihn schon ziemlich lange. Meine Mutter hat schon für die MacLachlans gearbeitet und mich oft mitgenommen."

„Wirklich? Das ist ja spannend."

„Na, halb so spannend, wie es sich anhört. Die MacLachlans sind immer ein sehr guter Arbeitgeber gewesen. Wir waren alle froh, dass Ian das Schloss nicht einfach verkauft hat, nachdem sein Vater gestorben ist. Ihn hat der Tod sehr getroffen. Klar, sein Vater war schon älter, als Ian geboren wurde, aber trotzdem war es hart, als er starb. Für Ian und seine Mutter. Jamie MacLachlan war ein ganz besonderer Mensch, hielt viel von Traditionen ..."

Eva war aufgestanden und lauschte gespannt, was Elli erzählte. Sie versuchte, sich Ian als kleinen Jungen vorzustellen – einen Jungen mit pechschwarzen Haaren und leuchtend grünen Augen. Dann hatte sie wieder den erwachsenen Ian vor Augen, wie er glattrasiert und gutgekleidet vor ihr stand. Elli redete unablässig weiter. „... stell dir mal vor, Jamie hat zu offiziellen Anlässen immer die Tracht des Clans getragen. Und ich sage dir, die echten Schotten tragen nichts drunter, ha, ha, ha. Ja, aber diese Zeiten sind vorbei. Ian hat den Hauptsitz nach New York verlegt und trägt keinen Kilt, aber er hält das Andenken seines Vaters und der Familie auf seine Weise hoch."

Evas Herz rutschte in die Hose.

Ian lebte in New York? Auf einem anderen Kontinent?

Sie atmete tief ein. Ein dummer, kleiner Teil von ihr hatte anscheinend immer noch nicht begriffen, dass Ian und sie Geschichte waren und sich für sie nichts ändern würde, egal, ob er auf dem Mars oder im nächsten Zimmer lebte.

„Was ist denn hier los?!" Mr. Boyd unterbrach Ellis Redefluss. „Habt ihr zwei nichts zu tun?"

„Ist schon gut, Mr. Boyd, ich wollte nur mal nach Eva sehen, ob sie sich zurechtfindet bei uns." Dann verschwand Elli leise vor sich hin pfeifend und Eva war Mr. Boyds Laune wieder alleine ausgeliefert. Sie kniete sich schnell zurück auf den Boden und sortierte weiter die Papiere in die Ordner ein, während der Alte vor sich hin grummelte: „Kaum ist man mal fünf Minuten weg, halten die Weiber ihre Schwätzchen, tse, tse." Dann blickte sie auf und sah es in Mr. Boyds Augen funkeln, als er seine Brille geraderückte. Vielleicht hatte er die kleine Auffrischung seines Andenkens an den alten Schlossherren ebenso genossen wie Elli, das pfeifende Hausmädchen.

Ians Hände waren feucht, als er mit seiner Mutter Dr. Scombs Büro betrat. Er hatte Angst davor, dass ihm der Arzt gleich schlechte Nachrichten verkünden würde.

„Setzen Sie sich bitte, Mrs. MacLachlan, Sir." Dr. Scomb wies den beiden Plätze auf dunkelbraunen Lederstühlen vor seinem Mahagonischreibtisch zu. Sein Büro war voll mit Fachbüchern und auf seinem penibel aufgeräumten Schreibtisch brannte eine kleine Lampe mit grünem Schirm, die die Papiere beleuchtete, die vor ihm auf einer Unterlage ausgebreitet lagen.

„Vielen Dank, Dr. Scomb. Mutter, hier, setz dich bitte." Ian rückte ihr den Stuhl zurecht und seine schmal gewordene Mutter nahm neben ihm Platz.

„Vielen Dank, dass Sie sich die Zeit genommen haben, den weiten Weg nach London auf sich zu nehmen", sagte Dr. Scomb und setzte seine Halbbrille auf die Nase. Der Arzt sah mit seinen verwuschelten, grauen Haaren eher aus wie eine lebendige Kopie des Wissenschaftlers Einstein, nicht wie ein Facharzt für Gastroenterologie, fand Ian.

„Natürlich, das ist doch selbstverständlich. Ich bin sehr besorgt um meine Mutter."

„Ian, du hast doch gar keinen Grund, es ist bestimmt alles nur halb so wild. Dr. Scomb wird mir ein paar Pillen aufschreiben und damit hat sich die Sache, nicht?"

Dr. Scomb stützte sich mit seinen Ellenbogen auf dem Schreibtisch ab und sah die beiden abwechselnd an.

„Also, so einfach ist die Sache, fürchte ich, nicht, Mrs. MacLachlan. Aber ich will Ihnen auch keine Angst machen. Fangen wir doch einmal von vorne an, damit wir Ihren Sohn mit ins Boot bekommen, nicht?"

Davina MacLachlan sank im Stuhl zurück und verschränkte ihre Finger ineinander, dann nickte sie.

„Sehr gut. Also, Ihre Mutter ist vor Kurzem zu mir gekommen, weil sie vermehrt Beschwerden hat. Sie klagte über eine allgemeine Leistungsminderung, erhöhte Müdigkeit und ungewöhnlich starken Nachtschweiß. Das alles kann schon mal vorkommen, aber hinzu kommt bei Ihrer Mutter noch ein unklarer Gewichtsverlust. Und sie hatte in letzter Zeit einige Male leichtes Fieber, was natürlich auch einfach eine nicht auskurierte Grippe sein könnte. Grundsätzlich gilt: Alle diese Symptome sind uncharakteristisch, können aber schon erste Hinweise auf eine Darmerkrankung sein. Hinzu kommt ein Wechsel zwischen Verstopfung und Durchfall …"

„Bitte, Dr. Scomb, ich glaube, auf diese Details können wir verzichten!", unterbrach Ians Mutter ihren Arzt.

„Mum, lass ihn ausreden!", fiel Ian ihr energisch ins Wort.

Dr. Scomb räusperte sich und fuhr dann fort: „Ja, der Punkt ist der folgende: Für mich als Gastroenterologen ist klar, dass jegliche Veränderung der Stuhlgewohnheiten ein erster Hinweis auf eine Störung ist, egal welcher Art. Wir haben von Ihrer Mutter eine Stuhlprobe untersucht und darin Blut gefunden."

Ian wurde leicht übel. Er wollte seine Mutter nicht an Krebs verlieren wie seinen Vater vor fünf Jahren.

„Was bedeutet das jetzt?", fragte Ian. Er hörte selbst, dass seine Stimme nicht so klar und fest klang wie sonst.

„Das heißt noch gar nichts, Sir. Ich schlage Ihnen jetzt Folgendes vor: Wir werden eine Koloskopie bei Ihrer Mutter vornehmen, danach kann ich Ihnen mehr sagen."

Ian schöpfte Mut, aber eine unterschwellige Angst blieb.

„Gut, wann können Sie diese Untersuchung machen?"

„Schnellstmöglich, selbstverständlich. Ich halte es für angebracht, eine interventielle Koloskopie zu planen. Bei dieser Form werden gleichzeitig durch einen Arbeitskanal Gewebeproben zu weiteren Untersuchungen entnommen und eventuell vorhandene Polypen – das sind gutartige Krebsvorläufer – sofort entfernt, ohne dass ein weiterer Eingriff nötig wäre. Diese Untersuchung wird in der Regel morgens vorgenommen und dauert nicht länger als dreißig Minuten. Ruhezeit nach dem Eingriff sollte man allerdings einplanen. Ich würde Ihre Mutter einen Tag stationär aufnehmen lassen."

„Ist das wirklich nötig, so ein Aufwand? Reicht nicht eine Blutuntersuchung?", fragte Davina MacLachlan matt.

„Nein, Mum, das reicht nicht. Sagen Sie es ihr, Doc."

„Ich fürchte, Ihr Sohn hat recht, aber machen Sie sich keine Sorgen, Sie sind bei mir in besten Händen. Ich habe noch einige Dinge bezüglich der Vorbereitung auf die Koloskopie mit Ihnen zu besprechen. Wir brauchen drei Tage Vorlaufzeit, Sie müssen jetzt auf ballaststoffreiche Kost verzichten ..."

Davina hob die Hand und unterbrach Dr. Scomb: „Bitte, Ian, ich möchte den Rest mit Dr. Scomb alleine besprechen. Ein wenig Würde möchte ich doch noch behalten. Wie diese Koloskopie genau vonstattengeht, braucht dich ja nicht zu interessieren."

Ian atmete hörbar ein. „Wenn du darauf bestehst."

Dr. Scomb nickte ihm zu. „Ich verstehe Ihre Mutter. Es ist in der Tat ein sehr intimer Eingriff und vielleicht wäre es besser, wenn Sie draußen warten, damit ich die Einzelheiten mit Ihrer Mutter durchgehen kann."

Ian erhob sich und brummte: „Von mir aus. Ich warte vor der Tür."

„Danke, Ian."

Seine Mutter sah erleichtert aus. Ein wenig konnte er ihre Scham nachvollziehen; vor dem erwachsenen Sohn Details des eigenen Verdauungstraktes erklärt zu bekommen, konnte durchaus peinlich sein.

Ian verließ Dr. Scombs Büro und lief unruhig im Vorzimmer des Arztes auf und ab. Der Termin war nicht ganz so verlaufen, wie er gedacht hatte. Er hatte so sehr gehofft, dass seine Sorgen gemindert würden, und das erneute Warten machte ihn wahnsinnig.

Ian brachte seine Mutter direkt zurück in ihre Wohneinrichtung, obwohl er gerne noch mit ihr essen gegangen wäre. Aber die vorbereitenden Untersuchungen und die nervliche Anspannung hatten sie müde gemacht, sodass sie es vorzog, in ihren eigenen vier Wänden zu sein und sich auszuruhen. Mit einem Kuss auf ihre blasse Wange verabschiedete er sich. Die nächsten Tage würde er mit ihr in London verbringen, bis sie die Darmspiegelung hinter sich gebracht hatte. Hoffentlich war das Ergebnis besser als befürchtet. Er hatte etwas Aufbauendes in seinem Leben so bitter nötig und wusste nicht, wie er mit einer eventuellen Krebsdiagnose seiner Mutter umgehen sollte. Sein Leben war ohnehin ein Scherbenhaufen und er hatte Angst, nun auch noch seine Mutter zu verlieren.

Ian war inkognito in einem kleinen Hotel in der Great Marlborough Street abgestiegen. Er hätte es heute nicht ertragen, von seinen Mitarbeitern in Mayfair hofiert zu werden. Er wollte alleine sein und sehnte sich bereits nach wenigen Stunden nach der Ruhe und Stille Schottlands. Er vermisste die karge Bergwelt.

Seine Gedanken wanderten zu Eva, auch wenn die schöne Blonde das Letzte war, womit er sich befassen wollte. Er konnte sich nur schwer verzeihen, dass er seine eigenen Regeln gebrochen und etwas mit einer Angestellten angefangen hatte. Das Schlimmste dabei war, dass er es nicht einmal richtig bedauern konnte. Er hatte jede einzelne Minute mit ihr genossen.

Ian nahm sich ein Bier aus der Minibar und setzte sich vor den Fernseher. Er war müde, aber an Schlaf war nicht zu denken, also zappte er sich von einem Sender zum nächsten. Schließlich war er wieder beim ersten Programm angekommen und ärgerte sich, dass nichts Interessantes dabei war, womit er sich ein wenig ablenken konnte. Ian seufzte und nahm den letzten Schluck aus seiner Flasche, schlüpfte er in seine Schuhe und machte sich auf den Weg. Er brauchte frische Luft, sofern man den Londoner Mief so bezeichnen konnte. Jedenfalls hielt er es in seinem Hotelzimmer nicht mehr aus.

Auf dem Weg nach draußen erreichte ihn ein Anruf von Dexter. Es gab Neuigkeiten zu dem geplanten Kauf und Ian verabredete sich mit dem Anwalt für den nächsten Tag in der Kanzlei.

Eva half Sophie beim Aufräumen der Küche. Isla und Freya waren schon in den Feierabend entlassen worden, da sie ab morgen genug zu tun bekommen würden, wie Sophie gemeint hatte, wenn endlich wieder normaler Hotelbetrieb herrschte. Eva war niedergeschlagen und zugleich ärgerte sie sich über sich selbst. Entgegen aller guten Vorsätze war da ein Hoffnungsfunke gewesen, Ian vielleicht beim Abendessen zu sehen. Aber natürlich war er nicht gekommen und somit war seine Portion des traditionellen schottischen Fischeintopfs *Cullen Skink* nun in einem kleinen Töpfchen im Kühlschrank verstaut worden. Reste gebe es aber eigentlich immer, hatte Sophie ihr erklärt. Die könne man gut am nächsten Tag aufwärmen und Eintöpfe wurden nur besser durch längeres Durchziehen. Als sie gehört hatte, dass dieser berühmte Eintopf aus den Hauptzutaten Schellfisch, Kartoffeln, Zwiebeln und Milch bestand, hatte Eva zunächst ja die Nase gerümpft; hinterher war sie jedoch restlos begeistert gewesen. Es war eines der leckersten Gerichte, das sie jemals probiert hatte.

„Was ist eigentlich mit dir los, Mädchen? Willst du noch einen Tee mit mir trinken und ein bisschen erzählen?"

Eva fühlte sich ertappt und spürte, wie sie rot wurde.

„Ähm, Tee? Gerne. Mit mir ist alles bestens."

Sophie legte den Kopf schief und ihre sanften braunen Augen schienen sie zu durchleuchten. Schnell senkte Eva den Blick.

„,Bestens' sieht aber anders aus. Setz dich hin, ich mach' den Tee. Die Küche ist ja sauber und ich habe heute nichts weiter vor."

Eva atmete tief ein, ging, wie befohlen, zum Esstisch und setzte sich hin. Irgendwie tat es gut, dass sich jemand um sie sorgte. Sie fühlte sich mit ihrem Kummer ganz schrecklich einsam und ein wenig Zuwendung war schön. Der Teekessel pfiff und Sophie goss Wasser über den Tee. Im Gegensatz zu Ian hatte Sophie die Teeblätter in einen Filter gefüllt, sodass sie hinterher nichts mehr herausfischen musste. Eva beobachtete die rundliche Frau bei ihren routinierten Bewegungen. Sophies graue Haare waren ordentlich zu einem Knoten zusammengebunden; sie war nicht hässlich, aber diese Frisur ließ sie Jahre älter wirken, als sie tatsächlich war.

„So, Mädchen. Was ist los? Heimweh?"

Sophie stellte zwei Tassen auf den Tisch. Eva löffelte sich Zucker in den Tee und rührte darin, während sie nach einer passenden Antwort suchte.

„Nein, ich fühle mich hier wohl. Ich liebe Schottland."

Sophies Augen leuchteten auf, als sie das hörte.

„Das freut mich, es ist ja schließlich meine Heimat."

„Aber meine Familie fehlt mir schon."

„Deswegen bläst man in deinem Alter doch keinTrübsal!"

Sophie kratzte sich am Kinn und kniff die Augen ein wenig zusammen.

„Hm", machte Eva nur.

„Da steckt doch ein Mann dahinter."

Evas Herz blieb beinahe stehen.

„Ganz sicher nicht."

„Ha, ha!", Sophies Lachen erfüllte den Raum. „Ich hab' selbst eine Tochter und glaub mir, die hat genauso wie du aus der Wäsche geschaut, wenn die Männer nicht so nach ihrer Pfeife getanzt haben, wie sie das wollte."

Jetzt musste Eva auch grinsen. Sophie hatte natürlich recht, aber Eva wollte ihr unter keinen Umständen gestehen, dass sie mit dem Hausherrn im Bett gewesen war und sich in ihn verknallt hatte wie ein Schulmädchen in ihren Lehrer.

„Pff. Ach was", machte sie daher nur.

„Ich krieg es schon noch raus. Hast du denn einen Freund zuhause und der macht jetzt Stress?"

Evas Rettung kam in Gestalt von Alfi, der seinen Kopf just in diesem Moment in die Küche steckte. Sophies Aufmerksamkeit war schlagartig bei ihm. Eva beobachtete erleichtert, wie Sophie ihre Hände knetete und Alfi anstrahlte.

„Alfi, was gibt's?"

„Ja, also, ich hab' mir gedacht, vielleicht gibt es noch welche von diesen leckeren Ingwerkeksen?"

Nun kam er ganz herein und versuchte unauffällig, seine leicht zerzausten Haare in Ordnung zu bringen. Eva fand es irgendwie süß, wie die beiden umeinander herum scharwenzelten. Keiner traute sich offenbar, den ersten Schritt zu machen. Vielleicht hatten sie Angst vor Ablehnung oder Bedenken, weil sie aus dem gleichen Dorf kamen und es Gerede geben könnte. Aber dass die Luft zwischen den beiden knisterte, wäre noch nicht mal einem Blinden entgangen.

Sophie war bereits aufgesprungen und holte eine Keksdose aus dem Schrank.

„Hier. Klar hab' ich noch welche, ich weiß doch, wie gern du die magst." Sophie lächelte Alfi an und der Mann mit den stahlblauen Augen errötete tatsächlich unter seiner vom Wetter gegerbten Haut.

„Danke, Sophie. Da freu' ich mich aber. Ja, äh, ich bin dann wieder weg. Bis morgen."

Eva hatte ihn gerade fragen wollen, ob er ihren Platz einnehmen wollte, aber Alfi war so schnell verschwunden, wie er aufgetaucht war. Vielleicht hatte er gehofft, Sophie alleine anzutreffen, und sich nicht getraut, was anderes zu sagen, weil Eva da war? Sie würde es nie erfahren.

„Ja, äh, danke für den Tee. Ich glaub', ich geh dann auch mal auf mein Zimmer. Ich bin doch ziemlich erschlagen."

Damit stahl Eva sich davon, bevor ihr Sophie noch weiter auf den Zahn fühlen konnte.

Kapitel 10

„Ich habe einige Erkundigungen über den Oligarchen Sokolow einholen lassen. Wussten Sie, dass man ihn in Fachkreisen nur ‚den Falken' nennt? Das liegt in seinem Namen begründet, der bedeutet auf Russisch ‚Falke'."

Ian hob eine Augenbraue und schaute seinen Anwalt an, der die nervtötende Angewohnheit hatte, ununterbrochen mit den Fingern auf gerade zur Verfügung stehenden Oberflächen zu trommeln.

„Und weiter, Simon? Was tut es zur Sache, wie er genannt wird?"

„Das war ja noch nicht alles. Also, es ist ein offenes Geheimnis, dass Sokolow mit unlauteren Mitteln nachhilft, um seine Sachen durchzusetzen. Daher ist es relevant, dass er mit Ihnen noch eine Rechnung offen hat, äh, hatte."

Ian verdrehte die Augen. Als ob er seine Quittung dafür nicht bekommen hätte, als er Jamila in seinem Penthaus in Hündchenstellung vor einem wildfremden Bodybuilder angetroffen hatte. Aber davon wusste Sokolow hoffentlich nichts.

„Man sollte unter zivilisierten Menschen Geschäft und Privatleben trennen können. Leider scheint Sokolow da", Ian zögerte einen winzigen Moment, „*andere* Gepflogenheiten zu haben. Ich wusste damals ja nicht, dass Jamila mit ihm zusammen war. Tja, Pech. Nichtsdestotrotz lassen wir uns davon nicht abhalten, oder, Dexter?"

Simon Dexters Finger spielten weiterhin auf dem edlen Besprechungstisch von Wayne Partners. Fast hätte man sagen können, dass er ihn malträtierte, ungeachtet der Tatsache, dass das Möbelstück Eigentum einer der renommiertesten Anwaltskanzlei Londons war.

„Unter gar keinen Umständen. Ich habe auch gute Nachrichten: Wir sind uns mit dem Eigentümer von Blanrych Manor weitgehend einig geworden und würden nun gerne einen

Termin mit Ihnen vereinbaren, um die Vor-Ort-Begehung schnellstmöglich zu planen."

Ian tippte und blätterte im Kalender seines iPhones. Diese Woche war dafür absolut keine Luft; er hatte versprochen, für seine Mutter da zu sein, und die Koloskopie war erst für Freitag geplant. Heute war Dienstag. Bis dahin wollte er auch nicht aus London weg, sondern ihr seelisch und moralisch beistehen. Ein echtes Dilemma, denn er musste den Vertrag mit Blanrych Manor mitsamt den Ländereien unter Dach und Fach haben, bevor Sokolow davon Wind bekam.

„Ich kann frühestens am Samstag", teilte er schließlich Simon mit, der stirnrunzelnd in seine Unterlagen sah.

„Früher geht es nicht? Ich habe denen wirklich Druck gemacht, das sieht jetzt vielleicht ein wenig seltsam aus."

„Das lassen Sie mal meine Sorge sein. Ich habe diese Woche leider andere Verpflichtungen, die sich nicht verschieben lassen."

„Natürlich, Sir. Verstanden."

„War sonst noch etwas?", meinte er ruppig. Er konnte nicht anders; die nervliche Belastung der letzten zwei Wochen zeigte sich nun ganz deutlich.

„Nein. Wenn Sie mit den Konditionen zum Kauf von Blanrych Manor so einverstanden sind?"

„Geben Sie mir die Entwürfe mit, ich sehe sie mir nachher an."

„Hier, bitte." Simon Dexter reichte Ian eine blaue Mappe, in der sich der Vertragsentwurf für den Kauf befand. Er hatte wenig Lust, sich damit zu befassen, aber er hatte keine Wahl. Die Entscheidungen über solche Geschäfte traf er trotz der Konzerngröße immer noch selbst. Ein Geheimnis seines Erfolgs.

Ian stand auf und reichte dem Anwalt die Hand. „Auf Wiedersehen. Sie melden sich bitte bei mir."

„Selbstverständlich, das werde ich. Auf Wiedersehen."

Als Ian das Gebäude der Kanzlei verließ, rieb er sich die Augen. Er brauchte dringend etwas Schlaf – nur wie, wenn seine Gedanken unaufhörlich um all die Dinge, die ihn derzeit belasteten, kreisten? Ian hoffte inständig, dass am Freitag im Anschluss an die Untersuchung bereits Ergebnisse feststanden, und zwar solche, die darauf schließen ließen, dass seine Mutter nicht an Darmkrebs erkrankt war.

Es dauerte eine Weile, bis er ein Taxi herangewunken hatte, dann ließ er sich zum Hyde Park bringen. Im Zweifelsfall waren Bewegung und Grün um ihn herum das beste Mittel, um nachdenken zu können.

Eva wickelte sich einen dicken Wollschal um den Hals, bevor sie die Eingangspforte zu Glennmore Castle für einen Morgenspaziergang verließ. Sie hatte relativ gut geschlafen – bis fünf Uhr jedenfalls. Danach hatte sie kein Auge mehr zugetan. Immer, wenn sie versucht hatte, wieder einzuschlafen, hatte sich ein ganz gewisser Schotte mit pechschwarzen Haaren in ihre Träume geschlichen. Und das hatte Eva einfach nicht ausgehalten. Sie hatte ja keine Ahnung, ob sie ihn jemals wiedersehen würde. Bisher hatte sie sich auch nicht getraut, jemanden von der Belegschaft zu fragen, weil sie Angst hatte, dass man ihre Fragerei falsch verstehen – oder vielmehr richtig deuten – könnte.

Auf ihrer morgendlichen Runde kam Eva auch heute an den Stallungen vorbei, wo Alfi dabei war, die Hufe eines der Pferde auszuschneiden. Vier Pferde standen draußen angebunden. Eva hatte immer noch einen Heidenrespekt vor den riesigen Tieren und hielt dementsprechenden Abstand. Trotzdem rief sie ein „Guten Morgen, Alfi!" zu ihm hinüber. Er ließ den Huf sinken und lächelte sie an.

„Heyja, junge Dame. Schon so früh auf den Beinen?"

„Ja. Ich liebe es, morgens draußen zu sein. Die Luft ist so klar und rein."

„Das kann man wohl sagen, wenn man nicht eben am Ausmisten ist, ha, ha." Alfi lachte und sein klarer Bariton klang angenehm in Evas Ohren. Seine Haut war vom Wetter gegerbt, was seiner Attraktivität aber keinen Abbruch tat. Für einen Mann Ende fünfzig, wie Eva ihn einschätzte, sah er gut aus. Die harte Stallarbeit hatte seinen Körper in Form gehalten.

„Wie lange arbeitest du schon hier auf Glennmore Castle? Sophie hat mir erzählt, ihr kommt aus dem gleichen Dorf?"

Alfi legte eine Hand auf den Pferdehals und tätschelte ihn leicht.

„Ich, ach, ich muss mal zählen. Schon sehr, sehr lange. Ian war noch nicht geboren, als ich mich bereits um die Pferde hier am Schloss gekümmert habe."

„Dann kennst du sicher jeden Winkel hier?"

„Aye, darauf kannst du einen lassen. Oh – entschuldige meine Ausdrucksweise."

„Haha, macht nichts. Ich hab einen Bruder, der redet so ähnlich", kicherte Eva.

„Schon mal auf einem unserer Pferde gesessen?"

„Oh, ja. Ian hat mich praktisch gezwungen. Es war ja sonst niemand da. Aber ich glaube, das ist nichts für mich. Ich bin nicht mit Pferden großgeworden."

Alfi nickte. „Aye, ist wie Fahrradfahren: Am einfachsten lernt man es als Dreikäsehoch. Ian war als Junge nicht zu bremsen. Ich weiß nicht, wie er es geschafft hat, aber manchmal dachte ich, er verbringt mehr Zeit mit mir bei den Pferden als in der Schule!"

Alfi versank, seinem Gesichtsausdruck nach zu schließen, in Erinnerungen und Eva kam nicht umhin, sich den kleinen Ian vorzustellen, wie er neben und zwischen diesen riesigen Rössern umhersprang. Ein Wunder, dass er niemals unter die Hufe gekommen war.

„Tatsächlich?", sagte sie aber nur.

„Aye, ein absoluter Wirbelwind, der Kleine. Ach, er ist ja schon lange nicht mehr klein, ich vergesse das manchmal. Aber sein Vater war schon älter, als Ian geboren wurde, und ich hatte manchmal das Gefühl, dass Ian seine Energie im Schloss nicht so recht rauslassen konnte. Das hat er dann hier bei mir gemacht. Er weiß daher natürlich auch verdammt viel über die Pferde. Das ist sicher ein Grund, warum er sich so für den Erhalt der Rasse einsetzt."

„Das ist wirklich eine tolle Sache."

Ian war in den Augen seiner näheren Umgebung anscheinend nahezu ein Heiliger, jedenfalls nach außen. Dass er Angestellte benutzte und hinterher einfach verschwand, war offenbar eine private Sache, sonst hätte Alfi von ihm wohl ein ganz anderes Bild gehabt.

„Ja, er hat so ein gutes Herz, der Junge!"

„Bestimmt, ich kenne ihn ja kaum. Ähm, ich muss dann auch los, nicht, dass ich zu spät komme. Schönen Tag, Alfi!"

„Dir auch, Mädchen, dir auch."

Eva stellte mit Entsetzen fest, dass sie sich mal wieder verquatscht hatte, und sprintete zurück zum Schloss.

Es war schließlich zehn nach neun, als sie atemlos im Büro von Mr. Boyd eintraf.

„Was denkt ihr jungen Dinger euch eigentlich? Denkt ihr überhaupt irgendwas? Glaubt ihr, Regeln sind nur zum Spaß da? Es ist Viertel nach neun!"

Eva wollte nicht widersprechen und zur Verteidigung vorzubringen, dass es erst zehn nach war, hätte ohnehin nichts gebracht, denn letzten Endes war zu spät zu spät. Schuldbewusst senkte sie den Kopf und murmelte: „Entschuldigung, wird nicht mehr vorkommen, Mr. Boyd." Sie konnte nicht mehr zählen, wie oft sie in ihrem Leben schon eins auf den Deckel bekommen hatte, weil sie zu spät gekommen war. Zum Glück wusste Mr. Boyd das nicht und sie würde sich von jetzt an wirklich Mühe geben, dass das nicht mehr vorkam.

„Ja, ja, schon gut. Dann mach da weiter, wo du gestern aufgehört hast!"

Sie hatte sich mittlerweile an seinen barschen Tonfall gewöhnt und spätestens, als er ihr den Kaffee zwei Stunden später eigenhändig brachte, wusste auch sie, dass er es tatsächlich nicht so meinte, wenn er so ruppig war. Eva mochte den spindeldürren Kerl zunehmend mehr; ihr waren Menschen angenehmer, die sich nicht verstellten und einfach so waren, wie sie waren. Womit sie noch nie gut hatte umgehen können, waren eher die Typen, die nach vorne immer freundlich, immer nett waren, um sich dann hinterrücks das Maul zu zerreißen. Davon gab es an der Uni wahrlich genug und wenn es irgendwie ging, mied sie solche Leute.

Eva arbeitete mit Feuereifer. Nachdem sie kapiert hatte, wie Mr. Boyds System funktionierte, lief es sogar ganz gut. Zwischendurch wanderten ihre Gedanken zwar wieder zu einem bestimmten Schotten, aber davon lenkte sie sich ganz gut mit Überlegungen zu den verschiedenen Leuten im Castle ab. Bei Gelegenheit wollte sie mal mit Sophie über Alfi reden. Das einzige Risiko dabei war, dass sie den Spieß umdrehen und wieder versuchen würde, sie über ihren Kummer auszufragen.

Im Haus herrschte geschäftiges Treiben, da am nächsten Tag die ersten Gäste erwartet wurden. Deswegen schnappte sich Elli Eva am Nachmittag und bat sie um Hilfe bei den Zimmern. Mr. Boyd hatte nichts dagegen; die Büroarbeit lief ihr nicht davon und so bekam Eva eine kleine Pause vom Papierkrieg. Elli war sehr umgänglich, summte immer leise vor sich hin und fing gelegentlich sogar an zu pfeifen. Ob Eva das mitbekam, schien ihr egal zu sein, oder sie machte es einfach unbewusst. Eva half dabei, die Zimmer herzurichten, die Bettwäsche zu kontrollieren und neu zu beziehen. Sie überprüften die Minibar in jedem Zimmer, außerdem musste eine bestimmte Anzahl an Shampoo-, Duschgel- und Crememiniaturen in den Badezimmern vorhanden sein. Elli wies Eva darauf hin, dass in jedem Doppelzimmer zwei Bademäntel im Schrank hängen sowie zwei neue, verpackte Paare Frotteelatschen mit dem aufgestickten Glennmore-Castle-Schriftzug in Gold drinstehen mussten. Eva hatte zwar wenig Hotelerfahrung, aber sie begriff rasch, worauf es ankam.

„Wie war das Schloss denn aufgeteilt, bevor es ein Hotel wurde?", fragte Eva auf dem Weg zum nächsten Zimmer.

„Eigentlich hat sich gar nicht so viel verändert, außer dass jedes Zimmer sein eigenes Bad bekommen hat. Das Master-Bedroom ganz oben war auch früher schon das Elternschlafzimmer, weil es die schönste Aussicht hat und am größten ist. Ians Zimmer war zunächst direkt daneben. Jetzt ist es die Doyle-Suite, in der wir vorhin waren. Alle Zimmer sind nach berühmten schottischen Schriftstellern benannt, nicht nur die Suite. Ians Mutter wollte es so und ich finde die Idee schön, die Zimmer nicht einfach nur zu nummerieren."

„Ja, das ist wirklich etwas Besonderes. Viele der Schriftsteller kennt man zwar, aber wo sie herkamen, ist einem nicht immer so bewusst. Dass zum Beispiel Sir Walter Scott aus Edinburgh kam, wusste ich nicht. Wobei", Eva tippte sich mit der Hand an die Stirn, „beim Namen ‚Scott' hätte ich ja vielleicht eins und eins zusammenzählen können, ha, ha!"

Elli grinste sie mit ihren schiefen Zähnen an und fuhr fort: „Der Dienstbotentrakt war natürlich schon immer der Dienstbotentrakt. Außerdem gibt es ja auch außerhalb des Schlosses viele kleine Häuser, die zum Anwesen gehören. Früher, als das Haus erbaut wurde, gab es hier an die hundert Leute, die das Anwesen bewirtschaftet haben. Mittlerweile braucht man dank der Technisierung nicht mehr so viele. Wir haben Strom, es gibt Waschmaschinen und so weiter. Stell dir mal vor, früher musste man jeden Kamin einzeln einheizen und immer wieder frisch schüren. Allein damit waren die Stubenmädchen stundenlang beschäftigt. Ich bin schon froh, heute zu leben!"

Eva versuchte sich vorzustellen, wie hier noch vor hundert Jahren emsige Diener durchs Haus und die engen Gänge geflitzt waren. Andächtig schaute sie den Gang hinunter und war erneut überwältigt, dass sie wirklich mittendrin war. Fast konnte sie sie greifen, die Geschichte des Hauses.

„Und im Westflügel, da wurden früher hauptsächlich Gäste untergebracht. Es war ja nicht unüblich, auch über längere Zeit Verwandte oder Freunde zu Besuch zu haben, gerade wenn es den Leuten in der Stadt zu laut oder heiß wurde. Gerne genutzt auch, wenn ein Mädchen schwanger wurde und es keinen Mann dazu gab. Abtreibungen gab es ja nicht, oder zumindest war das nichts, was ohne Lebensgefahr gemacht werden konnte. Dann hat man die Fräuleins aufs Land geschickt und das Kind wurde dann weggegeben."

„Mein Gott, wie schrecklich!"

„Ja, das waren andere Zeiten. Und dann denkt man an die MacLachlans, die nur ein Kind haben. Aber sie war ja schon Vierzig, als Ian geboren wurde."

„Echt? Heute ist das ja fast normal, wenn man mit vierzig noch ein Kind bekommt." Ihre eigene Mutter war gerade mal Mitte zwanzig gewesen, und das beim dritten Kind.

„Ja, stell dir mal vor. Aber damals … da war das schon außergewöhnlich." Elli schloss die Tür zur James-Boswell-Suite auf und ging mit ihrem Körbchen hinein. „Eine späte Liebesgeschichte. Ians Vater, Jamie MacLachlan, ist früh Witwer geworden. Traurige Geschichte. Seine Frau verstarb im Kindbett bei der Geburt und das Baby hat auch nicht überlebt."

Eva schlug sich die Hände vors Gesicht. „Wie schrecklich!"

„Das waren damals noch andere Zeiten! Wir leben auf dem Land. Heute würde die Sache vielleicht anders aussehen, aber damals … Und eigentlich hatte Jamie MacLachlan sich mit seinem Witwerdasein abgefunden – bis Davina in sein Leben schneite. Man stelle sich das mal vor: Sie war damals Ende dreißig und kam aufs Schloss, um mit dem Schlossherrn ein Interview zu führen. Sie arbeitete für eine Lokalzeitung, die zum zweihundertjährigen Bestehen des Hauses über Glennmore Castle und dessen Geschichte berichten wollte. Und es war Liebe auf den ersten Blick."

„Oh, wie romantisch!"

„Ja, nicht wahr?" Elli hielt sich einen Stapel Handtücher vor die Brust. „Ich mochte sie wirklich sehr gern, aber sie hat es hier nicht mehr ausgehalten, nachdem Mr. MacLachlan gestorben ist."

„Verstehe ich." Ian war zwar nicht gestorben, aber irgendwie war es für sie fast genauso und sie vermisste ihn auch nach zwei Tagen noch, als hätte man ihr einen Teil ihres Herzens aus dem Leib gerissen. „Wo lebt sie jetzt?"

„Och, sie wohnt in London, engagiert sich da kräftig für den Erhalt von Kunstwerken und historischen Gebäuden. Ich hab' vorhin von Mr. Boyd gehört, dass Ian gerade bei ihr zu Besuch ist."

„Ach, wirklich? Ich dachte, er wäre vielleicht nach New York zurückgeflogen."

Elli begann die Handtücher im Bad einzusortieren.

„Nein, das glaube ich nicht. Er hat noch fast alle seine Sachen oben in der Turmwohnung."

Evas Herz schlug schneller. Sogleich rief sie sich in Erinnerung, dass das wahrscheinlich auch nur bedeutete, dass sie noch trauriger sein würde, wenn er hier war und sie wieder nicht beachtete. Obwohl ihr Kopf ihr immer wieder sagte, dass Ian sie nur benutzt hatte, konnte sie ihren Bauch nicht ignorieren, und in dem tanzten lauter kleine Schmetterlinge beim Gedanken daran, Ian bald wiederzusehen. Wann auch immer er seine Sachen hier abholen würde.

„Jetzt hab ich wieder nur gequatscht. Wenn ich nicht bis um fünf hier mit den Zimmern fertig bin, reißt mir der alte Griesgram da unten den Kopf ab. Also halt dich ran, Eva!"

„Klar, wir schaffen das."

Nach dieser kleinen Plauderei fiel es Eva schwer, sich auf die Shampoofläschchen und genaue Anzahl der Handtücher zu konzentrieren. Vielleicht kam Ian ja sogar schon heute Abend zurück ... Eva verpasste sich kurz darauf einen imaginären Arschtritt. Sie würde dem Hausherrn sicher nicht hinterherlaufen wie ein verlorenes Kätzchen, das nach seiner Milch suchte. Sie nahm sich ganz fest vor, ihn zu ignorieren und nicht spüren zu lassen, wie sehr er sie mit seinem Verhalten verletzt hatte. Denn das hatte er.

Eva hatte sich nach dem Arbeitstag eine ausgiebige heiße Dusche gegönnt. Das viele Bettenbeziehen, Staubsaugen und Spiegelpolieren hatte sie ganz schön ins Schwitzen gebracht. Ihre Haare waren noch leicht feucht, als sie zum Abendessen in die Küche kam. Alle Köpfe fuhren herum, als sie den großen Raum betrat. Verdammt, war sie etwa schon wieder zu spät dran? Dabei hatte sie sich so beeilt!

Mr. Boyd wandte sich als erster ab, aber sein tadelnder Blick sprach Bände. Eva spürte, wie die Hitze langsam an ihrem Hals nach oben kroch.

„Setz dich, Mädchen!", durchbrach Sophie schließlich die Stille. „Es gibt heute Kippers, geräucherten Hering mit Kartoffeln und Gemüse, eine ganz besondere Spezialität. Wir überlegen, das Gericht mit auf die Karte zu nehmen. Es ist heute sozusagen das Testessen der Einheimischen."

„Tut mir leid, dass ich zu spät bin." Ihre Stimme klang glücklicherweise angemessen zerknirscht, genau so, wie sie sich fühlte.

„Ach, was! Wir haben ja noch gar nicht richtig angefangen." Sophie füllte ihren Teller und die Gespräche wurden wieder aufgenommen. Eva war froh, dass sie einfach nur zuhören konnte. Nach dem Tag und der warmen Dusche war sie ziemlich erschlagen. Ihr war natürlich trotzdem nicht entgangen, dass kein Teller für Ian aufgedeckt worden war. Der Range Rover stand auch nicht draußen. Also war er wohl noch unterwegs ... Ärgerlich seufzte sie über sich selbst. Es ging sie nichts an, womit und mit wem er seine Zeit verbrachte. Leider gefiel ihr der Gedanke ganz und gar nicht, dass er sich womöglich mit einer Vertreterin ihres eigenen Geschlechts traf. Evas Appetit war daher nur mäßig und sie stocherte lustlos auf ihrem Teller herum.

Nach dem Essen setzte Sophie wieder Wasser für einen Tee auf – das schien sich zwischen ihnen zum täglichen Ritual zu entwickeln und machte das Leben auf Glennmore Castle für Eva noch harmonischer und heimeliger. Schnell überlegte sie, wie sie unauffällig die Sprache auf Alfi bringen konnte.

„Willst du noch etwas Süßes? Ich hätte da noch was Leckeres." Sophie zauberte eine Tafel Pfefferminzschokolade unter ihrer Schürze hervor und setzte sich zu Eva an den Tisch.

„Oh! Lecker! Darf ich?"

„Natürlich, dafür ist sie ja da."

Das ließ Eva sich nicht zweimal sagen. Sie riss das Papier auf und brach sich eine Rippe der feinen Schokolade ab.

„Ein Traum, die ist wirklich superlecker!"

„Ja, nicht wahr? Meine Lieblingssorte. Seelentröster."

„Brauchst du denn einen?", fragte Eva und trank einen Schluck Tee. Wenn Sophie gerade eine Anspielung auf ihren Zustand gemacht hatte, war es beinahe unheimlich, wie gut sie Eva durchschaute. Sie musste dringend an ihrer Fassade arbeiten.

„Ich? Nein. Du, oder?" Sophie machte große, kugelrunde Augen und schaute Eva freundlich auffordernd an.

„Vielleicht. Aber verrat mir zuerst eines ..."

„Was denn?" Sophie brach sich auch ein Stück Schokolade ab und steckte es dann in den Mund.

„Was ist das mit dir und Alfi?"

Sophie lief knallrot an und schüttelte den Kopf. „Was soll da sein? Da ist nichts."

Eva kicherte. „Das kannst du mir nicht erzählen. Ich seh' doch, wie du ihn anschaust."

„Ha, das gleiche kann ich über dich sagen."

„Über mich?"

„Es ist sogar noch schlimmer. Jedes Mal, wenn Ians Name erwähnt wird, zuckst du zusammen, als hätte dich jemand mit einem Stromkabel berührt."

„Ach, quatsch! Jetzt lenk nicht ab. Alfi ist doch auch verschossen in dich", beharrte sie, gerade weil ihr ziemlich unbehaglich geworden war. Sophie hatte noch mehr mitbekommen, als sie gedacht hatte.

Sophie hielt ihre Tasse umklammert. „Meinst du? Wie kommst du darauf?"

„Ihr werdet beide rot, wenn ihr euch *zufällig* trefft. Und ihr seid schrecklich nervös, sobald ihr miteinander sprecht. Oder was meinst du, warum Alfi hier ständig in die Küche kommt und was will? Doch nicht, weil er Hunger oder Durst hat. Er will dich *sehen*."

Sophie hielt sich die Hände an die Wangen. „Ohhhh. Meinst du wirklich?"

„Na, ich ab doch Augen im Kopf."

„Aber was soll ich denn tun?! Ich kann ihn ja schlecht fragen, ob wir zusammen ausgehen. Hier gibt es nur ein Pub im Dorf, da kennt doch jeder jeden."

Eva runzelte die Stirn. „Irgendwas wird dir schon einfallen. Wie hat man sowas denn früher gemacht?"

„Ach Gott, das ist schon so lange her!"

„So alt bist du ja auch wieder nicht."

„Alt genug!"

„Frag ihn doch, ob er an deinem freien Tag etwas mit dir unternehmen will."

Sophie schüttelte heftig den Kopf.

„Niemals, wie peinlich! Stell dir mal vor, er sagt Nein!"

„Sophie, er wird nicht Nein sagen, glaub mir."

„Ach, Kindchen, in meinem Alter ist es nicht mehr so leicht. Nein, auf keinen Fall."

Eva schüttelte den Kopf. „Na, ich knöpfe mir dann vielleicht mal Alfi vor."

„Ehrlich? Das würdest du tun? O je. Vielleicht täuschst du dich ja."

„Seit wann geht das denn schon so mit euch?"

Sophie seufzte und nahm ein weiteres Stück Schokolade. „Lange."

„Wochen? Monate?"

Sophie wurde dunkelrot. „Ich glaube, ich bin schon seit Jahren in ihn verschossen. Ich meine, er sieht doch gut aus und nach meiner Scheidung, na ja ..." Sie seufzte erneut.

„Nicht dein Ernst! Dann wird es höchste Zeit, daran etwas zu ändern!"

„Himmelherrgott! Ich bin viel zu alt für sowas. Meine Nerven!" Sophie fächelte sich Luft zu. „Ich weiß nicht. Lieber nicht ..."

„Wir werden sehen, Sophie. Und jetzt lass uns aufhören, über Männer zu quatschen. Erzähl mir von deinen Kindern, hast du Fotos?"

Sophies Gesicht hellte sich auf, obwohl das kaum möglich war, denn sie strahlte ohnehin schon wie eine Sternschnuppe. Sie zückte ein Smartphone – ganz schön modern für eine Köchin vom Land, fand Eva – und zeigte ihr eine Galerie mit Bildern von ihren Kindern. Dazu erzählte sie Anekdoten, bis sich Eva nach einer Stunde entschuldigte, um mit Luisa zu skypen. Außerdem nahm sie sich vor, am nächsten Morgen endlich mal ohne Verspätung zum Dienst zu erscheinen.

Der Rest der Woche verging rasend schnell, nachdem die ersten Gäste angereist waren. Es war zwar nur knapp die Hälfte der fünfzehn Zimmer belegt, aber trotzdem herrschte geschäftiges Treiben im Haus. Eva schaffte es sogar, fast jeden Tag pünktlich bei Mr. Boyd aufzutauchen, was für sie eine echte Leistung war.

Schließlich war es Freitagabend und die Gäste machten sich auf den Zimmern fertig für das Abendessen. Das Konzept des Hotels sah vor, dass es das gleiche Menü mit vier Gängen für alle Gäste gab, andernfalls wäre es nicht möglich gewesen, im Haus außer dem Frühstück eine Mahlzeit anzubieten. Elli erklärte ihr, als sie zwischendurch die Buchungen abriefen, welche Ausnahmen es gab, falls jemand Allergien hatte oder Vegetarier war. Mr. Boyd ließ sich zu der geradezu überschwänglichen Aussage herab, dass dieses Abendmenü wunderbar angenommen wurde. Eine von Evas Aufgaben war es, das Menü für den jeweiligen Abend bereits am Vorabend auszudrucken und am nächsten Morgen an einer kleinen Tafel zu befestigen, die vor dem Speisesaal aufgestellt worden war. Außerdem lag eine Karte auf jedem Frühstückstisch, in der jeden Morgen das jeweilige Abendmenu beigelegt wurde. Die Gäste sollten wissen, worauf sie sich am Abend freuen durften. Das Konzept war einleuchtend und es gefiel Eva sehr gut.

Die Ruhe vor dem Dinner bedeutete für die Angestellten, dass sie sich selbst eine kleine Pause gönnen durften, die sie für das Abendessen in der Küche nutzten. Zur Abwechslung war Eva an diesem Tag eine der ersten am Tisch, was sich wie ein kleiner Triumph anfühlte.

Nach und nach füllte sich die Runde. Alfi und Mr. Boyd kamen kurz hintereinander, Isla und Freya waren sowieso schon in der Küche und Sophie holte eben das Fleisch aus dem Ofen, als Ian eintrat. Sein Auftauchen traf Eva völlig unvorbereitet. Sie war froh, dass sie bereits saß, ansonsten hätten ihre Knie garantiert unter ihr nachgegeben.

„Einen wunderschönen guten Abend wünsche ich."

Wie ein Chor antworteten alle: „Guten Abend."

"Ist noch ein Plätzchen für mich frei?", fragte er freundlich und sah in die Runde. Eva konnte nicht anders, sie musste ihn ansehen. Er sah ein wenig blass aus und hatte dunkle Schatten unter den Augen. Vermutlich hatte er es in London so richtig krachen lassen. Der Gedanke daran versetzte Eva einen Stich. Schnell wandte sie den Blick ab und bearbeitete die Serviette in ihrem Schoß.

„Natürlich, Ian, setz dich doch. Los, los, Isla, hol noch einen Teller für Mr. MacLachlan."

Beinahe wäre ihr Stuhl umgefallen, so eilig sprang Isla auf, um dem Hausherrn ein Gedeck vor die Nase zu stellen. Eva fand ihr Verhalten lächerlich, aber war ihr eigenes besser? Sich kleinzumachen und den Blick abzuwenden? Nein. Eva straffte sich und reckte ihr Kinn ein wenig nach vorne. Auch wenn er sie ausgenutzt hatte, hatte sie sich nichts vorzuwerfen. Er war schließlich derjenige gewesen, der die Wahrheit verschwiegen hatte.

Sophie brachte den bereits in Scheiben geschnittenen Braten und wuchtete die schwere Platte auf den großen Eichentisch. „Bitteschön, bedient euch. Guten Appetit."

Wie fast jeden Abend gab es Kartoffeln als Beilage. Daran hatte sich Eva schon gewöhnt, obwohl sie sonst lieber Nudeln aß. Insgesamt war die schottische Küche viel schmackhafter, als die Reiseführer und Berichte hatten vermuten lassen. Durch Ians überraschende Ankunft war ihr der Appetit allerdings gründlich vergangen, deswegen nahm sie sich nur ein kleines Stück Fleisch und zwei kleine Kartöffelchen aus der weißen Porzellanschüssel.

Ian fragte höflich jeden in der Runde, was es zu berichten gab. Jeder lieferte eifrig seine Informationen beim Boss ab, bis Eva an der Reihe war. „Und, Eva, wie gefällt dir das Praktikum bei uns?"

Eva wurde heiß. Sie hasste sich dafür, dass sie rot anlief wie die Schwestern, sobald Ian sie ansprach. Sie bemühte sich, möglichst sachlich zu klingen, als sie seine Frage beantwortete: „Das Praktikum auf Glennmore Castle ist sehr lehrreich für mich", o Gott, das klang wie aus einem Schüleraufsatz, dritte Klasse, „Mr. Boyd ist ein sehr kompetenter Vorgesetzter, ich habe schon sehr viel gelernt."

Verdammt. Er würde diese Spitze hoffentlich nicht als Beleidigung auffassen. Immer noch war er ihr Boss. Ian hob eine Braue und seine schönen grünen Augen ruhten auf ihr, als suchte er nach einer bestimmten Reaktion. Eva verlor sich einen Moment darin und konnte nicht deuten, warum er sie so lange ansah. Aber sie wich ihm nicht noch einmal aus und schließlich gab er nach und räusperte sich. Sie bemerkte erst jetzt, dass es in der Küche so still geworden war, dass man eine Nadel hätte fallen hören können.

„Na, dann ...", Ian legte das Besteck auf seinen Teller, „... bedanke ich mich für das Abendessen. Sophie, wie immer ein besonderer Genuss!"

„Vielen Dank, Ian."

Er stand auf und wollte seinen Teller mitnehmen, aber Sophie hielt seine Hand fest. „Bitte, Ian, lass das. Die Mädchen räumen deinen Teller mit ab, nicht wahr?" Isla und Freya nickten gleichzeitig. Wäre Ian auf einen Dreier aus gewesen, hätte er mit den Schwestern vermutlich ein leichtes Spiel und willige Partnerinnen gehabt. Schon wieder! Eva ärgerte sich über ihre Gedanken. Sie war allen Ernstes eifersüchtig auf die beiden! Ians Aufbruch führte zu einem allgemeinen Stühlerücken und die Küche leerte sich rasch, als die anderen ihm folgten.

Eva war froh, dass sie schließlich mit Sophie alleine in der Küche war und der Teekessel das inzwischen so wohlvertraute Pfeifen von sich gab, das mitteilte, dass das Wasser kochte.

Kurz darauf brachte Sophie zwei dampfende Teetassen an den Esstisch.

„So, mein Mädchen, und jetzt Butter bei die Fische!"

Eva stellte sich dumm, obwohl sie genau wusste, was Sophie von ihr wollte, und strich sich eine Strähne hinters Ohr.

„Was meinst du?"

„Ich hab' nie gefragt, aber was hast du hier die Woche über eigentlich so gemacht, als wir alle im Urlaub waren?"

Eva schloss kurz die Augen und ließ sich in den Stuhl zurücksinken, während sie fieberhaft nach einer Ausflucht suchte. Sie nahm einen Schluck vom Tee und murmelte in die Tasse hinein: „Ich, äh, hab mich hier mit dem Schloss und der Umgebung vertraut gemacht."

Sophie beugte sich vor und tippte ungeduldig mit den Fingernägeln auf die Tischplatte. „Genau. Eine Woche lang. Mit Ian alleine hier."

„Ich weiß nicht, worauf du hinaus willst." Eva nahm eilig noch einen Schluck Tee und verbrannte sich die Zunge. „Verdammt!", japste sie.

„‚Ich hab doch Augen im Kopf', Zitat Eva. Los!"

Eva ließ die Luft ausströmen und kapitulierte. „Ich weiß es nicht. Ich weiß es wirklich nicht. Eines ist jedenfalls klar: Es hat für mich mehr bedeutet als für Ian."

Das Letzte hatte sie geflüstert und fragte sich, ob es überhaupt noch zu hören gewesen war. So, nun hatte sie es gesagt. Mehr würde sie Sophie auch nicht erzählen. Sie war sicher schlau genug, eins und eins zusammenzuzählen.

„Sag das nicht, Mädchen, so wie er dich angesehen hat. Mein lieber Mann, da bin sogar ich alte Frau rot geworden."

Eva schüttelte den Kopf. „Du bildest dir was ein. Es ist, wie ich es gesagt habe."

„Na, wie du meinst. Ich weiß, was ich gesehen habe." Sophie nickte energisch.

„Bald sitzen wir jeden Abend zusammen und erzählen uns gegenseitig was von Männern."

„Ja, das stimmt. Ich weiß gar nicht, was ich machen soll, wenn du wieder zurück nach Deutschland gehst!"

Eva wurde ein wenig melancholisch. Sie wollte jetzt noch nicht daran denken, wieder zurückzugehen. Sie fühlte sich, trotz Ian, sehr wohl in Schottland.

„Das dauert ja zum Glück noch!"

„Ja, zum Glück! Vielleicht bleibst du ja für immer, wer weiß? Du hast ja sicher schon von der Liebesgeschichte von Ians Eltern gehört, nicht?"

Eva winkte ab. „Ja, hab' ich. Und das hat *gar nichts* mit mir zu tun! Null Gemeinsamkeiten oder Parallelen!"

Sophie lächelte. Sie lächelte!

Eva schaute sie erst grimmig an, konnte dann aber nicht anders als zurückzulächeln. Die Köchin stellte ihre Tasse zurück auf den Tisch und stand auf. „Wie du meinst. Genug geplaudert, ich muss jetzt noch mal ran. Die Gäste wollen schließlich auch etwas zu essen. Wo sind eigentlich Isla und Freya schon wieder? Mädchen!" Sophie machte sich auf die Suche nach ihren beiden Hilfen. Die eine war im Service unterwegs und die andere sollte Sophie beim Kochen und Anrichten helfen. Wahrscheinlich standen sie am Hinterausgang und rauchten schnell eine Zigarette, bevor es losging, da hatte Sophie die beiden jedenfalls am Vorabend gefunden.

Eva war allein mit ihren Gedanken und Grübeleien. Auf ihrem Zimmer versuchte sie sich abzulenken, was ihr nur mäßig gelang. Irgendwann erwischte sie Luisa auf Skype, die sie mit ihrem Liebeskummer wenigstens ein paar Minuten von ihrem eigenen ablenkte.

„Hey, Eva, der is voll behindert, ey! Ich weiß gar nicht mehr, warum ich jemals mit dem gegangen bin!"

„Ach, ehrlich? Wie kommst du denn zu der Erkenntnis? Und rede nicht so blöd." Eva war froh, dass ihre kleine Schwester so schnell die Kurve gekriegt hatte und nicht länger einem Idioten hinterhertrauerte, der sie abserviert hatte.

„Was denn? Is' doch so. Das Opfer ist jetzt mit der Danny zusammen, das ist voll die blonde Schlampe, kannst du dir das vorstellen? Voll peinlich, ich hoffe, mich bringt niemand mehr mit dem in Verbindung."

„Mensch, Luisa, du warst doch sowieso nur paar Wochen mit dem zusammen. Ich glaube, das interessiert keinen mehr." Eva spielte mit einer Haarsträhne, die sie im Gesicht kitzelte.

„Hast du eine Ahnung! Ein paar Wochen ist in meiner Welt eine verdammt lange Zeit! Ich weiß schon gar nicht mehr, wie du in echt aussiehst!"

Das brachte Eva zum Lachen. „Du siehst mich doch jetzt gerade, hallo? Wir skypen, du Nase." Die Vermutung lag nahe, dass Luisa die Kamerafunktion nur benutzte, um zu kontrollieren, wie sie selbst aussah. Aber mittlerweile hatte sich Eva daran gewöhnt, dass ihre kleine Schwester Faxen machte, um zu sehen, wie sie selbst rüberkam. Obwohl sie nur ein paar Jahre trennten, bewegten sie sich doch in ganz unterschiedlichen Welten. Luisa lebte quasi für Youtube und Instagram, während Eva sich daraus nicht viel machte. Sie hatte nicht mal einen Facebook-Account.

„Das ist doch nicht das Gleiche, ey!" Luisa zog einen Schmollmund.

„Ich vermisse dich auch, Süße! Ich glaub', ich muss Schluss machen, sonst fang ich gleich an zu heulen." Eva hatte tatsächlich Tränen in den Augen, die sie rasch wegblinzelte. Sie wollte nicht weinen.

„Okay, es kommen eh gleich die hässlichen Topmodels, die muss ich mir ansehen!"

„Gut, Süße, hab' dich lieb. Bis bald. Und mach keinen Scheiß, okay? Und deine Hausaufgaben!"

„Ja, Mama."

„Gut, dann haben wir uns ja verstanden." Eva winkte in die Kamera. „Ciao, Schwesterchen."

„Du zuerst."

„Nein, du zuerst."

„Okay, ciao!"

Eva seufzte leise, als sie ihr Telefon wieder ans Ladekabel anschloss. In diesem Moment fühlte sie sich schrecklich einsam, obwohl das ganze Haus voll war. Ziemlich paradox.

Ian saß mit seinem Computer und einem Glas Whisky im Erker seiner Turmwohnung und rieb sich die Augen. Er war hundemüde, der Schlaf entfloh ihm in den letzten Tagen und die Aufregung um seine Mutter tat ihr Übriges dazu, dass er kaum noch klar denken konnte. Die Untersuchung war glattgegangen, soweit man das sagen konnte. Sie hatten Davina bei der Koloskopie einige Gewebeproben entnommen und einige Polypen entfernt. Die Ergebnisse wurden in sieben Tagen erwartet. Ian war beinahe an die Decke gegangen, als Dr. Scomb ihm gesagt hatte, dass sie nun eine ganze Woche auf die Resultate der Proben warten mussten, die vielleicht über Leben und Tod seiner Mutter entscheiden würden. Er wollte den Gedanken nicht zu Ende denken, sondern positiv bleiben, aber es fiel ihm nicht leicht. Entgegen seiner Vorsätze hatte er in London doch einige geschäftliche Termine wahrgenommen. Seine Mutter hatte ihn darin bestärkt, keine wertvolle Zeit beim Deal mit Blanrych Manor zu verlieren, weil er drei Tage lang Händchen halten wollte.

Erst hatte er widerwillig zugestimmt, aber es war die richtige Entscheidung gewesen. Ian hatte den kompletten Donnerstag mit Banken verhandelt, mit dem Ergebnis, dass das Gerüst für die Finanzierung des Deals nun stand. Sie hatten um jeden Penny hart gerungen, aber letzten Endes war für beide Seiten ein akzeptables Ergebnis rausgekommen. Jetzt galt es nur noch, den Deal unter Dach und Fach zu bringen. Morgen hatte er einen Besichtigungstermin auf dem Anwesen und würde den aktuellen Eigentümer persönlich kennenlernen. Deswegen brauchte er dringend eine Mütze Schlaf, aber er war zu aufgewühlt. Nicht zuletzt, weil er neben all den anderen Dingen, die ihn derzeit beschäftigten, immer wieder durch

Gedanken an Eva abgelenkt wurde. Ian trank einen Schluck und lehnte sich im Stuhl zurück. Er wusste, dass er mit ihr reden musste. Er war ihr eine Erklärung schuldig, aber er hatte keine Ahnung, was er zu ihr sagen sollte. Zwischen dem Feuer, das sie in ihm entfacht hatte und das auch nach mehreren Nächten keineswegs abgekühlt war, und dem Bewusstsein, dass er keine Perspektive mit ihr sah, fühlte er sich vollkommen zerrissen. Die Erinnerungen an den Sex mit ihr fachten die Glut immer wieder neu an. Ian begehrte sie; er wollte sie wie noch keine andere Frau zuvor. Er verstand sich und die Welt nicht mehr. Sie entsprach eigentlich gar nicht dem Typ Frau, auf den er sich sonst einließ. Sie war kein topgestyltes Starlet – sie trug ja kaum Make-up – und ihre Klamotten konnte man beim besten Willen nicht als modisch bezeichnen, bestenfalls als passend zu ihr. Aber selbst in der Arbeitskluft – weiße Bluse und schwarzer Rock – sah sie einfach nur umwerfend und sexy aus. Wie sie ihn in der Küche mit ihren traurigen blauen Augen angesehen hatte ...

Er wusste, dass sie verletzt war, dass sie nicht verstand, warum er sie angelogen hatte. Es war zum Aus-der-Haut-Fahren. Aber er hatte momentan einfach nicht die Kraft, mit ihr zu reden, vielleicht auch, weil er nicht reden wollte. Eigentlich wollte er sie in die Arme nehmen, ihren zarten Blütenduft einatmen und sein Gesicht in ihrem seidigen Haar vergraben.

„Verfluchte Scheiße", stöhnte er auf und klappte sein Notebook zu. Er konnte sich jetzt beim besten Willen nicht auf seine ungelesenen E-Mails konzentrieren. Ian stand auf und goss sich noch einen Schluck Whisky ein, dann setzte er sich aufs Sofa und stellte die Musik an.

Als er das nächste Mal die Augen öffnete, war die Musik aus. Das Glas war ihm aus der Hand gerutscht und lag auf dem Boden. Ian setzte sich auf und rieb sich den schmerzenden Nacken. Verdammt, er musste eingenickt sein. Schlaftrunken schlurfte er ins Schlafzimmer und legte sich ins frischgemachte Bett, um wenigstens ein paar Stunden gesunden Schlaf zu bekommen.

Kapitel 11

Evas Träume wurden durch ein immer wiederkehrendes Brummen gestört. Genervt drehte sie sich auf die andere Seite und presste ein Kissen auf das freie Ohr. Sie hatte in der Nacht kaum ein Auge zugetan und war erst in den frühen Morgenstunden eingeschlafen.

Als ihr bewusst wurde, dass das Brummen nur ihr Handywecker sein konnte, war sie schlagartig hellwach. Eva riss die Augen auf und schnappte sich das Smartphone vom Nachttisch. Sie sprang so hastig aus dem Bett, dass sie sich in den Laken und der Decke verheddterte und der Länge nach auf die Seite knallte.

„Aua! Scheiße, tut das weh!" Eva setzte sich auf und rieb sich die Schulter. Sie hatte keine Zeit mehr zu verlieren, wenn sie nicht wollte, dass Mr. Boyd richtig sauer wurde. Für heute musste also eine Katzenwäsche ausreichen. Eva rannte ins Bad, das glücklicherweise frei war. Isla und Freya waren ganz sicher schon in der Küche und bedienten die Gäste beim Frühstück, das ab acht Uhr serviert wurde. Eva schob sich ihre Zahnbürste in den Mund und warf einen Blick in den Spiegel, was sie lieber nicht hätte tun sollen. Gar nicht gut. Ihre Haare waren zerzaust und ihre Augen blutunterlaufen. Ohne Concealer konnte sie keinesfalls unten erscheinen. Sie war gewiss nicht eitel, aber einer ihrer Kollegen würde sie sonst ganz sicher fragen, welchem Horrorfilm sie entsprungen war. Eva spülte sich schnell den Mund aus und bändigte ihre lange Mähne – kurz gekämmt und anschließend schnell zu einem hohen Knoten eingedreht. Das musste reichen. Anschließend holte sie ein wenig von dem Abdeckzeugs heraus, das Luisa ihr vor der Abreise mit dem Kommentar „Das ist mein Beitrag zu deinem Überleben, du wirst es mir noch danken!" in ihr altes Kulturtäschchen gesteckt hatte. Sie klopfte ein wenig davon unter jede Augenpartie. Zusätzlich ein wenig loses

Puder über das ganze Gesicht und Wimperntusche. Mehr war für den Moment nicht zu machen. Eva rannte zurück in ihr Zimmer und zog sich eine weiße Bluse und die schwarze Hose an. Für Strümpfe hatte sie keine Zeit mehr, also mussten ihre Füße nackt in die schwarzen Ballerinas. Dann hastete sie die Treppen nach unten und verlangsamte dabei ihr Tempo auf den letzten Stufen. Es musste ja keiner merken, dass sie es eilig hatte. So schaffte sie es tatsächlich noch, um fünf vor neun bei Mr. Boyd aufzutauchen. Mit einem Lächeln trat sie in den Büroraum und begrüßte ihn mit einem fröhlichen „Guten Morgen, Mr. Boyd". Der Verwalter saß am Schreibtisch und bearbeitete etwas am Computer. Er sah nicht auf und gab ein, wie üblich mürrisches, „Morgen" zurück. Eva war immer noch ein wenig atemlos und ihr Herzschlag beruhigte sich nur langsam. Sie musste definitiv mal wieder Sport machen, das kam hier viel zu kurz. Aber weil Sport ohnehin nicht so ihr Ding war, ließ sie diesen bei Stress gerne als erstes unter den Tisch fallen.

„Was ist los, willst du hier den ganzen Vormittag rumstehen? Mach dich an die Arbeit!"

„Äh, ja, klar. Sofort." Eva setzte sich an den Schreibtisch, den sie schon in den letzten Tagen genutzt hatte, und begann die Rechnungen genau so vorzusortieren, wie Mr. Boyd es ihr gezeigt hatte, damit sie anschließend an die Buchhaltung weitergeleitet werden konnten.

Eva fragte sich gerade, ob sich hinter dem Gästenamen ‚Nottinghill' aus London vielleicht ein Celebrity verbarg, der hier ungestört Urlaub machen wollte, als Ian unvermittelt neben ihr auftauchte. Er war von ihr unbemerkt ins Büro gekommen und stand nun so dicht an ihrem Schreibtisch, dass sie einen Hauch Bergamotte riechen konnte.

„Guten Morgen", sagte er und schaute erst Mr. Boyd und dann Eva an. Ihr Puls beschleunigte sich. Warum nur hatte er diese Wirkung auf sie? Mr. Boyd stand auf und trat zu Ian.

„Guten Morgen, Sir. Kann ich behilflich sein?"

Eva erwiderte seinen Gruß knapp und vertiefte sich wieder in ihre Papiere, ohne zu sehen, was genau sie da gerade sortierte. Aus den Augenwinkeln konnte sie erkennen, dass Ians Haare noch feucht waren und er eine Jacke mit hochgeklapptem Kragen trug. Würde er jetzt in die Staaten abreisen? War er gekommen, um sich zu verabschieden? Eva wurde ganz elend zumute, aber sie riss sich zusammen.

„Ja, Mason, Sie können mir in der Tat helfen. Ich würde mir gerne Ihre Praktikantin für ein, zwei Tage ausleihen. Ich arbeite an einem Projekt und bräuchte etwas Hilfe dabei."

Eva hob den Kopf ein wenig. Hatte sie richtig gehört? Sie konnte sich eigentlich nicht verhört haben, denn Ian stand direkt neben ihr. Ihr ohnehin schon heftig schlagendes Herz pochte nun noch schneller in ihrer eng gewordenen Brust.

„Natürlich, Sir. Wir haben hier soweit alles im Griff und in den letzten Tagen schon sehr viel geschafft. Sie sehen, die Neuorganisation des Büros ist beinahe abgeschlossen."

Evas Hände waren plötzlich so feucht, dass sie auf den Papieren Flecken hinterließen.

„Sehr gut. Eva, hast du das mitbekommen? Ich würde gern in fünfzehn Minuten fahren."

Sie drehte sich auf dem Bürostuhl ein wenig in seine Richtung. Ihr Gesicht glühte und ihr war so heiß, dass sie sich am liebsten ein Glas Wasser in den Ausschnitt gekippt hätte.

„Äh, wie?", fragte sie reichlich dümmlich. Ein Fall für Ohrfeigen an die eigene Adresse.

Ians grüne Augen ruhten auf ihr, sein Mund war schmal, die Lippen irgendwie seltsam aufeinandergepresst, als ob ihm die Situation auch unangenehm wäre. Aber wieso stand er dann hier? Was sollte das Ganze überhaupt?!

„Ich möchte dich zu einem Termin mitnehmen, bei dem ich etwas Unterstützung brauche. Es wäre gut, wenn du deine Sachen holst, damit wir in fünfzehn Minuten loskönnen."

Evas Augen wurden groß. Er meinte es tatsächlich ernst.

„Mädchen, willst du hier anwachsen? Du hast doch gehört, was Mr. MacLachlan gesagt hat. Los, hol deine Sachen!", unterbrach Mr. Boyd die Stille und warf ihr einen tadelnden Blick zu.

Eva stand abrupt auf.

„Ja, äh, gewiss. Bin gleich zurück."

Sie war völlig durch den Wind, als sie zurück in ihr Zimmer ging. Was hatte Ian vor? Bedeutete es, dass ihr Praktikum nun beendet war? Vielleicht wollte er sie einfach schnellstmöglich loswerden und brachte sie höchstpersönlich weg vom Schloss? Aber warum sollte er sich die Mühe machen? Das hatte er bestimmt nicht nötig. Eva stopfte ihre Klamotten in den Koffer und kam zu keinem logischen Ergebnis. Es ergab einfach keinen Sinn für sie. Oder hatte er vor, dort weiterzumachen, wo sie aufgehört hatten, nur außerhalb des Schlosses, damit niemand davon etwas mitbekam? Bei diesem Gedanken kribbelte es in ihrem Bauch, gleichzeitig wurde ihr ein wenig mulmig. Sie schüttelte den Kopf und ermahnte sich, dass das ganz und gar nicht in ihrem Sinne war. Immer noch war sie sauer auf ihn, weil er sie ausgenutzt und angelogen hatte. Das durfte sie nicht vergessen, egal wie sehr seine Nähe sie aus dem Konzept brachte. Sie konnte zwar nicht leugnen, dass ihr Körper vor Spannung vibrierte, aber als sie mit ihren persönlichen Dingen nach unten kam, hatte sie sich einigermaßen gefasst. Ian telefonierte und saß auf dem Schemel, auf dem er sich in den ersten Tagen immer seine Reitstiefel ausgezogen hatte. Sie gab ihm stumm zu verstehen, dass sie kurz in die Küche gehen wollte. Er nickte.

Eva wollte sich von Sophie verabschieden; die ältere Frau war in den letzten Tagen so etwas wie eine Freundin und Mamaersatz zugleich geworden.

„Eva, guten Morgen!", flötete die pausbäckige Köchin. „Wieso bist du denn so angezogen?"

„Ich, ähm ... Ian, äh, Mr. MacLachlan wünscht, dass ich ihn zu einem Termin begleite. Ich wollte mich nur kurz verabschieden, nicht dass du denkst, ich wäre einfach abgehauen. Ha, ha."

Sophies Mundwinkel verzogen sich zu einem breiten Grinsen.

„Aaaaaach, na, das ist ja interessant. Dann mach was draus, Eva, schnapp ihn dir."

Eva wurde erneut rot. Dass sie das nicht abstellen konnte! Sie verdrehte die Augen.

„Sophie, so ein Quatsch. Das ist rein geschäftlich."

„Ja, ja, Mädchen." Sophie zog das Unterlied mit ihrem Finger ein wenig nach unten und gab ihr damit zu verstehen, was sie von ihrer Antwort hielt.

„Ach", winkte Eva ab, „mit dir kann man ja nicht reden. Aber ich gebe dir eine Hausaufgabe: Bis ich zurückkomme, will ich, dass du Alfi gefragt hast, ob ihr an eurem freien Tag mal etwas zusammen unternehmt."

Sophie ließ das Handtuch fallen.

„Äh, wie? Nein, das kann ich nicht." Sophie schüttelte heftig den Kopf und wurde ganz blass.

„Versuch es mal, du schaffst das! Ich muss jetzt los!" Im Gehen schnappte sich Eva ein kleines Gebäckteilchen. Sie hatte ja noch nicht gefrühstückt und wusste auch nicht, wann sie etwas zu essen bekommen würde.

„Viel Erfolg, Eva. Nimm auch eines für Ian mit."

„Ja, mach' ich. Bis bald."

Als Eva nach oben kam, war Ian bereits nach draußen gegangen und hatte ihre Tasche mitgenommen. Die Luft war kühl und es nieselte leicht, als sie die dunkle Eingangspforte öffnete und hinausging. Der Himmel war eine einzige graue Suppe, ein trüber Herbsttag. Heute würden sie ganz sicher nirgendwo anhalten und Seehunde beobachten. Wenigstens war sie so schlau gewesen, die Ballerinas gegen Winterstiefel zu tauschen. Der Motor des Range Rovers lief bereits und Eva stieg hastig ein.

„Hier, mit besten Grüßen von Sophie." Eva gab ihm das Gebäck und Ian nahm es entgegen. „Vielen Dank, Eva. Bist du bereit?"

„Natürlich", antwortete sie kühl.

„Gut, dann wollen wir mal." Ian blickte starr nach vorne, als er das Gaspedal durchtrat und der Wagen sich mit einem Ruck in Bewegung setzte.

Sie fuhren eine ganze Weile gen Süden und keiner ergriff das Wort. Eva fiel auf, dass Ians Kiefermuskeln die ganze Zeit arbeiteten, aber sie fühlte sich nicht in der Pflicht, das Schweigen zu brechen, daher stierte sie einfach aus dem Fenster. Irgendwann steuerte er den Range Rover an den linken Rand der Fahrbahn und stoppte, dann legte er beide Arme aufs Steuer. „Rede mit mir, Eva!"

Die Steine, die in ihrem Magen lagen, begannen zu rumpeln. Sie merkte, wie Wut in ihr aufstieg. Das konnte nicht sein Ernst sein! Erwartete er von *ihr*, dass sie irgendein Gespräch in Gang brachte? Sagenhaft.

„Was gibt es zu besprechen? Du bist der Boss."

Ian fuhr sich durch die Haare und sah sie schließlich an. Sie spürte seinen Blick, wollte ihn aber nicht erwidern. Stattdessen starrte sie auf ihre ineinander verschränkten Finger.

„Es tut mir leid. Ich hätte es dir sagen sollen, aber ich wusste nicht wie", murmelte er leise.

Eva lagen eine Menge Worte auf der Zunge, aber nichts schien ihr angemessen. Wenn es nach ihrem Bauch gegangen wäre, hätte sie ihm eine Ohrfeige gegeben, ihn angeschrien und anschließend geküsst. Ihr Bauch war eindeutig kein zuverlässiger Partner, wenn es darum ging, sachlich und konstruktiv zu bleiben. Ihr Kopf gab ihr eindeutig zu verstehen, dass sie Ruhe bewahren sollte und zu Recht sauer auf ihn war.

„Ja, mir tut es auch leid", sagte sie daher schließlich. Die Scheibenwischer des Range Rovers bewegten sich hin und her, hin und her – die einzige Bewegung außer dem Regen. Keiner von beiden rührte sich.

Schließlich atmete Ian hörbar auf, dann setzte er den Blinker und fuhr an. „Okay, ich verstehe, dass du sauer bist, aber irgendwann müssen wir reden. Wir sind eine ganze Weile unterwegs. Ich habe einen Termin in der Nähe von Newcastle, es ist ein wichtiges Projekt für mich. Von Inverness bis nach Newcastle ist es weit und wir haben nicht einmal die Hälfte der Strecke hinter uns."

„Offensichtlich." Eva deutete neunmalklug auf das Navi.

„Gut, immerhin", gab Ian leicht irritiert zurück.

Dann schwiegen sie sich weiter an. Eva verfolge die Strecke und wie lange sie nichts mehr gesagt hatten auf dem Bildschirm mit: Seit fünfzig Meilen. Ihr Magen knurrte, aber Ian reagierte nicht. Er hatte es wahrscheinlich nicht gehört. Niedergeschlagen fragte sie sich, wovon er eigentlich lebte, denn von Luft und *Liebe* ganz bestimmt nicht.

Offenbar konnte Ian jedoch Gedanken lesen, denn kurze Zeit später stoppte er an einem Café, das nach einem typischen Touristenladen aussah.

„Bist du bereit, etwas mit mir zu essen?"

Eva zuckte mit den Schultern. „Ja, wieso nicht?"

Natürlich provozierte sie ihn damit, aber sie konnte nicht anders. Ihr Ärger hatte sich nicht im mindesten verringert und dabei war es ihr scheißegal, ob der Kerl Millionen auf dem Konto hatte oder nicht. Eva zog sich ihren grünen Parka an und stieg aus. Sie sah, dass Ian irgendwas aus dem Kofferraum holte. Plötzlich stand er neben ihr und hielt ihr eine schwarze, höchstwahrscheinlich sehr teure Daunenjacke hin. Eva runzelte die Stirn.

„Was soll das?", fragte sie leise und kniff die Augen ein wenig zusammen.

Ians Mundwinkel zeigten nach unten. Wundervoll, der Miesepeter, wie er leibte und lebte. „Nach was sieht es denn aus? Das ist eine neue Jacke für dich."

Evas Augen wurden groß. „Und warum brauche ich eine neue Jacke? Ist dir meine Jacke nicht gut genug?"

„Ach, Eva. Das Ding, das du Jacke nennst, ist nichts für den Winter in den Highlands. Damit wirst du dir noch eine Lungenentzündung holen. Außerdem hat sie da ein Loch."

Ian bohrte mit dem Finger in ein kleines Löchlein an der Ecke einer Seitentasche. Sie schlug seine Hand weg.

„Lass das! Du machst es ja nur noch schlimmer!"

Ian wackelte erneut mit der Jacke. „Ich warne dich, Mädchen. Du wirst jetzt diese Jacke anziehen, oder ich werde richtig böse. Ich habe die in London für dich gekauft."

„Uh, da hab ich aber Angst. Behalt deine Jacke. Ich hoffe, du hast noch die Belege. Du hast doch einen Vogel." Damit stiefelte Eva an Ian vorbei Richtung Café. Der sollte sich seine Jacke sonst wohin schieben.

Sie hörte Ian fluchen und ihr schließlich folgen. Eva biss sich auf die Lippe, um ein Grinsen zu unterdrücken. Er sollte sich zur Abwechslung ruhig auch mal schlecht fühlen.

Warum war diese Frau nur so bockig? Noch nie hatte jemand ein Geschenk von ihm abgelehnt. Ian war total perplex, aber so leicht würde er nicht aufgeben. Der grüne Parka, in dem Eva herumlief, war völlig ungeeignet für das schottische Wetter. Außerdem wollte er, dass sie professionell aussah beim Außentermin – zumindest war es das, was er sich selbst sagte. Sie würde es hinnehmen müssen, oder er musste sich was überlegen. Fürs Erste hoffte er, dass sie ein leichtes Mittagessen einnehmen konnten, ohne sich gegenseitig die Köpfe einzuschlagen.

Das Café war nur schwach besucht. Die Hauptreisezeit war vorbei und der Regen der letzten Tage war für den Lokaltourismus schlecht. Ihm war es recht, dass nur zwei der ungefähr fünfzehn Tische besetzt waren. Eva stand gerade vor einem Regal und begutachtete die regionalen Köstlichkeiten, die im Café zum Verkauf angeboten wurden. Es gab allerhand Kekse, Marmeladen und Gebäck.

Ian setzte sich an einen der freien Tische und studierte die Karte. Schließlich gesellte sich Eva zu ihm und setzte sich mit ausdrucksloser Miene ihm gegenüber hin.

„Was möchtest du essen?"

Sie zuckte mit den Schultern und gab wortkarg zurück: „Irgendwas, ich bin da nicht so wählerisch."

Ian knallte die Karte auf den Tisch.

„Mein Gott, Eva. Können wir uns nicht unterhalten wie zwei erwachsene Menschen?"

Eva legte ihre Hände flach auf den Tisch, als sie antwortete: „Unterhalten wie zwei erwachsene Menschen ... ja, natürlich. Worüber willst du mit mir reden?"

Ian wusste, dass er ihr erklären sollte, warum und wieso und weshalb, aber er hatte ja selbst noch keine Antwort gefunden. Die Bedienung kam an den Tisch und ihm wurde damit ein Aufschub gewährt.

„Was darf ich euch bringen?", fragte die Frau mittleren Alters. Sie trug eine Brille, die schief auf der Nase saß.

„Zweimal den geräucherten Schellfisch mit pochiertem Ei, bitte. Dazu Tee."

„Gern. Sonst noch etwas?"

Ian suchte Evas Blick, aber sie antwortete selbst: „Nein, vielen Dank. Für mich war es das."

„Gut, bin gleich wieder da." Die Bedienung rückte sich ihre Brille gerade, die sofort wieder verrutschte, als sie sich in Bewegung setzte.

„Können wir vielleicht Waffenstillstand vereinbaren, Eva? Nur bis nach dem Termin? Es ist wirklich äußerst wichtig für mich. Ich verspreche, dass ich dir alles erkläre, okay?"

Eva knetete ihre Hände. Sie schien zu überlegen, ob sie ihm diese Frist gewähren wollte oder nicht. Schließlich nickte sie kaum merklich.

„Von mir aus. Es ist mir sowieso egal. Glaub bloß nicht, dass es mir etwas bedeutet hat."

Ihr Verhalten zeigte Ian, dass es ihr ganz im Gegenteil durchaus nahegegangen war, und tief in ihm drin breitete sich Erleichterung aus, die er lieber nicht näher analysieren wollte.

„Gut, soll ich dir etwas über das Projekt erzählen?"

Eva nickte erneut und sah ihm in die Augen. Es sollte verboten sein, so lange, dichte Wimpern zu haben. Ian erwiderte ihren Blick. Wenn es nach ihm gegangen wäre, hätte er ihr stundenlang einfach nur in ihre wunderschönen blauen Augen gesehen, aber die Bedienung kam mit dem Tee zurück an ihren Tisch. Er räusperte sich und nahm seine Tasse entgegen. Die Frau hatte außerdem weißen und braunen Toast und Butter dabei, die sie auf dem Tisch abstellte. Ihre Brille steckte nun auf dem Kopf in den roten Haaren. Dort konnte sie wenigstens nicht verrutschen.

„Also, bei dem Projekt geht es um Blanrych Manor, ein altes Anwesen, nicht unähnlich Glennmore Castle, aber mit wesentlich mehr Ländereien."

„Noch mehr?", fragte sie und löffelte sich eine ganze Menge Zucker in den Tee.

„Ja, noch mehr. Und darum geht es auch. Es ist nicht nur das Schloss. Es liegt am Rande eines Naturschutzgebietes und ich fürchte, wenn es ein ausländischer Investor kauft, dann wird es dort viele Veränderungen geben, die für die Leute, die lokale Wirtschaft und auch für die Natur und die Wildtiere dort nicht gut wären."

Eva rührte im Tee und ihr Löffel klapperte an die Wände der Tasse.

„Wer bist du denn, ein Heiliger?"

Ian lachte unfroh.

„Nein, ganz sicher nicht, aber unser Unternehmen setzt auf Tradition, Nachhaltigkeit und Werte. Auch damit kann man Geld verdienen, wenn vielleicht nicht so schnell und viel wie mit anderen Mitteln, die aber, meiner Meinung nach, viel mehr Nachteile für alle mit sich bringen. Meiner Familie war es immer wichtig, dass auch der kleine Mann nicht untergebuttert wird. Stell dir doch mal vor: Ein ausländischer Investor, dem Land und Leute egal sind, würde drei sinnlose Golfplätze dorthin bauen und die Natur zerstören."

Eva nickte. „Verstehe ich. Ich habe zwar keine Ahnung von deinem Geschäft, aber das klingt richtig. Allerdings liegt Newcastle nicht in Schottland, oder?"

„Nein, aber ich beschränke mich nicht auf Schottland. Selbst wenn ich für die schottische Unabhängigkeit gestimmt habe."

„Das überrascht mich nicht."

„Ich war sehr enttäuscht, dass es nicht gereicht hat. Es wäre gut für Schottland gewesen. Wir haben alles: Natur, Landwirtschaft und Öl."

„Öl?"

„Ja, wusstest du das nicht? Rund um Aberdeen ist die Ölindustrie ganz groß."

Eva klopfte mit der flachen Hand auf den Tisch und schaute Richtung Fenster. „Stimmt ja, Sophie hat sowas erwähnt. Ihr Sohn lebt und arbeitet dort."

„Ja, die Gegend boomt. Na ja, wie dem auch sei. Es ist mir sehr wichtig, dass das mit Blanrych Manor unter Dach und Fach gebracht wird. Ich habe vor kurzem ein sehr wichtiges Geschäft an einen Konkurrenten verloren, an dem ich sechs Monate gearbeitet habe. Es ist eine Schande!"

Ian empfand immer noch Wut, wenn er an Sokolow dachte, aber er schüttelte den Gedanken ab und bestrich sich eine Scheibe Toast dick mit Butter. Wenige Minuten später wurde das Mittagessen serviert und er war froh, dass es Eva zu schmecken schien. Sie ließ keinen einzigen Krümel auf ihrem Teller übrig und steckte sich sogar das letzte Stück Brot in den Mund.

Noch glücklicher machte ihn, dass sie tatsächlich in den letzten dreißig Minuten kein einziges Mal gestritten hatten. Das wertete er als gutes Zeichen. Eva schien sich in seiner Gegenwart zu entspannen, das war ein Anfang. Die Weiterfahrt würde angenehmer verlaufen. Er bezahlte mit seiner Kreditkarte an der Kasse und kaufte noch eine Packung Ingwerkekse mit Schokolade. Als er ihr die Autotür öffnete, wagte er noch einen Vorstoß: „Was muss ich tun, damit du die Jacke annimmst?"

Zwischen Evas Augen bildete sich sofort eine steile Falte.

„Ich brauche deine Almosen nicht."

Ian seufzte. „Es sind keine Almosen. Ich war in London am Flughafen und da habe ich die Jacke gesehen und mich an die Nacht im Auto erinnert, in der wir beide gefroren haben. Mit dieser Jacke wäre das nicht passiert. Zumindest wäre es nicht so krass gewesen. Außerdem wäre es fürs Geschäft gut, wenn meine Assistentin angem-", Ian räusperte sich, „... gut gekleidet ist." Er versuchte, möglichst gewinnend zu lächeln. Eva stieg ein und drehte sich noch einmal zu ihm.

„Ich nehme sie an, aber nur unter einer Bedingung."

Seine Miene hellte sich auf. „Ja?"

„Verarsch mich nie wieder." Dann knallte sie die Tür zu. Er atmete noch einmal tief durch, bevor er selbst den Wagen umrundete und einstieg.

Ian hatte schon befürchtet, dass er damit die relativ entspannte Stimmung wieder kaputt gemacht hatte, aber glücklicherweise war dies nicht der Fall. Trotzdem wurde er langsam nervös, aber nicht wegen Eva. Sie waren gleich da. Er hatte Blanrych Manor zwar vor ein paar Jahren schon einmal besucht, allerdings konnte er sich nicht mehr genau an alles erinnern.

„Eva, es ist nicht mehr weit. Ich habe noch eine klitzekleine Sache …"

„Und die wäre?"

„Ich will dich beim Termin nicht als meine Praktikantin vorstellen, das klingt irgendwie lahm." Ihr Kopf fuhr herum, aber Ian hielt seinen Blick auf die Fahrbahn gerichtet. Wahrscheinlich zog sie ihm gleich eins mit dem Eiskratzer über, aber er sagte es trotzdem: „Ich würde dich einfach als meine Begleitung präsentieren. Da kann der Eigentümer sich seinen Teil denken."

„Ach, hast du mir die Jacke deswegen gekauft? War das der Plan? Das Mädchen mit dem alten, grünen Parka ist zu schäbig gekleidet?" Evas Stimme klang kühl und mühsam beherrscht.

„Natürlich nicht! Du hast anscheinend keine besonders gute Meinung von mir." Ian umfasste das Lenkrad so kräftig, dass die Fingerknöchel hervortraten, aber er konnte es ihr nicht übelnehmen.

„Selbst, wenn ich die gehabt hätte, hast du genug dazu beigetragen, dass diese *gute Meinung* nicht mehr existiert."

Ian stöhnte auf.

„Ist ja gut, es ist angekommen. Also nochmal fürs Protokoll: Ich habe die Jacke ohne Hintergedanken gekauft, einfach nur, weil ich dachte, dass sie zu dir passt und du dir hier so keine Lungenentzündung holst, du stures Etwas. Das mit der Assistentin habe ich nur gesagt, um an deine Professionalität zu appellieren."

„Ich, stur? Du hast sie ja nicht mehr alle."

„Ja, du", gab er nur zurück. Ian hatte noch nie einen so störrischen Menschen wie diese blonde, zarte Person getroffen. Ein alter Geißbock war nichts dagegen; er hütete sich aber davor, das auszusprechen.

„Okay, also dann sei nicht überrascht, wenn ich dich als meine Begleitung vorstelle, wir sind nämlich gleich da." Er deutete mit dem Finger nach vorne und Eva reckte ihren Hals ein wenig, um besser sehen zu können.

„Von mir aus", gab sie zurück. Bei ihrem nächsten Satz klang ihre Stimme weitaus enthusiastischer: „Wow, das sieht ja beeindruckend aus! Es ist ziemlich groß. Wie viele Zimmer haben die? Und es ist direkt an der Küste gebaut? Man hat hier sicher eine Wahnsinnsaussicht!"

Ian lachte leicht. „Ja, die hat man garantiert. Es ist eine echte Perle, die man schützen muss. Ich denke, so um die zwanzig Suiten."

„Ich bin gespannt. Am liebsten würde ich überall Fotos machen – wer weiß, ob ich jemals wieder herkomme – aber das würde wahrscheinlich nicht so gut ankommen bei deiner Besichtigung."

„Hm, nein. Lieber nicht." Dann blinzelte er ihr zu. „Danke, Eva. Ich bin froh, dass du dabei bist."

„Hatte ich eine Wahl?", gab sie umgehend zurück, aber sie schaute nicht mehr ganz so streng dabei. Ian parkte den Wagen und rückte den Kragen seines Hemds zurecht. Showtime.

Das Schloss hatte aus der Entfernung wesentlich einladender ausgesehen, als es tatsächlich war. Ian war geübt in der Schätzung alter Immobilien und stellte schnell fest, dass das Anwesen baufälliger war, als er ursprünglich angenommen hatte. Aber es würde sich lohnen, diese alten Mauern wieder herzurichten und sie fachmännisch restaurieren zu lassen. Ian war sich sicherer denn je, dass er Blanrych Manor dem MacLachlan-Konzern zuführen wollte. Die Ländereien rund um das Gebäude waren fruchtbar und man konnte hier mit einer gut betriebenen Land- und Viehwirtschaft einiges dazuverdienen, auch wenn die Wirtschaftszweige momentan eher wenig abwarfen. Ian wunderte sich nicht, dass der aktuelle Eigentümer keinen Gewinn mit diesen Ländereien erzielte, so wie er sie betrieb. Mister Morgen, der Eigentümer, erklärte recht offenherzig, wie es um sein Anwesen stand, und führte sie durchs Haus und anschließend in die Ställe, Verwaltungsgebäude und ein Stück hinaus auf den Grund. Eva folgte stumm, schaute sich aber interessiert um. Einige Male brach sie in Begeisterung über einen Ausblick oder historisch eingerichtete Ecken des Schlosses aus und ab und zu schenkte sie ihm sogar ein halbes Lächeln.

Als sie am Ende ihres Termins angekommen waren, wandte sich Ian an seinen Gastgeber: „Mr. Morgan, ich denke, wir sind auf einem guten Weg zu einer Einigung. Ich habe viel gesehen und bedanke mich für Ihre Zeit. Meine Anwälte werden sich in Kürze mit Ihnen in Verbindung setzen und dann machen wir einen Termin für die notarielle Beglaubigung des Kaufvertrages."

Mr. Morgans Nase war gerötet und feine, blaue Äderchen zeichneten sich darauf ab. Ian hatte die Vermutung, dass der Mann sich lieber dem Alkohol als seinen Ländereien widmete, aber es sollte ihm gleichgültig sein, aus welchem Grund er verkaufen wollte. „Wird schon werden, Mr. MacLachlan. Ich begleite Sie noch hinaus. Danke für Ihren Besuch."

Ian legte Eva seine Hand auf den unteren Rücken, um sie zu führen. Sie hatte kaum ein Wort gesagt, seit sie mit Mr. Morgan zusammen waren, aber das musste sie auch gar nicht. Es fühlte sich erstaunlich gut an, sie an seiner Seite zu haben, und von seinen Fingern breitete sich eine prickelnde Wärme auf seinem Arm aus.

„Ich habe zu danken", erwiderte er.

Mr. Morgan ging voraus und begleitete sie nach draußen. Vor dem Schloss blieben sie noch einmal stehen und Ian drehte sich um, um die alten Mauern von außen zu begutachten. Das Dach war definitiv nicht mehr zu retten. Das hatte er bisher nicht in die Restaurationskosten einkalkuliert und würde mit den Banken noch einmal nachverhandeln müssen, aber darüber konnte er später noch grübeln. Ians Aufmerksamkeit wurde auf eine schwarze Limousine mit verlängertem Radstand gelenkt, die die Auffahrt zu Blanrych Manor hinauffuhr. Er hob eine Augenbraue und fragte sich, wer das sein konnte und vor allem, weshalb der- oder diejenige hier war. Mr. Morgan sah hektisch auf seine Uhr.

„Was? Jetzt schon? Ich hatte doch sechs gesagt!"

Ian wurde misstrauisch. War noch ein anderer Käufer im Rennen? Sein Zwerchfell verhärtete sich, als die Limousine stoppte und der Beifahrer, ein schwarzgekleideter Schrank mit Knopf im Ohr, aus dem Auto ausstieg und die Tür zum Fond des Wagens öffnete. Er schloss einen Moment die Augen, als er erkannte, wer da ausstieg: Sokolow. Das konnte doch wohl nicht wahr sein! Ein zweites Mal würde er sich nicht von ihm verarschen lassen. Mr. Morgan wandte sich an Ian, um ihn möglichst schnell zu verabschieden. Er pokerte ganz offensichtlich, wer ihm den höheren Preis bieten würde. Eindringlich redete Ian auf den Mann ein: „Mr. Morgan, ich versichere Ihnen, dass wir für alles eine für Sie zufriedenstellende Lösung finden. Bitte denken Sie an die Tradition ihrer Familie und an die Menschen, die hier leben. Sie haben eine Verpflichtung. Bitte rufen Sie mich an, wenn Sie mit meinen Anwälten gesprochen haben."

Mr. Morgan nickte eifrig und seine rote Nase glühte noch intensiver. Ian bemerkte, dass Eva dichter an ihn herangerückt war, als Sokolow und sein Bodyguard auf sie zusteuerten.

„Natürlich, Mr. MacLachlan. Dann, äh, auf Wiedersehen!"

„Auf Wiedersehen."

Sokolow hatte sie nun erreicht und Ian konnte das hämische Grinsen auf seinen glattgezogenen Gesichtszügen erkennen. Seine blonden Haare waren wie üblich zurückgegelt und der aalglatte Oligarch klappte gerade seinen Kragen nach oben, um sich vor dem Wind zu schützen. Ians Blick blieb an dem goldenen Siegelring hängen, den der Russe an der linken Hand trug. Seine Abneigung wuchs ins Bodenlose.

„Ian, mein Freund. Welch Zufall, Sie hier zu treffen." Er streckte ihm seine Hand hin.

„Sokolow", sagte Ian und erwiderte den Händedruck. Sokolows Händedruck war kräftig und seine Haut trocken und rau. Der Kerl hatte auch keinen Grund, nervös zu sein. Geld spielte für den Multimilliardär nur eine nebensächliche Rolle.

„Na, wen haben wir denn da? So ganz anders als Jamila."

Ians Hals wurde eng, als er sah, dass der Russe Eva mit seinen Blicken auszog und sich dann lasziv über die Lippen leckte. „Lassen wir das doch, Sokolow."

„Wer wird denn gleich böse werden, Ian?"

Nur mit Mühe beherrschte sich Ian, aber er wollte sich unter keinen Umständen vor Sokolow die Blöße geben. Er sah, wie Mr. Morgan nervös von einem Fuß auf den anderen trat. Die Spannung zwischen den Investoren war greifbar und selbst für einen alkoholisierten Mann wahrzunehmen.

„Ich fürchte, wir müssen los. Auf Wiedersehen, Darius. Eva, komm."

Sokolow holte eine Visitenkarte aus seiner Tasche und reichte sie Eva, die sie mechanisch entgegennahm. Dann fügte der Russe lächelnd hinzu: „Falls Ihnen mit MacLachlan langweilig werden sollte, rufen Sie mich jederzeit an."

„Wie lächerlich, Darius. Ich dachte nicht, dass Sie das nötig haben. Komm, Eva. Mr. Morgan, wir hören voneinander."

Ian legte seinen Arm besitzergreifend um Evas Schultern, sah Mr. Morgan noch einmal eindringlich an und marschierte mit Eva davon. Er konnte Sokolows heiseres Lachen hören, als er ihr die Tür zu seinem Wagen öffnete. Verdammte Scheiße, er durfte kein zweites Mal verlieren!

Ian presste die Kiefer aufeinander und brauste davon, noch bevor Eva sich angeschnallt hatte.

„Was war das denn?", fragte sie schließlich.

Ian ballte die rechte Hand zur Faust und schlug leicht an das Lenkrad.

„Ein alter Freund. Hast du doch gehört", blaffte er sie an.

„Oh, Entschuldigung. Ich dachte, man wird ja nochmal fragen dürfen." Eva hielt die Karte hoch und las vor.

„Darius Sokolow, CEO Sokolow Enterprises, London. Telefonnummer ... Wow, die ist ja seltsam. Die hat siebenmal die Sieben, die Nummer? Ist ja wie im Kino ..."

„Lass es, Eva. Ich weiß, wie seine Firma heißt, und kenne auch seine Nummer."

„Gut, ich bis jetzt noch nicht."

„Wenn ich dir einen guten Rat geben darf: Schmeiß die Karte weg. Der Mann ist gefährlich."

„Ha, ha, ja, klar. Er sieht ja nicht schlecht aus. Vielleicht ist der Ring etwas too much und der Bodyguard erst. Aber..."

Ians sog scharf die Luft ein.

„Ich meine es ernst." Er riss ihr die Karte aus der Hand, ließ das Fenster einen Spalt runter und warf sie hinaus.

„Hey, hast du sie nicht mehr alle?"

„Lass es gut sein."

„Hmpf." Er sah, dass sie ihre Arme verschränkte und einen Schmollmund zog.

„Ich erkläre es dir. Später."

„Bei dir heißt es immer ‚später, später, später'! Ich glaub' dir kein Wort!"

„O Mann." Ian schlug mit der flachen Hand auf sein Lenkrad ein. „Als ob ich nicht genug Probleme an der Backe hätte! Nein, ich mache mir immer nur noch mehr!"

„Was hast du denn für Probleme? Jemand mit so viel Kohle wie du hat doch keine Sorgen mehr. Deine einzige Sorge ist doch, wo du als nächstes Urlaub machen sollst. Du weißt nicht, wie es ist, wenn am Monatsende nichts mehr übrig ist, aber die Familie noch eine Woche mit dem auskommen muss, was im Kühlschrank ist. So bin ich nämlich großgeworden."

Er wollte sich nicht schon wieder mit Eva streiten. Mit einem Mal war er sehr erschöpft. Kein Wunder, in den letzten

Wochen hatte er viel zu wenig geschlafen und die nervliche Anspannung wegen der Sorge um seine Mutter tat ihr Übriges.

„Eva", versuchte er es daher erneut. Seine Stimme war leise geworden. „Vielleicht ist Geld etwas, worüber ich mir keine Sorgen machen muss, aber es gibt durchaus Dinge, die mich beunruhigen. Ich bin immer noch ein Mensch. Belassen wir es dabei, ich bin wirklich müde. Hast du was dagegen, wenn wir auf dem Weg anhalten? Ich bin mir nicht sicher, ob ich nochmal fünf Stunden fahren kann, ohne einzuschlafen."

„O ja, natürlich. Ich würde ja fahren, aber ich bin noch nie auf der linken Seite ... Das traue ich mich nicht. Ich will uns ja nicht umbringen."

„Okay, ich kenne ein Hotel auf dem Weg. Warst du schon mal in Edinburgh?"

„Nein, war ich nicht, aber es soll toll sein dort. Ich habe natürlich schon viel über die Stadt gelesen und vor allem über Edinburgh Castle. Ziemlich beeindruckend, würde ich sagen. Also in meiner Vorstellung jedenfalls." Sie lächelte verlegen.

„Gut, dann fahren wir dahin. Dort gibt es gutes Essen und man hat auch seine Ruhe."

Ian war zwar müde, aber nachdem er die Heizung runtergeregelt hatte und ihm kalte Luft ins Gesicht blies, würde es noch bis Edinburgh gehen.

Eva war irgendwann auf dem Beifahrersitz eingedöst und er war froh, ein wenig seinen eigenen Gedanken nachhängen zu können. Seine Gedanken kreisten häufiger, als ihm lieb war, um seine schlafende Beifahrerin. Auf der Besichtigung im Schloss hatte sie ihm mit ihrer Begeisterungsfähigkeit mehr als nur einmal ein Schmunzeln ins Gesicht gezaubert. Sie war anders als die Frauen der ‚besseren Gesellschaft', in der er sich sonst bewegte – natürlich, offen und geradlinig. Egal wie unpassend es zum jetzigen Zeitpunkt in seinem Leben war, sie zog ihn an, als jede andere Frau, die er in seinem Leben kennengelernt hatte. Und er konnte nichts dagegen tun.

Er hatte es ja versucht, allerdings nur mit mäßigem Erfolg. Ian zog eine Grimasse.

Er fuhr zum *Scotsman*, einem alten Traditionshaus in der Innenstadt. Als er stoppte, sah er Eva an, deren Lider noch geschlossen waren. Sie musste gespürt haben, dass der Wagen stehen geblieben war, denn unter den Wimpern öffnete sich ein Spalt. Dann sah er in ihre vom Schlaf verhangenen blauen Augen. „Oh, sind wir schon da?", fragte sie und streckte sich ausgiebig.

„Ja, wir sind *schon* da. Darf ich Madame aus dem Wagen helfen?", entgegnete er sarkastisch. Glücklicherweise waren gewisse Körperteile wieder in ihren Ruhezustand geschrumpft, zumindest für den Moment.

„Nein, danke, das schaff' ich schon."

Ian grüßte den Portier des Hotels mit einem „Guten Abend" und überreichte ihm den Autoschlüssel. Der Wagen würde für ihn geparkt werden und das Gepäck würde jemand hineinbringen. Das brachte Ian zu einer Frage: ein oder zwei Zimmer? Er wollte Eva zu nichts zwingen, andererseits zeigte ihm sein Körper ganz klar, dass er sie bei sich haben wollte. Und nicht nur, um Händchen zu halten. Er war scharf auf sie und mit jeder Minute, die er mit ihr verbrachte, verstärkte sich sein Verlangen. Aber er wollte sie auch nicht bedrängen, solange sie nichts geklärt hatten. Deshalb fragte er sie auf dem Weg zur Rezeption: „Ich frage, ob sie zwei Einzelzimmer haben, okay?"

Eva sah sich in der Lobby um und dann zischte sie ihm zu: „Also, die haben hier ganz sicher gesalzene Preise. Eines wird ausreichen, hier kostet ein Zimmer bestimmt mehr, als ich im Monat an Miete bezahle. Wir sind ja erwachsene Menschen, wie wir vorhin so schön festgestellt haben. Keine Angst, ich überfall dich sicher nicht."

Ian fuhr sich durch die Haare. Er hatte auch keine Angst, dass *sie ihn* überfallen würde, eher das Gegenteil.

„Also gut, dann eines."

Ian buchte ein Doppelzimmer auf seinen Namen und bekam kurz darauf zwei Plastikkarten ausgehändigt.

„Ihr Zimmer ist im sechsten Stock, Sir. Ich wünsche Ihnen einen angenehmen Aufenthalt. Lassen Sie mich wissen, wenn Sie etwas benötigen."

„Natürlich. Ähm, da gäbe es etwas: Haben Sie heute Abend einen Tisch im Restaurant frei?"

„Einen Moment." Der Hotelmitarbeiter telefonierte und kam nach drei Minuten zurück.

„Ja, wir haben in einer Stunde einen Tisch frei. Wäre Ihnen das recht, Sir?"

Ian nickte und sah Eva an, die in der Lobby stand und in einem Magazin blätterte.

„Benötigen Sie sonst noch etwas?"

„Hat Ihre Boutique noch offen?"

„Natürlich, Sir. Bis dreiundzwanzig Uhr."

„Sehr gut. Vielen Dank."

Er wusste, dass es Eva nicht gefallen würde, aber sie musste davon ja erstmal nichts wissen.

„Eva, hier ist deine Zimmerkarte, 608. Ist es in Ordnung, wenn ich noch kurz etwas erledige? Wir haben einen Tisch in einer Stunde."

Sie wirkte erleichtert und strahlte ihn an. „Sehr gut, ich muss wirklich duschen. Das hab' ich heute Morgen nicht geschafft, ich war zu spät dran."

„Das ist dir vorher wohl noch nie passiert, hm?"

„Ähm", sie sah unschuldig drein und blinzelte, „noch nie." Dann nahm sie ihm die Karte ab.

„Okay, ich bin dann in dreißig Minuten oben, so hast du deine Privatsphäre." Und er musste nicht im Zimmer sitzen wie ein Depp und sich vorstellen, wie sie nackt in der Dusche stand. Alleine beim Gedanken daran wurde ihm ganz anders.

Sie wandte sich zum Gehen. „Gut, dann bis gleich."

Als sie im Lift verschwunden war, ging er in den Laden des Hotels. Er hatte Eva absichtlich verschwiegen, dass man hier im *Scotsman* nicht in Jeans und Boots zum Essen erscheinen konnte. Hätte sie das gewusst, wäre sie mit Sicherheit wieder ausgeflippt, und das hatte er vermeiden wollen. Ian sah sich ein paar Kleider an und entschied sich am Ende für einen Klassiker, das kleine Schwarze, und passende schwarze High Heels mit moderaten Absätzen. Er hatte keine Ahnung, ob sie überhaupt jemals Absätze trug, bisher hatte er sie jedenfalls nur in Jeans oder Arbeitskluft gesehen. Er konnte nicht leugnen, dass er gespannt war, wie sie darin aussehen würde.

„Da wird sich Ihre Frau sicher freuen, das ist eine tolle Wahl!" Die Verkäuferin packte seine Einkäufe in Papier und dann in einen kleinen Geschenkkarton. „Können Sie das gleich aufs Zimmer liefern lassen?"

„Aber selbstverständlich, gar kein Problem."

„Sehr gut, legen Sie ihr bitte diese Karte dazu." Ian machte sich keine Illusionen, dass das feige wie sonst was war, aber er konnte nicht anders.

„Gern."

„Danke, warten Sie einen Moment."

Ian öffnete die Karte und schrieb hinein:

Eva, bitte nicht sauer sein! Hier im Restaurant gibt es einen Dresscode, Jeans sind leider verboten. Ich hoffe, du bist nicht böse auf mich, aber ich dachte, das könnte dir gut stehen. Bis gleich, Ian

„Hier, vielen Dank." Ian reichte ihr seine Kreditkarte und tippte anschließend seinen Pin ein.

„Ich danke Ihnen, Sir. Ich wünsche Ihnen einen angenehmen Abend." Dabei zwinkerte ihm die Verkäuferin zu. Sie wusste natürlich, dass Eva nicht seine Frau war. Was sie nicht wusste, war, dass er das Kleid wirklich nicht gekauft hatte, um sie rumzukriegen. Er fühlte sich immer noch schäbig genug. Trotzdem kribbelte es in seinem Bauch.

Um ihr Ruhe bei ihrer Toilette zu lassen, setzte sich Ian an die Bar und bestellte einen Gin Tonic. Vielleicht konnte das seine Nervosität vertreiben, denn auch, wenn er sich sagte, dass es kein Date war, so fühlte es sich doch ein wenig so an.

Kapitel 12

Ians Hände waren feucht, als er an die Tür des Zimmers 608 klopfte. Er wollte nicht einfach öffnen, um dann festzustellen, dass Eva gerade eben erst aus der Dusche gekommen war. Bei ihr konnte man nie so genau wissen; Zeitgefühl und sie waren nicht eben innige Freunde. Es dauerte viel zu lange für seinen Geschmack. Er wollte gerade noch einmal klopfen, als die Tür schließlich von innen geöffnet wurde. Angstvoll gespannt trat er näher. Es konnte entweder sein, dass ihm Eva gleich mit der Geschenkbox eins überbriet, oder dass sie sich freute. Der Gin Tonic hatte seine Wirkung verfehlt, denn er fühlte sich immer noch wie ein nervöser Schuljunge auf dem Weg zum Abschlussball.

Beim Eintreten roch er ihren Blumenduft, noch ehe er sie sah. Die Tür fiel hinter ihm ins Schloss. Er drehte sich um und erblickte Eva. Sein Herz stockte und er war sich sicher, dass man den Aufprall seiner Kinnlade auf dem Zimmerboden bis in die Hotellobby hören konnte. Sie sah aus wie ein sexy Engel.

„Holy crap!", entfuhr es ihm.

Eva hatte ihre Haare locker hochgesteckt und ein paar lose Strähnen umrahmten ihr ebenmäßiges Gesicht. Sie hatte kaum Make-up aufgetragen; alles andere hätte ihn auch überrascht. Das Kleid saß, als wäre es nach Maß für sie angefertigt worden, und brachte ihre langen Beine perfekt zur Geltung. Evas lange, dunkle Wimpern umrahmten die strahlendblauen Augen, die ihn erwartungsvoll anblickten.

„Und?", fragte sie dann. Sie hatte wirklich keine Ahnung, *wie* heiß sie aussah. Ian musste sich kurz setzen. Wie sollte er einen Abend mit ihr in diesem Kleid überstehen?

„Du brauchst einen Waffenschein!"

„Äh, wie bitte?"

„Eva, heilige Mutter Gottes, du siehst fantastisch aus!"

„Puh, ich dachte schon, es gefällt dir nicht."

„Mädchen ... Ich hatte beinahe einen Herzinfarkt, einfach Hammer!" Dann stand er wieder auf.

„Gut, ich war mir nicht sicher. Ich habe noch nie so etwas getragen."

„Ein Glück", murmelte er, dann sagte er lauter. „Dann lass uns mal gehen. Darf ich bitten?"

Ian deutete ihr den Weg und folgte ihr aus dem Zimmer. Dabei gab er sich größte Mühe, nicht auf ihre langen Beine zu starren, die durch die Absätze der Pumps noch viel länger wirkten. Er scheiterte gnadenlos und ahnte, dass ihn das Bild ihrer schlanken Silhouette die ganze Nacht verfolgen würde. Er hatte keine Ahnung, wie er auf die dumme Idee eingehen konnte, sich mit ihr ein Zimmer zu teilen, wenn er gar nicht vorhatte, mit ihr zu schlafen. Großer Gott, wie sehr er mit ihr schlafen wollte! Aber was konnte er ihr anbieten? Eva war die Unschuld in Person und er hatte sie schon genug verletzt. Diese Einsicht brachte ihn etwas runter und wieder zu sich. Er drückte auf den Knopf, um den Lift zu rufen. Erst jetzt bemerkte er, dass Eva noch nichts weiter gesagt hatte.

„Stimmt etwas nicht?"

Die Türen des Lifts öffneten sich und er ließ ihr den Vortritt. Sie schien ihre Fußspitzen verdammt interessant zu finden, jedenfalls war sie vollkommen in das Studium ihrer Schuhe vertieft. Ian hob ihr Kinn mit einer Fingerspitze an. „Was ist los, Eva? Wegen des Kleides? Es tut mir leid, ich habe gehofft, dass du dich dadurch nicht beleidigt fühlen würdest. Meine Güte, du bist die erste Frau, die keine Geschenke von mir annehmen möchte ..."

„Nein, das ist es nicht", unterbrach sie ihn leise.

„Was ist es dann?" Ian sah ihr in die Augen und verlor sich beinahe darin. Verdammt, nicht schon wieder.

„Ich war noch nie in so einem feinen Hotel. Ich weiß gar nicht, wie ich mich benehmen muss. Ich bin einfach unsicher."

Ihm fiel ein Stein vom Herzen. „Ach, es ist hier nicht anders als woanders. Nicht furzen, rülpsen und laut grölen."

Das zauberte ein entzückendes Lächeln in ihr Gesicht. „Ach so, das kann ich."

„Super! Es ist schön, wenn du lächelst. Und ansonsten sei einfach du selbst. Alle werden nett zu dir sein."

Eva nickte und sah ihn an. „Danke. Ich weiß, es ist bescheuert, aber ich gehöre hier einfach nicht hin."

„Hör auf mit dem Quatsch. Davon will ich nichts hören."

Ian wollte sie küssen, sie in seine Arme reißen, aber die Türen des Lifts öffneten sich und weitere Gäste stiegen ein. Also nahm er einfach ihre Hand in seine – sie wehrte sich nicht dagegen. Es fühlte sich gut an, richtig und ganz normal, als er sie zum Restaurant führte, wo sie ein Kellner am Eingang begrüßte und an ihren Tisch brachte.

Man merkte Eva keineswegs an, dass sie angeblich nicht dazugehörte. Sie strahlte eine natürliche aristokratische Eleganz aus, die man nicht erlernen konnte. Entweder man hatte sie oder nicht.

Ian bestellte zwei Gläser Champagner, als der Kellner ihnen die Speisekarte brachte. Eva wollte protestieren, aber er schnitt ihr das Wort ab: „Heute Abend keine Diskussionen über Geld, teuer oder etwas dergleichen. Du bist mein Gast und ich möchte ein nettes Abendessen mit dir genießen. Stell dir vor, wir wären bei McDonald's."

Eva kicherte und sah ihn an.

„Das ist für mich schwer vorstellbar. Hier hängen Kristallkronleuchter, überall sind Kellner mit Fliegen und reiche Leute mit teuren Klamotten. Aber okay, ich gebe mir Mühe. Trotzdem, Ian, es ist nicht meine Welt. Vergiss das nicht."

Sie sagte es mit einem traurigen Unterton, den er geflissentlich ignorierte. Nach dem Stress der letzten Wochen wollte Ian einfach nur ein paar nette Stunden mit einer schönen Frau verbringen.

„Alles gut. Hast du etwas gefunden, was du essen möchtest?"

Sie sah von der Karte auf und flüsterte über den Tisch: „Mit Vorspeise?"

Ian lachte. „Mindestens eine."

„Okay. Ja, ich denke, ich finde etwas. Ich nehme das Menü hier."

„Schön, freut mich. Ich schließe mich dir an."

Der Kellner brachte den Aperitif und nahm die Bestellung auf. Außerdem wählte Ian eine Flasche Rotwein aus der Karte. Eva musste ja nicht erfahren, dass diese Flasche ihn hundertfünfundachtzig Pfund kosten würde. Sie war dazu imstande sich zu weigern, den Rotwein zu trinken.

Sie stießen mit dem Champagner an, den ein Kellner ihnen gebracht hatte. „Auf einen netten Abend. Cheers."

„Cheers", erwiderte Eva.

Ein weiterer Kellner brachte Brot, Salz und den Gruß aus der Küche. Eva war mittelmäßig erfreut, als sie sah, dass der Koch des Hauses eine besondere Kreation aus Haggis zubereitet hatte. Sie meckerte aber nicht, sondern schob sich den Bissen in den Mund und aß, ohne zu murren.

„Es ist ganz okay", meinte sie schließlich und trank den Rest ihres Champagners aus. Ihre Wangen waren bereits leicht gerötet und sie schien endlich lockerer zu werden. Ian hingegen wollte sich keinesfalls betrinken, er hätte sonst für nichts mehr garantieren können. Es war ohnehin schon schwer genug für ihn, seine Erregung zu unterdrücken.

„Dann bin ich ja beruhigt."

Keiner von beiden brachte die unausgesprochenen Dinge auf den Tisch und er war froh über ihre Zurückhaltung. Sie unterhielten sich über Vorlieben und ihre Familien. Vor allem erfuhr er im Laufe des Abends viel über Evas Einstellungen und ihre Sorge um die jüngere Schwester, von der sie in der ihr eigenen Unbefangenheit berichtete, was nicht unbedingt dazu beitrug, sie weniger anziehend zu finden. Ian erzählte ihr von seinen Geschäften, wie der MacLachlan-Konzern aufgebaut war und was er sich für die Zukunft der Firma wünschte. Eva lauschte interessiert und stellte viele Fragen. Auch etwas, das Jamila niemals getan hatte.

Im nächsten Atemzug fragte sich Ian, wieso er Eva mit Jamila verglich, und stellte fest, dass er seine Ex keinen einzigen Tag vermisst hatte, seit er aus New York fortgegangen war. Die Vermutung lag nahe, dass er jetzt darauf kam, weil er die Vorstellung von Eva als Partnerin an seiner Seite nicht mehr ganz abwegig fand. Gleichzeitig schreckte er vor dieser Überlegung zurück. Der Alkohol konnte es nicht sein, obwohl er sich nach dem letzten Glas Rotwein doch ein wenig angetrunken fühlte. Diese blonde Frau aus Deutschland hatte es ihm wirklich angetan und er bekam sie – wenn er ehrlich war – schon seit Tagen einfach nicht mehr aus seinem Kopf. Sie machte es auch nicht leichter, wenn sie ihn so anstrahlte wie jetzt. Eva hatte weitaus weniger getrunken als er, aber sie vertrug nicht viel, wie sie selbst sagte. Ihre Wangen waren gerötet und ihre Augen strahlten ihn unbefangen und vollkommen offen an.

Nach dem Dessert breitete sich zwischen ihnen eine seltsame Stille aus. Das Dinner war zu Ende. Was würde jetzt passieren? Dachte sie auch daran? Ian wusste, wonach ihn verlangte, aber wie sollte er Eva erklären, warum er sich so merkwürdig verhalten hatte, als sie sich kennengelernt hatten? Irgendwie schien ihm das nicht der richtige Zeitpunkt zu sein.

Er unterschrieb die Rechnung, stand auf und rückte Evas Stuhl zurück. Hand in Hand verließen sie Restaurant. Ihre Haut fühlte sich weich und warm auf seiner an, als sie den Lift betraten. Ian ließ sie los und drückte auf die sechs, drehte er sich zu ihr um und sah in ihren Augen das gleiche Verlangen, das ihn seit Stunden peinigte. Damit war es um ihn geschehen. Er hatte den Kampf gegen sein Begehren verloren, war mit einem Schritt bei ihr und vergrub seine Hände in ihren Haaren. Hungrig presste er seine Lippen auf ihre, die sich allzu bereitwillig öffneten und seiner Zunge Einlass gewährten.

Ian entfuhr ein Stöhnen, als er merkte, wie sie ihren schlanken Körper an ihn presste. Sein Blut schoss sofort in tiefere Regionen und er hatte keine Kontrolle mehr über seine Empfindungen. Sein Herz drohte aus der Brust zu springen und er wollte mehr, wollte Eva spüren und ihr so nah sein, wie nur Liebende es sein konnten. Er spürte ihre Hände auf seinen Pobacken. Sie hielt sich an ihm fest wie eine Ertrinkende und gab sich ihrer Leidenschaft hin. Anscheinend war sie doch noch etwas beherrschter, denn sie löste sich atemlos von ihm.

„Ian, wir sind da."

Die Türen des Lifts hatten sich geöffnet und er zog sie schließlich in den Flur des sechsten Stockwerks. Aber sie kamen nicht weit, dann presste er Eva an die Wand und küsste ihren Hals, strich mit seinen Lippen über ihr Schlüsselbein. Ihr zartes Seufzen schürte seine Leidenschaft nur noch mehr.

„Ian, ich will dich." Sie zog seinen Kopf zu sich heran und ihm entfuhr ein Laut, den er selbst nur als wild und heiser definieren konnte. Mühsam beherrscht löste er sich.

„Aber nicht hier auf dem Flur. Komm, meine Schöne."

Er nahm ihre Hand und so stolperten sie die letzten Meter bis zu ihrem Zimmer, die Sicht vor Leidenschaft getrübt. Er brauchte drei Versuche, bis er die Zimmertür endlich geöffnet hatte. „Scheiß Technik!", fluchte er, aber dann leuchtete endlich das grüne Licht und sie traten ein. Eva knallte die Tür zu, lehnte sich dann von innen dagegen und streckte die Arme nach ihm aus. Mit einem Schritt war er bei ihr, hielt sie fest, hob ihre Hüften an und schob ihr Kleid nach oben, um ihre Beine zu fühlen. Sie umklammerte seine Hüften und die Absätze der High Heels drückten sich in seinen Rücken. Ein süßer Schmerz, den er kaum wahrnahm. Aber Küssen war ihm nicht mehr genug; er wollte ihre nackte Haut an seiner spüren, also trug er sie zum Bett und legte sie sanft ab. Dann erinnerte er sich, dass sie alle Zeit der Welt hatten, streifte ihr die Schuhe ganz langsam von den Füßen und streichelte zunächst ihre Waden. Danach fuhr er sachte weiter an ihren Oberschenkeln nach oben, bis er merkte, wie sie die Luft anhielt und sich ihm entgegenbog. Schließlich konnte auch er sich nicht länger zurückhalten und suchte ihren hungrigen Mund. Alle Vorsätze waren vergessen, sie rissen sich die Kleider vom Leib. Sie wollte ihn so sehr wie er sie. In einem letzten lichten Moment holte er ein Kondom und streifte es mit ihrer Hilfe über.

Er ließ sie das Tempo bestimmen. Sie saß rittlings auf ihm und raubte ihm damit den letzten Funken Verstand, den er bis dahin noch besessen hatte. Als er merkte, dass er es nicht mehr lange aushalten würde, trieb er sie mit seinen Fingern sanft, aber bestimmt zu ihrem Höhepunkt, während sie sich immer weiter im gleichen Rhythmus auf ihm bewegte. Sie schrie leise auf. Er spürte, dass sie nahe war, also verstärkte er den Druck auf ihren sensibelsten Punkt und brachte sie damit über die Klippe ihrer Lust. Sie sank schreiend auf ihm zusammen und erreichte damit, dass er ebenso die Kontrolle verlor. Sein Höhepunkt schien endlos anzudauern, er hatte noch nie etwas Vergleichbares erlebt.

Eva lag schweratmend in seinen Armen. „Ich hoffe, du weißt, dass du mich gerade komplett fertig gemacht hast, Eva", hauchte er atemlos. Sie strich mit ihren Fingern über seine Bauchmuskeln. „Gut, das freut mich." Dann schloss sie die Augen und schmiegte sich an ihn und sie genossen die Nähe des anderen.

Als er wieder etwas Kraft gesammelt hatte, streifte er das Kondom ab und ging ins Badezimmer, um sich zu säubern.

Eva sagte sich vor, dass der Sex nicht bedeutete, dass sie und Ian von jetzt an ein Paar waren. Das Hotel, das Abendessen und das teure Kleid hatten ihr einmal mehr verdeutlicht, dass kein Platz für sie in Ians Welt war. Und für Ian war kein Platz in ihrer Welt. Sie wollte diese letzte Nacht mit ihm genießen und morgen würde sie der Realität ins Auge blicken. Eva Nowak, die Studentin aus Rüsselsheim, und der reiche, schottische Unternehmer Ian MacLachlan hatten keine gemeinsame Zukunft. Egal, wie sehr sie sich das auch wünschte.

Ian kam aus dem Bad zurück, legte sich neben sie und stützte sich auf seine muskulösen Unterarme.

„Was ist los?"

„Ich hab dich vermisst."

„Gut, ich war auch viel zu lange im Bad."

„Ja, viel zu lange", schnurrte sie und zog ihn an sich, um ihn zu küssen.

Sie hatte gut geschlafen, viel zu gut. Als Eva sich aus dem Bett schlich und durch den dicken Vorhang linste, stellte sie fest, dass die Sonne bereits hoch am Himmel stand. Zu dieser Jahreszeit bedeute das, dass es schon sehr spät war. Und Ian schlief immer noch. Kein Wunder, es war eine lange und intensive Nacht gewesen. Eva tapste ins Bad und legte sich anschließend wieder zu Ian ins Bett, um seine Nähe so lange wie möglich zu genießen. Viel zu bald würde es damit vorbei sein. Sobald sie ins Bett gekrochen war, zog er sie an sich.

„Hast du gedacht, du kannst dich davonstehlen, hm?" Er hatte die Augen noch geschlossen, das konnte sie im Halbdunkel erkennen, aber er grinste.

„Nie im Leben!"

„Komm her!" Dann zog er sie zu sich und küsste sie leidenschaftlich. Einige Minuten später löste er sich schweratmend von ihr. „Meine Schöne, ich würde gerne den Tag mit dir im Bett verbringen, aber wenn wir schon einmal in Edinburgh sind, sollte ich dir auch was von der Stadt zeigen."

Eva runzelte die Stirn und hob eine Augenbraue. „Äh, hast du nichts zu tun? Müssen wir nicht zurück?"

Ian lachte. „Ich bin der Boss. Ich finde, ich habe mir einen Tag Urlaub verdient. Mit dir, meine Schöne. Und jetzt komm ..." Ian zog sie aus dem Bett mit sich ins Badezimmer. Dort drehte er das Wasser der Dusche auf und schob sie als erste hinein. Sie wollte protestieren, aber er war schneller. „Wir sparen viel Zeit, wenn wir gemeinsam duschen, meinst du nicht auch?"

Eva legte den Kopf ein wenig schief, dabei zog sie die Mundwinkel nach oben. „Ganz klar, wir sind sicher schneller, wenn wir gemeinsam duschen. Dann komm mal her ..."

Sie streckte ihm ihre Hand entgegen. Er kam zu ihr und schloss die Glastür der Duschkabine. Wie Eva schon vermutet hatte, waren sie keineswegs schneller, wenn sie gemeinsam unter dem angenehm warmen Wasserstrahl standen, denn Ian genoss es sichtlich, jede Stelle ihres Körpers persönlich mit Seife einzuschäumen. Wie war es möglich, dass sie nach all dem Sex, den sie die Stunden zuvor gehabt hatten, schon wieder Lust auf ihn verspürte? Und sie konnte deutlich erkennen, dass es Ian genauso ging, denn der Beweis seiner Erregung war nicht zu übersehen. Er war auf alles vorbereitet – neben dem Shampoo lag eine unbenutzte Kondompackung. Eva zog ihn zu sich, schmiegte ihren nassen, glitschigen Körper an seine straffen Muskeln und küsste ihn leidenschaftlich. Er stöhnte rau in ihren Mund und hob ihre Beine um seine Hüften, bevor er sie mit einer quälenden Langsamkeit liebte und sie immer weiter trieb, bis sie spitz aufschrie und ihn mit sich in die Höhe riss.

„So kommen wir nie vor die Tür, Ian."

Eva versuchte einen ernsten Gesichtsausdruck aufzusetzen, konnte aber ein Grinsen nicht zurückhalten.

„Na gut, dann lass uns mal gehen." Ian zog seine Jeans vom Sessel und streifte sie über seine Boxershorts. Eva konnte den Blick einfach nicht von ihm abwenden. Wie konnte ein

Mann nur so schön sein? Sie verbot sich jegliche Gedanken an die Zukunft. Solange sie in Edinburgh waren, wollte sie auf Wolke sieben schweben und alles, was das bedrohen könnte, ausblenden.

Ian brachte sie als erstes in ein nettes, kleines Café in der Innenstadt, wo sie einen späten Brunch einnahmen. Anschließend gab er sich die größte Mühe, ihr alle Sehenswürdigkeiten der Stadt wenigstens von außen zu zeigen. Sie fuhren hinauf zum Edinburgh Castle, waren Touristen in einer Stadt, in der Ian ungestört und unerkannt umherlaufen konnte, und genossen die Herbstsonne wie ein echtes Paar. Am Abend führte er Eva zum Essen aus, aber es war ein ganz normales Restaurant, ziemlich klein. Dafür waren die regionalen Speisen sehr lecker. Sie tranken eine Flasche Wein und redeten über alles und nichts. Eva hätte sich daran gewöhnen können. Nach dem Essen hatte Ian es plötzlich sehr eilig, wieder zurück ins Hotel zu kommen, aber sie hatte ohnehin keinen Platz mehr für ein Dessert und ihr ging es genauso. Sie wollte seine nackte Haut spüren, wollte sich seinen Duft einprägen und ihm so nahe wie möglich sein.

Auch in dieser Nacht schliefen sie nicht viel, sondern liebten sich und redeten, während der Kamin im Zimmer sanft flackerte.

Am nächsten Morgen war er es, der sie sanft mit einem Kuss auf die Stirn weckte.

„Eva, meine Schöne, es ist Zeit. So gerne ich auch noch mit dir im Bett bleiben würde, wir müssen aufstehen."

Es dauerte einen Moment, bis sie es schaffte, die Augen zu öffnen; sie war zu tief im Traumland gewesen, bis sie seine dunkle Stimme sanft aus dem Schlaf geholt hatte.

„Hm. Ja, gleich."

Sie wollte sich nur noch einmal kurz umdrehen, aber Ian nahm ihr die Decke weg und sie fröstelte sofort.

„Hey, was soll das?" Eva öffnete die Lider und sah in Ians grüne Augen.

„Herrgott nochmal, das mit der Decke war definitiv ein Fehler. Ein solcher Körper sollte verboten werden, meine Schöne!"

Eva stellte fest, dass Ian schon angezogen war, als er sich zu ihr aufs Bett setzte und mit seinen Fingern sanft die Konturen ihrer Schlüsselbeine nachfuhr. Ihm entfuhr ein Seufzer und er schloss für einen Moment die Augen, als ob es ihn Mühe kosten würde, sich nicht auf sie zu stürzen. Aber das war ja lächerlich, sie hatten sich in den letzten vierundzwanzig Stunden mehr als nur einmal in den Armen gelegen, also was war es dann? Dann wurde es ihr klar, er dachte das Gleiche wie sie: Die kleine Affäre war nun beendet. Eva setzte sich und sah ihn an, aber er stand auf und wandte den Blick ab. „Ich kann dich nicht ansehen, wenn du nackt bist, so viel Selbstdisziplin habe ich nicht. Aber wir müssen los, ich habe leider einen Termin in Inverness vergessen, den ich unbedingt wahrnehmen muss."

„Ja, klar, ich hab schon verstanden. Mr. Boyd ist sicher auch sauer auf mich."

Ian drehte sich abrupt um und sah ein wenig verärgert aus.

„Eva, Mr. Boyd wird ganz sicher nicht sauer sein. Du bist mit mir unterwegs und mehr Fragen muss er nicht haben, Punkt. Mach dir keine Sorgen."

Eva schlüpfte in ihre Klamotten und hielt zurück, was ihr auf den Lippen lag. Natürlich würde Mr. Boyd nichts sagen, denn ihm war ganz sicher klar, dass *der Boss* Eva nicht mitgenommen hatte, weil sie außergewöhnliche Fähigkeiten als Praktikantin hatte.

Mit einem Mal schämte sie sich, dass nun alle Angestellten wussten, dass sie mit dem Schlossherrn ins Bett gegangen war, aber sie konnte trotzdem nicht sagen, dass sie es bereute. Sie hätte sich wieder dafür entschieden, denn diese zwei Tage mit

Ian waren die schönsten ihres Lebens gewesen – so übertrieben das in ihren eigenen Ohren klang.

„Kein Ding, verstehe ich schon. Aber Zähne putzen und aufs Klo darf ich noch?"

„Eva!" Ian stöhnte auf. „Klar, aber ich kenne dein Zeitmanagement mittlerweile. Kein Wellnessprogramm, okay?"

„Klar, Boss." Sie hatte es sich nicht verkneifen können.

„Sind wir darüber nicht hinaus?"

Eva wollte nicht diskutieren, denn dann würden alle Fragen und einige Bemerkungen nur so aus ihr heraussprudeln, und das war nicht gut. Sie wollte die schöne Zeit nicht kaputtmachen und am Ende möglicherweise losheulen. Eva gehörte nach Rüsselsheim und Ian nach New York oder sonst wohin, wo sie absolut nicht reinpasste.

„Sicher", sagte sie daher nur und verdrückte sich ins Bad, um sich notdürftig frischzumachen. Sie sprang tatsächlich ganz kurz unter die Dusche, drehte sich die Haare aber vorher zu einem Knoten zusammen, um Zeit zu sparen. Sonst würde der temperamentvolle Schotte womöglich doch noch sauer werden. Zu ihrer Überraschung kam er nicht ins Bad, um sie anzutreiben. Als sie fertig angezogen und reisefertig zurückkehrte, stand er mit dem Rücken zu ihr am Fenster und telefonierte. Irgendwas Geschäftliches, so viel konnte sie sich aus den Wortfetzen zusammenreimen, aber sie wollte nicht lauschen. Dann legte er auf und drehte sich zu ihr um.

„Dann können wir ja jetzt. Es tut mir leid, aber ist es okay, wenn wir uns unterwegs einen Kaffee holen? Wir sind wirklich spät dran."

„Ist kein Problem, ich habe sowieso keinen Hunger." Dann zuckte sie mit den Schultern und versuchte zu lächeln, obwohl ihr irgendwie eher zum Heulen zumute war.

Ian ignorierte alle Geschwindigkeitsbeschränkungen und sie sprachen nicht viel. Er erhielt außerdem einige Anrufe und dann fiel ihr auf, dass er sein Telefon am gestrigen Tag kein einziges Mal in der Hand gehabt hatte. Anscheinend hatte er eine Menge nachzuholen und wer war sie schon, ihn noch länger von der Arbeit abzuhalten. Es ging zum größten Teil, wenn sie alles richtig verstand, um den Erwerb von Blanrych Manor. Die Verträge wären wohl unterschriftsreif und Ian drängte darauf, einen Notartermin mit dem Besitzer festzuklopfen. Eva wunderte sich, wie grob Ian mit seinem Anwalt Simon Dexter umsprang. Wayne Partners – sogar sie hatte schon von dieser Anwaltskanzlei in London gehört. Wahnsinn, Ian lebte wirklich in einer ganz anderen Welt als sie.

Eva hatte ein flaues Gefühl im Magen, als sie sich Glennmore Castle näherten. Es war ihr unangenehm, den Kollegen unter die Augen treten zu müssen, die alle eins und eins zusammenzählen würden. Sie hatte Sex mit ihrem Chef. *Gehabt*, berichtigte sie sich. Wahrscheinlich reiste Ian ab, sobald er die Sache mit Blanrych Manor unter Dach und Fach hatte. Den Gedanken daran hatte sie bisher erfolgreich verdrängt, aber nun traf sie die Erkenntnis wie ein Kübel eiskaltes Wasser.

„Da wären wir." Ian stellte den Hebel des Automatikgetriebes auf ‚P' und drehte den Schlüssel, um den Motor abzustellen. „Vielen Dank, Eva, ich hatte eine wunderbare Zeit mit dir. Lass uns später sprechen, ja? Ich bin wirklich sehr spät dran, das hat jetzt nichts mit uns zu tun, okay?"

Dann hauchte er ihr einen Kuss auf die Wange und stieg aus dem Wagen. Eva atmete tief durch und schnallte sich ab. Was meinte Ian mit ‚uns' und dass er später mit ihr sprechen wollte? Gab es womöglich doch Hoffnung? Aber wie sollte eine Zukunft mit ihm aussehen? Sie waren so verschieden. Ian holte das Gepäck aus dem Kofferraum und sie nahm ihm ihren Koffer ab.

„Danke, das kann ich schon selbst."

„Natürlich. Hier ist noch der Kleidersack, das kleine Schwarze gehört dir, meine Schöne."

Ians durchdringender Blick ließ ihren Körper vibrieren, aber damit musste jetzt Schluss sein. Sie nahm das Kleid entgegen und erwiderte: „Danke, ich weiß nicht, was ich sagen soll."

„Schsch", machte er und legte ihr einen Finger auf die Lippen. „Jetzt ist nicht der richtige Zeitpunkt. Später, okay?"

Eva nickte. „Okay."

„Gut, ich muss mich eben umziehen und bin dann wieder weg. Tut mir leid, ich hoffe, du verstehst das."

„Natürlich, mich brauchst du nicht zu fragen, du bist der Boss", versuchte sie zu scherzen. Dann drehte sie sich um und ging ohne ein weiteres Wort den Weg zum Schloss.

Als sie die Pforte öffnete, kam ihr eine dunkelhaarige, schlanke Frau entgegen und rannte sie beinahe über den Haufen. Sie war stark geschminkt und unglaublich hübsch, aber mehr konnte Eva nicht erkennen, denn sie war bereits an ihr vorbeigelaufen, und stürmte in – Ians Arme.

Eva wurde übel. Er hatte eine Freundin? Frau? Daran hatte sie bislang noch keinen einzigen Gedanken verschwendet.

Sie hörte nur noch, wie Ian rief: „Jamila, was machst du hier?", dann trat sie ins Gebäude und beeilte sich, außer Sicht- und Hörweite zu gelangen. Anscheinend hatte der saubere Herr nicht mit einem Überraschungsbesuch seiner besseren Hälfte gerechnet. Eva schossen Tränen in die Augen.

Da sie nicht wollte, dass das jemand mitbekam, lief sie schnell an Mr. Boyds Büro vorbei und rief im Vorbeigehen: „Guten Tag, ich ziehe mich nur schnell um und bin dann gleich bei Ihnen."

Ob er sie gehört hatte oder nicht, war ihr in diesem Moment egal. Sie lief schnell in den Dienstbotentrakt und riss die Tür zu ihrem Zimmer auf, ließ sich aufs Bett sinken und versuchte das eben Gesehene zu verarbeiten.

Verdammt! Sie war einfach komplett auf ihn reingefallen. Wieso hatte sie nicht gefragt? So ein Mann konnte doch gar nicht Single sein! Wie dumm von ihr. Sie schüttelte den Kopf und wischte sich Tränen der Wut aus dem Gesicht. Diese Dummheit in Verbindung mit Männern musste tatsächlich in den Genen liegen, oder warum bekam es keine der Schwestern auf die Reihe? Eva musste sich zu beruhigen, sie durfte nicht zu spät kommen. Mit tränenverschleierten Augen suchte sie nach ihrer Arbeitskleidung und zog sich um, dann ging sie noch schnell ins Bad und versuchte zu retten, was zu retten war. Ihre Augen waren gerötet, die Haut in ihrem Gesicht mit roten Punkten übersäht. Eva fischte nach dem Concealer und versuchte alles abzudecken, dann trug sie Mascara und Kajal auf. Ein weiterer Grund, nicht mehr zu weinen, auch wenn es ihr schwerfiel und immer wieder trockene Schluchzer aus ihrer Kehle aufstiegen.

Als sie schließlich bei Mr. Boyd ankam, signalisierte er, dass sie schon sehnsüchtig von ihm erwartet worden war. Er empfing sie mit einem Grummeln und der Frage, wo sie denn so lange geblieben sei, und überhäufte sie mit Arbeit. Das war gut, so konnte sie sich von ihrem Schmerz ablenken. Aber es gelang ihr nur mäßig. Sie machte Fehler und musste einige Male die Aufgabe von vorne beginnen. Nach einiger Zeit kam ein älteres Ehepaar und erkundigte sich nach den Ausflugsmöglichkeiten rund um Glennmore Castle.

„Selbstverständlich, Mrs. und Mr. Snyder – Eva, unsere Praktikantin, wird Ihnen zeigen, was die Gegend zu bieten hat. Eva, kommst du?"

„Natürlich, Sir."

Eva stand von ihrem Schreibtisch auf und nahm sich den Ordner mit den Aktivitäten. Sie war gerade dabei, dem Ehepaar eine Rundfahrt mit einer historischen Kutsche anzupreisen, als Ian im Anzug und mit der Dunkelhaarigen im Schlepptau an ihr vorbeilief. Er trug einen Koffer auf der einen Seite und auf der anderen hatte sich die Unbekannte bei ihm eingehängt. Eva verlor bei diesem Anblick den Faden und musste kurz überlegen, wo sie stehengeblieben war. Ian hatte den Herrschaften ein „Guten Tag" zugerufen und Eva kurz angesehen, doch sie war seinem Blick ausgewichen. Sein Mitleid konnte er sich sparen.

Eva wollte nicht weinen, dennoch gelang es ihr nur mit Mühe, die Tränen zurückzuhalten, als sie hörte, wie der Range Rover aus der Auffahrt fuhr und das Geräusch der kleinen Kieselsteine unter den breiten Reifen immer leiser wurde. Das bedeutete, dass er weg war. Ohne Erklärung, ohne ein Wort. Mit einer anderen Frau.

Sie blinzelte die Tränen weg und räusperte sich, bevor sie die Seite im Ordner umschlug und irgendwas von einer Führung durch ein Whiskymuseum erzählte. Die Herrschaften entschieden sich schließlich dazu, die zuerst erwähnte Kutschfahrt zu buchen, und Eva notierte Uhrzeit und Tag. Dann ließ sie sich kraftlos in den Stuhl an ihrem Schreibtisch sinken.

„Was ist los, Mädchen, bist du krank?"

„Nein, ähm, vielleicht. Ich fühle mich etwas wackelig auf den Beinen."

„Dann geh in die Küche und iss was, ist ohnehin kaum was dran an dir. So kann ich dich nicht auf die Gäste loslassen."

„Ja, Sir. Entschuldigung."

„Quatsch nicht und Abmarsch."

Eva war Mr. Boyd sehr dankbar. Der alte Mann schien die Situation ganz gut erfasst zu haben. Kam das öfter vor? Vielleicht hatte Ian ständig Affären mit irgendwelchen Praktikantinnen und Mr. Boyd war es schon gewohnt, die jungen Dinger anschließend wie ein Häufchen Elend wieder zurückzubekommen. Kein Wunder, dass er immer so genervt war. Eva wischte den Gedanken weg und ging hinunter zu Sophie, die gerade einen Teig knetete, als sie in die Küche eintrat.

„Eva! Da bist du ja wieder! Wie war es? Ach Gottchen, du bist ja weiß wie eine Wand! Nimm dir einen Stuhl."

„Hi Sophie."

Sophie stellte den Teig zur Seite, wischte sich die Hände an ihrer Schürze ab und setzte sich zu ihr. „Was ist los?"

„Ähm. Nichts?"

„Erzähl mir doch keine Geschichten. Ich kenne Mädchen, wenn sie so dreinschauen. Ärger mit Ian?"

„Natürlich nicht."

„Tee?"

„Gern."

Sophie hantierte eine Weile mit Kessel, Tassen und Tee herum und außer dem Radiosprecher sagte niemand etwas. Dann kehrte sie mit zwei dampfenden Teetassen zurück und setzte sich zu Eva an den Tisch.

„Und jetzt spuck es aus. Er hat dir ziemlich den Kopf verdreht, nicht wahr?"

Eva senkte den Blick. „Sieht so aus."

„Ach, ihr Küken. Und jetzt hast du die Schlange Jamila getroffen?"

„Ist das seine Freundin?"

„Ja, sieht so aus. Ich habe gehofft, es wäre endgültig aus mit dieser Person."

„Tja, anscheinend nicht."

„Wirklich blöd. Das ist sonst gar nicht Ians Art."

„Aber was soll ich denn jetzt machen? Ich kann hier doch nicht mein Praktikum fortsetzen, unter solchen Umständen!"

„Lass mich überlegen ... Ich habe heute früher Schluss, die beiden Mädchen machen das diesen Abend alleine, es ist alles vorbereitet. Du gehst jetzt erstmal wieder zu Mason und ich hol dich später ab. Du kommst heute mit zu mir."

„Wie ... wie meinst du das?" Eva verstand nicht, worauf Sophie hinauswollte, aber sie hatte auch nicht die Energie, sie weiter zu befragen. Sie befand sich unter postromantischem Schock und die Ereignisse der letzten achtundvierzig Stunden – vor allem der letzten drei Stunden – setzten ihr arg zu.

„So, nun husch, husch, Mäuschen, ich bin gleich fertig."

Sophie zog sie quasi auf die Füße und schob sie aus ihrer Küche hinaus. Eva ließ es bereitwillig mit sich geschehen, sie war kaum in der Lage, eigenständig zu denken.

Mr. Boyd grummelte wie üblich vor sich hin, als Eva ihm andeutete, dass sie eventuell mit Sophie nach Hause gehen würde. Zu ihrer großen Erleichterung kümmerte er sich für den Rest des Nachmittags selbst um die wenigen Gäste, die zum Büro kamen und nach Informationen verlangten. Obwohl Eva sich die größte Mühe gab, nicht ständig an Ian zu denken, schaffte sie es kaum eine Sekunde, ihn zu verdrängen. Ständig schossen Bilder durch ihren Kopf, überrollten sie die Erinnerungen, wie es sich angefühlt hatte, in seinen Armen zu liegen, seine Lippen auf ihrer Haut zu spüren und wie schön es gewesen war, in seine unglaublichen blauen Augen zu sehen. Da sie nicht alleine war, konnte sie dem Verlangen, ihren Kopf auf die Tischplatte zu hauen und sich für ihre Dummheit zu bestrafen, nicht nachgeben. Sie hatte sich wie eine Idiotin in ihn verliebt. Natürlich, das hatte ja passieren müssen. Eigentlich war es von der ersten Sekunde an klar gewesen, seit sie seine dunkle Stimme mit dem rauen schottischen Akzent gehört hatte. Alleine das wäre genug gewesen, um sie in einen vibrierenden Zustand zu versetzen.

Sie war ihm hoffnungslos verfallen. Es änderte auch nichts daran, dass er jetzt mit seiner echten Freundin im Auto war und vielleicht mit ihr nach New York zurückflog. Die Zeit mit ihm in Edinburgh hatte sich so intensiv angefühlt und sie konnte einfach nicht glauben, dass es ihm dabei nur um Sex gegangen war. Er war so einfühlsam, interessiert und einfach nur liebenswert gewesen. Konnte er das alles nur gespielt haben? Dann schüttelte sie kaum merklich den Kopf und gab sich eine imaginäre Ohrfeige. Wenn es mehr gewesen wäre, hätte er ihr von seiner Freundin erzählt und wäre nicht einfach mit der Frau abgerauscht – und zwar auch dann, wenn der

Beziehungsstatus nicht so klar war. Eva senkte den Blick, weil sich ihre Augen, wie schon so oft in den letzten Stunden, mit Tränen füllten, die sie wegzublinzeln versuchte. Ian hatte sie ausgenutzt, hatte sie benutzt. Sie musste sich das ein für alle Mal klarmachen. In ein paar Tagen würde es sicher nicht mehr so wehtun. Wenn er erstmal über den Teich geflogen war, würde sie ihn vergessen, die Zeit mit ihm als schön in Erinnerung behalten und ihm nicht hinterherweinen. Eigentlich war es das Beste so – keine Szene, keine weiteren Lügen oder unausgesprochene Wahrheiten. Sie war nicht dumm, nur naiv. Natürlich würde ein Mann wie Ian niemals mit einem Mädchen wie Eva eine Beziehung eingehen. Mädchen wie Eva, die legte man flach, Frauen wie die Dunkelhaarige, die waren zum Heiraten da. Sie seufzte und massierte sich unauffällig den verspannten Nacken.

„Was ist los, bist du doch krank?", fragte Mr. Boyd, der sie anscheinend beobachtet hatte.

„Äh, nein, ich weiß nicht. Nein, ich, äh ..." Na, wundervoll, wie sollte sie dem strengen Verwalter ihren Zustand erklären?!

„Das ist nicht gut, wenn die Gäste sehen, dass wir hier kranke Mitarbeiter sitzen haben. Die kommen hierher, um Urlaub zu machen, nicht, um sich bei jemandem wie dir anzustecken."

„Hm. Ja. Natürlich. Entschuldigung ..." Zu mehr kam sie nicht, denn Sophie rauschte ins Büro. Sie hatte ihren Mantel bereits an und ihre geröteten Pausbäckchen glänzten.

„Mason, bitte, wenn das Mädchen wirklich krank ist, kannst du nichts mit ihr anfangen und sie sollte nicht im Hotel sein. Ich nehme sie mit nach Hause. Vielleicht ist es ja nichts und wenn doch, besorge ich ihr Medizin. Komm, Eva, hol deine Sachen. Mein Haus ist groß genug, vielleicht ist ja eine Grippe im Anmarsch. Stell dir mal vor, Mason, Influenza im Haus!" Sie machte große Augen und Eva musste ein Lachen unterdrücken. An Sophie war eine große Schauspielerin verlorengegangen. Am liebsten hätte sie sie geküsst, aber das ging natürlich nicht.

Mason kratzte sich am Kinn. „Hm, ja, also gut. Dann verschwinde und komm wieder, wenn du gesund bist. Ansteckende Keime und Viren können wir hier wirklich nicht gebrauchen."

„Vielleicht ist es ja gar nicht so schlimm, Mr. Boyd", fügte sie noch kleinlaut hinzu.

Er wischte ihre Antwort mit einer Handbewegung fort. „Los, mach, dass du hier rauskommst. Sophie, du kümmerst dich um sie."

„Klar, Mason, bei mir ist noch keiner gestorben, das weißt du doch."

„Ja, ja, geht schon. Ich habe noch zu tun, nun, da mir schon wieder ein paar Hände ausfallen!", blaffte er verärgert, aber Eva war ihm dankbar. Es war überdeutlich, dass Mason nicht eine Sekunde glaubte, dass sie ernsthaft krank war. Sie würde sich bei ihm bedanken, wenn ihr Gemütszustand sich wieder so weit normalisiert hatte, dass sie nicht bei jeder Kleinigkeit Pipi in die Augen bekam. Sophie zog Eva aus dem Büro und flüsterte ihr leise zu: „In fünf Minuten bei meinem Auto. Komm durch den Hintereingang raus, ja?"

„Klar", meinte Eva und war bereits auf dem Weg in ihr Zimmer. Der Koffer war noch gepackt, wunderbar, wenigstens etwas.

Sie sah, dass Luisa sich gemeldet hatte, aber dafür war jetzt keine Zeit. Außerdem fühlte sie sich gerade emotional nicht in der Lage, ihrer kleinen Schwester mit ihren lächerlichen Jungsproblemen zuzuhören. Es war auch noch ein weiterer entgangener Anruf in Abwesenheit auf dem Display zu sehen, aber sie kannte die Nummer nicht. Wer sollte sie sonst hier anrufen? Sie starrte die Nummer an und dann erinnerte sie sich. So viele Siebener – das konnte nur Sokolow sein. Warum rief er sie an? Woher hatte er überhaupt ihre Nummer? Eva blieb keine Zeit zum Grübeln, sie musste runter, wenn sie Sophie nicht verärgern wollte.

Sie schaffte es tatsächlich innerhalb von zehn Minuten, mit ihrem Hab und Gut bei Sophie zu erscheinen, die bereits bei laufendem Motor im Wagen saß. Sie öffnete die Tür des silbernen Toyotas und stieg ins heimelig warme Auto ein. Die Stereoanlage des kleinen Wagens schmetterte das Lied *Rosegarden* von Lynn Anderson und Sophie wiegte sich im Takt dazu.

„Gut, bist du startklar?"

„Natürlich!"

„Dann schnall dich an", sagte Sophie grinsend, als sie einen Gang einlegte und vom Hof brauste. Sie fuhr einen heißen Stiefel und Eva unterdrückte ein paarmal einen spitzen Aufschrei. Das Fahren auf der linken Straßenseite und die schmalen Straßen rund um das Anwesen und auf dem Weg zum Dorf trugen ihren Teil dazu bei, dass sie erleichtert aufatmete, als Sophie den Wagen vor einem baufälligen kleinen Reihenhaus aus Stein parkte.

„So, da sind wir. Bitte aussteigen, junge Dame."

Eva folgte Sophie ins Haus, die ihr die Tasche trug, was Eva unangenehm war. Aber die kleine, rundliche Köchin hatte darauf bestanden: Sie sei Gast in ihrem Hause und so weit käme es noch, dass die Gäste ihre Sachen selber schleppen müssten. Also gab Eva nach, auch wenn es sich seltsam anfühlte. Es war bereits dunkel und sie konnte nicht so viel erkennen, aber das Reihenhaus war sehr klein, der Fußboden im Haus mit unzähligen Teppichen gepflastert und die Möbelstücke hatten ihre besten Tage definitiv seit Jahrzehnten hinter sich. Aber es war gemütlich und warm. Sophie führte sie ins Wohnzimmer und nahm ihr die Jacke ab.

„So, setz dich, Mädchen. Willst du was Starkes oder ein Glas Wein?"

Eva neigte den Kopf und hob eine Augenbraue. „Was nimmst du denn?"

„Ich bin keine Weintrinkerin."

„Dann nehme ich dasselbe wie du."

„Gut, bin gleich zurück."

Sophie verschwand mit ihrer Jacke und Eva hörte, wie sie kurz darauf in der Küche klapperte. Schon der Ortswechsel sorgte dafür, dass Eva sich ein wenig besser fühlte. Obwohl ihr Herz immer noch blutete, war sie doch froh, dem Schloss und den ganzen Erinnerungen wenigstens für kurze Zeit zu entfliehen. Sophie kehrte ein paar Minuten später mit zwei Gläsern, die zu einem Drittel mit einer goldbraunen Flüssigkeit gefüllt waren, Käse und Crackern zurück und ließ sich neben Eva auf dem durchgesessenen Sofa nieder.

„Und jetzt erzähl. Was ist los?"

Eva sog tief Luft in die Lungen und hob dabei ihre Schultern ein wenig an, um noch mehr Platz in ihrer Brust zu schaffen. Dann seufzte sie und begann zu sprechen: „Als ich hier ankam, stand ich ja vor verschlossenen Türen. Das hatte ich schon erzählt ... oder?"

„O ja, hi, hi", kicherte Sophie und stopfte sich einen Cracker mit Käse in den Mund.

„Ja, und dann", fuhr Eva fort, „tauchte Ian auf und hat sich mir als Hausmeister vorgestellt. Ich hätte natürlich merken müssen, dass er nicht der *Hausmeister* ist, aber ..."

„Nicht die Möglichkeit! Der Junge ist doch ein Halunke!"

„Tja, irgendwie führte eins zum anderen ... na ja. Als ihr dann alle wieder zur Arbeit erschienen seid, kam er in Anzug und Krawatte und war auf einmal der Schlossherr."

„Puh! Das ist nicht in Ordnung. Was hat er dazu gesagt?"

„Nichts. Das ist es ja. Er wollte wohl mit mir reden. Stattdessen sind wir zu diesem Termin gefahren ... und dann haben wir auf einmal nicht mehr geredet ..." Sie spürte, wie sie puterrot wurde. Ihr war fürchterlich heiß und sie schämte sich.

Sophie musste denken, sie wäre ein Flittchen. Eva nippte von ihrem Glas und verschluckte sich – es war Whisky, und der brannte genauso wie beim ersten Versuch mit Ian.

„Au weia. Na, wer kann es dir verdenken? Er ist schon ein echter Hingucker, unser Ian, hm?"

„Tja, und schließlich ist seine Freundin auch noch aufgetaucht. Von der hat er natürlich auch nichts erwähnt."

„Nein, die hat er wohl ausgelassen. Männer! Pah! Was soll man dazu sagen? Also ich hätte Ian gar nicht so eingeschätzt, aber was weiß ich schon. Ich bin eine alte Frau!" Sophie schlug die Hände vor den Mund und schüttelte den Kopf.

„Ja, so sieht es aus. Ich weiß nicht … Was soll ich denn machen? Soll ich das Praktikum abbrechen? Es ist mein Traum, *Schottland* ist mein Traum, und ich hab' es ganz alleine verbockt. Ich hätte mit gar keinem Kerl etwas anfangen sollen, egal ob Hausmeister oder nicht!" Eva seufzte und leerte das Glas. Sie verzog angewidert das Gesicht, aber die wohlige Wärme in ihrem Bauch entschädigte sie für den beißenden Geschmack.

„Was machen wir denn nun mit dir?", meinte Sophie nachdenklich.

Eva strich sich eine Haarsträhne aus dem Gesicht. „Ich weiß es nicht, wirklich. Vielleicht ist er ja auf dem Weg nach New York?"

„Man weiß das nie so genau bei ihm, er meldet sich ja nicht bei uns ab. Aber ich glaube, er hätte sich doch wenigstens bei dir verabschiedet, es dir erklärt? Ich sage es noch einmal: So kenne ich unseren Ian gar nicht. Aber diese Freundin, die mochte ich noch nie."

„Kennst du sie?"

„Ja, er hatte sie schon mal dabei. Eine ganz eingebildete Person. Sie ist ein Topmodel aus New York und ihr gefiel das Landleben bei uns damals ganz und gar nicht, dabei waren sie nur ein paar Tage zu Besuch!"

„Oh, auch noch ein Topmodel!" Eva senkte den Kopf und fragte sich, wieso er überhaupt mit ihr geschlafen hatte, wenn seine Freundin ein Topmodel war. Meine Güte, wieso war sie nur so dumm gewesen?!

„Du bist in meinen Augen viel schöner, viel natürlicher. Du brauchst diese ganze Schminke nicht."

„Puh, danke Sophie. Aber ich weiß nicht ..."

Sophie stand auf und holte die Flasche Whisky, um nachzugießen. „Einen nehmen wir noch. Du bleibst bis morgen bei mir und nimmst dir einen Tag frei. Überleg dir, was du wirklich willst. Du kannst doch das Praktikum nicht einfach wegwerfen!"

„Was ist, wenn Ian mich rauswirft?"

„Dem würde ich was erzählen! Nein, das macht er nicht. Ich kenne ihn schon so lange, Eva. Irgendwas stimmt da auch nicht. Er scheint mir nicht der Mann, der ein Mädchen nur ausnutzt. Nein." Sophie schüttelte energisch den Kopf.

„Ach, können wir nicht über was anderes reden? Was gibt's von Alfi?"

Sophie knetete ihre Finger und zuckte mit den Schultern.

„Nichts Neues."

„Du hast ihn also nicht gefragt?"

„Nein."

„Och, Sophie! Du musst. Sonst rede *ich* mit ihm."

„Dann musst du aber bleiben!"

„Dafür würde ich sogar bleiben! So, du hast bis übermorgen Zeit, sonst frage ich ihn."

„Du kleine Erpresserin!" Sophie gab Eva einen spielerischen Klaps auf den Arm. „Ich kann das nicht, ich bin viel zu alt und überhaupt ..."

„Ich bitte dich, du bist nicht alt! Wie wäre es mit einem neuen Haarschnitt?"

„Gefällt dir meine Frisur nicht?" Sophie rückte sich ihren grauen Haarknoten zurecht.

„Ich glaube, du könntest noch hübscher aussehen, wenn du bei den Haaren etwas veränderst."

„Wie meinst du das?"

„Hast du Internet? Dann könnten wir ein paar Frisuren googeln!"

„Oh! Okay, ich verstehe. Ja, warte, ich schau mal, wo ich das Passwort habe."

Sophie stand auf und kramte in einem alten Sekretär, bis sie einen verknitterten Zettel fand, von dem sie Eva das Passwort vorlas. Sie verbrachten zwei Stunden damit, zu Sophies Umstyling zu recherchieren. Am Ende des Abends war Eva einigermaßen betrunken, aber nicht mehr gar so unglücklich wie zuvor. Sophie brachte sie ins Gästezimmer und gab ihr einen Gutenachtkuss auf die Wange.

Eva schlief fast unmittelbar ein. Der Schlafmangel der letzten Tage und der Alkohol taten ihr Übriges.

Es war spät, als Ian zum Schloss zurückkehrte. Auf der Rückfahrt hatte er kurz mit seiner Mutter telefoniert; es ging ihr den Umständen entsprechend gut, dennoch machte er sich nach wie vor große Sorgen um sie.

Es brannte nur noch in wenigen Zimmern Licht und Evas Zimmer gehörte nicht dazu. Was für ein Tag! Er hatte nicht vorhersehen können, dass Jamila ihn bis hierher nach Schottland verfolgen würde. Ihr Erscheinen hatte nichts an seiner Meinung geändert. Er war sogar ein bisschen erstaunt darüber gewesen, wie wenig er überhaupt empfunden hatte, als sie auf ihn zugelaufen war. Er war nicht mehr traurig – verletzt, ja, aber er liebte sie nicht mehr. Was ihn allerdings brennend interessierte, war, wie Eva reagierte. Ian war sich sicher, dass sie Jamila gesehen hatte. Auf dem Weg nach draußen hatte er ihr mit seinem Blick mitteilen wollen, dass sie sich keine Gedanken zu machen brauchte, aber Eva hatte ihn ignoriert und sich weiter um die Hotelgäste gekümmert. Ian hatte mit ihr reden wollen – was in dem Moment blöderweise nicht gegangen war – und sich vorgenommen, sie über alles aufzuklären, sobald er zurückkommen würde. Leider war es spät, weit nach Mitternacht, und sie schlief wohl schon. Er würde sie morgen früh sanft wecken und ihr sagen, was er für sie empfand. Er wollte sie wachküssen und seine Nase in ihrem weichen, duftenden Haar vergraben. Er hatte sich in Eva verliebt. Sie hatte sich klammheimlich, still und leise in sein Herz geschlichen und dann dort eingenistet. Wer hätte das gedacht?

Ians Herz schlug höher, wenn er an sie dachte. All das war ihm klargeworden, als Jamila heulend vor ihm gestanden und ihn angebettelt hatte, sie zurückzunehmen. Aber Ian hatte keine Gefühle mehr für das Model und hatte sie einfach nur noch so schnell wie möglich loswerden wollen. Deswegen hatte er sie höchstpersönlich zum Flughafen gebracht und in den nächsten Flieger nach London mit Anschluss nach New York gesetzt. Jamila war alles andere als erfreut gewesen, hatte sich jedoch gefügt, als sie begriffen hatte, dass sein Nein endgültig, die Beziehung zu Ende war. Sicherlich würde sie nicht lange um ihn trauern und bald einen anderen wohlhabenden Unternehmer an ihrer Seite haben. Er nahm es ihr nicht einmal übel, Geld bedeutete nun mal alles in ihrer Welt. Ian war nur ein Schmuckstück für sie gewesen, das man wie eine Kette austauschen konnte – solange sie genug Karat hatte. Eva war ganz anders. Zum Glück! Ian hatte ein Lächeln auf dem Gesicht, als er hundemüde in sein Bett fiel. Morgen würde er Eva sagen, dass er sich in sie verliebt hatte, und er hoffte, dass es ihr genauso ging.

Kapitel 13

Es war noch früh, gerade mal halb acht, als Ian sich nach unten begab, um Eva wachzuküssen. Er war außer sich, als er feststellte, dass ihr Zimmer leer war. Ihre Sachen waren fort. Verdammt! War sie einfach abgereist? Ians Herz klopfte schnell, als er in die Küche ging, um nachzuforschen, ob sie vielleicht nur das Zimmer gewechselt hatte. Sophie und die beiden Mädchen bereiteten gerade alles fürs Frühstück vor.

„Guten Morgen, Ian, da bist du ja wieder." Sophie empfing ihn wie immer mit einem freundlichen Lächeln. „Möchtest du Frühstück?"

Ian konnte jetzt nicht an Essen denken. „Nein, danke. Ich, äh, bin auf der Suche nach etwas." Voller Entsetzen stellte er fest, dass er nicht mal ihre Handynummer hatte. Bisher war sie immer hier gewesen, anrufen war nicht nötig gewesen. Ian rannte ins Büro. Es brannte zwar bereits Licht, aber Mason steckte irgendwo anders, Gott wusste, wo. Ian durchwühlte alle möglichen Unterlagen in der Hoffnung, Evas Bewerbungsmappe zu finden. Irgendwo musste dieses blöde Ding doch liegen! Aber er fand sie nicht und nach einer Viertelstunde gab er schließlich fluchend auf. Er konnte kaum klar denken. War sie zurück nach Deutschland geflogen? Und wo zum Teufel steckte Mason? Der wusste doch bestimmt Bescheid. Gerade als Ian zurück in die Küche gehen wollte, kam der Verwalter zur Tür herein und begrüßte ihn mit einem etwas erstaunten „Guten Morgen, Sir!".

„Morgen, Mason, wo zum Teufel steckt Eva?"

Zwischen Masons Augen erschien eine kleine Zornesfalte. „Eva ist wirklich eine fähige junge Dame. Ich kann es mir eigentlich nicht leisten, sie als Praktikantin gleich wieder zu verlieren, wir haben das Haus voll …"

„Mason", unterbrach Ian ihn unwirsch, „wo steckt Eva?!"

„Sie ist krank."

„Krank?"

„Sophie deutete an, sie hätte Influenza, und hat sie mit zu sich nach Hause genommen. Gestern schon."

„Was? Na gut. Danke." Ian stürmte aus dem Büro und ließ einen nachdenklich hinter ihm her blickenden Mr. Boyd zurück. Aber Ian war es egal, was der Verwalter dachte. Er musste zu Eva, die garantiert keine Influenza ausbrütete. Zum Glück war sie noch in Schottland und nicht außer Reichweite. Aber er wäre ihr auch nach Hawaii hinterhergereist. Er musste sie sprechen und ihr alles erklären.

Ian nahm zwei Treppenstufen auf einmal, stürmte in die Küche, schickte Isla und Freya raus und schloss die Tür hinter ihnen. Sophie ließ das Küchenmesser sinken und sah von ihren Champignons auf, die sie für das Frühstück kleinschnitt. „Ian, was ist nur los?"

„Du weißt es doch, Sophie. Ich seh' es dir an der Nasenspitze an. Wo steckt Eva?"

„Ich weiß nicht, ob sie dich sehen möchte." Die Köchin widmete sich wieder ihren Pilzen.

„Das lass mal meine Sorge sein. Komm schon!" Ian trat noch einen Schritt näher; es zerriss ihn fast vor Ungeduld.

„Das arme Mädchen ist ganz verstört. Ich bin ja nicht deine Mutter, Ian, aber wir kennen uns schon so lange ..."

Ian stöhnte auf und strich sich durchs Haar. „Was willst du mir sagen, Sophie?"

„Sie hat Liebeskummer! Sie hat dich mit deiner Freundin gesehen."

Eine Mischung aus Erleichterung und Scham durchflutete ihn. Es war natürlich nicht schön, dass es Eva nicht gutging, aber wenn sie wegen eines Missverständnisses litt, konnte er etwas unternehmen. Er musste so schnell wie möglich zu ihr, um ihr zu erklären, was er fühlte und dass Jamila bereits Geschichte gewesen war, bevor er und Eva sich kennengelernt hatten.

„Jamila ist nicht mehr meine Freundin. Ich habe mich von ihr getrennt, bevor ich aus New York hergekommen bin. Bitte, Sophie, wo ist Eva?" Ian stand jetzt direkt neben ihr und sah ihr eindringlich in die Augen.

„Sie ist bei mir. Sie wollte nachdenken, was sie nun machen soll." Sophie hatte ihr Messer beiseitegelegt und verschränkte die Arme vor ihrem üppigen Busen.

„Du wohnst doch in dem kleinen Reihenhaus in der –"

„Ian, du setzt dich jetzt erstmal hin, trinkst einen Kaffee und frühstückst. Vorher passiert hier gar nichts!", unterbrach sie ihn bestimmt.

Ian verdrehte die Augen. Sophie stemmte die Arme in die Hüften und setzte einen gewissen Gesichtsausdruck auf, der bedeutete, dass man ihr besser nicht widersprach, wenn man etwas von ihr wollte. „Also gut", brummte er und setzte sich. „Aber mach schnell."

„Männer! Du weißt schon, dass du sie verletzt hast? Was fällt dir eigentlich ein, dich als Hausmeister auszugeben?"

Ian vergrub sein Gesicht in den Händen. „Ja, ist ja schon gut. Ich weiß, ich hab' Mist gebaut, aber ich werde ihr alles erklären. Dann wird sie mich verstehen."

„Na, das hoffe ich für dich." Sophie stellte ihm nach ein paar Minuten einen dampfenden Kaffee vor die Nase, dazu Toast und Rührei. „Guten Appetit."

„Danke!", erwiderte er und stopfte sich einen halben Toast in den Mund.

Eva wachte mit dumpfen Kopfschmerzen auf und öffnete vorsichtig die Augen. Es war bereits hell, aber der Himmel war grau und es sah nach Regen aus. Als erstes brauchte sie eine Kopfschmerztablette, sonst ging gar nichts. Sie schlüpfte aus dem warmen Federbett und suchte in ihrem Kulturbeutel nach Aspirin. Als sie es gefunden hatte, tapste sie die knarrenden Holzstufen nach unten und ging in die winzige Küche im

Erdgeschoss. Erst kurz vor acht, Sophie konnte noch nicht allzu lange weg sein. Sie holte sich ein Glas aus dem Schrank und goss etwas O-Saft aus dem Kühlschrank ein, um die Pille damit hinunterzuspülen. Dann sah sie eine Nachricht von Sophie an der Kühlschranktür und daneben einen Schlüssel.

Guten Morgen Eva,
ich bin schon zur Arbeit gegangen. Mach dir einen ruhigen Tag, geh spazieren (Schlüssel nicht vergessen!) und überlege dir, ob du das Praktikum wirklich sausenlassen willst. Ich wäre sehr traurig, wenn du gehen würdest.
Liebe Grüße
Sophie
PS: Ich komme heute Nachmittag kurz nach Hause, dann trinken wir einen Tee zusammen, bevor ich wieder zum Dinnerbetrieb ins Schloss muss!

Es war schön, wenn man das Gefühl hatte, gemocht zu werden. Leider bezog sich das nicht auf Ian, der Wurzel allen Übels. Eva rümpfte die Nase und verzog die Lippen. Nein, sie wollte sich nicht bereits den Morgen durch trübe Gedanken vermiesen. Sie nahm sich ein Gebäckstück aus einer Tüte, die neben dem Obstkorb lag, und knabberte daran, während sie sich anzog. Sie würde den Tag mit einem Spaziergang beginnen, sich den Wind um die Nase wehen lassen und so hoffentlich einen klaren Kopf bekommen.

Eva zog den Reißverschluss ihrer Jacke bis nach oben, zurrte die Schnürsenkel fest und setzte sich die Kapuze auf. Aus Trotz trug sie die Jacke, die Ian ihr geschenkt hatte. Als sie prüfte, ob sie den Schlüssel eingesteckt hatte, fiel ihr ein, dass das Handy oben lag. Sie überlegte, ob sie die Schuhe wieder ausziehen und es holen sollte, aber es war ohnehin nicht zu gebrauchen. Ohne WLAN war sie mit ihrer deutschen SIM-Karte ziemlich aufgeschmissen und teure Gebühren für

Auslandsanrufe wollte sie nicht zahlen. Luisa sollte zu dieser Zeit sowieso in der Schule sein!

Eva ging eine ganze Weile, setzte sich dann auf eine kleine Steinmauer und sah hinaus aufs Meer. Man konnte bei dem Wetter nicht viel erkennen, aber es tat gut, einfach nur aufs Wasser zu schauen, dessen Oberfläche vom Wind aufgewühlt und bewegt war. Es wurde ihr nie langweilig, dem Spiel der Wellen zuzusehen. Es beruhigte sie.

Irgendwann hatte Eva das Zeitgefühl verloren, aber als ihre Finger blau anliefen, entschied sie sich, langsam zu Sophies Haus zurückzugehen. Eva hatte sich dazu entschlossen, das Praktikum auf Glennmore Castle bis zum offiziellen Ende fortzusetzen, falls Mr. Boyd sie nach ihrer vermeintlichen Krankheit nicht rausschmiss. Ian würde sie wahrscheinlich nicht mal mehr zu Gesicht bekommen und das war auch gut so. Es war dumm von ihr gewesen, sich auf ihn einzulassen – und dann den Fehler auch noch zu wiederholen! So eine Idiotie würde sie sich nicht noch einmal leisten. Sie wollte am Ende nicht wie ihre Schwester mit zwei Kindern von zwei Männern alleine dastehen, deswegen nahm sie auch schon seit Ewigkeiten die Pille, auch wenn sie gar keinen Freund hatte. Wenigstens daran hatte sie gedacht und würde am Ende nicht noch schwanger aus der Affäre mit Ian gehen.

Sie war beinahe zurück am Haus, als sie einen Mann auf sich zukommen sah. Er hatte blondes, stark gegeltes Haar.

Sie kannte den Mann: Es war Sokolow!

Was machte der denn hier? Dann sah sie auch seine dunkle Limousine und einen Schrank, wahrscheinlich seinen Bodyguard.

„Eva, wie schön, Sie hier zu sehen."

„Guten Tag", erwiderte sie.

„Ich würde Ihnen gerne etwas zeigen, wenn ich Sie auf eine kleine Spazierfahrt einladen dürfte?"

Eva war verunsichert. Was wollte er von ihr?

„Ähm, vielen Dank, aber ich glaube nicht, dass ich ..."

„Verzeihen Sie, wenn ich mich nicht klar ausgedrückt habe, meine Liebe. Ich möchte Sie bitten, mit mir mitzukommen."

Evas Knie gaben fast nach, als die Erkenntnis sie traf, dass sie keine Wahl hatte. Sokolow musste da etwas durcheinanderbringen. Ihr fiel plötzlich das Atmen schwer. Der Bodyguard kam auf sie zu. „Ja, okay, ich komme ja mit." Es war niemand auf der Straße, den sie um Hilfe bitten konnte, und zum Weglaufen war es zu spät. Es würde sich sicher alles nach kurzer Zeit als Missverständnis aufklären, versuchte sie sich zu beruhigen. Sich zur Wehr zu setzen, würde die Sache nur verkomplizieren. Der Bodyguard öffnete die Tür zum Fond des Wagens. Es war der Gleiche wie bei der Besichtigung von Blanrych Manor.

„Nach Ihnen", sagte Sokolow unnötigerweise mit seinem starken russischen Akzent und Eva stieg ein. Sie hatte nicht mal ihr Handy dabei! So ein Mist.

Kaum hatte Sokolow sich neben sie gesetzt, rollte der Wagen an.

„Was wollen Sie von mir? Wie haben Sie mich überhaupt gefunden?"

Sokolow hatte seinen Arm auf die Armlehne gelegt, die sie von ihm trennte, und trommelte sachte mit seinen Fingern auf das schwarze Leder.

„Ian hat momentan etwas, das ich unbedingt selbst haben möchte. Und nun habe ich etwas, das Ian haben will. Das ist eine ganz einfache Rechnung, meine Liebe. Und nachdem ich mir Ihre Telefonnummer besorgt habe, war es gar kein Problem, Sie zu finden. Sie sollten die Ortung in Ihrem Telefon ausschalten, meine Liebe, wenn Sie nicht gefunden werden wollen."

Evas Unbehagen wuchs. Sokolow musste das Verhältnis zwischen ihr und Ian vollkommen missverstanden haben. Das mit der Ortung war übel und ihr fiel wieder ein, dass Ian über den Russen gesagt hatte, dass er gefährlich war. Aufgeregt wandte sie sich in seine Richtung. „Ich glaube, Sie haben die Situation falsch interpretiert. Mr. MacLachlan und ich ... da ist nichts."

Sokolow lachte. Es war ein heiseres, schleimiges Lachen. Auf Evas Körper breitete sich eine Gänsehaut aus. „Sie sind naiv, wenn Sie versuchen, mich das glauben zu machen. Ich habe schon viel gesehen und MacLachlans Verhalten Ihnen gegenüber sprach Bände. Keine Sorge, ich liefere Sie ihm unbeschadet zurück, wenn ich habe, was ich will."

„Das können Sie nicht. Außerdem täuschen Sie sich. Ian hat eine Freundin. Und das hier, das ist Erpressung."

Sokolow winkte ab. „Aber bitte, wer wird dieses hässliche Wort benutzen? Sie sind mein Gast. Und soweit ich weiß, ist er nicht mehr mit Jamila zusammen."

„Geht es um Blanrych Manor?" Leise Hoffnung keimte in ihr, die sie sofort wieder zu ersticken versuchte. Warum sollte Sokolow ihr erzählen, dass Ian nicht mehr mit Jamila – so hieß sie also – zusammen war? Woher wusste er das alles?

„Natürlich. Es geht nur darum. Sie sind wirklich nicht mein Typ."

Na, danke auch, dachte Eva. Sie überlegte, ob sie einfach aus dem fahrenden Auto springen konnte, aber was sollte sie dann tun? Der Bodyguard war garantiert schneller als sie. Sie musste sich etwas anderes überlegen.

„Falls Sie sich fragen wollen, wer mein Typ ist: Jamila war es, bis Ian sie mir weggenommen hat."

Evas Kopf fuhr herum. „Wie bitte?"

Sie musste sich verhört haben.

„Ich war mit Jamila verlobt, doch dann kam Ian dazwischen. Seitdem ist unser Verhältnis, sagen wir, *etwas* angespannt."

„Deswegen das alles?"

„Natürlich nicht, ich bin Geschäftsmann."

Eva glaubte ihm kein Wort. Dass Sokolow und Ian seit einiger Zeit verbissene Konkurrenten waren, hatte sie mitbekommen, aber sie hatte gedacht, es wäre tatsächlich etwas rein Geschäftliches. Aber was wusste sie schon? Sie hatte ja – was ihr noch einmal deutlich wurde – keine Ahnung. Sie kannte Ian überhaupt nicht.

Ihr Entführer telefonierte ein paarmal in einer anderen Sprache. Russisch, wie Eva vermutete. Natürlich verstand sie kein Wort. Der Russe konnte ihr Begräbnis planen und sie würde nichts davon mitbekommen.

Nach einer Weile bog der Wagen auf eine kleine Straße ab und sie fuhren zu einem großen Platz. Als Eva sah, was dort auf sie wartete, musste sie schlucken. Ein Hubschrauber! Was hatte Sokolow mit ihr vor? Konnte man damit über das Meer bis nach Holland oder weiterfliegen?

Die Limousine stoppte und Eva wurde flau im Magen. Der Fahrer des Wagens, der wie der Bodyguard in Schwarz gekleidet war, öffnete ihr die Tür. Um Sokolows Tür kümmerte sich sein Aufpasser. Eva stieg widerwillig aus. Der Russe hatte den Wagen bereits umrundet und war an ihrer Seite.

„Folgen Sie mir und steigen Sie von vorne in den Hubschrauber ein. Er hat hinten ebenfalls Rotoren und wir wollen ja nicht, dass Ihnen etwas passiert." Dann wieder dieses ekelhafte Lachen, als ob er seine eigenen Witze als die besten empfinden würde – was er wahrscheinlich auch tat. Sie blieb ihm eine Antwort schuldig, folgte ihm aber. Instinktiv zog Eva den Kopf ein, als sie sich dem Hubschrauber näherte, dessen obere Rotoren sich bereits leicht drehten. Sie war noch nie auch nur in die Nähe eines solchen Teils gekommen. Wäre die Situation nicht so absurd gewesen, hätte sie sicherlich gespannt und enthusiastisch ihren ersten Hubschrauberflug erwartet. Um sich über die Einladung eines verrückten Russen zu freuen, fehlte ihr momentan allerdings der Humor. Eva stieg nach Sokolow in den Hubschrauber und wurde auf dem Sitz neben ihm platziert. Der Pilot kam nach hinten und begrüßte die beiden auf Englisch. Der hatte anscheinend keine Ahnung. Konnte sie ihn um Hilfe bitten? Wahrscheinlich keine gute Idee, also ließ sie sich von ihm bei den Gurten helfen. Dann drückte er ihr Kopfhörer in die Hand und erklärte, wie sie das Mikrofon benutzen musste, wenn sie etwas sagen wollte.

Die Türen schlossen sich und der Pilot nahm vorne Platz. Er drückte einige Knöpfe, checkte nochmals die Armaturen und Anzeigen und fragte dann: „Alle startklar, Sir? Miss?"

Die Rotorblätter begannen sich schneller zu drehen und Eva hörte Sokolows Stimme durch die Kopfhörer. Er klang weit entfernt, als ob er etwas durch ein Funkgerät aus zweihundert Metern Entfernung sagen würde. „Ja, startklar. Kann losgehen."

„Roger. Der Flug nach London wird angenehm werden, das Reisewetter ist hervorragend. Es ist alles abgesprochen. Wir landen, wie geplant, direkt am Hotel."

„Dann los! Eva, mit einem Privatflugzeug ginge die Reise schneller, aber dann hätten wir wieder einen lästigen Transfer vom Flughafen nach London Downtown."

Die Reise ging also nach London. Eva war erleichtert. Sie hatte schon die Befürchtung gehegt, er würde sie womöglich nach Russland verschleppen, wo sie sich nicht mal mehr verständigen könnte. Ob sie schon vermisst wurde? Sophie hatte geschrieben, dass sie nachmittags zum Haus kommen wollte. Dann würde sie ihre Sachen und ihr Handy finden und sich denken, dass sie wahrscheinlich auf einem Spaziergang war.

Evas Gedanken wurden vom Start und der Bewegung des Hubschraubers unterbrochen. Es fühlte sich seltsam an. Der hintere Teil hob sich zuerst, was wahrscheinlich an den Rotoren lag, aber alles ging ganz schnell, dann schwebten sie nach vorne weg und flogen immer höher in die Luft. Die schwarze

Limousine wurde rasch kleiner. Niemand winkte ihnen hinterher, was auch lächerlich gewesen wäre, aber Sokolows Angestellte bewegten sich überhaupt nicht, solange sie noch in Sichtweite waren. Und dann waren sie hoch in der Luft und alles sah von oben winzig aus. Eva konnte nichts wiedererkennen, trotzdem starrte sie wie gebannt aus den Fenstern nach unten. Was für ein Erlebnis! Aber sie wollte dem miesen Schwein nicht die Genugtuung geben und ihm überhaupt eine Gefühlsregung zeigen.

Nach einer Weile hatte sie sich an den Flug im Hubschrauber gewöhnt und ihre Gedanken kreisten um ihre festgefahrene Lage: Ob Ian sich überhaupt dafür interessierte, dass sie fort war? Würde er sich von Sokolow erpressen lassen? Das durfte keinesfalls geschehen. Aber was würde dann mit ihr passieren? War er wirklich so eiskalt und würde ihr etwas antun, wenn er feststellte, dass sie gar nicht der Lockvogel war, für den er sie hielt? Eva schauderte beim Gedanken daran. Sie würde sich was einfallen lassen müssen. Er hatte immer wieder betont, dass sie sein Gast sei. Er würde sie doch nicht in einem Hotelzimmer einsperren?

Ian parkte den Range Rover vor Sophies kleinem Reihenhaus. Seine Hände waren feucht. Ob sie noch sauer auf ihn war? Gleich würde er es erfahren. Es hatte länger gedauert, bis er losgekommen war. Er war nach dem Frühstück von Freunden seiner Eltern aufgehalten worden, die derzeit Gäste auf Glennmore Castle waren. Er hatte nicht unhöflich sein wollen und sich erst nach einer guten Stunde mit einer lahmen Entschuldigung von dem älteren Ehepaar verabschiedet.

Er stieg aus seinem Wagen, ging zur Haustür und klingelte. Keine Reaktion. Er versuchte es noch einmal. Er spürte das Pochen seines Pulses in den Ohren.

Vielleicht war sie unterwegs. Natürlich, sie war sicher am Strand und suchte nach Seehunden. Ian marschierte los und klappte den Kragen seiner Jacke nach oben. Zum eisigen Wind hatte nun noch leichter Nieselregen eingesetzt, aber er ließ sich nicht davon stören. Er hatte nur eines im Sinn, nämlich Eva zu finden und endlich wieder in seinen Armen zu halten.

Ian lief fast zwei Stunden am Strand entlang, in der Hoffnung, sie zu finden, aber von Eva war keine Spur zu sehen. Ihm war ein einzelner Spaziergänger mit seinem Hund begegnet, aber der hatte kein blondes Mädchen gesehen. Wo steckte sie nur? Ian begann sich Sorgen zu machen. War sie doch abgereist? Und er hatte immer noch nicht ihre Telefonnummer! Verdammt! Als er zurück am Haus war, klingelte und klopfte er noch mehrmals, aber niemand öffnete ihm. Er lugte durch die Fenster, falls sie sich vor ihm versteckte, weil sie ihn nicht sehen wollte. Aber das Haus lag still, kein Licht, keine Geräusche. Eva war nicht da.

Ian stieg wieder ins Auto und fuhr zurück ins Schloss. Hatte Sophie ihn angelogen? Jetzt blieb ihm nur noch die Möglichkeit, sie anzurufen. Ans Telefon würde sie ja wohl gehen, er brauchte nur von Mason ihre Nummer. Hoffentlich erwischte er sie, bevor sie in den nächsten Flieger nach Frankfurt stieg. Dieser Sturkopf von einem Mädchen machte es ihm aber auch wirklich nicht leicht.

Ian parkte den Wagen direkt vor dem Hoteleingang, ohne einen Gedanken daran zu verschwenden, ob er damit an- oder abreisende Gäste behinderte.

„Sir?" Mason sah ihn über den Rand seiner Brille fragend an.

„Ich brauche Evas Telefonnummer!"

Mason legte den Stift zur Seite und setzte sich nun vollständig auf. „Was ist das nur mit der Telefonnummer von diesem Mädchen? Andauernd fragt jemand danach."

Ian horchte auf. „Was ist los, Mason? Wer hat danach gefragt?"

„War ganz seltsam. Als Sie mit ihr unterwegs waren, am Morgen, kurz bevor Sie wieder hier angekommen sind, da war ein Mann hier. Kam mit einer dicken Limousine hier auf den Hof gefahren und sagte, dass er sie suchen würde. Wollte irgendwas von ihr wissen. Was weiß ich, was das Mädchen in ihrer Freizeit so treibt. Der Mann machte den Eindruck, dass er Eva gut kennen würde."

„Und hat er die Nummer bekommen?"

„Natürlich, Sir."

Ian stöhnte auf und Ärger kochte in ihm hoch. „Das gibt's doch nicht, Mason!"

„War das ein Fehler?" Mason erhob sich und stand stocksteif hinter seinem Schreibtisch. Der Verdacht, dass Sokolow etwas mit ihrem Verschwinden zu tun haben könnte, raubte Ian fast den Verstand. „Ob das ein Fehler war?", donnerte er los. „Ja, das war ein verdammt beschissener Fehler! Wir geben nicht einfach Telefonnummern an wildfremde Männer raus, ist das klar? Egal, mit welchen Limousinen die hier anreisen! Wo ist ihre Nummer? Mann, das ist jetzt verdammt wichtig. Ich muss sie finden!"

Mason wirkte beinahe einen Kopf kleiner, als er Evas Unterlagen aus einem Ordner in seinem Schreibtisch herauszog.

„Tut mir leid, Sir. Wenn ich gewusst hätte …"

„Jetzt ist es zu spät! Ihre Nummer!"

Mason kritzelte ein paar Zahlen auf ein Blatt und Ian riss ihn beinahe unter seinen Fingern weg, bevor er fertig war.

„Ich hoffe sehr, dass ich sie bald finde. Das war wirklich keine Glanzleistung, Mason!", brüllte Ian und stürmte aus dem Büro des alten Mannes, den er eben als Blitzableiter für sein eigenes Versagen benutzt hatte. Natürlich konnte Mason nichts dafür, dass er so blöd war, Eva so lange über seine Gefühle und Motive für die Lüge im Dunkeln zu lassen, bis sie mit Sokolow unterwegs war. Denn wer außer dem Russen sollte es sonst gewesen sein? Und jetzt war Eva mit ihm fortgegangen. Er durfte nicht zulassen, dass sie ihn für Sokolow sitzen ließ.

Ian wählte Evas Nummer, aber nach ein paarmal Klingeln ging die Mailbox ran. Wahrscheinlich wollte sie nicht mit ihm sprechen. Was hatte der Russe vor? Wollte er ihm nun Eva wegnehmen, als Rache dafür, dass Jamila sich damals für ihn entschieden hatte? Er hoffte inständig, dass Eva sich nicht darauf einließ.

Wo sollte er sie suchen? Das Arschloch konnte sie sonst wohin bringen! Ian ging zum Auto und fuhr los. Er hatte noch kein Ziel, aber das würde er bald haben. Er wählte Sokolows Nummer und nach dreimaligem Klingeln nahm dieser ab. Ian hörte seine schleimige Stimme durch die Freisprechanlage.

„Ian, welche Überraschung. Was gibt's?"

„Sie wissen genau, weshalb ich anrufe. Wo ist Eva?"

„Ach, deswegen rufen Sie an! Sie ist bei mir. Sie ist mein Gast. Nicht wahr, Eva?"

„Lassen Sie mich mit ihr sprechen."

„Ich weiß nicht, ob sie das möchte. Der Flug nach London war anstrengend, sie ist vielleicht müde."

„Sokolow, wenn das die Rache wegen Jamila ist, dann … Jamila und ich haben uns getrennt, sie ist wieder frei –"

„Sie Idiot", unterbrach der Russe ihn. „Es geht schon lange nicht mehr um Jamila. Die Schlampe ist mir doch egal. Ich will Blanrych Manor. Der Eigentümer will nur an Sie verkaufen, aber anscheinend wendet sich das Blatt gerade, denn Sie werden ihn davon überzeugen, dass ich der richtige Käufer bin. Dann bringe ich Ihnen Eva unbeschadet zurück. Sie ist doch so ein süßes, zartes Pflänzchen!"

Die Wut legte sich um Ians Hals wie eine Schlinge, die sich immer enger zuzog. „Verdammt, lassen Sie mich mit ihr reden! Ich will wissen, dass es ihr gutgeht."

„Gut, aber nur kurz. Eva?"

Ian hörte, wie das Telefon weitergereicht wurde.

„Ja?", hörte er sie sagen. Sein Herz drohte vor Sorge aus der Brust zu springen.

„Eva, mach keine Dummheiten. Mach, was Sokolow dir sagt. Ich werde alles arrangieren, dann komme ich zu dir. Hörst du? Geht's dir gut?"

„Ian", rief sie aufgeregt, „lass ihn nicht gewinnen! Mir geht's gut, mach dir keine Sorgen um mich –"

Ihr Entführer riss Eva das Telefon aus der Hand. „Das reicht jetzt", fügte er unnötigerweise hinzu. „Wir haben uns verstanden, MacLachlan, nicht wahr? Eva bleibt mein Gast, bis alles über die Bühne gegangen ist."

„Ich warne Sie, wenn ihr etwas passiert ..."

„Aber, aber, Ian, sie wird behandelt wie eine Prinzessin."

Sokolow legte auf und die Verbindung war unterbrochen.

Verdammt! Ian schlug aufs Lenkrad ein und trat das Gaspedal durch. Er buchte sich telefonisch den nächsten Flug nach London; alles andere würde ihn noch mehr Zeit kosten.

„Verfickte Scheiße!", schrie er in den Wagen. Die Polizei einzuschalten, wäre in jedem Fall sinnlos. Ian hatte keine Beweise dafür, dass Sokolow Eva entführt hatte, und der Russe hatte offiziell eine reine Weste. Was auch immer er sich zu Schulden kommen lassen hatte, bisher war er immer davongekommen, ohne dass man ihm etwas nachweisen hatte können.

Ian war halb krank vor Sorge. Er machte sich Vorwürfe, dass er Eva am Telefon nicht direkt gesagt hatte, dass er sie liebte. Wer wusste schon, was noch passieren würde ... Er würde nichts riskieren und Evas Wohlergehen stand an oberster Stelle. Dennoch überlegte Ian, wie er mit der Situation umgehen sollte. Die Verträge waren schnell geändert, daher zögerte Ian noch, seinen Anwalt anzurufen.

Eva war noch immer sehr aufgewühlt. Ians Stimme zu hören, war schön und verwirrend zugleich gewesen. Sie befand sich nun in einer Hotelsuite in einem offenkundig sehr noblen

Londoner Hotel. Sie hatte aus ihren Fenstern eine großartige Sicht auf den Big Ben und über das umliegende Finanzviertel.

Sie war eine Luxusgefangene. Wenn es nicht so ernst gewesen wäre, hätte sie beinahe darüber lachen können. Es war einfach absurd, wie der Hubschrauber auf dem Dach des Hotels gelandet und sie von einem Hotelmitarbeiter direkt in ihre Etage geführt worden war. Sokolow hatte tatsächlich eine ganze Etage in diesem Hotel gemietet, wie er ihr wie ein Gockel mit vor Stolz geschwollenem, vergoldetem Kamm erzählt hatte. Vor ihrer Suite war natürlich ein Bodyguard platziert worden, der sie sicher nicht nach draußen begleiten würde.

Hätte ihr jemand noch vor drei Wochen erzählt, was sie während ihres Praktikums alles erleben würde, hätte sie denjenigen ausgelacht. Aber die Situation war zu ernst, um darüber zu lachen. Sie fand keine Ruhe und lief daher in ihrer Suite nervös umher. Unter normalen Umständen hätte sie die Atmosphäre dieser teuren Umgebung in sich aufgesogen, aber wie die Dinge lagen, hatte sie keinen Nerv dafür, die eigenartige Melange aus Alt und Neu mehr als beiläufig zu bewundern. Sie wusste nicht viel über Design, aber dass das Hotel hier eine ganz besondere Mischung aus viktorianischen Stilelementen mit sich abwechselnden Art-déco-Elementen aufwies, blieb ihr sogar in der jetzigen Situation nicht verborgen. Es wunderte Eva nicht, dass Sokolow auf diese eigenartige Noblesse und Opulenz abfuhr. Es war gar nicht ihr Stil und selbst wenn sie das Geld gehabt hätte, wäre sie nie in einem solchen Hotel abgestiegen. Aber jetzt saß sie hier fest. Und ihretwegen würde Ian womöglich Blanrych Manor verlieren! Das durfte einfach nicht passieren.

Es klopfte leise an ihrer Tür und als sie nicht antwortete, öffnete sie sich wenig später und ein Zimmermädchen schob einen silbernen Servierwagen herein.

„Guten Abend, Madam. Das hier wurde für Sie bestellt. Benötigen Sie noch etwas? Vielleicht eine Massage morgen

Früh? Die ist wirklich ganz hervorragend bei uns. Ich könnte für zehn etwas für Sie arrangieren, dann haben Sie Zeit zum Ausschlafen. Unsere Masseurin würde direkt zu Ihnen aufs Zimmer kommen."

Eva war total überfahren und wollte alles, nur keine Massage während ihrer Gefangenschaft.

„Äh, nein, vielen Dank."

„Aber Mr. Sokolow meinte ..."

„Es ist mir verdammt egal, was der Herr meint!", unterbrach Eva sie. Sofort tat es ihr leid, als sie sah, wie verschreckt das junge Zimmermädchen mit den dunklen Haaren sie anstarrte.

„Entschuldigen Sie bitte. Dann wüsche ich Ihnen einen guten Appetit. Wenn noch was ist, lassen Sie es mich wissen."

„Natürlich. Ähm, vielen Dank." Sie überlegte kurz, ob sie dem Zimmermädchen eine Nachricht für Ian mitgeben könnte, oder ob es was nützen würde, wenn sie ihr sagte, dass sie gegen ihren Willen hier war. Aber höchstwahrscheinlich hatte sie Instruktionen von Sokolow bekommen, warum sonst sollte sie so verängstigt auf sie wirken?

Dass das Zimmermädchen nicht vor ihr knickste, war auch schon alles. Eva konnte mit einem derart devoten Benehmen schlecht umgehen, aber anscheinend fanden viele reiche Leute das gut. Ihr widerstrebte es zutiefst. Sie ging zum Servierwagen und hob die silberne Glocke an. Auf dem Teller lag ein duftendes, perfekt gebratenes Steak, dazu gab es eine gelbliche Sauce – vielleicht Bernaise? – und Kartoffeln, die in Butter mit Petersilie geschwenkt worden waren. Eva bemerkte erst jetzt, wie unglaublich hungrig sie war. Durch die ganze Aufregung hatte sie gar nicht daran gedacht, dass sie außer dem Gebäckstück am Morgen nichts zu sich genommen hatte. Die Angst und Sorge schlugen ihr jedenfalls nicht auf den Magen – noch nicht. Deswegen setzte sie sich und begann mit dem Dinner. Fernsehen ging, also schaltete sie den Flatscreen ein. Die Telefone hatte jemand entfernt, sodass sie niemanden anrufen konnte. Dumm war Sokolow jedenfalls nicht, das konnte man ihm nicht nachsagen. Sie verputzte das Medium gebratene Steak und ließ nur noch zwei halbe Kartöffelchen übrig.

Eva überlegte kurz, ob Sokolow sie vielleicht vergiften würde, verwarf den Gedanken jedoch sofort wieder. Warum sollte er sie in einem Luxushotel in London umbringen? Wenn er das gewollt hätte, wäre sie irgendwo in Schottland in einem Loch gelandet. Trotzdem behagte ihr der Gedanke nicht und sie ließ den Dessertlöffel sinken. Der Appetit auf Crème Brulée war ihr jedenfalls vergangen.

Sie war rastlos, es gab nichts zu tun in dieser Suite. Sie ging ins Badezimmer – überall opulenter Travertin, goldene Armaturen und bodenhohe Spiegel, sogar in der Dusche. Die Steine waren natürlich beheizt und die Wärme kroch durch ihre Strümpfe. Eva nahm eines der kleinen Fläschchen aus dem Regal. Nur teure Luxuskosmetika, Badeöle, Seifen, Cremes und sogar Parfum. Verrückt! Wahrscheinlich war es das einzige Mal in ihrem Leben, dass sie sich als Gast in einem Hotel dieser Preisklasse befinden würde, deswegen entschied sie sich für ein Bad. Was konnte sie schon sonst hier tun? Erstaunt stellte sie fest, dass sogar im Badezimmer ein Fernseher im Spiegel integriert war. Sowas hatte sie noch nie gesehen. Wahnsinn! Eva suchte einen Film aus – eine romantische Liebeskomödie mit Sandra Bullock, die sie nicht kannte, irgendwas zum Ablenken. Der Videotext verriet ihr den Titel: *Selbst ist die Braut*. Sie goss Badeöl ins Wasser und zog sich dann langsam aus. Zur Sicherheit verriegelte sie die Badezimmertür. Sie hatte wenig Lust auf Gesellschaft vom Bodyguard oder Sokolow höchstpersönlich. Während sie sich in der Badewanne räkelte und auf den Bildschirm starrte, grübelte sie, wie sie aus dieser Nummer hier herauskommen konnte, ohne dass Ian Blanrych Manor aufgeben musste. Sie würde es sich nie verzeihen, wenn sie Schuld daran tragen würde, dass das traditionsreiche Haus zerstört wurde. Aber so sehr sie sich auch den Kopf zermarterte, es fiel ihr einfach keine passende Lösung ein. Wie kam sie aus dem goldenen Käfig nur heraus?

Ian befand sich in einem Ausnahmezustand. Den ganzen Flug über hatte er alle zwei Minuten auf seine Uhr gesehen, wann sie endlich landen würden. Wie sollte er Eva finden? London war riesig und die Suche nach ihr würde der sprichwörtlichen Nadel im Heuhaufen gleichkommen. Mit seinem Anwalt hatte er bereits gesprochen. Dexter war natürlich überrascht gewesen, als Ian ihm gesagt hatte, dass die Verträge noch einmal geändert werden sollten. Der Anwalt hatte versucht, seinen Mandanten zur Vernunft zu bringen, aber schließlich war Ian sauer geworden und hatte ihn angebrüllt, dass es seine Sache sei. Er würde morgen in die Kanzlei gehen und alles Nötige unterzeichnen. Ian sah keine andere Lösung, Eva durfte nichts passieren. Er hätte sie niemals gehen lassen dürfen, aber jetzt war es zu spät und ihre Sicherheit hatte oberste Priorität. Auf dem Weg zum Hotel telefonierte er mit seiner Mutter.

„Darling, schön, deine Stimme zu hören."
„Mum, ich wollte fragen, wie es dir geht. Bist du nervös?"
„Natürlich bin ich das, aber es ist sicher alles gut."
„Ja, das hoffe ich sehr. In drei Tagen haben wir das Ergebnis. Ich, äh, habe in London zu tun. Ich melde mich dann bei dir."
„Ja, sehr gerne. Aber ich hoffe, du nimmst die Reise nicht nur wegen mir auf dich?"
„Nein, Mum, aber selbst wenn –"
„Bist du im Auto?"
„Ja. Im Taxi"
„Ach, du bist geflogen?"
„Ja, es war ein recht spontaner Trip, Mum."
„Pass auf dich auf, Darling."

Ian musste grinsen. Mütter hörten niemals auf, sich Sorgen zu machen. Es tat ihm in diesem Moment gut, zu wissen, dass er nicht alleine auf der Welt war und jemand mit ihm fühlte, auch wenn er seiner Mutter nichts von Sokolow und Eva erzählen konnte. Er wünschte sich von ganzem Herzen, dass er seiner Mum Eva am Ende der Woche vorstellen konnte. Er wusste, dass sie sie lieben würde. So wie er.

„Klar, Mum, mach' ich. Ich wollte nur kurz deine Stimme hören."

„Hat mich gefreut, Darling."

„Okay, ich melde mich. Gute Nacht."

Er hatte dem Taxifahrer die Adresse seines Hotels in Mayfair angegeben. Da er keine Ahnung hatte, wo er mit der Suche anfangen sollte, wollte er die Zentrale der Nachforschungen dort einrichten. Ian stieg mit letzter Kraft aus dem Wagen und nahm den Fahrstuhl in die Lobby. Dort wurde er überschwänglich vom Personal der Nachtschicht begrüßt und man begleitete ihn ohne Umschweife in eine freie Suite, wo sich Ian sofort an den PC setzte und überlegte, wo er Eva an Sokolows Stelle gefangen halten würde. Wenig später traf Dexter mit einem hochdotierten Privatdetektiv ein. Er hatte Erkundigungen über Sokolow eingeholt und hoffentlich einige Neuigkeiten für ihn.

Kapitel 14

Zu ihrem großen Erstaunen hatte Eva ganz gut geschlafen. Nur das Einschlafen hatte ewig gedauert. Sie war viel zu aufgedreht gewesen, viel zu erbost darüber, dass Sokolow sie hier festhielt und sie machtlos war. Ausgeliefert und schwach. Genau das, was sie niemals sein wollte. So hatte sie zwar gut, aber lediglich kurz geschlafen. Trotzdem war das nicht ihr Hauptproblem. Sie hatte immer noch keine Lösung gefunden, wie sie hier rauskommen konnte. Sokolow war so nett gewesen und hatte ihr ein paar Kleidungsstücke besorgen lassen. Sie hatte sie erst nicht tragen wollen, sich am Ende aber doch dafür entschieden, da es dem Russen wahrscheinlich sowieso piepegal war, ob sie die Sachen anzog oder nicht. Nun lagen die Klamotten auf einer Chaiselongue verstreut, da sie sich nur einen Pyjama für die Nacht herausgesucht und den Rest einfach auf die Seite gepfeffert hatte.

Eva sprang aus dem Bett und überlegte kurz. Sie schlich sich leise zur Tür und öffnete sie einen Spalt. Vielleicht war der Bodyguard ja eingeschlafen oder auf dem Klo? Leider nicht. Er stand wie ein Schrank vor der Tür und drehte sich um, als er bemerkte, dass sie die Suite verlassen wollte. Schnell knallte sie die Tür wieder zu und ihr entfuhr ein derber Fluch.

Das hätte sie sich gleich denken können. Wütend kramte Eva im Kleiderhaufen. Da sie vermutlich noch eine Weile hier gefangen sein würde, zog sie einen Jogginganzug heraus. Ironischerweise war es einer von Prada, der wahrscheinlich mehr gekostet hatte, als sie in einem ganzen Jahr in der Bar verdiente. *Scheiß drauf!*, dachte sie sich. Anzünden sollte sie den Mist! Eva erstarrte mitten in der Bewegung. Das war im wahrsten Sinne des Wortes die zündende Idee. Fieberhaft überlegte sie, wie sie sie umsetzen konnte, während sie sich die Zähne putzte und sich soweit frisch machte, dass sie sich einigermaßen okay fühlte. Nach dem gestrigen Bad hielt sie es für unnötig, schon wieder zu duschen. Außerdem hatte sie etwas Besseres vor.

Gerade als sie mit ihren Vorbereitungen fertig war, öffnete sich die Tür und ein anderes Zimmermädchen kam mit dem Frühstück herein. Der Servierwagen sah jedenfalls ganz danach aus. Eva versuchte, so gelangweilt wie möglich auszusehen. Wobei es dem Hotelpersonal letzten Endes wahrscheinlich ohnehin egal war, ob sie gut oder schlechtgelaunt war, denn Trinkgeld bekamen sie keines von ihr, da sie keinen Penny bei sich trug. Das könnte sich noch als Schwierigkeit erweisen, aber einen Schritt nach dem anderen, ermahnte sich Eva still.

„Guten Morgen, Miss. Wo darf ich Ihr Frühstück abstellen?"

„Guten Morgen, dort drüben bitte."

„Sehr gerne, Miss. Haben Sie gut geschlafen?"

Musste sie wirklich auch noch Smalltalk betreiben? Eva unterdrückte einen Seufzer und antwortet höflich: „Ja, vielen Dank."

„Wunderbar, wenn Sie etwas benötigen ..."

„Ja, ich weiß, dann lasse ich es Sie wissen. Schon gut, danke."

Das blonde Mädchen schaute etwas irritiert, wandte sich aber sofort ab und nickte ihr freundlich zu. „Auf Wiedersehen, Miss. Ich wünsche Ihnen einen schönen Tag." Dann verließ sie das Zimmer auf leisen Sohlen. Was mochte sie davon halten, dass ein *Man in Black* vor ihrer Tür stand, fragte sich Eva stirnrunzelnd. Vielleicht stieg Sokolow ja öfter hier ab und ließ die Zimmer bewachen, was wusste sie schon. Sie hatte keinen Hunger, zwang sich aber, etwas zu essen. Sie war viel zu gespannt, ob ihr Plan aufgehen würde. Eva schob sich gerade eine Gabel Egg Benedict in den Mund, als die Tür zu ihrer Suite erneut aufgestoßen wurde. Diesmal war es Sokolow und der Bissen blieb ihr beinahe im Halse stecken. Der Kerl klopfte nicht mal an. Frechheit! Aber was sollte man von einem Arschloch wie ihm schon erwarten? Eva reckte das Kinn ein wenig in die Höhe.

„Guten Morgen, Eva. Haben Sie gut geschlafen?"

„Was interessiert es Sie denn? Haben Sie bekommen, was Sie wollten?" Eva hoffte inständig, dass Ian nicht so dumm war, ihm Blanrych Manor zu überlassen. Noch ein Grund mehr, so bald wie möglich abzuhauen.

„Noch nicht, aber es wird nicht mehr lange dauern."

Sokolow nahm sich ein Stück Toast von ihrem Teller und steckte es sich in den Mund. Ihr Blick fiel auf seinen goldenen Siegelring. *Wie abstoßend der Kerl ist*, dachte sie ekelerfüllt.

„Sehr gut, das Frühstück hier, nicht wahr?", fügte er kauend hinzu und lächelte sie an. Es war ein Grinsen, das einem Bond-Bösewicht zu Ehren gereicht hätte, und dann war er auch noch Russe. Sie sollte Angst haben vor dem Kerl, das wusste sie.

„Hoffentlich bleibt es Ihnen im Hals stecken!", rief sie dennoch, ohne über die Konsequenzen ihrer Provokation nachzudenken. Der Russe holte aus und schlug ihr ins Gesicht. Evas Kopf flog zur Seite. Ihre Wange brannte, aber sie hielt seinem Blick stand. Er würde sie nicht kleinkriegen.

„Respekt, meine Liebe. Zeigen Sie etwas mehr Respekt und erinnern Sie sich daran, dass hier besser alles nach Plan läuft! Wir wollen doch beide, dass alle unbeschadet aus der Sache herauskommen, nicht wahr?" Damit drehte sich Sokolow um und steuerte die Tür an. Sie wollte ihm ins Gesicht spucken, aber leider war er schon zu weit weg.

Hatte er Ian eben bedroht? Eva wurde ganz anders und sie hatte Mühe, die plötzlich aufsteigende Übelkeit zu unterdrücken. Diese Genugtuung wollte sie dem Kriminellen nicht geben, daher schluckte sie die bittere Galle hinunter und straffte sich. Sokolow wandte sich noch einmal zu ihr um. Sein Gesichtsausdruck war nichtssagend, das Lächeln auf seine Lippen erreichte die eiskalten Augen nicht. „Genießen Sie den Tag hier. Sie sollten wirklich eine Massage probieren, kann ich nur empfehlen. Bis bald, Eva."

Bis bald, du Arschloch, dachte sie, sprach es jedoch nicht aus. Sie war wieder alleine in der Suite. Eva schob den Servierwagen beiseite und lief unruhig auf und ab. Wie lange konnte es wohl noch dauern?

Sie stellte den Fernseher an und ließ BBC 1 im Hintergrund laufen, währenddessen überprüfte sie noch einmal, dass sie ihr wichtigstes Hilfsmittel noch in der Jogginghose stecken hatte. Jetzt durfte nichts schiefgehen! Sie hatte die Kleidung nicht gewechselt, um keine Aufmerksamkeit zu erregen. Es sollte ganz danach aussehen, dass sie sich ihrem Schicksal ergeben hatte und auf ihre Freilassung wartete.

Eva musste sich noch eine ganze Stunde gedulden, bis es endlich wieder an ihrer Tür klopfte und ein weiteres Zimmermädchen hereinkam.

„Guten Morgen, Miss. Darf ich bei Ihnen saubermachen und aufräumen?"

„Natürlich. Nur zu."

Evas Herz hämmerte in ihrer Brust. Die Tür stand offen, der Bodyguard war durch einen anderen ersetzt worden. Wahrscheinlich durfte Nummer eins jetzt etwas schlafen – aber auch *zu* fürsorglich von Sokolow. Sie verzog das Gesicht zu einer Grimasse.

Das Mädchen hatte einen kleinen Eimer in der Hand und einen Korb mit Putzmitteln dabei. Sie trug hellblaue Gummihandschuhe und ein weißes Häubchen. Eva betrachtete sie fasziniert. Sowas hatte sie bisher nur in Filmen gesehen – eine Reinigungsfrau mit Häubchen. Wie lächerlich!

Eva spazierte im Zimmer umher und näherte sich der Tür, dann spähte sie hinaus auf den Flur. Es war niemand sonst zu sehen, nur das Wägelchen mit der Schmutzwäsche, der Staubsauger und Putzutensilien. Eva konnte keinen zweiten Bodyguard ausfindig machen. Vielleicht war Sokolow ausgegangen und hatte einen mitgenommen. Er war sich seiner Sache ganz schön sicher. Eva strich sich unbewusst über die Wange, auf die er sie geschlagen hatte, und schloss die Tür ein wenig, ließ sie aber nicht ganz ins Schloss fallen. Dieses Schwein durfte nicht gewinnen, dafür würde sie sorgen! Ihr Puls raste, ihre Hände waren feucht. Gleich würde es losgehen. Sie hatte gesehen, was sie sehen wollte.

Das Zimmermädchen war im Schlafzimmer und bezog das Bett frisch. Als ob das nach fünf Stunden Schlaf nötig gewesen wäre! Aber sie hatte keine Zeit, sich damit zu befassen. Eva schnappte sich eine Flasche Reinigungsmittel und prüfte das Etikett. Ja, das war das Richtige, damit sollte es klappen. Sie bewegte sich leise wie eine Katze und begann, das Putzmittel auf die Vorhänge des Suite-Wohnzimmers zu spritzen. Es dauerte nicht lange, aber für Eva fühlte es sich an, als würde sie Stunden brauchen, bis die Flasche endlich leer war. Dann ließ sie die leere Plastikverpackung auf den Teppich fallen und kramte in ihrer Hosentasche.

Da waren sie! Eva holte drei Päckchen hoteleigene Streichhölzer aus der Tasche, ihre Finger zitterten. Verdammt, das erste Streichholz zerbrach. Tief durchatmen! Eva schloss die Augen für eine Sekunde, dann versuchte sie es erneut. Es funktionierte; das Streichholz entzündete sich. Sie hielt es an die untere Kante des Vorhangs, der sich dank des Brandbeschleunigers relativ leicht entzünden ließ. Sie hörte Geräusche aus dem Schlafzimmer. Nein, das Zimmermädchen durfte nicht rauskommen, daher rief sie: „Ich bin nackt! Wenn Sie einen Moment im Schlafzimmer warten könnten? Ich gebe Ihnen dann Bescheid!"

Eva atmete auf, als sie ein „Ja, selbstverständlich, Miss" vernahm. Schnell, noch ein weiteres Streichholz und den Vorhang etwas weiter rechts in Brand stecken. Eva gelang ihre Sache gut. Bereits nach wenigen Minuten brannten die Vorhänge im Wohnzimmer der Suite auf ganzer Länge und sie musste wegen der Rauchentwicklung husten.

Daraufhin rief sie laut: „Feuer! Feuer! Es brennt!"

Es dauerte keine drei Sekunden, bis der Bodyguard ins Zimmer stürzte. Eva musste ein Lachen unterdrücken, als sie seinen schockierten Gesichtsausdruck sah. Das Zimmermädchen kam aus dem Nebenraum, ließ die schmutzigen Laken auf den Boden fallen und schlug die Hände vors Gesicht.

„Jesus Christus! Machen Sie doch etwas, Mann! Los, einen Feuerlöscher oder irgendwas!" Sie zerrte am Bodyguard, der zunächst zögerte, sich dann aber doch in Bewegung setzte und davonlief. Das Zimmermädchen sprang aufgeregt umher und beachtete Eva nicht weiter.

Ihr Moment war gekommen. Sie ergriff die Flucht. Eva wollte die Etage so schnell wie möglich verlassen, aber den Aufzug hielt sie für zu riskant. Was, wenn unten noch ein Bodyguard stand? Sie suchte nach einem Zugang zum Treppenhaus. Erleichtert atmete sie auf, als sie bei der Tür ankam.

Fuck! Verschlossen.

Die verdammte Tür war verschlossen!

Fieberhaft suchte sie nach einer Alternative. Was konnte sie nur tun? Nun war sie so weit gekommen! Es durfte nicht an einer verdammten verschlossenen Tür scheitern! Da erblickte sie den Putzwagen des Zimmermädchens. Eva rannte so leise wie möglich hin, schob den Putzwagen eilig aus der Gefahrenzone und sprang zwischen verschmutzte Handtücher und Laken, deckte sich damit zu und betete, dass bald jemand kam, um das Ding wegzuräumen.

Keine Minute zu früh, denn sie hörte Stimmen und Schritte. Den Putzwagen beachtete niemand. Dann hörte sie, wie jemand etwas von „Schlauch" rief. Es wurde lauter, Menschen husteten, sie glaubte Wasser und Zischlaute zu hören. Nach einigen Minuten waren die hektischen Stimmen etwas ruhiger geworden – sie schienen das Feuer in den Griff zu bekommen. *Warum, verdammt nochmal, bringt niemand die schmutzige Wäsche weg?,* dachte sie ungeduldig. Eva schwitzte, ihr Atem kam stoßweise. Sie fürchtete so sehr, dass sie jeden Moment entdeckt werden würde und alles umsonst gewesen war. Und dann ging die Sprinkleranlage los. Viel zu spät – da würde jemand im Hotel später nochmal mächtigen Ärger bekommen.

Hoffentlich war sie dann bereits weg. Sie hatte genug Handtücher und Laken über sich, sodass sie noch eine Weile von oben berieselt werden konnte, gleichzeitig war es ihr völlig egal, ob sie nass wurde. Hauptsache sie kam hier raus.

„Kommen Sie, Mann. Sie haben eine Rauchvergiftung, Sie müssen sich untersuchen lassen."

Ja, genau, dachte Eva. *Nehmt den Bodyguard mit.* Stimmen und Schritte entfernten sich, aber der Putzwagen stand noch immer auf dem Flur. Verdammter Mist, das konnte doch wohl nicht wahr sein! So kurz vor dem Ziel und so weit weg.

Gefühlte Stunden später – Eva hatte keine Ahnung, wie lange sie schon in dem Wagen kauerte; ihre Beine konnte sie schon seit Ewigkeiten nicht mehr spüren – hörte sie wieder Stimmen. Frauenstimmen.

„Madre mio! Was heute wieder los war. Aber die Dreckwäsche überlassen sie wieder mal uns." Eva hätte jubeln können, als der Wagen sich endlich in Bewegung setzte. Alle ihre Muskeln waren verkrampft und sie war schweißgebadet. Aber bald war sie frei! Hoffentlich. Die Frauen – sie meinte, es waren zwei – schoben den Wagen zu einem Fahrstuhl, bestimmt ein Dienstbotenaufzug, und dann ging es eine Weile abwärts. Sie hörte, wie sich die Türen des Lifts öffneten und der Wagen in einen Raum geschoben wurde. Definitiv ein anderer Untergrund, da man die Rollen deutlich hören konnte, was zuvor nicht der Fall gewesen war. Außerdem hallte es, als die Frau wieder sprach: „So, und das ist jetzt nicht mehr unser

Job, ich hab' Feierabend. Das kann jemand heute in der Spätschicht machen. Bis morgen, Maria!"

„Seh' ich auch so. Bis morgen, Jolanda!"

Jolanda, wer nannte sein Kind Jolanda? Eva zählte die Sekunden, bis sie endlich alleine war und sich aus ihrem selbstgewählten Gefängnis zwischen Schmutzlaken und Handtüchern befreien konnte. Sie hätte sich nie in ihrem Leben vorstellen können, einmal so dankbar für verdreckte Bettwäsche zu sein wie an diesem Tag. Nach und nach wurden die Stimmen der beiden Angestellten leiser und ihre Schritte verhallten. Eva glaubte sich alleine, aber ihr Herz klopfte ihr nach wie vor bis zum Hals. Sollte sie es wagen? Es war nichts zu hören außer dem gleichmäßigen Summen einer Lüftungsanlage. Sie war definitiv alleine. Aber wie lange noch?

Dann wagte sie es und lugte vorsichtig zwischen der Wäsche hervor. Sie musste blinzeln, da sie die ganze Zeit im Dunkeln verbracht hatte. Der Raum war nur spärlich beleuchtet und an der Decke hingen Neonröhren, von denen eine flackerte. Eva drückte sich aus dem Wagen heraus, aber ihre Glieder waren von der langen Zeit, in der sie zusammengekauert in ihrem Versteck ausgeharrt hatte, ganz steif. Ihr entfuhr ein leises Stöhnen und sie rieb sich die Kniegelenke, dann sah sie sich weiter um. Wie konnte sie hier rauskommen? Sie würde in dem durchgeschwitzten Designer-Jogginganzug auffallen wie ein bunter Hund, außerdem klebten ihr die Haare am Kopf. Aber für Eitelkeiten war keine Zeit. Eva sah zwei Türen am Ende des Kellerraums und schlich schnell hinüber, aber die erste war verschlossen. Bei genauerem Hinsehen fiel ihr auf, dass man einen elektrischen Chip oder eine Karte benötigte, um die Tür öffnen zu können. Sicherheitssystem. *Schöner Mist*, dachte sie. Dann versuchte sie die zweite Tür. Da war jemand nachlässig gewesen, sie war nur angelehnt. Ein Seufzer der Erleichterung kam über ihre Lippen, als sie vorsichtig in den Raum hineinspähte. Er war hell beleuchtet und sie sah mehrere Spinde. Anscheinend ein Umkleideraum für die Mitarbeiter des Hotels. Eva sandte ein weiteres Stoßgebet zum Himmel und hoffte, dass sie rauskam, ohne gesehen zu werden. Sie schlich sich in die Umkleide und zu ihrer großen Erleichterung war niemand dort. Schnell überflog sie die Räumlichkeiten und ihr Blick blieb an einer nur angelehnten Spindtür hängen. Eine Nachlässigkeit, die sie retten konnte. Eva rannte hinüber und riss die Tür auf. Im Schrank hing die Uniform, die die Zimmermädchen trugen. Eva seufzte. Vielleicht würde sie so unbemerkt aus dem Hotel kommen.

Ein leiser Schrei entfuhr ihr, als sie neben der Uniform ein Band mit einer Karte bemerkte. Damit würde sie die Türen öffnen können. Sie entschied sich gegen die Uniform, schnappte sich die Karte und eine schwarze Jacke, die daneben hing. Sie würde auf dem Weg nach draußen einfach die Kapuze überziehen.

Jetzt aber schnell raus hier, ermahnte sie sich und stürmte los. Sie hatte keine Ahnung wohin und nahm einfach die zweite Tür statt der, durch die sie hereingekommen war.

Zu ihrem Glück gab es auch in diesem Hotel einen extra Lieferanten- und Angestelltenecingang.

Eva zog sich die Kapuze tief ins Gesicht und verließ das Hotel in gemäßigtem Tempo, um kein Aufsehen zu erregen. Ihr begegneten zwei Männer, die einen hohen Wagen mit Lebensmitteln schoben, aber sie beachteten sie glücklicherweise nicht weiter. Sie steckte die Hände in die Jackentaschen, um noch lässiger zu wirken. Evas Finger schlossen sich um einige Münzen. Damit würde sie nicht weit kommen, aber irgendeine Lösung würde sie schon finden. Sie überlegte ungeduldig, wie Ians Anwalt hieß. Sie musste Sokolow aufhalten und hoffte, dass es noch nicht zu spät war, den falschen Deal mit Blanrych Manor zu stoppen.

Eva benötigte ihre Karte zweimal. Das Hotel war wirklich bestens gesichert, aber glücklicherweise konnte man menschliche Fehler nie ausschließen, und das verhalf ihr zur Freiheit. Als sie die letzte Tür nach draußen aufstieß und endlich die kühle Herbstluft Londons inhalieren konnte, wollte sie vor Freude schreien. Aber sie hielt sich zurück, noch war sie nicht in Sicherheit. Ihre weißen Turnschuhe waren auch nicht das Richtige für das noble Viertel, in dem das Hotel lag. Eva entschied sich dafür, nach links zu gehen, und lief einige Häuserblocks. Beim dritten Hotel ging sie in die Lobby und sah sich um. Der Concierge hatte zum Glück nicht viel zu tun, daher ging sie, ohne zu zögern, auf ihn zu und nahm die Kapuze ab. Wahrscheinlich sah sie aus wie ein Junkie auf Heroinentzug, aber sie hatte keine Wahl.

„Guten Tag."

„Guten Tag, Madam?" Der Concierge sah von seinem Bildschirm auf und musterte sie skeptisch.

Ihr blieb keine Zeit für lange Erklärungen, daher sprach sie direkt weiter: „Können Sie mir bitte kurz helfen? Ich muss mit einer Anwaltskanzlei sprechen. Es ist wirklich sehr wichtig, ich bin, äh, ausgeraubt worden und meine Dokumente und mein Handy sind weg. Wären Sie so freundlich, mich mit der Kanzlei Wayne Partners zu verbinden? Der Mann heißt Dexter."

Dann strich sie sich eine klebrige Haarsträhne aus dem Gesicht und sah den Concierge – auf seinem Namensschild stand William – eindringlich an. „Äh, natürlich, Madam. Einen Moment."

Eva schloss die Augen für eine Sekunde. Gott sei Dank. Es dauerte ein wenig und Evas Hände wurden wieder feucht. Sie warf einen Blick aus dem Fenster und ließ ihn unruhig über die Umgebung wandern, ob irgendwo einer von Sokolows Schränken auftauchte. Aber es war ruhig in der Lobby, ein Springbrunnen plätscherte in der Mitte und eine Frau mit zwei Kindern war auf dem Weg nach draußen.

„Hier, bitte. Es klingelt."

William, der Concierge, reichte ihr ein schnurloses Telefon, das sie hastig entgegennahm. Dann nahm eine Frau ab.

„Wayne Partners, guten Tag, was kann ich für Sie tun?"

Weil sie sich in der Aufregung nichts zurechtgelegt hatte, musste sie improvisieren.

„Guten Tag, ähm, würden Sie mich bitte mit Mr. Dexter verbinden?"

„In welcher Angelegenheit, Madam?"

„Stellen Sie mich schon durch, es ist wichtig!"

„Ich muss leider wissen, in welcher Angelegenheit, Madame!", bestand die Telefonistin am anderen Ende.

„Es geht um Blanrych Manor, einen Auftrag von Ian MacLachlan. Und jetzt beeilen Sie sich!"

Eva war froh, dass ihre Stimme so fest und energisch klang, denn sie fühlte sich ganz und gar nicht stark, eher das Gegenteil. Ihre Beine begannen zu zittern, ihr Magen fuhr Achterbahn und ihr Blutdruck fiel steil ab.

„Natürlich, Madam. Einen Moment bitte."

Eva hielt sich am Tresen des Concierge fest, um nicht umzukippen. William war eifrig damit beschäftigt, etwas auf seinem Bildschirm zu lesen. Eva konnte es ihm nicht verdenken, dass er die Ohren spitzte. Sie hörte die Musik der Warteschleife und gerade spürte sie, wie Panik aufzusteigen drohte, falls Dexter nicht zu sprechen war, als die Musik endlich unterbrochen wurde.

„Hallo?"

„Guten Tag, ich bin Eva Nowak, es geht um den Deal mit Blanrych Manor. Sie dürfen auf keinen Fall die Verträge für Sokolow umschreiben! Ich habe Ians Telefonnummer nicht und weiß nicht, wie ich ihn erreichen kann, aber ich bin hier in London, im, äh ...", sie schaute sich um und sah über der Rezeption in goldenen Lettern Park Plaza stehen, „Park Plaza in der Nähe des Big Ben." Dann wandte sie sich ein wenig ab. Alles musste der Concierge nun wirklich nicht mitbekommen.

„Sokolow hat mich sozusagen als Gast im Hotel eingesperrt, aber ich bin weggelaufen. Dem Deal steht nichts mehr im Wege!"

Am anderen Ende herrschte solche Stille, dass Eva schon dachte, er hätte aufgelegt oder die Leitung wäre unterbrochen worden, dann sprach Dexter jedoch: „Oh, jetzt verstehe ich! Vielen Dank, dass Sie mich anrufen. Ich bin, ähm, ein wenig überrascht! Das ist ja eine Geschichte. Das Beste wäre, Sie würden zu mir in die Kanzlei kommen."

„Das würde ich ja gerne, aber Sie können sich vorstellen, dass ich im Moment keine goldene Kreditkarte bei mir trage. Ich habe nur die Kleidung, die ich anhabe."

„Das ist kein Problem, das regeln wir. Können Sie sich ein Taxi besorgen?"

„Ja, das schaffe ich."

„Gut, lassen Sie sich an die folgende Adresse bringen. Ich werde Sie unten erwarten und die Taxirechnung begleichen."

„Okay, welche Adresse?"

„One, Silk Street."

„Wie lange braucht man von hier aus?"

„Eine halbe Stunde. Ich werde gleich Ian anrufen. Ich habe bereits heute Morgen mit ihm gesprochen und er hat erwähnt, dass Sie verschwunden sind. Er war sehr besorgt."

Evas Herz machte einen Satz. „Gut, dann bis gleich."

„Ich erwarte Sie. Bis gleich."

Eva gab dem Concierge das Telefon zurück und kramte in ihrer Tasche. Sie fand ein Zwei-Pfund-Stück, das sie dem Concierge auf den Tresen legte. „Dankeschön. Können Sie mir noch ein Taxi besorgen?"

„Klar, Madam, folgen Sie mir." William ging voraus. Glücklicherweise standen zwei schwarze Taxis vor dem Hotel und sie konnte gleich ins erste einsteigen.

„Auf Wiedersehen, einen schönen Tag noch", sagte William, bevor er die Tür zuschlug.

„One, Silk Street, bitte", sagte Eva noch einmal zum Taxifahrer und lehnte sich erschöpft in den Sitz zurück. Das Taxi kam nur langsam voran, aber Eva störte sich nicht daran. Hier fühlte sie sich einigermaßen sicher. Sie konnte auf dem Display vorne erkennen, dass es mittlerweile früher Nachmittag war. Was für ein Tag! Sie war noch nie in London gewesen und so hatte sie sich ihren ersten Besuch definitiv nicht vorgestellt. Eva lehnte ihren Kopf an und sah aus dem Fenster. Überall waren Leute, die meisten hatten es eilig. Das Wetter war wirklich so, wie sie es oft in Büchern gelesen hatte: der Himmel grau, die Luft nasskalt. Die Heizung im Taxi war auch nicht besonders, aber sie war frei. Das war definitiv das Highlight des Tages, wenn nicht des Jahres.

Sie hatte es alleine geschafft! Sie nahm die Sehenswürdigkeiten, die sie auf der Fahrt zur Silk Street passierten, nur am Rande wahr. Sie war viel zu aufgewühlt und wurde das Adrenalin, das durch ihre Adern rauschte, auch nicht wirklich los. Tief in ihrem Inneren hatte sie Angst, dass irgendwo doch noch Sokolow lauern und sie kurz vor dem Ziel abpassen würde. Sie hatte definitiv zu oft CSI geschaut. Niemand war ihr gefolgt, da war sie sich sicher.

Endlich erreichten sie die Silk Street. Der Fahrer stoppte den Wagen vor dem Wolkenkratzer, auf dem ganz oben riesige, beleuchtete Buchstaben prangten: *Wayne Partners*. Sie war also definitiv richtig. Eva sah einen Mann, der bis eben auf einer Bank vor dem Gebäude gesessen hatte. Er trug einen dunklen Anzug und kam nun auf sie zu. Sie hoffte inständig, dass es sich bei dem Mann um Simon Dexter handelte. Als er die Tür zu ihrem Taxi öffnete, klopfte ihr Herz wie verrückt. Was, wenn er von Sokolow geschickt worden war? Aber der konnte ja nicht wissen, dass sie auf dem Weg zum Anwalt war. Was, wen er mit ihm unter einer Decke steckte? Panik stieg in Eva auf, ihr Atem ging flach.

Beruhig dich, Eva, sprach sie sich selbst Mut zu.

„Sind Sie Miss Nowak?", fragte der Mann mit dem aschblonden Haar und freundlichen graublauen Augen.

„Wer sind Sie?", fragte Eva, immer noch misstrauisch.

„Ich bin Simon Dexter. Kommen Sie, ich zahle die Fahrt." Er hielt ihr seine Hand hin. Eva zögerte eine Sekunde, dann entschied sie sich dafür, dem Mann zu vertrauen. Er sah ehrlich und vertrauenswürdig aus; nein, er arbeitete bestimmt nicht für Sokolow. Sie ließ sich von ihm aus dem Taxi helfen.

Simon Dexter zahlte die Fahrt und ließ sich eine Quittung ausstellen. Ein Mitarbeiter von Sokolow würde garantiert keinen Beleg für die Buchhaltung benötigen. Erleichterung durchflutete ihren Körper und plötzlich merkte sie, dass ihr wirklich kalt war.

Ihre Hände zitterten leicht, als sie mit dem Lift in die dreiundzwanzigste Etage fuhren, in der Dexters Büro lag. Die Empfangsmitarbeiterin musterte sie mit hochgezogenen Augenbrauen, aber Eva registrierte es nur am Rande. Was wusste die schon davon, was sie durchgemacht hatte?

Dexter brachte sie in sein Büro und bot ihr einen Platz auf einer dunklen Ledersitzgruppe an. Keine Minute zu früh, denn nun hatten auch ihre Beine wieder zu zittern angefangen. Das konnte nicht daran liegen, dass ihr kalt war. Eva konnte das Zittern nicht unterdrücken. Verwirrt stellte sie fest, dass nun auch ihre Zähne klapperten. Was war nur los mit ihr? Sie versuchte zu sprechen, aber es kam nur ein Krächzen heraus und sie schloss den Mund wieder. Sie bemerkte, dass Simon Dexter sie anstarrte.

„Sie sind ja ganz blass. Soll ich Ihnen ein Glas Wasser holen?"

„J...ja", brachte sie hervor. Ihr Körper hatte sich verselbstständigt, sie konnte nichts dagegen tun. Simon lief aus dem Büro und ließ sie wie ein Häufchen Elend zurück. Sie war ihm nicht böse; sie schämte sich dafür, dass sie nun einen Zusammenbruch erlitt. Anders konnte man es nicht bezeichnen. Das

Adrenalin war verpufft und sie hätte sich am liebsten in einer dunklen Ecke zusammengerollt und unter einer Decke vergraben. Aber sie saß mitten in London, in einer Mega-Kanzlei, und kannte niemanden.

Ian riss die Tür zu Dexters Büro auf und stürmte hinein. Als er Eva auf dem Sofa sah, erstarrte er für einen Moment. Sie hatte die Beine angezogen und die Arme um sich geschlungen. Sie war weiß wie eine Wand und zitterte wie Espenlaub. Was hatte dieses miese Schwein mit ihr angestellt? Er würde ihn eigenhändig umbringen!

„Eva!", rief er und war mit einem Satz bei ihr. Sie sah ihn, konnte aber nicht sprechen, weil ihre Lippen bebten. Sie klapperte mit den Zähnen und ihre sonst so leuchtenden, lebendigen Augen wirkten verängstigt, als er sie in seine Arme schloss. Er drückte sie an sich. „Eva, meine liebe Eva. Ich bin so glücklich, dass du hier bist! Ist dir etwas passiert?"

Als sie stumm den Kopf schüttelte, hielt er sie fest. Er wollte sie beschützen, für immer bei ihr bleiben. Er würde sie nie wieder alleine lassen. Ian nahm wahr, dass Dexter wieder ins Büro kam, und gab ihm mit einem Handzeichen zu verstehen, dass er mit Eva alleine sein wollte. Der Anwalt schien zu kapieren und stellte ein Glas Wasser vor ihnen auf einem Glastisch ab. Ian nickte ihm zu, dann ging Dexter hinaus und schloss die Tür hinter sich. Alles andere konnte warten, erst musste er sich um Eva kümmern. Er strich ihr immer wieder über den Rücken, so wie seine Mutter es immer bei ihm gemacht hatte, wenn er als Kind nachts von einem Alptraum heimgesucht worden war. Sie musste Todesängste ausgestanden haben! Er hoffte, dass Sokolow sie nicht angerührt oder ihr schlimmere seelische Schäden zugefügt hatte. Irgendwann begann sie zu schluchzen und das herzzerreißende Weinen tat Ian in der Seele weh, aber er war froh, dass sie sich nicht gegen ihn wehrte – das ließ ihn hoffen.

„Lass alles raus, ja, so ist es gut, meine Schöne."

So saßen sie eine ganze Weile, bis Evas Schluchzen nur noch ein leises Wimmern war. Sie zitterte auch nicht mehr am ganzen Körper. Schließlich schob sie Ian ein Stück von sich und strich sich eine verklebte Strähne aus dem Gesicht. „Gott, ich muss schrecklich aussehen. Schau mich nicht an."

Ian musste lächeln. Gott sei Dank! Wenn sie schon wieder an ihr Aussehen dachte, konnte es nicht so schlimm sein. Ian nahm ihr Gesicht in beide Hände und zwang sie, ihn anzusehen. Ihm wurde ganz warm ums Herz, als er sich im Blau ihrer Augen verlor, die nicht mehr so verängstigt wirkten wie zuvor.

„Ich habe mir solche Sorgen um dich gemacht! Es ist alles meine Schuld, es tut mir so leid! Ich habe dir so viel zu sagen, aber ich weiß nicht, ob du bereit dafür bist. Aber das Wichtigste: Ich liebe dich. Lass mich nie wieder allein."

Dann drückte er sie wieder an sich. Er würde sie einfach nie mehr loslassen. Wenn es sein musste, würde er einfach in Dexters Büro einziehen. Das war natürlich Quatsch, aber Ian wollte diesen Moment festhalten, wollte Eva für immer festhalten.

„Danke, Ian, das habe ich gebraucht. Und jetzt schnapp dir Blanrych Castle, ich komme schon zurecht."

„Nein, du bist mir wichtiger. Soll er es doch haben."

„Ian, Sokolow darf nicht gewinnen. Ich bin hier gut aufgehoben. Los, sonst war alles umsonst!"

Eva drückte seinen Arm und sah ihn eindringlich an. Er bewunderte, ja, er liebte sie für ihre Stärke.

„Ian, bitte!", setzte sie nach. Widerwillig rückte er ein Stück von ihr ab.

„Gut, aber nur unter einer Bedingung: Du lässt dich nach Mayfair zu meinem Hotel bringen, klar? Und nicht wieder weglaufen! Ich brauche dich!"

Eva nickte und sah ihn an. Dann nahm Ian ihr Gesicht zwischen seine Hände. „Meine Schöne, ich beeile mich, aber dein

Wunsch ist mir Befehl. Ich regele das mit Blanrych Manor und in ein paar Stunden bin ich bei dir! Ich bin gleich zurück. Ich will das kurz mit Dexter regeln, er haftet mir persönlich für deine Sicherheit." Dann küsste er sie sanft, fast vorsichtig. Evas Lippen auf seinen zu spüren, machte ihn glücklich. Er wollte sie nicht überfordern, deswegen beließ er es bei einem kurzen Kuss.

„Ian, bitte, ich bin schon groß! Niemand muss für meine Sicherheit garantieren", protestierte sie.

Ian hielt sie an den Schultern fest und sah sie eindringlich an. „Eva, wenn du wüsstest, was ich mir für Sorgen um dich gemacht habe! Ich habe dich schon tot in der Themse gesehen. Glaub mir, ich mache das hauptsächlich für mich und mein seelisches Gleichgewicht. Ich will nie wieder eine solche Angst erleben. Also versprich mir, dass du in meinem Hotel in Mayfair auf mich wartest, ja?"

„Gut, ich warte dort auf dich." Sie nickte und lächelte ihn dann schief an. „Ich schätze, ich habe eine Dusche nötig."

„Bitte, bestell dir, was du möchtest. Du kannst dir aus jedem Geschäft etwas kommen lassen, ein Wort und meine Mitarbeiter regeln das."

„Ja, ich fürchte, ich brauche wirklich etwas zum Anziehen. Dieses Ding", sie zupfte an der Jogginghose, „möchte ich nie wieder sehen und so bald wie möglich in die Tonne werfen."

„Alles, was du willst!", versprach Ian und drückte sie noch einmal fest an sich.

„Und jetzt kümmre dich um Blanrych Castle!", unterbrach Eva die Stille der Umarmung.

„Gut, ich mach' so schnell wie möglich."

Ian stand auf und gab ihr einen kurzen Kuss auf den Mund, dann verließ er das Büro und suchte Dexter. Er war nicht weit entfernt und hatte offenbar schon gewartet.

„Simon, wir müssen das jetzt so schnell wie möglich über die Bühne bekommen. Steht der Termin? Und sorgen Sie mir dafür, dass Eva in mein Hotel in Mayfair gebracht wird. Von einer vertrauenswürdigen Person!"

„Natürlich, Ian. Das arrangiere ich sofort. Geben Sie mir eine Minute."

„Eine schnelle Minute!", insistierte Ian. Er fühlte sich nicht wohl dabei, Eva alleine hier zu lassen, aber er verstand auch, dass er die Sache jetzt zu einem Ende bringen musste. Das war er Eva schuldig, die wegen ihm so viel Schlimmes durchgestanden hatte.

Eva fühlte sich wohl in der Suite des MacLachlan-Hotels. Dieses Haus war so anders als der Wolkenkratzer, in dem Sokolow sie eingesperrt hatte, trotzdem gab es eine Gemeinsamkeit: Ian hatte ebenfalls einen Bodyguard vor ihrer Tür platzieren lassen. Allerdings sperrte er sie nicht ein, sondern sollte sie beschützen. Und wenn sie ehrlich war, fühlte sie sich momentan ganz wohl damit. Eva stopfte die Kleidung, die sie auf der Flucht getragen hatte, in einen Plastiksack und zog das Gummiband zu, dann warf sie diesen in die Ecke der Suite. Sie war nun nackt, ging über den dicken Teppich ins Badezimmer und stellte das Wasser in der Dusche an. Der Boden war warm und fühlte sich unter ihren Fußsohlen angenehm an. Auch hier war alles stilvoll und chic eingerichtet, aber Ians Hotels waren, soweit sie bis jetzt gesehen hatte, alle liebevoll mit ausgewählten Möbelstücken ausgestattet, sodass man sich sofort heimisch und wohl fühlte. Das Feuer im Kamin hatte bereits gebrannt, als sie angekommen war.

Um ihre Nerven etwas zu beruhigen, stellte sie das Radio an. Sie konnte Stille nach allem, was passiert war, schlicht und ergreifend nicht ertragen. Die Dusche war angenehm gewesen und mit frischgewaschenen Haaren und eingecremter Haut fühlte sie sich endlich wieder halbwegs wie ein Mensch. Als sie sich in einem weißen Frotteebademantel ins Bett setzte und den Fernseher anschaltete, klopfte es leise an der Tür. Eva hatte gehofft, es wäre Ian, aber es war nur eine Angestellte, die sich nach ihren Essenswünschen erkundigte. Es war ihr eigentlich völlig egal, also ließ sie sich etwas vorschlagen und wählte am Ende ein Clubsandwich und eine Cola aus. Bevor die Frau, die sich als Mrs. de Kok vorgestellt hatte, ging, übergab sie Eva ein Tablet und teilte ihr mit, dass sie Kleidung auf einer Website auswählen sollte, die man ihr dann in London besorgen würde. Eva kam mit all diesem Luxus nicht wirklich gut klar und war etwas geplättet, als sie alleine im Bett saß und sich auf der Harrods-Seite nach etwas Passendem suchend wiederfand. Aber sie wollte auch kein Drama daraus machen und nahm am Ende eine einfache Jeans und ein Jerseyshirt, suchte nach schlichter schwarzer Unterwäsche, packte alles in den Internet-Warenkorb und legte das Tablet zur Seite. Es dauerte nicht lange, dann war Mrs. de Kok wieder mit ihrem Essen zurück.

„Haben Sie etwas Schönes gefunden?"

„Ja, danke, es liegt im Warenkorb. Aber bitte machen Sie sich keine Umstände."

„Aber Miss Nowak, wir machen das gerne für Sie. Bis später. Wenn Sie etwas brauchen, melden Sie sich. Hier ist ein anderes Tablet, falls Sie im Internet surfen oder E-Mails schreiben wollen. Na, Sie wissen schon, was die jungen Leute heute so alles machen."

Eva lächelte die brünette Frau, die sie auf Mitte fünfzig schätzte, an und bedankte sich.

Das Sandwich schmeckte vorzüglich und sie aß es bis auf den letzten Krümel auf. Sie telefonierte kurz mit Sophie, erklärte ihr abruptes Verschwinden und auch, dass jetzt wieder alles gut war. Sophie fiel aus allen Wolken, beruhigte sich aber schnell wieder. Dann erzählte ihr die Köchin, dass sie am Wochenende ein Rendezvous mit Alfi hatte. Sie hatte sich tatsächlich getraut. Eva grinste bei dem Gedanken daran, dass sie die Kupplerin bei den beiden gespielt hatte, in sich hinein.

Von Ian hatte sie noch nichts gehört, aber er hatte sicher zu tun. Hatte er wirklich gemeint, was er im Büro der Kanzlei zu ihr gesagt hatte? Sie wollte nicht grübeln und suchte sich eine Komödie im Fernsehen aus, aber nach zehn Minuten war sie eingeschlafen.

Als sie wieder aufwachte, war es bereits dunkel und auch im Zimmer brannten nur eine kleine Lampe und das Feuer im Kamin. Eva setzte sich auf und knipste die Lampe auf dem Nachttisch an, dann entdeckte sie ein Meer von Tüten auf dem Sofa. Sie stöhnte auf. Hatte sie was anderes von Ian erwartet? Dieser ganze Luxus nahm ihr den Atem. Sie ließ sich wieder in die Kissen zurücksinken und zappte durchs Fernsehprogramm. Es klopfte sacht an der Tür und sie antwortete mit „Ja". Evas Herz machte einen Satz, als Ians schwarzer Schopf erschien.

„Ah, da bist du. Darf ich reinkommen?"

„Natürlich. Das ist dein Hotel, schon vergessen?", versuchte sie zu scherzen.

Ian kam langsam ins Zimmer und sie sah, dass er einen Champagnerkühler und zwei Gläser in den Händen hielt. Offenbar war der Deal glatt über die Bühne gegangen.

„Gibt es was zu feiern?", fragte sie und setzte sich im Bett auf.

„Ja, meine Schöne, das gibt es. Es gibt einige Gründe zum Feiern!"

Ian ließ den Champagnerkorken knallen und füllte die Flöten. Ein Glas schäumte beinahe über, also schlürfte er den überschüssigen Champagner ab, bevor er sich zu ihr auf die Bettkante setzte. Eva fiel trotz der spärlichen Zimmerbeleuchtung auf, dass Ian dunkle Schatten unter den Augen hatte. Er war unrasiert und sah ziemlich mitgenommen aus. Dennoch trug er Anzug und Krawatte, so wie es sich für einen Geschäftsmann gehörte, der hoffentlich soeben wichtige Papiere unterzeichnet hatte.

„Als erstes möchte ich auf Blanrych Manor trinken. Es ist alles gutgegangen. Sokolow wird nicht erfreut sein." Darauf stieß er mit Eva an und sie tranken aus ihren Gläsern. Die Luft flirrte zwischen ihnen. Sie konnte seine körperliche Präsenz spüren, obwohl er sie nicht berührte. Der eiskalte Champagner fühlte sich gut in ihrer ausgetrockneten Kehle an und sie nahm gleich noch einen Schluck, um sich ein wenig abzukühlen. „Und jetzt, meine Schöne, würde ich gerne da weitermachen, wo wir aufgehört haben, als es, äh, unschön wurde."

Eva wollte ihn spüren, wollte ihn küssen, seine heiße Haut auf ihrer fühlen ... Aber er hatte recht, es mussten einige Dinge geklärt werden, bevor sie wieder alle ihre guten Vorsätze vergaß und sich von ihren Hormonen leiten ließ. Andererseits ... reden konnten sie auch später noch genug. „Ja, vielleicht sollten wir das", erwiderte sie mit sanfter Stimme.

Ian strich mit seinem Daumen über ihre Lippen. „Habe ich dir schon mal gesagt, wie schön dein Mund ist? Du hast die sinnlichsten Lippen, die ich jemals gesehen und gespürt habe." Evas Puls ging schneller. „Aber, was viel wichtiger ist, ich liebe dich. Es tut mir leid, dass du das wegen mir durchmachen musstest, und ich verspreche dir, ab jetzt werde ich auf dich aufpassen. Ich will immer für dich da sein."

Eva sah ihm in die Augen. Seine Pupillen waren geweitet und sein Mund war leicht geöffnet. Ihr Atem ging bereits schneller, er war so nah. Aber sie hielt sich zurück. „Was ist mit deiner Freundin?"

„Eva, mit Jamila war bereits Schluss, bevor wir uns kennengelernt haben. Sie wollte es nur nicht wahrhaben, deshalb ist sie vorgestern – sind wirklich seitdem erst zwei Tage vergangen? – aufgekreuzt. Verzeih' mir, wenn es für dich anders ausgesehen hat. Ich wollte sie einfach so schnell wie möglich von Glennmore Castle wegschaffen, bevor sie eine Szene macht. Aber dafür habe ich vielleicht selbst gesorgt, es tut mir sehr leid. Kannst du mir verzeihen?"

„Okay, ja. Ich glaube, das kann ich."

Ian sah gequält aus, als er Evas Hand nahm. „Fühlst du denn auch etwas für mich, Eva?"

Was für eine Frage!

„Ian, ich glaube, ich habe mich in der ersten Sekunde in dich verliebt. Deswegen hat es so wehgetan, als ich mitbekommen habe, dass du mich angelogen hast."

Ian sah ihr tief in die Augen und all der Schmerz war vergessen. „Ich werde dir nie wieder wehtun. Glaub mir, wenn ich könnte, würde ich es rückgängig machen."

„Aber wie soll das mit uns gehen? Du lebst in einer ganz anderen Welt!", fragte sie nun doch.

„Wir finden eine Lösung für alles. Wenn du mich auch nur ein kleines bisschen liebst, dann schaffen wir alles gemeinsam. Gibst du mir eine Chance?"

Eva stellte ihr Glas beiseite und legte ihre Hand in seinen Nacken. „Mein geliebter Schotte, natürlich liebe ich dich. Wird das jetzt heute noch was mit dem Küssen, oder …?"

Das ließ Ian sich nicht zweimal sagen. Er streifte ihr den Bademantel über ihre Schultern und Eva erschauerte unter seiner zarten Berührung. „Das fühlt sich so gut an, wenn du das machst."

Ian grinste anzüglich. „Dann warte erstmal ab, was passiert, wenn ich *das* mache." Er drückte sie zurück in die weichen Daunenkissen und hinterließ mit seiner Zunge eine brennende Spur auf ihrer Haut. Sie seufzte leise auf, als er sich ihren Brüsten näherte. Sie krallte sich in den Laken fest und bog sich ihm entgegen. Sein heißer Atem streifte ihre Brustwarzen und versetzte sie in einen schwebenden Zustand. Sie wollte nur noch eines: Ian spüren und ihm so nah wie möglich sein.

Epilog

„Eva, meine Schöne, du musst aufwachen. Wir haben zu tun." Ian genoss es zu beobachten, wie ihre Lider leicht flatterten, bevor sie die Augen aufschlug.

„Hm, ich steh gleich auf." Dann schloss sie die Augen wieder und wollte sich umdrehen. Ian war mittlerweile klar, dass Eva noch Stunden weiterschlafen würde, wenn er sie nicht selbst aus dem Bett holte.

„Baby, ich würde ja auch gerne noch Zeit mit dir im Bett verbringen", dabei hauchte er Küsse auf ihre Schlüsselbeine, „aber wir sind zum Brunch mit meiner Mutter verabredet und, ehrlich gesagt, schon eine halbe Stunde zu spät, also …"

Das hatte den gewünschten Effekt. Eva riss ihre schönen blauen Augen auf und war mit einem Satz aus dem Bett. „Was? Zu spät? Wie konnte das passieren? Wieso hast du mich nicht geweckt?"

„Das habe ich doch", erwiderte er grinsend. „Und dann hast du mich wirklich fertig gemacht, erinnerst du dich? Du bist wieder eingeschlafen, nach dem Taumel der Lust …" Er versuchte es mit einem lasziven Augenaufschlag, der seine Wirkung nicht verfehlte, denn Eva errötete prompt.

„Du, du … mistiger Schotte!" Sie warf mit einem Kissen nach ihm und rannte ins Badezimmer.

Ian nahm sich eine Tasse Kaffee vom Servierwagen und schlug die Zeitung auf. Sie hatten noch eine gute Stunde Zeit, aber das würde er ihr erst sagen, wenn sie aus der Dusche kam. Es konnte nicht schaden, sie ein wenig anzutreiben. Das hatte er nach den drei Wochen, die sie nun zusammen in London verbracht hatten, mittlerweile gelernt. Eva wollte die Tourismusfachschule abschließen und er würde solange sein Büro in London aufschlagen. Und vielleicht würde er den Hauptsitz danach wieder nach Inverness verlegen; dorthin, wo sein Vater vor vielen Jahren die Firma gegründet hatte.

Sie würden im Schloss seiner Vorfahren leben können.

Endlich ging es wieder bergauf in seinem Leben. Er hatte Eva an seiner Seite und seine Mutter würde ihm auch noch eine Weile erhalten bleiben. Glücklicherweise war von den Ärzten die erlösende Nachricht gekommen, dass seine Mutter nicht an Darmkrebs litt, sondern eine besonders schwere Form der Zöliakie die Ursache ihrer Leiden war. Damit würde sie leben können, wenn sie sich an gewisse Regeln hielt.

Sokolow war wutentbrannt abgereist und Ian hatte nichts mehr von ihm gehört. Sollte er doch aushecken, was er wollte. Ian hatte alles, was er zum Glücklichsein brauchte, und für die nächsten zwei Jahre genügend Projekte in Arbeit, sodass er sich nicht nach weiteren Expansionen umsehen musste.

Eva kam in ein Handtuch gewickelt aus dem Badezimmer, ihre Haare hatte sie bereits trockengeföhnt. Dann setzte sie sich auf seinen Schoß und rieb ihren verdammt verführerischen Körper an seinem. Ian stöhnte leise auf und schloss die Augen. Er spürte, wie sie ihn küsste und ihre kleinen, festen Brüste an ihn presste. Das Handtuch war ein Stück verrutscht und sie war sich bestimmt darüber im Klaren, dass sie ihn damit in den Wahnsinn trieb. Er konnte einfach nicht genug von ihr bekommen und wollte jede Sekunde seines restlichen Lebens mit dieser Frau verbringen. Das Denken fiel ihm zunehmend schwer, da das Blut aus seinem Gehirn bereits auf dem Weg in tiefere Regionen war.

„Eva!", entfuhr es ihm.

„Was ist?" Sie sah ihn unschuldig an, obwohl sie genau wusste, dass ihre Brüste ihm beinahe ins Gesicht sprangen. „Oh, ich vergaß, wir müssen los. Dann komm Ian, ich bin gleich angezogen ..." Sie stand auf und ließ ihn mit einem Ständer und der Zeitung sitzen.

Verdammt!

„Du fieser Kerl hast mich verarscht! Wir sind gar nicht zu spät dran. Weißt du, was für einen Stress ich gerade hatte?"

Eva hatte die Unterwäsche bereits an und schlüpfte nun in eine Jeans und eine Seidenbluse – Teile der Lieferung vom Tag nach der Entführung. Ian konnte den Blick nicht von ihr abwenden.

„*Das* ist deine Rache?"

Sie neigte den Kopf ein wenig zur Seite. „Hm, lass mich überlegen." Dann legte sie einen Finger an die Lippen, als würde sie nachdenken. „Ja, das ist meine Rache. Ich lasse dich und deinen kleinen großen Freund im Regen stehen und ziehe mich an."

Ian war mit einem Satz auf den Beinen, lief zu ihr und riss sie in seine Arme. „Eva Nowak, das können Sie nicht mit mir machen!" Er senkte seine Lippen auf ihre und erstickte ihren Protest mit einem leidenschaftlichen Kuss. Nun würden sie doch zu spät kommen …

ENDE

Über die Autorin

Wenn ich nicht schreibe, was ziemlich häufig der Fall ist, verbringe ich die Zeit mit meinen beiden Kleinsten, meinem Mann und dem Rest unserer internationalen Patchwork Familie. Manchmal wundere ich mich selbst, dass ich trotz meines Alltags überhaupt etwas zu Papier bringe. Und dann sind die Kinder im Kindergarten, der Hund schläft müde auf seinem Kissen und ich sitze wieder am PC und vergesse die Welt um mich herum. Endlich hacke ich wieder auf die Tastatur ein und schreibe, bis ich Krämpfe in den Händen bekomme. Dann weiß ich wieder wieso, denn das Schreiben ist für mich die schönste Zeit des Tages.

Ich bin Jahrgang 1979 und lebe seit vielen Jahren in der Lüneburger Heide, komme ursprünglich aber aus Süddeutschland.

Hoffentlich kann ich euch mit meinen Büchern ein paar schöne und unterhaltsame Stunden bescheren – denn das ist es was ich möchte. Für Fragen oder Anregungen freue ich mich über eure Kontaktaufnahme mit mir.

Bis bald
Karin Lindberg

karinlindbergschreibt@gmail.com

Alle Infos zu meinen Veröffentlichungen gibt es unter www.karinlindberg.info